古典文獻研究輯刊

十二編

曾永義 主編

第 23 冊

民族戲劇學研究與田野考察（第一冊）

李 強 著

國家圖書館出版品預行編目資料

民族戲劇學研究與田野考察（第一冊）／李強 著 -- 初版 -- 新
北市：花木蘭文化出版社，2015〔民104〕
序 4+ 目 4+250 面；19×26 公分
（古典文學研究輯刊 十二編；第 23 冊）
ISBN 978-986-404-421-4（精裝）
1. 中國戲劇 2. 戲劇評論
820.8   104014992

ISBN-978-986-404-421-4

9 789864 044214

古典文學研究輯刊
十二編　第二三冊　　　　　　　ISBN：978-986-404-421-4

民族戲劇學研究與田野考察（第一冊）

作　　者　李　強
主　　編　曾永義
總 編 輯　杜潔祥
副總編輯　楊嘉樂
編　　輯　許郁翎
出　　版　花木蘭文化出版社
社　　長　高小娟
聯絡地址　235 新北市中和區中安街七二號十三樓
　　　　　電話：02-2923-1455／傳真：02-2923-1452
網　　址　http://www.huamulan.tw 信箱 hml 810518@gmail.com
印　　刷　普羅文化出版廣告事業
初　　版　2015 年 7 月
全書字數　851365 字
定　　價　十二編 26 冊（精裝）新台幣 48,000 元

民族戲劇學研究與田野考察（第一冊）

李　強　著

作者簡介

李強，筆名黎羌，黎薔。陝西師範大學文學院教授，戲劇與影視學、中國少數民族語言文學學科帶頭人、比較文學與世界文學博士研究生導師。校學科帶頭人，中國西域藝術研究會秘書長，中國戲劇家協會會員，教育部通訊評審專家，《長安學術》編委，陝西師範大學中外民族戲劇學研究中心主任。撰著有《塔塔爾族風情錄》、《六十種曲〈運甓記〉評注》、《中西戲劇文化交流史》、《民族戲劇學》、《西域音樂史》、《中外劇詩比較通論》、《絲綢之路戲劇文化研究》、《神州大考察》、《絲綢之路音樂研究》、《電影與戲劇關係研究》、《民族戲劇文化大視野》、《那些外國大盜》等十二部學術專著；以及編著《絲綢之路樂舞藝術》、《絲綢之路造型藝術》、《新疆各族歷史文化辭典》、《新疆小品精選》、《古典劇曲鑒賞辭典》、《新疆通志・文藝志》、《中國少數民族舞蹈史》、《中國佛教文化大觀》、《中國少數民族音樂史》、《民族音樂學新論》、《民族文學與戲劇文化研究》、《中外民族戲劇學研究》等十餘部著述。撰寫學術論文近二百篇。分別榮獲新疆社科、山西社科、吉林省人民政府、陝西省人民政府、山西教育廳、陝西教育廳、教育部、國家民委、文化部社科人文、國家新聞出版總署藝術圖書、中國文聯民間文化、中國圖書獎等十餘項廳、局、省部級與國家級大獎。

提　　要

　　「民族戲劇」係指以少數民族戲劇為主的中外國別、族別傳統戲劇文藝形式，它不僅包括廣義的人類戲劇文化遺產，亦包括狹義的世界各民族戲劇理論與作品；不僅包括歷史文物文獻中用文字記載的民族戲劇文學，亦包括流傳於民間與活躍於舞臺的民族戲劇表演藝術。中華民族文化歷史源遠流長、形式多樣，並以獨具風格的東方民族戲劇藝術形象屹立在世界文化藝林。民族戲劇學是一門綜合了人類文化學、民族學、文學、藝術學的新興人文學科，自從它誕生起就具有強大的藝術生命力。昔日不僅是「戲劇戲曲學」的重要組成部分，如今又成為「戲劇與影視學」的中堅力量。中華民族戲劇學的最大優勢在於科學、有機地整合了古往今來中外戲劇學科史地知識與方法，並且以傳統的文獻學、考據學與現代社會學、文化田野作業為基礎，全面、系統、科學地反映了中國各民族戲劇文化的厚重歷史與學術意義。筆者與山西師範大學、陝西師範大學諸位碩士、博士生共同合作，以中華民族博大精深的傳統文化、藝術為基礎，歷時 8 年，對全國範圍 56 個民族戲劇文化資源與作家作品進行認真、深入，富有成效的學術考察與研究。以其悠久的歷史、豐富的文化、鮮明的色彩和重要的學術價值，來證實方興未艾的民族戲劇學在中國、亞洲，乃至世界民族學、戲劇學中的崇高地位及其美好的未來。

序言：弘揚中華民族優秀傳統戲劇文化

張大新

　　李強先生將其順利完成的教育部人文社會科學規劃項目《中國少數民族戲劇實證與民族戲劇研究》結項成果教育部哲學社會科學研究重大課題攻關項目《中華戲劇通史》分支課題《中國少數民族戲劇》階段性成果《民族戲劇學研究與田野考察》專著電子文稿惠賜筆者，告知此部煌煌巨著將於今秋由臺灣花木蘭文化出版社隆重推出，懇切邀我作序。批閱洋洋近百萬字、體制宏大、渾浩豐贍的書稿，敬仰感佩之情油然而生。

　　李強先生與我交往日深，意氣相投，心契神合。他長期執著於中國少數民族戲劇文化、中外民族戲劇學的探索與研究，在方興未艾的「民族戲劇學」這一具有開創性和前衛性的學術領域內跋涉耕耘，創獲殊多，常常令我歆羨不已。作為推心置腹的摯友，應命寫序，理所應當；而面對如此高屋建瓴、地負海涵的藝術史論高端建樹，自感瞻望弗及，倉皇之中，無所措手。幾經思量，權且將閱讀書稿的淺薄感想率然道出，以就教於作者和前賢時彥吧。

　　以中國少數民族戲劇實證為基礎和切入點，展開規模宏大的民族戲劇研究，結晶為《民族戲劇學考察與研究》，可說是李強先生建構以少數民族戲劇為主題的民族戲劇學大廈的「樁基」和材質。李強先生多年來傾心關注漢族以外眾多少數民族的戲劇生態、文化內涵和藝術形式，富有獨創性地把珍稀可貴的多民族戲劇文獻與實地考察調研所獲得的真知灼見融會貫通，綜合運用民族學、戲劇學、宗教學、哲學乃至考據學、語言學、音樂學、舞蹈學等觀點和方法，搭建起與前賢以漢族戲劇為主導的戲劇學迥然有別的民族戲劇學框架，力圖在全球化視野下重新審視不同文化背景下各民族戲劇活動的規律和特點，佔據當下尚較少有人涉足的中外民族戲劇學的學術制高點。這種

敢為人先的學術探索精神和宏闊開放的胸襟氣魄，以及為構建嶄新的民族戲劇學體系所付出的心血智慧和創造性勞動，既是維護人類共有的精神文化家園自覺的擔當意識的能動顯現，也使其理論發掘和追蹤考察具有了前瞻性和開拓性的品格。

遵循課題主持人把「民族學」和「戲劇學」作為民族戲劇學兩翼的主張和思考路線，該專著設立了十一個具有密切內在聯繫的專章。冠於全書之首的「導言」以充沛的激情展示出課題組成員投身民族戲劇學研究的強烈信念和銳意開掘描述立體式的中華民族戲劇文化史的宏偉願景。

第一章可說是導論或研究綱領，旨在闡述中華民族戲劇史研究的價值和意義，揭櫫課題所依據的堅實宏大的理論架構，歸納課題所採用的行之有效的研究方法與思維路徑，並特意介紹了具有開拓意義的中國少數民族戲劇文化的研究方法，其中包含著對「民族戲劇學」的歷史、定義、類別、研究範疇的學理性闡釋，給讀者以提綱挈領的引導和提示作用。

第二章著重辨析民族史、民族文化與民族戲劇學之間的區別與聯繫，就中華民族戲劇學的研究現狀和存在問題提出自己的看法，對當下學術界忽視少數民族戲劇和重文本而輕活態演劇事象的偏頗予以評判和規正。

第三章從歷時性的宏觀立場追溯中華多民族古代戲劇孕育、產生和發展的曲折歷程，並予以思辨性的梳理和歸納。

第四章、第五章分別對古代和現當代各民族戲劇的代表作家和經典作品做簡要的介紹述評，別開生面地就中古以來「胡部新聲」的傳入對華夏戲劇音樂體系的形成及胡漢戲劇形態的整合所發揮的重要作用進行了有力的論證。

第六章的著力點是辨析中華民族戲劇與少數民族戲劇的概念和範疇，綜述歷代戲劇理論的貢獻和民族化特徵。

第七章將著眼點放在了中華民族戲劇文獻史料的整理和評估方面，其中對少數民族古代樂舞戲劇文本和南北方古代各民族戲劇文化交流的文獻史料給予高度的關注，彌補了當下戲劇理論著述的缺失。

第八章圍繞中華民族戲劇與中外民族戲劇學的關係，探討民族戲劇與民族戲劇學的關係，廣義的民族戲劇學與狹義的民族戲劇學在內涵、外延上的差別，進而延伸到民族戲劇學與相關學科的關係探討和對中外民族戲劇學的交流與發展的關注和展望。

　　第九章由「絲綢之路」切入到中外民族戲劇藝術的交流和交融，其中對東西方民族樂舞、宗教樂舞的輸入及由此促成的中外戲劇交匯的列舉和論述給人以耳目一新的感覺。

　　第十章從「非物質文化遺產」保護的立場出發探討邊疆少數民族戲劇文獻史料的整理和保護問題，進而涉及到跨文化戲劇研究、少數民族戲劇在世界文化中的地位及「民族戲劇」與「國學文化研究」的有機聯繫等前沿性問題。

　　第十一章帶有總結性地論述中華民族戲劇文化與民族戲劇學的關係，主張運用文化人類學的理論和方法創建具有鮮明中國特色的民族戲劇學理論體系，使得該課題的研究成果及其學術預期具有了前沿性和建設性的意義。

　　據筆者閱讀專著大綱和部分章節書稿的直觀感受，有這樣一些粗淺的印象和認識：這部建立在系統的理論架構和大量科學實證基礎上的研究專著，視野廣闊，體系宏大，理論根基厚重，研究方法新穎，田野調查廣泛細緻，是「民族戲劇學」領域具有創新和引導意義的研究專著。課題主持人曾經開宗明義地指出，他們創立的民族戲劇學體系，是以中國少數民族戲劇為主題的，有意打破「歐洲戲劇文化中心論」與「漢族藝術中心論」的陳舊觀念，由國內少數民族戲劇遺存史料搜集和活態生存現狀的調查為前導，探討多民族戲劇互動共生的內在機制，採用多學科交叉乃至跨學科、跨國界的思路和方法，建立超越民族和地域限制的宏大民族戲劇學研究體系。這種立足高遠、視野宏闊的膽識和魄力，是構建超越時空的宏偉、博大的民族戲劇學大廈的巨大精神動力。

　　筆者在閱讀「中華民族戲劇文獻史料與整理」一章時，深深服膺於該課題組成員對中外古今戲劇文獻、研究專著的熟稔和理性審視的敏銳，無此則不足以保證民族戲劇學研究的廣度和深度。本課題研究方法的新穎和獨特，給同行學者諸多啓發和引導。在課題概括採用的八種研究方法和技術手段中，建立資料數據庫、文獻考證、逆向歷史尋索、田野作業、比較研究、跨學科研究等，是課題獲得成功的關鍵所在，也是值得推崇和效法的。

　　僅就田野調查而言，成果附錄了 21 份田野調查報告，是李強先生帶領門下的 25 名博士、碩士研究生實地調研考察的珍貴實錄、智慧與心血的結晶。課題組成員跋涉尋訪的足迹幾乎遍及我國境內東西南北各個少數民族區域，實地調查的範圍涉及到 20 多種列入國家非遺保護名錄的少數民族稀有劇種，

以此豐富的紀實性活態戲劇史料支撐起課題研究的骨架，爲中國少數民族戲劇乃至具有無限張力的民族戲劇學研究提供了強有力的保證，可謂功莫大焉。

《民族戲劇學研究與田野考察》即將在臺灣花木蘭文化出版社隆重付梓出版了，我們向她的榮耀面世表示熱情的稱賀。這部原創性著作的研發完成，爲正在建構中的民族戲劇學大廈打下了堅實的基礎；她的發行和傳播，將在中外戲劇文化領域產生廣泛、持久的影響，推動具有廣闊前景的中外「民族戲劇學」健康發展，爲弘揚中華民族優秀傳統戲劇文化，取得更大的突破和更輝煌的成就。

2014 年 4 月 26 日於河南大學

（作者係河南大學文學院教授、博士研究生導師、河南地方戲研究所所長）

目次

導　言
書寫絢麗多姿的中華民族戲劇學

　　人類自從稽首訣別了人猿蒙昧時期，高舉火炬邁入野蠻與文明的門檻時，就有了「詩言志，歌詠言，聲依詠，律和聲」（《漢書·藝文志》）的文化書寫欲望。當借助天地自然神靈的感化，創造了「驚天地，泣鬼神」的音樂歌舞與宗教或世俗原始戲劇之後，即希冀使用畫符文字將其記載下來流傳後世。這是勤勞、智慧、極富藝術天才的始祖先民給子孫後代留下的彌足珍貴的歷史文化遺產。但是，因爲太多的人間災難、坎坷和不幸使之大量流逝，而使後人在稀落僅存的文明廢墟上挖掘、整理、研究，重新鑄造中華民族戲劇文化及其學科的大廈，顯得格外莊重而有學術價值。

　　中國是一個地域遼闊、歷史悠久的多民族國家，更是一個擁有巨大文學藝術財富的文化國家，一部中國歷史就是一部多民族共同開創的中華文明的歷史。1989 年，著名歷史文化學者費孝通提出的「中華民族多元一體格局」的學術論斷，不僅是中華文明史、中華文化史，也是中華文學史、中華藝術史，乃至中華民族戲劇史學編撰的理論通則。他的觀點對中華民族史學的貢獻在於：強調中華民族是自古迄今生活在中國境內所有民族的總稱，是一個相互依存的、統一而不可分割的社會整體；中華民族在歷史上是以漢族強大凝聚力爲核心，將其分散的多元逐步結合成一體；中華民族是一個有著多種語言、文化、藝術的高層次的既一體又多元的複合體。同樣，中華多民族戲劇文化也是一部由漢族爲主體，又有眾多少數民族戲劇融匯合成的戲劇複合體。

　　倘若我們沿著中華民族文明形成、發展的的歷史長河，走進中華民族戲劇歷史的巨大地理歷史時空，需要作的責無旁貸的重要工作爲：探明與中華文明同源、同流的中國傳統戲劇的發生的源頭；搞清中國戲劇或同源異流，或異源合流，或源流交叉的演變歷史，並逐步梳理清楚它們之間的交互關係；隨著中華民族各個歷史時期的興衰消長，中國戲劇必然要此去彼落產生許多新品種，產生很多新變異，對此需認眞審視與辨析；善於接納古今中外文化精華的中國戲劇，必然打著中西或東西方戲劇交流，中國南北民族戲劇交融的歷史烙印。以上諸問題均須科學、客觀的評價，以確認中華民族戲劇在世界戲劇文化格局中的地位。

　　審視人類文化的三大支柱，即爲「藝術」、「道德」和「科學」，中國古代藝術類型如建築、雕塑、繪畫、書法、音樂、舞蹈、戲劇、詩歌、散文等極大地豐富了中國傳統文化的內涵。中國古代形成完備的文化制度，其中最突出的是宗法、職官、選舉、教育、禮樂、兵役和科舉制度，中華民族戲劇文化對此有著眞實、生動、形象的記載與顯示。中國文化置於「天、地、人」三才之道之中，天與人之關係構成文化的終極倫理，地與人之關係則屬於環境倫理。崇天而重地，地理與文化之關係一直是中國各民族戲劇反映的亙古常新的學術課題。

　　戲劇文化形式作爲中華民族，乃至世界、或人類文明發展史的一個重要組成部分，應該是與中國歷史同步與不曾中斷的，而且是逐步成長的，呈波浪性曲線發展的，而不是像現在這樣游離、中斷、突兀、滅失，雜亂無章的景況。自原始至現當代戲劇史學研究應有生命血脈，繁衍生長，有文化譜系，有貫穿主線。對民族戲劇的各門類關統計、考察，記載戲劇文化的形成全過程，必須要條分縷析其組合文藝形式的分類發展史，以及相互有機融合與關係史。進而尋覓中華民族戲劇文化、文藝、藝術的根源，找到其根系，以及發生的源頭。

　　論及中華民族戲劇學理論的寫作，毋庸置喙，首先要植根於中國古今歷史研究的沃土之中。所謂新式中華民族史或中國通史，乃是相對傳統的舊史學樣式而言。在此之前，有過司馬遷的紀傳志表體通史、司馬光的編年體通史，此爲古代兩大史書經典樣式；各種《通鑑紀事本末》、《通鑑綱目》、《綱鑑易知錄》之類的彙輯，也可看作爲適應不同需要在通史編纂方面所做的努力。降至晚清，時局不濟，國難日重，舊史學的不能適應時代需要，由舊史

學蛻變最終催生出新史學，無疑是編著新式中國文化通史的社會背景和學術前提。

　　1901 年 9 月，梁啓超在《清議報》上發表《中國史敘論》，從世界史學變革的大背景上展開論題，發出了重寫中國史的第一聲吶喊。1902 年他又致信吳君遂等，再次強調寫作新史應從「通史上下千古」入手。1902 年 9 月，柳詒徵出版的《歷代史略》六卷，被史學史專家譽之爲「中國近代第一部新式歷史教科書」。至 1999 年 3 月，上海人民出版社出版了白壽彝總編的《中國通史》最後一卷，即第 12 卷。至此，匯合全國各斷代史、專門史知名專家、吸納數十年史學研究成果，12 卷本、22 冊、1400 萬字的巨型《中國通史》，歷經 20 個年頭的研究和撰寫，終於全部出版，被稱之爲中國通史「世紀壓軸之作」。

　　近年來，無論中國大陸與臺灣地區個人、群體自發，還是國家政府、科研單位組織，學術界陸續出現了不少有關中華民族文明史、文化史、文學史、藝術史等方面的鴻篇巨製，如《中華文學通史》和《中華藝術通史》等。特別是《中華藝術通史》堪稱是一部囊括美術、音樂、戲曲、舞蹈、曲藝等主要藝術門類的綜合性大型藝術通史，由 35 位國內藝術領域專家學者參與編撰。按照中國歷史發展順序列卷，上起原始社會，下迄清宣統三年，共分《原始卷》、《夏商周卷》、《秦漢卷》、《三國兩晉南北朝卷》、《隋唐卷》、《五代兩宋遼金夏卷》、《元代卷》、《明代卷》、《清代卷》、《年表索引卷》等 14 卷，成爲該領域內塡補空白的學術巨著，在我們編撰《中華戲劇通史》之時應該借鑒其成功經驗。

　　另外是具體的戲劇文學藝術專門史的編寫，如與中華民族戲劇史學密切相關的是《中國戲曲志》與《中國話劇史》，以及新近出版發行的曲六乙先生的《中國少數民族戲劇史》。中國藝術研究院劉文峰在《中國戲曲志的資料價值、學術成就和對學科建設的影響》一文中評介：「《中國戲曲志》是一部全面系統地反映中國各地、各民族戲曲歷史和現實的大型叢書，其規模在世界戲劇文化史上是空前的。全書二十卷，共三千萬字，一萬五千張彩色和黑白圖片，記述了戲曲起源至 1982 年兩千年中華戲曲文化的發展歷史。其中記述的各地各民族的戲曲劇種有三百九十四個，並在數萬個劇目中選擇了五千二百一十八條各具特色的代表性劇目。」對此被譽爲「世界戲劇史上最宏偉的工程」的豐富史料叢書，我們在編撰「中華戲劇通史」時應該積極採納與吸收。

　　毋庸置疑，中華民族戲劇文化歷史與理論研究是一項規模宏大、結構複雜、脈絡清晰、層次分明、聯繫緊密的巨大系統工程。故此在總體構架設計方面應努力體現歷時性與共時性、宏觀與微觀、描述性與闡釋性相結合的理念。從建構跨地點、跨區域、跨學科的視野，重整不同樞紐點的特點，將現有的相對還顯得零碎，但充滿生命力民族戲劇藝術文化體系中去審視，對漢民族和少數民族戲劇的對話互動和傳播進行比較研究。利用民族學、戲劇學科的優勢跨越到其他學科研究，採用其他學科的研究方法研究本學科，以求最大限度地加強和完善中華民族特色的戲劇藝術理論。自二十世紀以來，中外專家學者以高漲的熱情與嚴肅的治學態度，陸續編撰了成百上千的與中華民族戲劇學密切相關的中國文明、文化、文學、音樂、舞蹈、雜技、服飾、建築等史學著作，以及大量戲劇、戲曲、話劇、歌劇、木偶戲等方面的通史、專門史、斷代史、史料彙編，我們應該充分利用跨學科研究所得寶貴資料，並要高水平、高質量地甄別、更正其中的錯訛。

　　經反覆深入思考，筆者認爲所擔負的「中華戲劇通史」編撰任務應該從古代、近代、現代、當代四個時期來記載和展現中國各民族戲劇的孕育、發生、萌芽、發展、成熟、繁榮的歷史，以及確認有史以來各個少數民族作家與藝人對中華戲劇文化理論所做出的重要貢獻。

　　追溯往事，在自先秦至明末清初的古代時期，中華民族戲劇學主要以地理、歷史學方法審視。宏觀地粗線條地追溯中國胡夷古族，或稱氏族、部族戲劇文化的發生和源頭，鉤沈魏晉南北朝時期佛教戲劇樂舞的情況，以及梳理唐金宋元期間的西域、女眞、契丹、蒙元族主要劇作家與劇作。明清時期的近代時期，主要以文化、宗教學方法審視。隨著中國疆土的不斷擴大，少數民族戲劇與漢族戲曲和周邊國家戲劇的頻繁交流，使之帶有明顯民族文化特徵的藏戲、壯劇、傣劇、羌族釋比戲、彝族撮泰吉、山南門巴戲、侗戲、地戲、土家族毛古斯、佤族清戲、師公戲、佛戲、目連戲等活躍在全國各地。清末民國的現代期間，主要以語言、民族學方法審視。此時全國各地苗劇、維吾爾劇、布依戲、毛南戲、仡佬劇、塔塔爾劇、烏孜別克戲、塔吉克戲、朝鮮族唱劇、京戲、撒拉族駱駝戲、蒙古二人臺、錫伯汗都春等廣泛演出。崑曲、京劇、梆子戲與地方戲中亦不同程度地雜糅大量的少數民族歌舞曲藝戲曲表演成分。中華人民共和國建立以來的當代時期，主要以文學、藝術學方法審視。諸如蒙古劇、滿劇、彝劇、白劇、夏劇、花兒劇、漫瀚劇、哈薩

克劇等劇種的逐漸成熟、佳作頻出，另有少數民族話劇、歌劇、舞劇等新作繁榮戲劇舞臺，使之中華各民族戲劇文化事業得到蓬勃發展。

　　筆者所梳理的民族戲劇學研究思路爲：中國少數民族自古以來與華夏族、漢族一起締造了博大精深的中華文明，以及底蘊深厚的中華文化、文學、藝術歷史，也創造了豐富多彩、形式多樣的中華民族戲劇文化。中華民族戲劇是中國多民族的戲劇，對其研究與編撰應立足於民族學與戲劇學、歷史學三者的有機結合，另外還要顧及到地理學、宗教學、文化學、民俗學、文學、藝術學等社會科學學科與成果的使用。少數民族戲劇因爲長期被中國歷代官方正史，以及文人墨客文史所忽略，故需要以新興的綜合性科研方法與手段，如文物考古、田野調查、文化比較、圖象數據等來描述與闡釋。再有需要組織人力前去實地調查研究，將其戲劇藝術交流置入周邊的跨地域、跨民族、跨國界的東西方世界戲劇文化語境中去考量。

　　涉及到具體研究目的途徑與方法，筆者認爲首先需梳理清楚少數民族古往今來的稱謂、族屬、文化根基，再摸清其歷代地理、歷史淵源，然後是宗教、語言歸屬，繼而以少數民族戲劇藝術形態貫穿於各個學術層面。考證少數民族劇種形成歷史和發展現狀、演出團體、著名演員、代表劇目、音樂特點、表演風格、舞美特色、演出習俗等及發展趨勢。盡可能兼顧戲劇歷史、戲劇批評、戲劇文獻、戲劇文物、戲劇作家、戲劇作品、戲劇聲腔、戲劇流派、戲劇觀眾、戲劇審美、戲劇著述、戲劇表演，戲劇藝術、戲劇借鑒、戲劇音樂等學科。少數民族戲劇形態中除了現有的文字、文學版本記載之外，還要特別關注其非文字、非文學之外的口頭表演藝術理論與實踐所遺存的文化遺產。尤其需要在其文化載體之宗教儀式、民俗藝術方面進行客觀、科學的審視。力求突出自己的獨特思維、豐厚資料與科研成果，積極爲中華民族戲劇學文化體系添磚加瓦。

　　我們所提倡的中華民族戲劇學綜合研究法，即借鑒民族學、歷史學、地理學、文化人類學、宗教學、語言學、藝術學等先進學科手段，又沿用考據學、訓詁學、文獻學、版本學、圖書學、統計學、闡釋學，以及製作文藝理論數據庫等傳統學科研究方法，對中華各民族戲劇發展史、關係史與存在問題進行較爲全面、系統、深入的研究。使之形成一個有著巨大歷史地理容納量的文化時空，從歷史縱線與現實橫線最大限度地展示中華民族自古迄今的三大戲劇文化圈，即中原漢族戲劇、邊疆少數民族戲劇、跨國民族戲劇文化

圈。對人類遺留的豐厚民族戲劇財富，梳理清楚它們之間的文化、文學、藝術交融的深層邏輯關係。另外需花大氣力借助於浩繁的歷史文化文獻，以及廣大民族、民間地區進行田野調查資料，從案頭與口碑中補充大量有價值的理論史料，名副其實地建構中華民族戲劇的宏偉文化大廈

「興於詩，立於禮，成於樂。」（《論語・泰伯》）在本世紀始 2003 年，我們通過民族出版社出版編撰的《民族戲劇學》，接觸到此門正在孕育的新學科之時，並沒有感到一件新生事物出現所帶來的社會效應，直到 2009 年召開的全國性「中外民族戲劇學學術研討會」上，當年爲此書寫序的文化部戲劇學權威曲六乙研究員又一次指出，「民族戲劇學將會創立一門新學科，開一方研究中華民族戲劇文化的新時空」。中國戲劇學學科設計者葉長海教授認爲，「民族戲劇學的推出將有力促進中外戲劇研究的進程。」還有文化人類學著名學者徐傑舜教授提出此門學問的產生「成功地將民族學與戲劇學融爲一體」。接著則是國內許多報刊雜誌與網站連篇累牘地發佈消息與評論。在 2010 年年初《中國社會科學報》4 月 22 日上所刊發的一組《筆談：戲劇人類學與民族戲劇學的名與實》，此時筆者才感到這是一件對弘揚中華民族優秀傳統文化非常有意義的事情。

世界上發生的事情總是按照自身的規律來運轉。自我國改革開發後在學科定位時，有所牽強附會稱謂的「戲劇戲曲學」，在「藝術學」升格平行於「文學」、「理學」等的潮流下，被徹底組合、分解爲「戲劇與影視學」。國務院學位委員會第二十八次會議審議批准《學位授予和人才培養學科目錄（2011年）》，藝術學正式成爲與文學、理學、工學等並列的獨立學科門類。藝術學門類下設有五個一級學科，即藝術學理論、音樂與舞蹈學、戲劇與影視學、美術學、設計學。包括民族戲劇學在內的此門學科亦有碩士、博士學位授予權。

中華民族戲劇學與上述藝術學之戲劇與影視學關係確實極爲密切，並與其它四門學科有一定的聯繫。另外與文學門類下的八至十門學科諸如文學理論、美學、古代文學、語言文學、文字與文獻學、現當代文學、少數民族語言文學、比較文學與世界文學等亦有「打不散，離還亂」的緊密關係。論及學術性質，民族戲劇學是在民族學、文化人類學、戲劇戲曲學、影視學相融合後，最能體現其理論性質，最有學術操作性，最有發展前景的既傳統、又前衛方法論的新興分支人文學科。

　　回顧中華人文學術歷史，在中國封建社會，中國多民族民間戲劇一直不被人重視，不能登文人與高校的大雅之堂，即便是二十世紀初也是處於無學科地位的自生自滅的狀態。中華人民共和國成立之後，戲劇研究雖逐步提高地位，但仍被禁錮在文人案頭，無法向前發展。如今只有重新回歸本位，從人類學、民族學與戲劇學的交叉、邊緣學科方能尋找到新的出路。

　　我們所倡導的中華民族戲劇學藝術研究擬從民族戲劇文化學、文學與藝術學角度進行審視，以及從戲劇歷史、戲劇理論、劇作家與作品、戲劇比較等四大領域進行研究。另外則在大處著眼於民族戲劇與自然和社會科學，大處諸如史地學、人類學、生態學、宗教學、心理學、美學等，小處著手於民族戲劇與文學、音樂學、舞蹈學、曲藝學、工藝美術學、影視學等之間關係研究。其中特別關注於民族戲劇與文學形式中的詩歌、散文、小說、講唱文學、報告文學、影視文學、網絡文學等的文化交流關係研究。

　　無論是在人類的原始社會，還是人們走過的奴隸社會、封建社會、資本主義社會、社會主義社會，乃至將來的共產主義社會，人類種群與族群總會有各種反映自身社會與精神生活的戲劇文化形式。民族這個重要稱謂，以及民族文化、文學與藝術這個意識形態，總是要貫穿於人類整個歷史，以及每個人的一生之中。由民族學與戲劇學所結合形成的「民族戲劇學」的理論與實踐活動自然在其間起著重要的文化承載與傳播作用。

　　筆者在《民族戲劇學》一書內容提要寫道：「人類從遠古的氏族、部落、部落聯盟、部族逐步發展到今天的民族，在此生物與文化偉大的演進歷程中締造了無數美不勝收的文學藝術形式。中華民族與世界各國土著民族所共同擁戴的民族戲劇，集人類物質與精神文明之大成，成為當今世界最令人神往與傾慕的文化典範。回首重溫國內外頗具神韻的民族戲劇孕育、發生、形成、演變之歷史，從中可形象地感受到方興未艾的人類學、社會學、文化學、宗教學、民俗學、藝術學等眾多學科帶給人們的深刻啟迪與昭示。借助大量鮮為人知的歷史、地理與民族民間之文化藝術珍貴資料，以科學、先進的西方文化人類學與傳統、務實的中國古代文物、文獻考據法相結合，穿過時空的隧道，撥開歷史的迷霧。全面、系統地鉤沈與梳理古今人類與各國、各民族戲劇的概念、定義、內涵、外延、性質、類別、功能、價值等諸要素；特別是以語言文字學及其文化比較學實證胡漢、華夷與周邊國家、民族戲劇的影響與傳播，以及探尋宗教與世俗敘事文體嬗變為代言體綜合表演形式之軌

跡，可謂民族戲劇學的重大課題與學術貢獻。」正是此門新興學科「民族戲劇學」從小到大，從弱到強的學術宗旨與遠大追求目標。只要我們經過長期的堅持不懈的努力，想必此門新興學科會像今天如日中天的「民族音樂學」、「戲劇人類學」一樣，有朝一日成為枝繁葉茂的人文學科大樹。

　　自從國內有人旗幟鮮明地推出「民族戲劇學」這個學科名稱，竭力提倡研究中華民族戲劇文化的先進方法論之後，這些年來，已讓人看到其堅實的基座，光明的發展態勢。在筆者閱讀法國著名社會人類學學者安托南・阿爾托著《殘酷戲劇——戲劇及其重影》，美國著名文化人類學家，普林斯頓大學高等研究院教授克利福德・格爾茲著《文化的解釋》，日本東京大學著名戲劇史學家田仲一成著《中國祭祀戲劇研究》，愛爾蘭都柏林大學中國研究院學者李嵐著《信仰的再創造——人類學視野中的儺》，中國社會科學院黃育馥研究員著《京劇・蹺和中國的性別關係》，中國戲曲學院傅謹教授著《草根的力量》，中國藝術研究院項陽研究員著《山西樂戶研究》，南京藝術學院楊曦帆博士著《藏彝走廊的樂舞文化研究》等大作之際，強烈地感受到創立此門學科的必要性與緊迫性。同時認為在中外各民族傳統戲劇文化的基礎之上，民族戲劇學方法論的倡導不僅能極大地促進中國古典戲曲與地方戲的學術發展，而且會使中國的傳統戲劇研究真正與世界戲劇學接軌。

　　中國藝術研究院何玉人研究員在為筆者主編《中外民族戲劇學研究》〔註1〕一書中精彩論證：「民族戲劇學概念的提出，是嚴密的、客觀的和符合學科規範的，從字面上理解，中外民族戲劇就是研究中國的和外國的戲劇，研究中國各民族和外國不同民族的戲劇。從戲劇本體上說，就是研究不同國家、民族戲劇之間不同的審美表達方式。國家既是權力的概念，更是民族的概念、地域的概念和文化的概念，中、外民族戲劇就是不同國家、不同人文背景和不同地域風俗中形成的，具有不同藝術個性的、不同歷史起源、發展道路和審美風格的戲劇。」由此對民族戲劇學學科建構與中國傳統戲劇文學藝術研究的發展充滿了勇氣與信心。

　　按照中國的實際情況來看，中華民族戲劇學的研究有必要從民族學與戲劇學、文學與藝術學的關係做起。故此對民族戲劇的文學性與藝術性，以及戲劇文藝的民族化的探尋是此領域研究的重頭戲。關於民族戲劇學或戲劇人類學的文學屬性或藝術屬性，我們可從葉舒憲、易中天、容世誠撰寫的《文

〔註 1〕李強主編《中外民族戲劇學研究》，三晉出版社，2011 年版。

學與人類學》、《藝術人類學》、《戲曲人類學初探》的有關論述中找到一些理論上面的支持。

中國社會科學院葉舒憲研究員著《文學與人類學》指出：「我們從人類學家和文學家那裡獲得的認識是不謀而和的：文化他者是我們發現自身缺陷、破除自我中心主義的最好契機和最有效的幫助。」他結合西方著名學者卡洛斯‧卡斯塔尼達，博爾赫斯人類學與文學兼通的實例證明：「博爾赫斯的《種族志學者》可以看做是用小說形式闡發和轉播人類學知識的嘗試。儘管他本人並非科班的人類學專業出身，但其廣泛的涉獵和跨文化經驗使他足以勝任這項工作。」〔註2〕

廈門大學易中天教授著《藝術人類學》，以馬克思關於「人不僅通過思維，而且以全部感覺在對象世界中肯定自己」的英明論斷，發現「原始戲劇的熱門話題有三個，即人的生活、神的命運和民族的歷史。」「演戲就是演人生，看戲就是看人生。實現藝術本質的人類學還原，是藝術人類學最根本的任務。」也是文學、藝術人類學與民族戲劇學的「最根本的任務」。戲劇文學與藝術是「爲自我確證感的獲得而創造出來的精神產品和觀念世界」。〔註3〕

新加坡大學容世誠教授著《戲曲人類學初探》論述：建立了一種「從人類學文化行爲，特別是儀式行爲探索中國戲劇的研究思路。同時，筆者是站在一個戲曲研究者的立場，尋求與人類學、表演學和其他學科的專家進行對話交流，以達到中國戲曲的跨學科研究目的。」〔註4〕該書作者是畢業於美國普林斯頓大學的香港哲學博士，他利用自己學習的文化人類學與戲劇學知識，在東南亞華人族群原始儀式戲劇文化研究方面作出自己獨特的民族戲劇學詮釋。

爲了中華民族戲劇學學科的創立與發展，數十年，大陸與台灣諸多學者爲此付出了許多艱辛的勞動，在基層文化的調研、理論著述的編撰方面做過許多的工作與努力。筆者心裏清楚，民族戲劇學這一龐大的文化系列工程並非是少數人一朝一夕所能完成的，也不是僅靠書本案頭所寫的幾本書與幾篇文字能奏效的。實踐證明，只有走出校園書齋，到廣闊的社會基層與邊疆地區各民族的生存地進行田野調查，才能摸清民族戲劇文化的家底，才能把好民族戲劇學的脈搏。

〔註2〕葉舒憲《文學與人類學》，社會科學文獻出版社，2003年版，第85頁。
〔註3〕易中天《藝術人類學》，上海文藝出版社1992年版，第54頁。
〔註4〕容世誠《戲曲人類學初探》「序言」，廣西師範大學出版社，2003年版。

多年來，我們「中國少數民族戲劇實證與民族戲劇研究」課題組的成員跋山涉水、披風戴月，歷盡艱險走遍了祖國邊疆的山山水水，訪問與搜集了大量中華各民族戲劇文化的珍貴歷史與現實資料。編寫了數十篇有關民族戲劇學的調查報告與學術論文。從此方面瞭解到古人爲何沉浸於：「太平處處是優場，社日兒童喜欲狂。且看參軍喚蒼鶻，京都新禁舞齋郎。」（宋·陸游《春社》）「若能覺其夢，且悟浮生如戲弄。若能智其識，漸悟狂知枉心力。」（宋·晁迥《三悟辭》）「浮生如戲弄」、「人生如戲」的特殊氛圍，忘情於戲劇大千世界之況味。也理解到現當代人爲什麼熱衷於「木落秋高景色寒，菊花開放到長安。多情最是風流色，獨向枝頭弄管絃。」（范紫東《爲漢二黃題詞·秋菊紅葉鳥》）「一群歌詠協宮商，曲譜新聲樂未央。聞道桃園晚會開，霓裳仙子月中來。」（李木庵《延安新竹枝詞》）的戲劇歌舞昇平之意蘊。

根據多年來國內外專家學者的科研成功經驗，總結了上述各種學術方法與手段，我們付出諸多辛苦與努力無非是爲了不斷提升中華民族戲劇學之品味。其結果是爲了儘快塡補中國戲劇文化體系中的諸多學術研究之空白；恢復古今中華民族戲劇史學之原貌；促使中華民族戲劇藝術研究眞正融入世界文化大格局之中。在大量學術理論與實踐中，筆者逐步認識到民族戲劇文化、文學、藝術的博大精深、源遠流長，值得爲其傾心研究付出畢生精力。

建立在中華民族文學藝術基礎之上的少數民族戲劇與中華民族戲劇藝術體系，是人類創造物質文化與精神文化的結晶體。中國各民族戲劇因具有極爲珍貴的原創性文化內涵與特質，及其獨特的民族文化風格、民族審美情趣與民族價值觀念。只有堅持馬克思主義民族觀，批判性地繼承前人的學術成果，借用業已成熟文化人類學的理論方法去深入探索與研究，方可如願以償對其民族性、民族化、現代化諸問題進行合情理的學術闡釋，逐步建立富有前瞻性、交叉性、綜合性與遠大前途的中國，乃至亞洲、世界民族戲劇學學科。只有樹立中華多民族戲劇文化的思想觀念，站在世界諸國、諸民族大文化的立場上，運用人類創造的多學科研究方法，理論緊密聯繫實際，深入到全國各地，特別是邊疆各少數民族地區，進行全面、系統的田野調查與實證，在擁有此領域的民族戲劇文化雄厚資料基礎上才能談得上相關的中華民族戲劇學理論研究。

「長風破浪會有時，直掛雲帆濟滄海」，學術創新繼往開來體現在對一門既傳統又新興的社會科學及其重要分支學科的努力開拓，新學科的建立與完

善必須進行盡可能全面、系統、科學、規範的學術研討。民族戲劇學、戲劇人類學的中國化，在國內外都屬艱辛的攻關之列，所產出的學術成果具有前瞻性與權威性，期待逐一填補民族學、文化學、戲劇學等學科長期懸而未決的學術空白。我們的一系列學術嘗試與探尋是爲了促進中華多民族的優秀戲劇文化的發展，以及確立中國傳統戲劇文學在世界戲劇文化圈的應有地位。另外，則是逐步解決中國傳統戲劇中存在的各種難題，積極梳理中外民族戲劇之間的學術交往關係，以及探索人類戲劇發展的客觀規律，爲新興、年輕、富有朝氣與傳統文化底蘊的「民族戲劇學」搭設長期、持續發展的學術平臺。

第一章　中華民族戲劇史論探索與研究

　　中華民族是一個有著上下五千年歷史的亞洲大國與族群文化共同體。根據史書上的記載，中華由「中國」與「華夏」兩個縮寫詞所組成，其民族也是由此塊土地上世代生存的種族與庶民之基本成分所構成。在如今的中華人民共和國的法典上，煌煌書寫著擁有九百六十萬平方公里的國土，以及多達十六億的由 56 個民族組成的人類群體。同樣，在此天地自然賜予的神奇廣袤的物質文化沃土上，自古迄今創造出眾多博大精深的精神文化樣式。其中華民族戲劇藝術無論在數量，還是在質量上都堪稱甚夥與奇絕。然而，因為此種文藝形式所涉獵的時空範圍過於廣深，在中國鮮有人進行史志學理論上的綜合性探索與研究。

　　論及中華民族戲劇藝術，不僅僅包括中國土體民族漢族之戲劇品種，還理應囊括更為宏闊的中華多民族，即中國 55 個少數民族豔麗雜駁的戲劇景觀。何況學術界對漢族戲曲涉足僅近百年之久，無論在廣度和深度上都遠遠未進入中華民族戲劇研究的核心地帶。在如今舉國上下高揚著中華民族優秀傳統文化偉大復興的民族精神鼓舞之下，應該認真檢點一番我們過去對此領域學術概念、定義、內涵、外延、功能、特質等理解的偏差，並借助於傳統的文獻學、考據學、金石學、文物學、戲曲學等，再有新近輸入的社會學、民族學、考古學、文化人類學、比較學、戲劇學等學科理論，高度綜合性、全面性、系統性地對中華多民族的戲劇文化從歷史與現實進行科學、務實、準確的學術闡釋。

一、中華民族戲劇史論研究的價值與意義

　　中華民族是一個有著悠久歷史文化的偉大民族，中華戲劇是中華民族傳

統文化的重要組成部分，是中國各民族精神文化眞實、形象的藝術寫照。自中華文明的曙光普照神州大地之時，中華民族戲劇就已經開始孕育、萌芽與成長，並在漫長的發展過程中形成了多元化的戲劇品種，成爲世界諸多國家和民族戲劇文化寶庫中的璀璨明珠。

中華民族戲劇藝術史是一個巨大的複合性的歷史文化系統工程，首先是中國多民族歷史與地理系統，它覆蓋著中華文明史所有歷史時期，及其所有朝代戲劇文化事件的發生地；再有亦爲民族與文化系統，包括在中國或大或小的領土上生活的古今所有民族，及其所有文化思潮有關的戲劇形態；更是藝術與戲劇系統，兼容文字記載的所有與戲劇有聯繫的音樂、舞蹈、雜技、曲藝、美術、文學、建築、服飾等重要因素。此項龐大系統工程猶如一座巍峨壯觀的大型建築物，需要大量有機文化成分和組織結構來支撐。

中華民族藝術文化源遠流長，各族人民所創造出來的原始造型藝術、表演藝術和綜合藝術三大類文化形態，上下五千年來或隱、或顯一直伴隨著我們祖先走過氏族、部族、部落聯盟、民族歷史的全過程。對其各種傳統藝術形式的發生、形成、發展，以及本質、特徵、功能等方面進行深入的考證，並置於全球語境範疇內進行比較研究，探索清楚其歷史演變規律，非常有助於對中國各民族與中外文化交流與關係史學的科學研究。

中華人民共和國是一個幅員遼闊、歷史悠久、文化豐厚的多民族國家，除了主體民族漢族之外，還擁有 55 個少數民族。他們主要居住在約占全國總面積 62.5%，約有 610 平方公里的廣闊土地上。我國如今建立了 5 個民族自治區，30 個自治州，119 個自治縣（旗），設 526 個藝術表演團體，80 個群眾藝術館，658 個文化館，7129 個文化站，188 個影劇院。擁有少數民族 20 餘個少數民族戲劇、戲曲劇種形式。

爲了保護這些極爲珍貴的民族文化遺產，大力促進中國少數民族文化事業的發展，中華人民共和國文化部、國家民委與中國文學藝術界聯合會多次舉辦包括「民族戲劇」在內的「全國少數民族文藝會演」，成立「中國民族民間文化保護國家中心」，組織頒發「全國少數民族題材戲劇劇本孔雀獎」、「中國少數民族戲劇學會獎」、「曹禺戲劇文學獎」、「文化部文華新劇目獎」、「中國戲劇家協會梅花獎」、「全國『五個一』工程」等。

國家政府於 2006 年公諸於世 518 項國家級「非物文化遺產」名錄，其中專設「傳統戲劇」大項，收入者 91 項，少數民族戲劇占 9 項，諸如藏戲、壯

劇、侗劇、布依戲、彝族撮泰吉、傣劇、山南門巴戲、二人臺、儺戲等。自二十世紀末起在全國範圍內組織近萬名戲曲工作者，歷時16年編纂的中國歷史上第一套規模宏大，多達3000萬字，囊括全國各民族394個劇種、5318個劇目的「國家重點科研項目」《中國戲曲志》，另外還有全國各省、市、自治區、地、州、縣、旗子、鎮、村修訂的「地方志」、「文藝志」，有關少數民族戲劇劇種、劇目、劇團、藝人的資料都散見於其中。

諸如人們所熟知的藏劇，其中有西藏藏戲劇種：白面具戲、藍面具戲、德格戲、門巴戲；青海劇種：黃南藏戲；甘肅藏戲劇種：南木特戲；四川藏戲劇種：德格戲、安多戲、康巴戲、嘉絨戲；另外還有如壯劇，蒙古劇，維吾爾劇，山南門巴戲，侗劇，苗劇，彝族撮泰吉、滿劇，布依戲，彝劇，白劇，傣劇，佤族清戲，夏劇，花兒劇，朝鮮族唱劇，文山壯劇、師公戲、瑤劇，仡佬劇、漫瀚劇等。實際上還應該有哈薩克劇，塔塔爾劇，烏孜別克戲，塔吉克戲，俄羅斯劇，衛拉特蒙古劇，京族戲，羌族釋比戲，撒拉族駱駝戲、二人臺、儺戲、目連戲等。另外還應包括漢族各劇種裡反映古今少數民族歷史與現實生活題材的各類戲劇（話劇、歌劇、音樂劇、小品、電視劇、廣播劇等）戲曲、歌舞劇、舞劇、廣場劇等。

讓我們回頭瞻望中華民族走過來的歷史就會清醒地認識到，中國從古以來就是一個多民族的大家庭，中國無比豐厚的傳統戲劇文化是各民族無數庶民百姓文人志士親密合作而創造的，而中國少數民族戲劇藝術最能反映華夏民族發生、形成與發展的歷史文化進程。

早在人類史前史時期，中國就出現多元歷史文化，在中華大地上就有曾經相對獨立發展起來的獨具特色的文化類型。徐旭生在《中國古史的傳說時代》中論述：「我國人民有一部分從古代起，就自稱諸夏，又稱華夏，又單稱夏或華。到春秋戰國以後，華夏就成了我們種族的名字——把我國較古的傳說總括來看，華夏、夷、蠻三族實為秦漢間所稱的中國人的三個主要來源。」

中華民族在歷史上有過幾次大融合，由此造成了各民族文化藝術的大整合。關於漢族的名稱，據呂思勉先生在《先秦史》中考證：

> 漢族之名，起於劉邦稱帝之後。昔日民族國家，混而為一，人因以一朝之號，為我全族之名。自茲以還，雖朝屢改，而族名無改。
> 〔註1〕

〔註1〕呂思勉《先秦史》，上海古籍出版社1982年版，第22頁。

在中國的歷史上,「漢族」是秦、漢朝在華夏族基礎上漸次融合了夷、蠻兩大族群的結果,後來又陸續接納進來大江南北、長城內外其他的各少數民族,以形成大規模的漢胡大融合。據葉茜著《中華民族的文化與性格》一書評介:「隋唐,特別是唐代的京城長安(今西安)是世界的文化中心之一,不僅胡漢雜居,而且有很多外國人長期居住,甚至定居落籍,這就不僅使這些人漢化,而且漢人也受到對方的影響,不僅使漢文化變得豐富多彩,而且在某種程度上可以說使漢文化發生了深刻地變化。」〔註2〕

比如說奠定了中華民族戲劇文化基礎的隋唐燕樂中就有七部來自東胡、西胡的樂部;大量為古典戲曲伴奏的樂器也來自西域胡地,至於借鑒於胡族的舞蹈如「胡騰」、「胡旋」、「柘枝」、「缽頭」、「合生」等更是比比皆是。此歷史現象正如陰法魯先生所說:「探索唐代樂舞發展的過程,至少應該上溯到南北朝時代。南北朝時代是一個動蕩的時代。漢族的主要政權移到江南,其他民族大量地進入中原地區。由於民族的遷徙雜居,文化頻繁的交流,中國音樂醞釀著巨大的變化。傳統的清商樂(西漢以來的樂府音樂)流行於南朝。江南各地的新的民間音樂也不斷地湧現出來,充實清商樂的內容。在北朝,北方各地的民間音樂也被發掘整理,陸續地浮升上來;而且西域音樂也伴隨著佛教進來。所謂西域音樂即指我國西部各兄弟民族的樂舞,以及中央亞細亞和印度等地的樂舞。」〔註3〕

至於隋唐後世的五代十國、遼、金、元與清朝等少數民族國家政權時期,中原漢地從邊疆胡地輸入樂舞戲劇形式更是尋常家事。所謂的諸宮調、雜劇、傳奇、地方戲中融入大量的少數民族戲劇成分,這已是眾所周知的歷史事實。康保成在《中國戲劇史研究入門》中指出,富有民族文化傳統的中華民族創作了極為豐富多樣的各民族戲劇,如果研究中國戲劇史拋開少數民族戲劇資源和成果,那是不可思議的事。就其中華民族戲劇史學研究理應包括如下四大範疇:

　　　　(一)包括戲劇起源、形成諸問題在內的上古至宋代的戲劇和前戲劇形態演進史;(二)宋代以來迄於1949年,戲劇作家作品、戲劇論著及其他文獻、文物資料中反映的戲劇嬗變史;(三)對古代戲劇文獻及戲劇理論的研究;(四)迄今仍在上演的京、昆及漢族各

〔註2〕 葉茜《中華民族的文化與性格》,民族出版社,2006年版,第105頁。
〔註3〕 陰法魯《全唐詩中的樂部資料》,人民音樂出版社1958年版,第6頁。

地方戲劇種、特殊劇種（如儺戲、傀儡戲、皮影戲等）和少數民族
戲劇中的文學部分。〔註4〕

眾所周知，中華民族文化亦稱神州、華夏、赤縣、九州、中國或中華文化，
其中亦包括齊魯文化、三晉文化、三秦文化、荊楚文化、吳越文化、巴蜀文
化、嶺南文化、關東文化、西域文化、青藏文化等，甚至包容歷史上曾擴充
的周邊地區與民族文化。中國傳統戲劇文化是由華夏夷族演衍而來的包括漢
族，及其55個少數民族共同構建的中華民族的重要文化形式。此種具有悠久
歷史與高度文明的綜合表演藝術，天生具有極大的傳承性與包容性。中國古
代文化歷史形勢為「東西交流，南北對抗」，故此，東西與南北文化比較研究
是認識中華民族傳統文化的關鍵。在研究其歷史文化的前提下，我們方可找
出中華民族戲劇的地域文化的特質與根基。

　　自古迄今，有無數文人騷客用文字記錄著他們所見所聞、所感知的各種
戲劇藝術現象，然而因為封建統治階級、宗法禮樂制度的歧視與排擠，戲劇
始終不能登上文學藝術的大雅之堂。及至近現代，一些有識之士將其登堂入
室載於中國傳統文化的史冊，卻因為思想觀念、技術手段、學識財力等因素
的阻擾，終不能形成概覽中華民族戲劇全貌之大勢。我們理當糾正歷代文人
對戲劇的各種錯訛與偏見，倡導中華民族「大戲劇」之理念，逐步完善包括
戲曲在內的諸如話劇、歌劇、歌舞劇等真正傳統戲劇文化體系。並且真實記
載中華傳統戲劇與東西方諸國（特別是周邊國家與民族）的歷代文學藝術交
流史，在國際上樹立中華民族戲劇文化的學術地位，從理論與實踐兩方面實
現與世界民族戲劇文化研究接軌。

　　在如今國運昌盛之際，我們擔負著國家的囑託、人民的希望，發掘、整
理、研究中華民族有史以來的戲劇藝術，大力弘揚中國優秀傳統文化，填補
國內外中華民族戲劇文化歷史長卷的科研空白。梳理中國各民族戲劇歷史的
演變與發展脈絡，恢復中國各民族的戲劇文化地位，為中華民族的文明、團
結、和諧做出應有的貢獻。

　　新中國成立以來，黨和國家、地方政府非常重視各民族戲劇藝術的研究
與發展，提出大力弘揚中華民族優秀傳統文化，包括至今尚存的古典戲曲、
民間戲劇、地方戲曲、少數民族戲劇、話劇、歌劇等政策扶持；近年來又順
應世界潮流，對包括民族戲劇藝術在內的全國各地非物質文化遺產展開全民

〔註4〕康保成《中國戲劇史研究入門》，復旦大學出版社，2009版，第78頁。

性的挖掘、保護、研究工作，這無疑爲中華民族文化的偉大復興提供了千載難逢的學術良機。在中國實行改革開放的歷史新時期，富有高度民族文化責任感、歷史使命感的中國史學專家學者抱著極大的學術熱情，正在奮力投入爲中華民族五千年秉筆作史的浩大工程建構之中。

據人所知，如今在我國已有《中華文化通史》、《中華文學通史》、《中華藝術通史》等陸續出版，但尚未見全面性、系統性的中華各民族戲劇，或戲曲、地方戲等綜合研究成果。雖然擺在人們面前的各種《中國戲劇史》、《中國戲曲史》、《地方劇種史》，另外如戲劇音樂、美術、表演、文物等方面的史學書籍非常之多，但是更需要在此基礎之上產生更高學術層次、更大篇幅，更多內容，更加科學規範的長篇史學巨製。我們認爲，中華民族戲劇史與其理論研究，必然要成爲中華古今各民族，包括海外華人的戲劇「全史」，而且是貫穿中國上下五千年各個歷史階段的戲劇「通史」。故此，逐步完善跨學科、跨民族、跨國界、跨語言、跨文化等綜合比較文藝理論，顯得非常必要，並具有其不可替代的學術和應用價值。

目前全國大專院校通用各種有關戲劇的教科書，因史料多是沿襲抄錄，內容陳舊，錯誤眾多，亟需糾偏勘正。現已出版的《中國戲劇史》、《中國戲曲史》、《中國話劇史》等有多種，但未見一部眞正意義上的《中華民族戲劇史論》，更未見多卷的包括漢族在內的 56 個中華民族傳統戲劇通史，此種被動的史學現象亟待改變。另外國內從事戲劇專業的文藝團體很多，在社會底層的業餘班社更是難以計數，他們作爲從事戲劇實踐的工作團體，急需相關文史論兼備的民族戲劇理論的指導。

在中華民族偉大復興的新時期，我們可通過專門性史書典籍的編纂，弘揚我國多民族戲劇文化的悠久性和現實性。此部《民族戲劇學研究與考察》就是要最大限度地收集相關民族戲劇文化資料，用歷史唯物主義與辯證唯物主義的方法將其獨特的歷史發展脈絡勾勒出來，並客觀準確地闡述其客觀規律。在此過程中需大量借鑒中華文明、文化、文學、藝術、戲曲、話劇通史，以及與戲劇相關的音樂、舞蹈、雜技、美術、建築、服飾等史學著作的成功經驗來完善其學術專著或教科書的研究與編撰，將其打造成讓中外學界承認的文化、藝術專門史學之精品。

綜合分析上述林林總總、數量眾多的戲劇史志學方面的著作，可知國內學人對祖先遺留下來的豐富多樣文化遺產的高度重視和極大的編志修史熱

情，但也從中透露出一些淡淡的憂愁與無奈。經統計分析，其中的戲劇史絕大多數是漢族的戲曲史，較少涉及其他 55 個少數民族戲劇史，以及新興崛起的話劇、歌劇與民間宗教戲劇，更缺少日益盛隆的中外國家與民族戲劇交流的理論著述。此種極不協調和相稱的現象在二十世紀末、二十一世紀開局的十年才有所改觀，然而應該重視的學術研究問題仍有不少偏差。雖然經近百年編撰戲劇史學的經驗積累，我們已經擁有大量可供參考的相關著述。但是要清晰地認識到，大多文字材料都是代代沿襲互相抄錄的，並且基本屬於漢族文化範疇，缺乏民族、民間新材料的補充。另外最忌諱的是戲曲、話劇兩大派相互對立，以鄰爲壑，諸如多加引用的兩大戲劇通史：張庚、郭漢城主編《中國戲曲通史》與田本相主編的《中國話劇藝術通史》不知何時能眞正有機地融爲一體。

中華民族戲劇史學界因其學科的發展要求，也受社會學界中國文化史、文學史、藝術史重寫呼聲的影響，也一次次提出「重寫戲劇史」的要求。由此而帶來對戲劇史寫作的許多新問題、新觀點、新思維、新方法等，諸如：爲何與如何撰寫，何以爲戲劇新概念、中國戲劇起源、流變、戲劇新範疇、戲劇分期、戲劇層次、戲劇轉型等，這一切學術癥結的解決，瓶頸的突破，似乎都在爲中華民族大戲劇歷史文化闡釋搭橋鋪路。

中華文明史、文化史所包容的地理、歷史、語言、宗教、民族、文化等領域，也同樣爲中國少數民族戲劇生存、發展提供了廣闊的藝術時空。歷史上各朝代的國土疆界的伸縮，古今民族的不斷變化，催生了各自不同的戲劇形式。少數民族戲劇不僅僅是用漢族的或書面文字記載的戲曲文學，也應該包括古今眾多少數民族的非文字記載的宗教與世俗的戲劇藝術形式，並且兼容國內外輸入的各種已經變異的戲劇文化形態。

中華民族戲劇史理當以全新的觀念、視角與方法通過有史以來卷帙浩繁的古籍文獻、文史著述、田野調查報告，以及各民族語言文字所記載的古今戲劇資料，多層次、多側面、多角度、全方位地進行學術考察，盡可能科學、眞實、準確地記錄與中國傳統戲劇文化伴隨數千年的少數民族古今戲劇，諸如戲曲、話劇、歌劇、歌舞劇、舞劇、音樂劇、皮影戲、木偶戲、小品、廣場劇等戲劇文化歷史與現狀。

在具體研究過程中，因爲中國少數民族戲劇史古代文字記載的缺失，又因中華戲劇遠古、近古歷史多少兼顧了一些古代部族的戲劇文化資料，可採

取詳今略古、突出現當代戲劇的寫法。但因爲少數民族戲劇的特殊性，以及史學的編年寫作，不能完全將古往今來歷史人爲割斷而捨去，應多少保留古代戲劇淵源部分。昔日不甚重視古今少數民族戲劇文化研究，從而造成中華戲劇信息大量流失。其實，古代漢族及其戲劇也爲「四夷」胡族及其各少數民族所融入和構成。需對過去被忽略和遺忘的戲劇史前史，即前戲劇、準戲劇、泛戲劇，以及戲劇因子、戲劇元素、戲劇成分等進行融會貫通的歷史鈎沈。

眾所周知，「中華」稱華夏或諸夏，「華」意爲「榮」、「夏」爲中原之人。中華亦稱「中國」或「神州」。戰國齊人鄒衍謂：「中國名曰赤縣神州，赤縣神州內自有九州。」(《史記‧孟子荀卿傳》)「九州」泛指中國。歷代學者各其所知的大陸所劃分的九個地理區域起於春秋戰國時代，認爲係大禹治水後所劃分。《禹貢九州圖》後擴大範圍，「中華」不光是現在的中國，而是包括歷史上數次版圖變化的「大中國」。其人種、民族波及到自古迄今的各朝代的所有民族，不僅爲華族、夏族、漢族，還有眾多少數民族，古代之夷、狄、羌、戎、蠻及各古族，以及當今 56 個民族與一些不確定的族群，另有遷徙到世界各地的華僑、華裔、華人社團。

我們目前在社會上所見到的有關中華民族戲劇文化的介紹與有關科研成果，雖然也出現在一些民族傳統文學藝術方面的書籍和教材之中，但是多局限於漢民族，比較缺乏、甚至漠視 55 個少數民族戲劇藝術的存在。另外則是多沉溺於古代宮廷生活與民俗禮儀活動，未曾將領域拓展至於周邊國家地區與各民族藝術互動關係研究；再者不多見將中國少數民族戲劇文化置於當代全球語境中進行與西方民族文學藝術深層次的學術對話，對此我們在理論與實踐中應該給予必要的糾正和合理的彌補。

中華文明的策源地雖然主要在黃河中游的中原、三秦、三晉地區，於關中長安，相繼建立的周、秦、漢、唐等十三朝古都爲中心，奠定的中華上下五千年傳統文化，以及與此同步的多朝代、多地域、多民族的戲劇藝術歷史遺產極其豐厚，但是居於長江、珠江流域交匯的地區，即先秦時期秦國與楚國所管轄之地，也同樣是中華文明，也是中華民族戲劇文化的發祥地。我們現在所見中國傳統戲劇藝術史，昔日過於偏重沿海與東部漢族地區，且追溯的年代短暫與時而中斷，此種不甚合理的失調的史學局面必須改變。

居於中國西北、西南、東北等中國西部地區，珍藏的巨大的華夏與四夷

戲劇文化瑰寶，但數千年，沒有受到中央政府、地方官府、文人墨客的重視，對此散見於民族民間民俗、宗教祭祀儀式中的珍貴史料必須引起高度的關注。因爲從中可窺視自古迄今民族戲劇文化曲折發展的軌跡，可望破解遺落已久的大量戲劇歷史寶貴信息，以及延伸我們對四千多年中華文明歷史的全新認識。

　　中華民族戲劇不限於後世較爲成熟的中國漢族古典戲曲與從國外輸入的話劇，也同時包容中國各民族神話傳說、宗教禮儀、民間世俗，以及古代文獻、圖象實物中記載的各類傳統雜戲、儺戲、百戲、小戲、歌舞戲、戲弄、傀儡戲、影戲、目連戲、廣場戲等，以及經中外文化交流所得歌劇、舞劇、音樂劇、啞劇等。同時包括可以證實中華古今各民族戲劇文化歷史進程的相關文學藝術各門類的珍貴背景輔佐資料。

　　中華民族戲劇史志理論是由民族學與戲劇學兩大學科所組成，是由縱向的史學與橫向的志學所輔佐的對古今中國傳統戲劇文化的學術研究成果。中華民族戲劇是綜合性文化的有機合成，是音樂、舞蹈、文學、說唱、雜技、繪畫、書法、雕塑、建築和工藝等各項藝術門類的高度整合。「中華民族戲劇通史」絕非一般意義上的斷代史、專門史、劇種史、區域史，也不是在平素戲劇現象浮光掠影的膚淺文字描述，而是與中華民族幾千年歷史相輔相成的各個歷史時期的文化通史、全史，是經得起後世科學、歷史驗證的全息記錄、描述、闡釋其中華戲劇歷史發展脈絡、規律的史志論宏偉畫卷。應力求在穿過漫長的歷史隧道，撥開世俗理論常爲人們炫目誤讀的迷霧，來求證其在中華文明史與世界文明史中歷史演變歷史以及其重要的應有的學術位置。

　　戲劇文化作爲人類文明歷史的重要成果，一定要隨著其文明歷程孕育、誕生、萌芽、生長、發展、成熟，乃至終結、消解、滅失、或由以別的形式復興。民族戲劇有根，又有源，並有流，需用自然科學、社會科學最用功效的研究方法來攻堅探尋。特別要借助文化考古、歷史地理、文字文獻、田野調查、縱橫比較、數據分析、圖文影像等，全景觀、全方位、立體時空研究探索。民族戲劇因子、元素、成分常以隱形，或不以文字記載，不爲人所知的方式散見、遺存在人類各個歷史階段；需以顯現的戲劇文化遺產來作歷史逆向研究，方可逐步揭示其學術奧秘。應分析其伴生的考古發現中的詩、樂、舞、美、技等歷史進程。民族戲劇爲綜合性演藝文化，不僅僅爲文學、藝術所擁有，何況爲非文字表演形式，應該發生在其前面，距今何止三千至五千

年，按推理，中華古代戲劇理應與古埃及、古希臘的原始戲劇大致同步。據英國著名學者赫·韋爾斯著《世界史綱》論斷：

> 在文明發生之前，人類生活中已經有了這些事情：在古代文明地區，當定期的慶祝活動已上昇成為廟宇的典禮時，喜聞樂見的故事和短劇、樸素的舞蹈。無疑仍在普通老百姓中繼續流傳。雖然僧侶們採用了各種各樣傳說的綱目，例如創造天地萬物的故事，並且把許多原始的寓言擴展成為複雜的神話，但他們似乎並沒有把他們投進華麗詞藻的模型裏去加以鑄煉，主要形式還是看戲。〔註5〕

由此可推斷，包括中華先民在人類原始社會就擁有各部族範圍內的簡單的戲劇藝術表演活動。卞崇道著《東方思想寶庫·序》中闡述：「我們難以用定義的方式界說何謂東方思想文化，只能在同西方的比較中，去捕捉東方思想文化的總體傾向。」〔註6〕同樣，我們界定中國思想文化與戲劇文化，也需要在同國內外諸國、諸民族歷史文化的比較研究之過程中，去捕捉中華古代各民族「思想文化的總體傾向」。

關於對中國、神州、或華夏、華夷、胡漢、乃至中華多民族的戲劇文化、文學、藝術的歷史理論的研究與探索，自二十世紀起，在國內外時起時落、風起雲湧。人們越來越覺得此綜合學科真實、生動地反映和再現了中華文明在各個歷史時期蔚為壯觀的文化面貌。但是令人感到詫異的是廣大人民群眾喜聞樂見的此種表演形式，卻長期在中國文史領域沒有相應的學術地位。中國遠古有著繁茂枝幹、縱橫溪流的戲劇文化大樹，或大河，卻難以尋覓出較為清晰地根基與源頭。再加上中華民族眾多、歷史悠久、地域宏大，戲劇綜合文藝雜駁、色彩斑斕，發展脈絡模糊、時斷時續，如雲中蛟龍撲朔迷離，故引起國內外無數專家學者極大的學術興趣與志向，窮年皓首去爬梳辨析，由此產出名目繁多的相關著作、論文、研究報告。但是遺憾的是因為各種客觀、主觀原因，都無緣將其學術的觸角伸向中華民族戲劇文化的中樞地帶。

我們從事的中華民族戲劇藝術史論研究擬以全新的觀念、視角與方法通過有史以來的卷帙浩繁的古籍文獻、文史著述、田野調查報告，以及中外各國各族語言文字所記載的有關中國古今戲劇資料，來多層次、多側面、多角

〔註5〕（英）赫·書伯斯《世界世網》，吳文藻、謝冰心、費孝通譯，廣西師範大學出版社，2005 年版，第 153 頁。
〔註6〕卞崇道《東方思想寶庫·序》，吉林人民出版社，1994 年，第 8 頁。

度、全方位地考察與記載與中華文明相伴隨的長達數千年的中國古今各民族戲劇文化的孕育、發生、萌芽、形成、發展、盛興、成熟、變異等曲折、漫長的歷史，力圖尋覓出中國各民族，尤其是中國漢族與各少數民族戲劇之間交流的古今事實，以及相互之間共同促進、攜手發展的客觀規律。

二、中華民族戲劇史與理論研究成果綜述

「前車之鑒，後世之師」。中國自古迄今是一個舉世少有的編史修志的文化大國，中華民族中諸多文人墨客爲繼承前賢的學術命脈而窮其一生搜集史學資料，勤奮不已地編撰各種文化、文學、藝術史，其中也包括綜合性頗強的民族戲劇樂舞史志論。受其影響，海外學界也有許多熱心關注者，爲中華民族戲劇文化研究增添了新的思路與學術活力。《民族戲劇學研究與考察》一書本著大海兼容、大山積聚的原則將其先哲前賢，以及後生學人的重要相關學術成果按國際、國內、臺港、大陸地理區域、編年歷史先後進行盤查披閱，並對富有代表性的戲劇史學學術觀點予以簡括的引證評述，以求廣徵博采、去僞存眞、取其精華，來促進中華民族戲劇文化歷史的研究不斷向前發展。

（一）海外關於中國戲劇史論研究

首先需要記錄的是歐美關於中國戲劇史論研究：近現代，隨著西方文化的輸入，歐美人士的來華，包括哲學、美學、戲劇學等的西學理論傳入中國大陸，沿著國際大通道，中國傳統戲劇表演藝術也有許多作品輸入西方各國，諸如十八世紀下半葉《趙氏孤兒》改編本在英法德國的出現， 1930 年、1935年梅派京劇在美國、蘇聯的演出，使歐美諸國觀眾對東方國度的戲劇藝術產生濃厚的興趣，也同樣激起西方學者研究中國傳統戲劇的高度熱情。

實際上，早在中國學者之前，歐美文人學者就以西方社會科學方法開始評介、探析中國戲曲的奧秘。如 1817 年英國學者約翰‧法蘭西斯‧戴維斯翻譯元雜劇《老生兒》，撰寫《中國戲劇及其舞臺表現簡介》。1829 年翻譯《漢宮秋》，認爲「它的主題的莊嚴，人物的高貴，氣氛的悲壯和唱詞的嚴密能滿足古希臘『三一律』最頑固的敬慕者。」約翰‧法蘭西斯‧戴維斯《幸運的團聚》（第二卷）1829 年由倫敦東方翻譯基金會編印。1836 年，他撰寫了一本《中國人》，系統地評介了《趙氏孤兒》、《灰闌記》等中國古典戲曲。

法國學者巴贊於 1838 年翻譯巴黎皇家印刷所出版《中國戲曲：元代戲曲選》，1841 年翻譯《琵琶記》，1850 年在《元代：中國文學插圖史》評介了大

量中國的元雜劇。1866 年德國學者克萊因編著《戲劇史》第三卷，評介了一些中國戲曲作品，由萊比錫魏格爾出版社出版。1887 年 R・戈特沙爾編著《中國戲劇》，由波蘭布雷斯勞特雷文特出版社出版。1901 年雷金納德・約翰遜著《中國戲劇》在上海別發洋行出版。

據西方文獻《中國戲曲：評論、批評及劇本英譯》不完全統計，十九末至二十世紀，於歐美問世的有關中國戲劇的評論文章與著作約一千五百五十種，其中僅相關的英文博士論文就不下於一百種。像華人著名學者王光祈著博士論文《中國古典歌劇》於 1934 年發表於伯恩大學，1935 年日內瓦出版。劉君若著博士論文《中國十三世紀雜劇研究》，1952 年發表於麥迪森威斯康辛大學，爲世界劇壇打開中華民族戲劇一扇扇神奇而絢麗的窗口。

據著名學者陳寅恪爲王國維先生撰寫的《王靜安先生遺書序》披露，認爲舉凡他的許多著述均爲「取外來之觀念與固有之材料互相參證，凡屬於文藝批評及小說戲曲之作，如《紅樓夢評論》及《宋元戲曲考》等是也。」由此可見，中國戲劇史學當初借鑒和吸收了海外研究方法和成果才得以創立。

在此之後，1922 年波士頓四海公司、紐約凱普與史密斯出版社聯合出版凱特・布斯著《中國戲劇研究》，1925 年波士頓利特爾布朗出版公司出版朱克著《中國戲劇》。另外還有維姆斯特撰《中國奇異的偶戲》，發表在《旅遊》1925 年 12 月號，後載於 1936 年出版《中國皮影戲》。路易斯・查爾斯・阿林頓著《古今中國戲曲概論》，後附梅蘭芳編著《三十年中國戲劇》，1930 年上海別發洋行出版。蔣恩凱著《崑曲：關於中國古典戲劇》於 1932 年在巴黎 E・勒魯出版社出版。卡米爾・普佩著《中國戲劇》1933 年在布魯塞爾勞動出版社出版。埃克斯譯著《中國唐代的戲劇》載於 1935 年《亞洲要聞》。陳伊範著《中國戲劇》，連續於 1948 年倫敦多布森出版，1949 年紐約羅伊出版社出版。

在此前後，歐美學者不僅對中國傳統戲劇現實，而且也開始關切中國戲劇的起源及其發生史，如俄國著名學者李福清在《中國古典文學研究在蘇聯》〔註 7〕評述俄羅斯學者 N・蓋達在《中國傳統戲劇——戲曲》中，曾將中國戲曲的的形成期定於唐代，雖然其「逐漸確立的統一的固定的藝術形式，還帶有即興性質，然而某些後來的固定特徵已經顯示出來了，這就是：幾種藝術

〔註 7〕　（俄）李福清《中國古典文學研究在蘇聯》，臺灣學生書局，1991 年，第 90頁。

形式的有機結合，固定的行當體制。」

　　二十世紀中葉，國外更加熱衷中國傳統戲曲研究，陸續所見學術成果如：卡爾沃多瓦・塞斯、卡爾沃多瓦・瓦尼斯合著《中國戲劇》，斯科特著《中國古典戲劇》，斯科特著《中國傳統戲裝》，詹姆斯・克倫普著《元本：元雜劇喧鬧的祖先》，E・布魯克著博士論文《中國唱段研究》等。C・莉莉著博士論文《明傳奇戲曲：一齣通俗戲曲的分析》，1964 年發表於坎布里奇馬薩諾塞哈佛大學。

　　1965 年，紐約阿普爾頓世界出版社出版溫伯格編譯《中國文學珍寶：包括小說與戲曲的新散文集》。另有斯潘塞著博士論文《戲劇的臉譜》，亨利・韋爾斯著《東方古典戲劇》，D・卡爾沃多瓦著《川劇的起源和特徵》，羅森納・皮隆內著《中國戲曲》，1966 年由羅加聖卡西亞諾科佩爾利出版社出版。斯科特著《傳統中國戲劇》長達三卷，1967、1969、1972 年由麥迪森、倫敦威斯康辛大學出版社分別出版。威廉・多爾比《關漢卿和他的作品研究》，以及恩勒・B・布勒斯著華盛頓大學博士論文《中國歌劇的研究》，戴爾・R・約翰遜密執安大學博士論文《元曲格律》均在 1968 公諸於世。

　　二十世紀 70 年代公開出版發行的如 S・D・甘布爾著《中國鄉村戲劇》，理查德・林恩和喬治・艾倫・海登 1971 年發表於斯坦福大學博士論文《詩人與批評家王世貞》的《元代包公戲》。珍尼特・路易斯・福羅特 1972 年發表於貝克萊加里佛尼亞大學的博十論文《明代戲曲家徐渭的雜劇〈四聲猿〉》。

　　另外還有科林・麥克勒斯著《京劇的興起：1770～1870：中國清代戲劇的社會方面》。埃斯諾 H・克朗 1974 年發表於安阿伯密執安大學的博士論文《元代散曲：微觀結構、內容及與其它散曲形式的比較》，喬治・艾倫・海登著《元朝和明初的宮廷戲劇》。1974 年美國哈佛大學《亞洲研究》。塔杜什・茲比科斯基著《南宋時代的早期南戲》，塞克・弗拉基米維奇・奧布雷策夫著《中國的傀儡戲》。1976 年英國倫敦埃利克公司出版威廉・多爾比著《中國戲劇史》，在中華民族戲劇史學方面作了獨特視角的探討。

　　在 1976 年《遠東》第 23 卷第 2 期發表人威爾特・L・艾德瑪撰《中國的舞臺和宮廷：洪武年間劇場的狀況》，同年，斯蒂芬・韋斯特著《歌舞和敘述：金代戲曲的成分》，在德國威斯巴登弗蘭茨施泰納出版社出版。以及他在《通報》第 63 卷發表的《北雜劇〈虎頭牌〉中的女真族的因素》在探討中國少數民族戲劇方面顯得格外突出。1978 年又有兩篇美國博士論文粉墨登場，

如奧斯汀德克薩斯大學戈登・羅斯著《戲劇中的關羽：兩齣元代戲劇的翻譯與研究》，芝加哥大學瓊・馬利根《〈琵琶記〉及其在傳奇發展中的地位》。再則是斯蒂芬・韋斯特著《元朝對北戲發展的影響》，喬治・海登著《中世紀中國戲曲中的罪與罰：三齣包公戲》對中國宋元時期的民族戲劇交融文化現象很感興趣，並作了力所能及的探索研究。

在我國改革開放時期的二十世紀末，西方學者對東方各國民族戲劇更加發生興趣，因為他們感知這是解開中國戲曲史的一把鑰匙。如1980年安阿伯密執安大學中國研究中心出版的戴爾・約翰遜著《元代北曲之結構與曲律及金元戲曲北詞譜》，同年在圖森亞利桑那大學出版社出版的詹姆斯・克倫普著《忽必烈時代的中國戲劇》，以及翌年在普林頓大學出版社出版的斯蒂・H・韋斯特撰《在蒙古統治下的中國戲劇》。隨後則是綜合性的相關著述，如：威爾特・艾德馬、斯蒂芬・韋斯特合著《中國戲劇：1100～1450》，科林・麥克勒編著《中國戲劇：從起源到現狀》，葛林・馬克拉斯著《清代京劇百年史》，等等。

在西方戲劇史學界除了美國學者之外較為知名的專家有英國的龍彼得、杜威廉，澳大利亞的C・馬克林，加拿大的米列娜等。另外還有一批海外華裔學者，如時鐘雯、劉若愚、張如蘭、榮鴻曾等，他們以自己的辛勤勞為中西民族戲劇史學的接觸與交流鋪平了道路。諸如時鐘雯《中國戲劇的黃金時代：元雜劇》別出蹊徑地認為「蒙古統治對於白話文學的發展，尤其是元曲的繁榮，起到重要的促進作用」後導致「元雜劇興盛」。〔註8〕海外學術界這些有益的研究與探索民族戲劇學研究帶來種種新的學術思考。

接著是日韓專家學者對中國戲劇史論的研究：日本與韓國因為特殊的地緣關係和文化背景，自古迄今有著深厚的漢學研究傳統，其中自然包括中華民族表演藝術與古典戲曲史學。早在江戶時期，就有新井白石撰寫的將中國元雜劇與日本能樂角色相比較的《俳優考》，後於十九世紀末又有對中國戲曲深入研究的久保二得、狩野直喜、鈴木虎雄、鹽谷溫等「京都學派」諸位學人，其代表人物狩野直喜幾乎與王國維同時期展開對中國戲劇歷史的探討。如他於明治四十一年（1908）發表的《中國戲曲的起源》及以後所著《戲曲史大要》、《中國戲曲略史》等。繼承狩野直喜的衣鉢，其弟子青木正兒、吉川幸二郎等更是將中國戲曲研究的水平大為提升，不俗的學術成就讓中國學

〔註8〕葉長海主編《中國戲劇研究》，福建人民出版社，2006年版，第580頁。

界刮目相看。

諸如青木正兒 1937 年在京都《東方學報》第 8 冊發表《北曲的遺響》，1941 年在弘文堂出版《支那文學藝術考》，1943 年在岩波書店出版《支那文學思想史》，《支那戲曲史 1～2》於 1933 年、1934 年東京版。青木正兒還譯注《元人雜劇》，1955 年在東京春秋社出版，另譯注《元人雜劇：梧桐雨、貨郎擔、魔合羅》，1957 年亦在東京春秋社出版。值得稱道的是青木正兒傳入中國的另外幾部著作，如《元人雜劇概說》、《元人雜劇序說》均由著名翻譯家隋樹森譯介，前者 1957 年由北京戲劇出版社出版，後者由 1959 年香港成文書局出版。其中產生社會影響最廣的是 1965 年臺灣商務印書館出版的《中國近世戲曲史》（王吉廬譯），這是受王國維啓示與指點的完成於昭和五年（1930）的戲劇史學傳世之作。他雖以明清兩朝戲曲（變「死文學」爲「活文學」）爲主項任務，可仍將其端緒向前延伸若干朝代，專設「宋以前戲劇發達之概略」。故言之，「先秦時代，戲劇起源，出於歌舞，殆爲各國戲劇史所趨之同一路徑。」吉川幸次郎先是編著《中國文學論集》並收錄清水茂著《戲曲小說論》，後又著《元雜劇的構成》（上、中、下），於京都《東方學報》於 1943 第十四冊二、三、四分冊刊載。遂又著《元雜劇研究》於 1948 年岩波書店出版，而在漢學界名聲大震。

在日本較早走入中國戲劇史研究前列的另如辻聽花著《中國劇》（1920），瀧澤俊亮著《支那劇的音韻、音樂、舞法》（1935）；長澤規矩著《關於元明兩朝戲曲小說的書志學的考察》（1936）；波多野乾一著《支那劇大觀》、《支那劇及其名優》（1940），內田道夫著《禮親王的戲曲與清朝文化》（1940），永持德一《中國的戲劇》（1941），田中謙二著《元雜劇的題材》（1942），晉藤節野著《支那戲曲翻譯與俳句》（1942），印南高一著《中國的影戲》（1944），入矢義高著《北宋的演藝：以〈東京夢華錄〉中京瓦伎藝章節爲中心》（1949）等眾多著述。波多野乾一數次抵達中國大陸，學得一口北京方言，並與梅蘭芳私人關係密切，自然將其民族戲劇史學做得到位。

繼承其學問的後世學者與成果計有八木澤元著《明代劇作家研究》（1959），岩城秀夫著《中國戲曲演劇研究》（1973），濱一衛著《中國戲曲劇種一覽稿》（1973），波多野太郎著《新得小說戲曲提要——中國小說戲曲的用語研究注釋》，岩城秀夫著《萬曆年間演劇虛實論》（1981），會澤卓司著《元雜劇裁判劇的側面——特別以胥吏爲中心》（1981），特別是以金文京、赤松

紀彥爲主共同完成的《元刊雜劇研究》（東京：汲古書院，2006）使之日本的
華夏戲劇文化研究群體勢力大爲加強。

　　新世紀之交，日本學界以田仲一成爲代表的戲劇社會學、人類學研究學
派異峰突起，引起中華民族戲劇史學界不小的震動。田仲成一近年專寫一系
列專著，如《關於十五、十六世紀江南地方戲的變化》（1973～1977），《關於
清代的會館演劇》（1981），《中國祭祀演劇研究》（1981），《中國宗族與演劇》
（1985）《中國鄉村祭祀研究——地方劇的環境》（1989），《東亞農村祭祀戲
劇研究》（1992），《中國巫系演劇研究》（1993），《中國戲劇史》（1998），《明
清的戲曲——江南宗族社會的表象》（2000），《中國地方戲曲研究——元明南
戲向東南沿海地區的傳播》（2006）等。他在《中國戲劇史》中猛烈抨擊當下
戲劇學界輕視農村「地方戲」的錯誤傾向，認爲中國「與西歐和日本的戲劇
研究把農村戲劇看作城市戲劇之母特別加以重視，是完全不同的」，而應對農
村祭祀禮儀戲劇加強研究，認爲如此發展方爲正道。

　　韓國對中國戲劇史研究時間較晚，但大有後來者居上之大勢。諸如金學
主撰《中國古代歌舞戲》（首爾民音社，1994 年）全書以「小戲」爲主線，以
「歌舞戲」貫穿全書。梁會錫著《中國戲曲》，（首爾民音社，1994 年），吳秀
毓博士學位論文《宋元南戲研究》，金興雨著《韓中演劇散論》（1992）等學
術品位很高。2000 年由金正奎擔綱的《中國戲曲總論》更是先聲奪人之舉。

　　臺港關於中國戲劇史論研究聲勢很大，不可忽略。臺灣寶島作爲中國領
土的一部分，自古以來與祖國有著「血濃於水」的深切淵源關聯。相隔海峽，
兩岸華夏同胞學者始終爲祖先遺留下來的古典文學藝術遺產而自豪，並借文
字媒介相互交往與從事研究。大陸解放前夕，有大批專家學者東渡抵達海島，
帶去了中華民族戲劇史學研究的香火，半個多世紀以來，寶島焚香燃火，越
燒越旺。

　　據台灣學者蔡欣欣著《臺灣戲曲研究成果述論》（1945～2001）「上編：
中國戲曲劇論」簡介，臺灣學人所達成的民族戲劇史學研究共識：

　　　　中國戲曲在歷史的長河中孕育，涵融了各種藝術成分而逐漸發
　　　展成爲文學與藝術的綜合有機體，也形成各時期不同的戲曲文學與
　　　表演藝術。在管窺戲曲在歷史的發展樣貌時，首先須掌握戲曲發展
　　　的源流脈絡，如此更能掌握其藝術的發展規律與時代特點。是以涵
　　　蓋了對戲曲各面向論述的「中國戲曲史」，是引領進入戲曲殿堂的叩

　　門階，卻也是最難以駕馭書寫的研究專題。透過資料的蒐集、梳理、
　　鑒別與考證，以縱向性、歷時性的分析提挈、辨析戲曲內在本體的
　　變異現象，理解作家作品的特色價值等，建立史觀歸結闡述戲曲藝
　　術的歷史風貌與發展規律。〔註9〕

此書中還記載：臺灣光復後第一部以「通史」體例，撰寫戲曲史論者為鄧綏
寧的《中國戲劇史》（臺北：中華文化出版事業委員會，1956），本書以單元
主題的敘述方式，依時序先後書寫了中國漢族戲曲與少數民族戲劇的發展歷
史。

　　書中特別提及鄭騫，執教臺灣大學中國文學研究所，他治學嚴謹，對古
典詩詞鈎沈發微，頗有獨到見解。他的《元雜劇的記錄》，較早對元雜劇存佚
情況作出統計，並提出重編元劇總目的計劃。認為北曲舊譜「太和正音譜」、
「北詞廣正」、「九宮大成」以及吳梅的《北詞簡譜》等各有得失。所著《北
曲新譜》、《北曲套式彙錄詳解》是研治北曲的重要著作，均出版於 1973 年。
1962 年出版《校訂元刊雜劇三十種》，其中所寫文字校正、格律考訂等校勘記
1500 餘條。

　　隨後沿其學風，陸續問世數十種戲劇通史、斷代史、專門史，大多是臺
灣學者，後來也有大陸學者，可知此地治學治史風氣之濃，諸如：朱尙文《明
代戲曲史》（1959），孟瑤《中國戲曲史》（1965），陳萬鼐《元明清劇曲史》
（1966），羅士林《中國戲劇史研究》（1967），田士林《中國戲劇發展史（1972），
李浮生《中華國劇史》（1983），吳國欽《中國戲曲史漫話》（1983），唐文標
《中國古代戲劇史初稿》（1984），史煥章《中華國劇史》（1985），陳萬鼐著
《元明清劇曲史》（1987），費雲文著《中華戲劇史》（1988），盧前《明清戲
曲史》（1988），左鵬軍《近代傳奇雜劇史論》（1988），魏子雲著《中國戲劇
史》（1992），張燕瑾《中國戲劇史》（1993），季國平《元雜劇發展史》（1993），
吳捷秋《梨園戲藝術史論》（1994），林鋒雄《中國戲劇史論稿》（1995），葉
長海《中國戲劇學史稿》（1986），董每戡《中國戲劇簡史》（1987），余秋雨
《中國戲劇文化史述》（1987），周妙中《清代戲曲史》（1987），周貽白《中
國戲劇史講座》（1988）等，上述中國戲劇史中較有特色的是出現兩部帶有「中
華」二字的史學著作《中華國劇史》和《中華戲劇史》，前者顯然是指京劇，
而後者似指海峽兩岸的中華各民族戲劇文化，從其措辭中可窺視臺胞渴望回

〔註 9〕蔡欣欣《臺灣戲曲研究成果述論》，國家出版社印行，2005 年版。

歸祖國的深層渴望。

與上述戲劇史學相映成趣的重要著述還有張敬等《中國古典戲劇論集》（臺灣幼獅文化事業公司，1985），張敬《南曲曲牌調與唐宋大樂樂律之淵源考》（臺灣大學《文史哲學報》第 11 期，1962），黃欣欣《雜技與戲曲發展之研究》臺灣文史哲出版社，1998），陳芳《晚清古典戲劇的歷史意義》（臺灣學生書局，1988），李惠綿《戲曲批評概念史考論》（臺灣里仁書局，2002）等，近年來，臺灣著名學者曾永義戲劇著述頗豐，在海峽兩岸聲譽頗高，他在《戲劇源流新論》「緒論」中呼籲重寫中國戲劇史的構想，逐漸獲得國內許多同行的理解與支持。

香港作爲聯結大陸與海內外文化橋梁的國際大都市，在世界文化藝術界引薦介紹中國傳統戲劇方面貢獻很大，此地與臺灣相對應組織學術力量編寫與出版許多民族戲劇史學與理論研究著作。如香港九龍於 1962 出版的許周志《近百年的京劇》，香港上海書局於 1960 年出版的馮明之《中國戲劇史》，香港文星書店於 1965 年出版的孟瑤《中國戲曲史》，香港三聯書店於 1985 年出版的朱承樸、曾慶全《明清傳奇概說》等都頗有學術價值。

關於戲劇作家、作品方面的書籍如香港龍門書局版的羅錦堂《論元人雜劇之分類》（1960），《明代作家考略》（1966），香港潛文堂版的梁沛錦編《關漢卿研究論文集成》（1969），香港上海書局版的韌庵《中國古代戲劇家》（1977年），香港文心書局版的謝無量《平民文學之兩大文豪──羅貫中、馬致遠》（1976），三聯書店香港分店版的劉靖之《關漢卿三國故事雜劇研究》（1980、1987），《元人水滸雜劇研究》（1990），香港漢華書局版的馮瑞龍《元代愛情悲劇研究》（1992），香港新世紀出版社版的瞿鈞《馬致遠論稿》（1993），香港海出版社版的廖玉蕙《細說桃花扇──思想與情愛》（1997）等等。

令人尤爲關注的是香港學人於近年加快戲劇文獻資料的輯錄與民間戲劇的研究，此方面的成果諸如：羅錦堂《中國戲曲總目彙編》（香港玩有圖書公司，1966），香港大學中文學會編《中國戲曲研究資料索引》（香港廣角鏡出版社，1989），譚達先《中國民間戲劇研究》（香港商務印書館，1981），謝錫恩撰、陳安娜編《中國戲曲的藝術形式》（香港中國語文學會，1986）等。相信隨著港澳臺與大陸學界的廣泛交流，以及海外華人學者的進一步通力合作，一部部眞正有分量的中華民族戲劇長編通史志論典籍將會赫然擺在世人面前。

（二）大陸關於中國戲劇史論研究

　　中華民族戲劇文化的本源產生於中華人民共和國九百六十萬平方公里的大地上，為了探尋中國傳統戲劇的源流與奧秘，古代歷朝無數文人才子耗費精神體力逐年勞作，因其體系太龐大，問題太複雜，而莫能奏效如願。只有到了近現代，當中國與西方社會科學史學理論相遇合才陸續出現一大批中國多民族傳統戲劇研究著作。我們根據所能查閱到的有關大陸的戲劇史學著作（大約二百多部），按發表時間歸類並略作如下評述：

　　在二十世紀前期，於戲劇史治學方面最著名的當屬王國維、吳梅和周貽白先生。浦江清如此評價：「近世對於戲曲一門學問，最有研究者推王靜安先生與吳梅先生兩人。」並推崇之「北王南吳」，前者研考重點在「戲」學，後者重點則在「曲」學，即「律學、音學、辭音三者。」〔註10〕中國戲劇史學的開山之作，即王國維的《宋元戲曲史》，最初於 1913～1933 年連續登載於《東方雜誌》、《文藝叢刻甲級》、《萬有文庫》、《國學小叢書》。吳梅的代表作《中國戲曲概論》則由大東書局出版於 1926 年。

　　被學術同行一致推崇的《宋元戲曲史》，就是汲取外來戲劇觀念的代表作。陳寅恪先生總結王國維治學的 3 種方法之一是「取外來之觀念，與固有之材料相互參證」，所舉學術成果就有《宋元戲曲考》。其後有馮沅君、董每戡、歐陽予倩、周貽白、張庚等專家，無一不是在借鑒外國戲劇理論的基礎上完成其民族戲劇理論、戲劇史建構的。

　　步其後塵的周貽白不拘泥於案頭書本，主張加大舞臺實踐研究，他在《中國戲劇史略・自序》曰：「戲劇本為上演而設，非奏之場上不為功，不比其他文體，僅供案頭而已足。」趙景深在 1947 年 7 月 18 日《中央日報》「中國戲劇史序」中寫道：「到現在為止，我們還不曾有一部比較完善的中國戲劇全史，有之，自周貽白《中國戲劇史》始。」張庚在 1981 年與郭漢成主編的《中國戲曲通史》出版前夕，撰文稱譽：「世界上研究中國戲劇史的學者不少，但寫成完整史書而獨樹一幟的，王國維、青木正兒之外，就數周貽白了。」依照余從為周貽白著《中國戲劇史・中國劇場史》所寫的「前言」總結其特點：

　　　　一、突破編撰宋元、明清等斷代史的局限，注重戲劇全史和細節發展通史的流變研究。二、密切聯繫舞臺演出實踐，重視對場上藝術的實際考察，改變了過去研究方法上側重於文獻考據和重文輕

〔註10〕《吳梅戲曲論文集》，中國戲劇出版社，1983 年版，「前言」。

藝的偏頗。三、重視研究各地區的戲曲藝術，拓展了戲曲史領域。
〔註11〕

當然，在陸續湧現的幾十部戲劇史學著作亦有各自貢獻，如新月書店版的余上沅《國劇運動》（1927）、北華印刷廠版的齊如山《中國劇之組織》（1928）、劉守鶴《崑劇史初稿》，（《劇學月刊》第二卷第 1 期，1933）、中華書局版的王芷章《清代伶官傳》（1936）、麥嘯霞《廣東戲曲史略》（《廣東文物》1940）、商務印書館版的董每戡《中國戲劇簡史》（1949）等，其中要數盧前《明清戲曲史》影響較大，觀點較為先進，關於這兩個朝代的戲曲史料簡述，其書不乏精彩的劇史評品，如：「明清二代，劇曲直富，邁越胡元。然一創一因，未可並論。就因言創，亦有足稱。」此說與王國維《宋元戲曲史》「宋之詞，元之曲，皆所謂一代之文學，而後世莫能繼焉者也。」〔註12〕而不屑明清傳奇繁榮歷史之偏見相悖而論。

自解放前後，關於修史治學的學者逐漸增多，諸如王季烈、馮沅君、周貽白、任中敏、吳曉玲、鄭振鐸、趙景深、王季思、孫楷第、董每戡、錢南揚、黃芝岡、嚴敦易、杜穎陶、葉德均、歐陽予倩、李家瑞、李嘯倉、傅惜華、徐慕雲、張庚、徐扶明、莊一拂、陸萼庭、胡忌等人，均以各自不同的學術背景和知識積累，從不同的方面，對中國戲劇史事業做出了不同程度的貢獻，留下了大量的學術著作，這些都是民族戲劇學研究可參考的重要成果。諸如：趙景深《元人雜劇鈎沈》（古典文學出版社，1956）、譚正璧《話本與古劇》（古典文學出版社，1956）、任半塘《唐戲弄》（作家出版社，1958）、周貽白《中國戲曲史長編》（人民文學出版社，1960）、傅惜華《元代雜劇全目》（作家出版社，1857）、《明代傳奇全目》（人民文學出版社，1959）、陶君起《京劇劇目初探》等，諸位前賢學者長年辛勤治史、著述等身，功不可沒。

馮沅君，戲曲史家，著有《中國詩史》、《南戲拾遺》、《中國文學史簡編》、《古劇說彙》、《古優解》等，其《南戲拾遺》發表於 1936 年《燕京學報》，根據新發現的《彙纂元譜南曲九宮正始》，共得南戲新目 72 種，有佚曲增補的南戲 43 種。《古劇說彙》收錄其關於古代戲曲的考證文章 15 篇，如《古劇四考》：《勾欄考》、《路歧考》、《才人考》、《做場考》，《說賺詞》、《孤本元明雜劇鈔本題記》對王國維的《宋元戲曲史》有所補充和發展。此書對宋、金、

〔註11〕 周貽白《中國戲劇史・中國劇場史》，湖南教育出版社，2007 版。
〔註12〕 《盧前曲學四種》，中華書局，2006 年版。

元戲曲和中國戲曲的歷史，有重要的參考價值。

孫楷第，古典戲曲研究家，一生著力於古典戲曲的研究。尤注重元代戲曲、古代傀儡戲和影戲的學術研究。他所著《述也是園舊藏古今雜劇》、《也是園古今雜劇考》將所發現的清初園藏元明雜劇230餘種加以考訂。《傀儡戲考原》（1944年稿，1952年重訂）提出「近代戲曲原出宋代傀儡戲、影戲」的獨家學說。另有《元曲家考略》、《滄州集》、《俗講、說唱與白話小說》等較有代表性。

錢南揚，戲曲史家，長期致力於中國古典戲曲的研究，對於宋元南戲造詣頗深。明清以來，宋元雜劇、南戲劇本散失殆盡，辛亥革命前後，王國維《宋元戲曲史》、姚華《弢漪室曲話》相繼問世，開創研治宋元南戲之學。1934年，趙景深著《宋元戲文本事》出版，同年，他在《燕京學報》發表《宋元南戲百一錄》，輯錄54種宋元南戲的殘曲，引起學術界的重視。解放後，他獲宋元南戲167本，其中有傳本者15本，全佚者33種，佚曲119本，著有《宋元戲文輯佚》，另有《戲文概論》（1981）、《元琵琶記校注》（1956）、《永樂大典戲文三種校注》（1979）、《湯顯祖集‧戲曲集》（1962）等。

趙景深，戲曲史家和戲曲理論家，1933年在鄭振鐸先生的影響下，專心致力於古代戲曲研究。主要著作有《宋元戲文本事》（1934）、《元人雜劇輯逸》（1935）、《讀曲隨筆》（1936）、《小說戲曲新考》（1939）、《元人雜劇鈎沈》（1956）、《明清曲談》（1957）、《元明南戲考略》（1958）、《曲論初探》（1980）等。他搜集豐富的戲曲史料，以嚴謹的治學態度，考證作家生平、作品本事與版本淵源，並有一系列重要發現。如1972年所撰《中國古典戲曲理論》一文，對前後700年的重要戲曲論著，按歷史發展依次作了論述，實際上已具備了民族戲劇批評史的基本輪廓。

王季思的元雜劇研究成果《西廂五劇注》（1944），力作《西廂記校注》（1954），1962年與游國恩等主編《中國文學史》，另有《元雜劇選注》（1980）、《桃花扇校注》（1968）、《玉輪軒曲論》（1980），他在戲劇史學方面發表了大量有價值的文章培養大批學人，受到人們密切關注。

胡忌著《宋金雜劇考》是一部斷代的中國戲劇史著作。其學風嚴謹、功底紮實，深入考據，自成一家。全書列為五章二十二節，分別是（一）、名稱，（二）、淵源與發展，（三）、角色名稱，（四）、內容與體制，（五）、其他。作者在大量古籍和中國通俗小說筆記中鈎沈出許多有價值的宋金院本、雜劇史

料，有力地豐富和補充了王國維史論中的不足。此書本於1956年出版，幾十年他又反覆修改加工，2008年又在中華書局出版訂補本。

二十世紀後期與二十一世紀初正趕上了大陸思想解放、改革開放的新時期，中國學者在學術相對自由的形勢中，激發了重新而大量編寫戲劇史的熱情，所出版發行的諸如此類的學術著作汗牛充棟，大致統計有102部。

諸如戲劇史、劇種史、專門史、戲劇理論史、戲劇史學的代表作有：陸萼庭《崑劇演出史稿》（上海文藝出版社，1980），張庚、郭漢城《中國戲曲通史》（中國戲劇出版社，1982），馬龍文、毛達志《河北梆子簡史》（中國戲劇出版社，1982），任半塘的《唐戲弄》（上海古籍出版社，1984），葉長海《中國戲劇學史稿》（上海文藝出版社，1986），胡忌、劉致中《崑劇發展史》（中國戲劇出版社，1989），馬少波主編《中國京劇史》（中國戲劇出版社，1990），劉蔭柏《元代雜劇史》（花山文藝出版社，1990），張發穎《中國戲班史》（瀋陽出版社，1991），鄧運佳《中國川劇通史》（四川大學出版社，1993），傅曉航《戲曲理論史述要》（文化藝術出版社，1994），吳毓華《古代戲曲美學史》（文化藝術出版社，1994），孫崇濤、徐宏圖《戲曲優伶史》（文化藝術出版社，1995），吳新雷《中國戲曲史論》（江蘇教育出版社，1996），李萬鈞主編《中國古今戲劇史》（廣東教育出版社，1997），黃仕忠《中國戲曲史研究》（中山大學出版社，1997），廖奔《中國古代劇場史》（中州古籍出版社，1997），俞為民、孫蓉蓉《中國古代戲曲理論史通論》（臺灣華正書局，1998），隗芾主編《中國喜劇史》（汕頭大學出版社，1998），劉滬生《京劇家班史》（北京圖書館出版社，1998），郭英德《明清傳奇史》（江蘇古籍出版社，1998），么書儀、王永寬、高鳴鸞主編《中國文學通典·戲劇通典》（解放軍文藝出版社，1999），王政《中國戲曲美學史論綱》（中國文聯出版社，1999），高義龍、李曉主編《中國戲曲現代戲史》（上海文藝出版社，1999），廖奔、劉彥君《中國戲曲發展史》（山西教育出版社，2000），周傳家、秦華生主編《北京戲劇通史》（北京燕山出版社，2001），賴伯疆《廣東戲曲簡史》（廣東人民出版社，2001），徐慕雲《中國戲劇史》（上海古籍出版社，2001），涂沛主編《中國戲曲表演史論》（文化藝術出版社，2002），周華斌《中國戲劇史新論》（北京廣播學院出版社，2003），海震《戲曲音樂史》（文化藝術出版社，2003），王芷章《中國京劇編年史》（中國戲劇出版社，2003），王恒富、謝振東主編《貴州戲劇史》（貴州人民出版社，2004），劉文峰《中國戲曲文化史》（中國戲劇

出版社，2004），蘇子裕《弋陽腔發展史稿》（中國戲劇出版社，2006），秦華生、劉文峰《清代戲曲發展史》（旅遊教育出版社，2006），金寧芬《明代戲曲史》（社會科學文獻出版社，2007），徐宏圖《南宋戲曲史》（上海古籍出版社，2008），李強《絲綢之路戲劇文化研究》（新疆人民出版社，2009），俞爲民、劉水雲《宋元南戲史》（鳳凰出版社，2009）等等。

　　諸如上述，中國戲劇史的編撰於二十世紀與二十一世紀之交已經由小到大，由弱至強，從一般的斷代史、專門史、劇種史，逐步過渡到較爲全面、齊備的全史、通史，如張庚、郭漢城《中國戲曲通史》，俞爲民、孫蓉蓉《中國古代戲曲理論史通論》，么書儀、王永寬、高鳴鸞主編《中國文學通典‧戲劇通典》，周傳家、秦華生主編《北京戲劇通史》等已經貼上了民族戲劇通史、通論、通典的學術標籤，在此基礎上通過全國學術精華共同撰寫，上層次、水平的中華民族戲劇文化通史已是指日可待的事了。

（三）話劇、歌劇和少數民族戲劇史學著作

　　在中華民族戲劇歷史與文化理論研究過程中，較之上述的漢族學者所研究的漢族戲曲史學，外來新的戲劇樣式話劇、歌劇與豐富多樣的少數民族戲劇顯得更加直接與重要。

　　因當下經濟全球化、文化多樣化使之各國世界性交往步伐的加快，昔日較爲封建、保守的中國戲劇史學界人士開始尋找與世界各國戲劇交流接軌的渠道，近世海外漢學家相繼在西班牙愛斯高里亞聖‧勞倫佐圖書館發現《風月錦囊》、《全家錦囊》（前編、續編），內含大量中國樂舞、雜曲、說唱與 41 齣戲文、傳奇、雜劇曲目。另外在丹麥皇家圖書館與奧地利維也納圖書館發現《樂府玉樹英》、《樂府萬家新》、《大明天下春》，其中收編許多散曲、雜唱、詩詞、俗語與 100 餘齣戲曲劇作片斷。經考證，上述文獻均爲中國明代古典戲曲選刻藏本，這些國外史料的新收穫令人大受鼓舞。

　　十九世紀末許多專家學者出國尋訪，陸續找到大量的中華多民族戲劇流涉海外的例證。其中最典型的是清康熙三十七年（1698 年），法國耶穌會傳教士約瑟夫‧普雷馬雷（馬若瑟）入華傳教，並首譯元雜劇名作《趙氏孤兒》爲法文本，後促使歐洲出現 5 種同類改編本，以及 17 種各國語言譯本。《趙氏孤兒》、《老生兒》、《西廂記》等爲輸入西方世界的第一批富有代表性的中國古典戲劇文本。與其同時，清光緒二十三年（1898 年），上海梵王渡基督教約翰書院學生在聖誕節慶典會上「取西哲之嘉言懿行，出之粉墨」，均操「英、

法語言」表演西方戲劇節目。在此前後各種西洋表演藝術「舶來品」不斷湧入中國。加之留學歐美、日本等國學生帶回的西方戲劇，從而導致近、現代文明新戲與話劇的誕生。更有一些有強烈民族意識與愛國心的歸國知識分子通過大量譯介舉動，有力地啓發和刺激中國學界從中外戲劇交流的角度來思考中華民族戲劇理論的命運。

戲劇理論批評家洪深，從中國現代話劇和電影草創時期開始，就進行了編劇、導演、表演全面的實踐和理論探索，是中國現代話劇的奠基人之一。1916 年，他赴美國，入俄亥俄州立大學，1919 年考入哈佛大學 C‧P‧貝克教授主辦的戲劇訓練班，成爲中國第一個專攻民族戲劇學的留學生。1928 年 4 月他提議採用「話劇」一詞來統一當時戲劇的混亂名稱，次年撰寫《從中國的「新戲」說到「話劇」》一文。1928 年冬，洪深加入南國社，撰寫論文《屬於一個時代的戲劇》，提出「戲劇是描寫人生的藝術，」「凡一切有價值的戲劇，都是富於時代性的」。

余上沅，戲劇理論家，1923 年留美入卡內基大學藝術學院學習戲劇，繼而轉紐約哥倫比亞大學專攻西洋戲劇文學及劇場藝術。1926 年收集有關戲劇論文輯成《國劇運動》一書。於國立戲劇專科學校時他撰寫《表演藝術大綱》、《導演藝術大綱》、《舞臺設計提要》等教材。1959 年調至上海戲劇學院任教，編寫了《西洋戲劇理論批評》、《戲劇概論》等講稿，還翻譯了貝克的《戲劇技巧》等名著。

熊佛西，1926 年獲美國哥倫比亞大學研究院戲劇碩士學位回國，任北京國立藝術專科學校戲劇系主任。出版《熊佛西論劇》、《寫作原理》等專著。對戲劇藝術的本質和發展，悲劇、喜劇等的形成和變遷以及西洋戲劇的源流，結合中國戲曲的特點，對戲劇的結構、觀眾心理、綜合藝術的理解等方面進行論述，對借鑒西洋演劇經驗，發展中國新興話劇事業起到積極地啓蒙作用。1947 年就任上海市立戲劇實驗學校校長，後爲上海戲劇學院院長。

顧仲彝，戲劇理論家，1924 年於東南大學畢業後進上海商務印書館任編輯，期間，加入上海戲劇協社和文學研究會。1963 年他完成一生歸結性的著作《編劇理論與技巧》，闡明戲劇的特徵、戲劇結構、戲劇人物及戲劇語言等，構成在中國戲劇界廣爲流傳的所謂戲劇結構三分法，並認眞研究了中國戲曲的豐富遺產和戲曲創作理論，使全書具有濃鬱的民族文化特色。

孫浩然，舞臺美術家，戲劇教育家，1935 年清華大學畢業，1936 年赴美

學習，1940年回國。1952年由上海人民藝術劇院調入上海戲劇學院舞臺美術系任教授、主任。1982年當選爲全國舞臺美術學會首任會長。自二十世紀30年代開始接觸戲劇，從事業餘舞臺美術創作和演員、導演以及評論工作。

　　有關中國話劇史的著述在大陸，最有代表性的如解放初期1958年至1963年中國戲劇出版社出版的《中國話劇運動五十年史料》，接著應運而生的一大批搜集、整理、研究中國傳統戲劇與外國古今戲劇關係的史學論著，其眼界開闊、方法先進、觀點新穎，爲中華民族戲劇研究步入世界戲劇文化語境大開庭徑。據不完全統計，二十世紀至今出版發行的話劇、歌劇、舞劇、少數民族戲劇的主要著作約72部。其中研究話劇代表性著作如：朱東霖《中美文化在戲劇中交流——奧尼爾與中國》（南京大學出版社，1988），陳白塵、董健主編《中國現代戲劇史稿》（中國戲劇出版社 1989），饒芃子主編《中西戲劇比較教程》（廣東高等教育出版社 1989），藍凡《中西戲劇比較論稿》（學林出版社，1992），田本相主編《中國現代比較戲劇史》（文化藝術出版社 1992），孫慶升《中國現代戲劇思潮史》（北京大學出版社 1994），葛一虹主編《中國話劇通史》（文化藝術出版社 1997），田本相、鄭煒明主編《澳門戲劇史稿》（江蘇教育出版社，1999），胡健生《中外戲劇比較研究》（新疆人民出版社，2000），李強《中西戲劇文化交流史》（人民音樂出版社，2002），翁敏華《中日韓戲劇文化因緣研究》（學林出版社，2002），周安華《二十世紀中國問題劇研究》（中國戲劇出版社，2000），黃鳴奮《數碼戲劇學》（廈門大學出版社，2003），董健主編《中國現代戲劇總目提要》（南京大學出版社，2003），黃艾華《二十世紀中外戲劇比較論稿》（浙江大學出版社，2006 年），吳戈的《中美戲劇交流的文化解讀》（雲南大學出版社，2006 年版），李強《中外劇詩比較通論》（中國社會科學出版社，2006 年），孫玫著《中國戲曲跨文化研究》（中華書局，2006），周寧主編《東南亞華語戲劇史》（廈門大學出版社，2007），田本相主編《中國話劇藝術通史》山西教育出版社，2008），黃會林主編《中國百年話劇史稿》（北京師範大學出版社，2009），陳珂《戲劇發生論》（中國戲劇出版社，2009），等等。

　　令人感到欣喜的是此類著述漸次不光局限於話劇史料的描述，已拓展到與戲曲、歌劇等形式進行的學術比較，也不拘泥於對西方戲劇的評介，而大量涉及到中國與周邊國家、地區與民族戲劇的實質性接觸與關係研究。相比之下，中國學界關於東西方歌劇、舞劇、音樂劇的著作相對較少，我們所見

有代表性的主要是對西洋歌劇的介紹評述，還有解放前後我國一些民族歌劇、歌舞劇的創作、演出過程經驗談之類的文章，需要關注的諸如傅瑾著《新中國戲劇史》（湖南人民出版社，2004），于平著《中國現當代舞劇發展史》（人民音樂出版社，2004），訾娟、張旭編著《中國音樂劇作品選集》（上海音樂出版社，2006），文碩著《中國音樂劇史（近代卷）》（東方之子出版社，2009）等幾種。

　　有關中國多民族戲劇文化交流方面的著作出現較晚，數量較少，這與有眾多少數民族成分的中華泱泱大國的歷史文化極不相稱。究其深層原因是歷代封建統治者與上層達官貴人的輕蔑態度有關聯，再是中國漢族文人根深蒂固的中原文化、漢族藝術中心論不斷加深了此痼疾。難怪著名學者曲六乙在《中國文化報》與《民族戲劇學‧序》（民族出版社，2003）中痛心疾首大發感慨：「迄今為止，從二十世紀初王國維先生的《宋元戲曲考》，到世紀末之前，國內出版的各種中國戲劇史著述含中國戲曲史都是漢族戲劇史，少數民族戲劇史卻遭受冷漠，完全或基本被排斥在外，真是咄咄怪事。」實際上，在我國，眾多少數民族的歷史文化中蘊藏著極其豐厚的原始戲劇、宗教戲劇、民間戲劇礦藏，有待我們去珍視與發掘。中華民族戲劇史，從歷史學、文化學視野來審視，就是一部不折不扣的中華古今眾多民族創建的戲劇文化全史與通史。故此，現有的相關戲劇史志論學專著顯得格外珍貴，相信隨著我國改革開放步伐的加快而逐漸會有更多成果成批出版發行。

　　令人欣喜的是在黨與人民政府關於民族政策的指導下，解放後，特別是社會主義新時期，此類少數民族史學代表性著作問世越來越多。諸如：曲六乙《中國少數民族戲劇》（作家出版社，1964），雲南省戲劇工作室編《雲南兄弟民族戲劇概況》（雲南人民出版社，1959），曲六乙《儺戲、少數民族戲劇及其其他》（中國戲劇出版社，1990），黎方《論雲南少數民族戲劇》（文化藝術出版社，1990），曲六乙、李肖冰編《西域戲劇與戲劇的發生》（新疆人民出版社，1992），陳多《劇史新說》（臺灣學海出版社，1994），方鶴春主編《中國少數民族戲劇研究論文集》（遼寧民族出版社，1997），王勝華《雲南民族戲劇論》（雲南大學出版社，2000），姚寶瑄《絲路藝術與西域戲劇》（山西古籍出版社，2002），李強、柯琳《民族戲劇學》（民族出版社，2003），錢茀《儺俗史》（廣西民族出版社、上海文藝出版社，2000），王廷信《中國戲劇之發生》（韓國新星出版社，2004），王勝華《中國戲劇的早期形態》（雲南

大學出版社，2005 年），李悅《中國少數民族戲曲》（中國戲劇出版社，2005），康保成《儺戲藝術源流》（廣東高等教育出版社，2005），曲六乙、錢茀合著《東方儺文化概論》（山西教育出版社，2006 年版），庹修明《叩響古代巫風儺俗之門》（貴族民族出版社，2007），等等。

曲六乙先生堪稱中國少數民族戲劇史、儺戲史研究開創者，他在二十世紀 60 年代就捷足先登地調查與研究被學術界長期被忽略的極爲豐富的中國少數民族戲劇文化。他所寫作的《中國少數民族戲劇》一書，爲中國有史以來第一本專門系統介紹少數民族戲劇的著作。此書內容包含少數民族戲劇的基本概念、範疇、分佈、分類、發展以及藏、白、壯、傣、侗、彝、苗、維吾爾等十五個民族的主要劇種和漢族與少數民族之間戲劇交流的文化概況，另外在此書還頗有價值地附錄《少數民族主要劇種、代表劇目》與《漢族戲劇中反映少數民族生活的主要劇目》兩個簡表。此後，曲六乙不辭勞苦，無數次地深入到邊疆各少數民族地區進行調研考察，又陸續寫作與出版了如《西藏神舞、戲劇與面具藝術》、《儺戲·少數民族戲劇及其它》、《「三塊瓦」集》等學術專書。另外他還新近完成了國家藝術學科重點課題《中國少數民族戲劇史》，無疑將此學術領域得以不斷拓寬。

曲六乙與錢茀合著《東方儺文化概論》將中國戲劇的歷程大爲提前，並對原始戲劇給予大量篇幅的評介，涉及到儺戲歷史淵源時，書中寫道：「儺文化經歷了三千年多年的發展，形成了包括原始自然宗教、人爲宗教、民俗、儀式、音樂、舞蹈、戲劇、面具和民間文學等因素的龐大文化叢系。」關於中原漢族儺戲文化他們認爲可追溯到周代的「儺禮」、「儺儀」，「漢族儺文化在漫長的歷史文化積澱中，形成了完備的歷史叢系，構成了一個龐大的儺家族和六個系列。這六個系列是：儺儀（儺禮、儺祭）、巫儺、儺俗、儺藝（儺歌、儺舞、儺戲等）、儺面、儺技。」至於中國眾多的少數民族儺戲文化就更加廣泛而源遠流長。

另外如王文章主編，劉文峰、李悅主編《中國少數民族戲曲劇種發展史》是一部對中華多民族戲劇文化進行較爲全面、系統的展示成果。此書堅持歷史唯物論和辯證唯物論的觀點，既把各個少數民族戲曲放在中華民族戲曲文化的大背景中加以記載，又描述出了各個少數民族戲曲獨特的發展歷史；既反映了漢族戲曲對各個少數民族戲曲的影響，又反映了少數民族戲曲對漢族戲曲的影響。全書共分 17 章，詳盡記敘了西藏藏戲、門巴戲、青海藏戲、甘

南藏戲、四川藏戲、廣西壯劇、壯師劇、雲南壯劇、傣劇、章哈劇、白劇、彝劇、侗戲、布依戲、湘西苗劇、廣西苗劇、內蒙古蒙古劇、阜新蒙古劇、滿族新城戲、維吾爾劇、唱劇、毛南戲、佤族清戲、釋比戲等 24 個少數民族戲曲劇種的發展歷史與藝術形態。每章按各劇種的實際情況，分爲形成歷史、發展現狀、演出團體、著名演員、代表劇目、音樂特點、表演風格、舞美特色、演出習俗等章節。各部分的編寫內容，既保持了全書體例框架的完整性，又突出了不同劇種藝術的獨特性，使歷史與現實、共性與個性得到了較好的統一。

　　我們站在人類文明歷史的高度俯瞰世界各國各族的戲劇文化，如果擯棄昔日的種種思維偏見，用歷史唯物主義與辯證唯物主義的正確觀念來審視。中華民族的戲劇文化發生與雛形應該不比西方諸國產生時期晚，無論古埃及、古希臘、古印度，還是遠古中國，戲劇的孕育和形成不會脫離民族文化孕育、發生的客觀總規律。遠古社會是人類的金色童年，充滿了生命的活力與無限的想像力與創造力。當原始社會步入高層次歷史階段之時，無可爭議地創造了古代先民享用的所能利用的傳統文化意識形態，其中亦包括集文學藝術各種形式之大成的原始戲劇。雖然那時中華民族戲劇文化的幼芽顯得稚嫩、弱小、單薄，但是在歷史的風吹雨打之中逐步長成如今戲劇藝術的參天大樹。

三、中華民族戲劇史學的發展與存在問題

　　中華民族上下五千年的文明史與文化史，爲中華民族戲劇史學的編撰奠定了堅實的基礎。我們書寫歷史就是要將人類文化曾經發生的，但鮮爲人所知的主要歷史事件記載下來，不論是文學史、藝術史，還是戲劇史，都與中華各個民族文化發展的軌跡有千絲萬縷的聯繫。美國著名學者克羅伯與克拉克洪在《文化和定義的批評考察》一書中，曾將多達 160 種文化分爲六大類型：（一）、描述性的，（二）、歷史性的，（三）、規範性的，（四）、心理性的，（五）、結構性的，（六）、遺傳性的。其中屬於歷史性的文化研究，主要強調民族文化的社會遺傳性及傳統性存在。其目標和任務在於解析人類全部的「社會遺傳」或「社會遺傳的某一特殊素質」。

　　具體到中華民族的傳統文化觀念，可從陝西師範大學中國思想文化研究中心田文棠教授著《中國文化源流視野》獲悉：中國傳統文化觀念主要有兩種：「一種是道家的『樸』文化觀念。一種是儒家的『禮』文化觀念。」這兩

種華夏人崇奉的思想都非常不利於戲劇藝術的生存與發展，後來融入了外來的佛家文化觀念，即成為「三教合一」文化，由此開始與世界文化接軌。他認為：「文化，就是人類群體基於一定自然條件的對象化活動所創造形成的意義體系。」〔註13〕同樣，中華民族戲劇文化也是這樣的「人類群體」中「對象化活動所創造形成的意義體系」。

在我們審視中國文化的結構模式時，發現其由原來「儒釋道」合流發展三元並存的複合倫理型，轉換為中西合璧二元對峙的中體西用型結構模式。同樣中華民族戲劇史學也經歷過同樣的文化轉型。文化體系有一個相對穩定的歷史，中國傳統戲劇在世界中的地位、價值、貢獻，以民族文化的優劣而消長，缺乏系統性神話、宗教，其內斂、保守、平和、被動接納等，從而形成與西方迥然不同的另一種表演形式，即以歌舞音樂為貫穿的情節劇。此種講求溫和、典雅的觀賞劇，與被遺棄但仍有著頑強生命力的民間戲，都是對世界戲劇的補充與貢獻。

可是我們現在的中國文化、藝術、戲劇史研究缺乏世界、人類歷史文化的眼光與氣魄。故此，缺乏全面、系統、科學的文字記載和研究。中華古今各民族，包括海外華人的戲劇，從廣義上認識，應該或多或少，貫穿中國上下五千年各個歷史階段，並有著或深或淺的戲劇歷史與文化理論。正如康保成教授在《以開放的心態從事中國戲劇史研究》一文中指出：

> 經過近百年的努力，中國戲劇史作為一門學科、一門學問已臻成熟，其標誌之一就是研究領域的自覺延伸。在當前，全面地研究中國戲劇史，不僅需要文學、語言學、史學、哲學、美學、文獻學、戲劇學知識，而且需要音樂學、舞蹈學、美術學、社會學、民俗學、宗教學等學科的知識。開放的時代需要開放的心態。〔註14〕

近年來，國外與港臺大批專家學者撰寫了許多有關中國戲劇藝術的著作和論文，其中所涉及的豐富史料，國內學界歸納研究還很欠缺，必然造成我們對資料信息判斷的錯訛；而國內出版的一些中華民族歷史、文化、文學、藝術方面的通史資料，也被戲劇研究領域所屏蔽，鮮有被中國戲劇、戲曲史學著述全面科學徵用。這就造成了中國漢族戲曲界學派林立，各自為政，並且對

〔註13〕田文棠《中國文化源流視野》，陝西人民出版社，2003年版。
〔註14〕康保成《以開放的心態從事中國戲劇史研究》，《中山大學學報》，2006年，第2期。

新興話劇、歌劇與少數民族戲劇等報以戒心與偏見，人爲地將戲劇學科割裂成爲常事。更加令人感到遺憾的是，歷年來對全國各地區、各民族戲劇資源進行田野調查所獲的大量的戲劇文化資料未被充分利用，故此，難以眞正闡釋中華民族戲劇歷史發展的客觀規律。

中華民族戲劇堪稱中國傳統文學藝術之大成，有人稱之爲「華夏文化的小百科全書」。但是我們看到的有些通史類的史學專著因爲目標、體例、篇幅、文字等方面的原因，沒有對戲劇文化的展開和進一步研究論述留出足夠的學術空間。在內容上表現爲將有關廣義戲劇冠之以狹義「戲曲」之名而使其概念和體例受到誤解和局限，在時間上又因下限至民國前而排斥了話劇、歌劇、新興地方戲等重要成分。戲劇理論界長期崇尙書本和權威，對新發現的史料與新觀點不予採納與接收，從而形成保守、狹小、短視，甚至學術壟斷的局面。我們亟需最大可能性地將國內外有關中華民族戲劇的所有史論資料全搜羅，進行大規模的、認眞細緻的、高度概括的、極富權威性、創意性的分析、梳理、研究，爲的是眞正解決此領域存在的不全、不通、不眞、不正、不新等一些修史治學弊病。

採取自然科學與社會科學研究方法相結合，以歷史唯物主義與辯證主義的觀點，以及以歷史文化求索戲劇藝術的正確方法來論證：中國漢族與古今各少數民族戲劇在中華戲劇文化史中的學術價值，以確立中國傳統戲劇在世界戲劇文化中的地位。以歷史與文化學科的方法來編寫幾經失落的中華多民族戲劇文化可謂勢在必行、功蓋千秋的世紀工程。

我們需要全面系統總結中華民族有史以來的各朝各代的戲劇文化歷史；特別是要以大量的史料與雄辯的事實來充分證實昔日被忽略、簡化、肢解的中華多民族戲劇藝術在華夏大地數千年的演變歷史。糾正歷代封建王朝統治者與文人對宗教、世俗戲劇的各種偏見與錯訛；恢復與確認除漢族之外的中國各民族的戲劇文化的學術價值，梳理發生在中國版圖中各個民族的戲劇歷史以及演變發展的脈絡。全面記載中華傳統戲劇在周邊國家、地區、民族，以及港澳臺、世界華人戲劇的眞實歷史，在世界戲劇文化體系中佔據一席之地，在國際上眞正樹立中華民族戲劇文化的重要社會地位。在此基礎之上創建與完善包括戲曲在內的諸如話劇、歌劇、舞劇、音樂劇、皮影戲、木偶戲，以及儺戲、目連戲、地戲、儀式劇、民間小戲、宗教戲等眞正的中華民族傳統戲劇文化體系。

　　過去我們所見所聞有關中國乃至中華民族戲劇史志論學的許多著述，雖然數量不小，但是問題不少，略加梳理，不同程度地存在如下諸多學術問題：

　　沒有尋找到民族戲劇文化的眞正源頭，對其中華文明的正源即周秦漢唐歷史缺乏瞭解與深究。目光多集中在中國東部以及江南、沿海地區，漠視有著極爲豐富遠、近古戲劇的中國北方與西部地區，追尋中國戲劇文化大多停留在宋元以後不到一千年的歷史，與中華民族上下五千年的文明史極端不相稱。固守書面文字水平較高的漢族地區所擁有戲曲文學，而忽略邊疆地區眾多少數民族地區大量尙待挖掘的原生態戲劇藝術。有人拒絕以歷史唯物主義觀點看待中外戲劇文化交流，不理智地排斥西域諸國戲劇成分的滲入。由此違背了中華民族是寬懷大度、兼收並蓄，最易接受外來事物，接納異族文學藝術的常理歷史事實。

　　在歷史上，中華民族中有一部分遷徙周邊地區，其戲劇文化向外傳播影響各國的史料有所缺失，諸如：商朝末年，箕子去朝鮮半島，秦統一四周各國，漢初河西大小月氏去南亞，建立貴霜王朝，推進佛教文化與梵劇藝術，西漢政府在朝鮮設樂浪等四郡，在越南設交趾等三郡，北匈奴西遷歐洲，唐朝羈縻中亞諸國，遼代喀拉汗王朝涉足西方，蒙元遠征歐亞諸國，鄭和下西洋，華人遷徙東南亞，清朝末年西方勞工、留學熱等，都不同程度伴隨著民族遷徙而形成各種戲劇文化活動。

　　關於中國歷史上是否存在古代少數民族文學與表演藝術形式，以及原始部族的戲劇文化，這是困擾中華民族戲劇文化研究的最大學術障礙。實際上我們若翻閱時間漫長的先秦歷史，即可發現其中存在著巨大的相關史地文化研究空間。

　　先秦至春秋戰國時期被稱爲「中國歷史軸心時代」，自古代中國西南、西北至東北少數民族地區被稱之爲「邊地半月文化傳播帶」，自夏商周至秦朝文學被譽爲中國部族「最早產生的文學樣式」與「萌芽時期代表作」，中國諸民族都程度不同地擁有自己的各種文學藝術形式。華夏族與四夷各族社會地位平等，諸族所創造的包括原始戲劇在內的文學藝術作品，都對中華民族傳統文體系的構建作出自己獨特的貢獻。

　　按照馬克思主義民族學的觀點，世界上各國主體民族及其少數民族及其文學藝術都建立在各原始氏族、部族、部落聯盟的傳統文化基礎之上，又通過多民族長期複雜的文化撞擊交流整合而得以長足發展的。中國原始社會至

先秦時期的逐步成熟的華夏族文化也同樣是通過眾多的四夷諸族文學藝術融會貫通而形成。在如今遺存以及陸續挖掘出土和整理的大量古代先秦文獻文物中所記載的相關史料，將雄辯地證實此重要的歷史規律，並向世界民族文化領域彰顯其巨大的學術價值。

中國文學藝術是中華民族傳統文化的重要組成部分，先秦古代文學藝術最初是由中原及其周邊地區諸氏族、部族、部落聯盟與各族群文學藝術所組成的，除了華夏族、夏、商、周族之外，夷、狄、戎、羌、氐、蠻、越等古代部族的原生態文學藝術對其文化影響研究不可缺失。

自王國維、聞一多、郭沫若、顧頡剛為代表的學者在二十世紀初積極倡導研究邊疆各民族傳統文化，開創了地下文物與地上文獻相結合的先秦文學研究局面，一百多年來諸學者編撰出版的相關著述汗牛充棟。解放初期，黨和政府組織各民族專家學者深入邊疆基層，調查、收集到大批珍貴的古代文獻資料，並有多部古代文學藝術史志問世，但所錄文字多為口頭流傳的民間文學與神話傳說故事，遠隔先秦古代歷史文化，且顯得虛無縹緲、荒誕不經。在此基礎之上所產生的學術成果難免淺顯、殘缺不全，缺乏實證與說服力。

在改革開放新時期，於二十世紀末關於中國部族文學的研究，以李炳海為首的先秦學者作過令人欣喜的開拓性研究，先後撰寫《部族文化與先秦文學》、《民族融合與中國古代文學》等專著，獨闢蹊徑提出了先秦部族文學，解決了一些雜糅在中華民族遠古文化歷史中的學術難題，另於部族與文學藝術屬性的識別、古代各民族文化的交融方面作過積極的探索。但是所涉及的層面還過於狹小，多局限於中國東、北方與中部的一些部族，還未將視野延伸於廣大的西北與西南諸地。

關於先秦時期中國氏族、部族、部落聯盟，即華夏族周邊的少數民族文學藝術研究在國內外一直處於薄弱狀態，特別是對於中國西部的各古代民族文學藝術領域，其中有大量的空白區，因為此學術領域艱難複雜，本世紀專家學者淺嘗輒止，關於先秦部族領域文學鮮有新成果問世。另因種種學術觀念與方法條件的制約，所產出的重複性成果缺乏科學、全面、系統性，以及地理文化史學的深刻性。在如今大力弘揚中華多民族傳統文學藝術的總體形勢下，此種較為被動的現象與局面亟待扭轉。

應該承認，我們過去處於落後、狹隘的傳統觀念，在相當長的時間內對中國民間戲曲藝術與少數民族戲劇文化的發掘、研究重視不夠，已不同程度地造

成了大量珍貴文化資料與信息的喪失。建國以來，雖然有人發現此重大的缺陷，力圖去彌補，但因人少言輕、勢單力薄，取得的學術成果不能令人滿意。最早所見的是中國戲劇出版社於 1963 年出版發行《少數民族戲劇研究》，其中收錄 1958 年至 1962 年在全國各大報刊發表的 21 篇有關中國少數民族戲劇如藏劇、侗劇、白劇、傣劇、彝劇、苗劇、哈劇、大本曲劇等方面的文章。

另外還有數量不多，但頗有學術價值的中國少數民族志論評析研究著述，諸如韋葦等著《廣西戲曲音樂簡論》（廣西民族出版社 1985 年版），四川省民族事務委員會編《四川藏戲》（四川人民出版社 1990 年版），郭思九主編《彝劇志》（文化藝術出版社 1991 年版），施之華主編《傣劇志》（文化藝術出版社 1992 年版），馮曉飛主編《章哈劇志》（文化藝術出版社 1993 年版），桂梅、一丁著《布依戲研究文集》（貴州民族出版社 1993 年版），何樸清主編《雲南壯劇志》（文化藝術出版社 1995 年版），宋運超著《祭祀戲劇志述》（貴州民族出版社 1995 年版），方鶴春主編《中國少數民族戲劇研究論文集》（遼寧民族出版社 1997 年版），郭思九著《雲南戲劇與民族文化》（中國戲劇出版社，2004 年版），嚴福昌主編《四川儺戲志》（四川文藝出版社，2004 年版），李悅著《中國當代少數民族戲曲》（中國戲劇出版社，2005 年版），韓德民著《與神共舞：毛南族儺文化考察札記》（廣西人民出版社，2006 年版），嚴福昌編著《四川少數民族戲劇》（四川大學出版社，2007 年版），等等。

王文章主編《中國少數民族戲曲劇種發展史》（學苑出版社，2007 年版）屬於全國藝術課題「十一五」規劃國家年度課題。由中國藝術研究院出面組織全國各省市自治區文藝理論研究者進行學術攻關。全書共有 17 章，分別是 1、「概述」；2、「西藏藏戲與門巴戲」；3、「青海藏戲」；4、「甘南藏戲」；5、「四川藏戲」；6、「廣西壯劇與壯師劇」；7、「雲南壯劇」；8、「白劇」；9、「傣劇與章哈劇」；10、「彝劇」；11、「侗戲」；12、「布依戲」；13、「苗劇」；14、「維吾爾劇」；15、「蒙古劇」；16、「新城戲與唱劇」；另外還有包括伍族清戲、毛南族毛難戲、羌族釋比戲在內的 17、「其他劇種」。雖然這是基礎性的全國少數民族戲劇普查性質的文化資源介紹，但不乏一些帶有理論指導性的思辨性文字，諸如此書在「概論」中總結中國少數民族戲劇「戲曲的基本特徵與民族特徵」時指出：

> 中國戲曲的共同特徵和民族特徵是在我國特有的歷史、地理、
> 文化背景的作用下形成的。我國是一個多民族的國家，我國的戲曲

　　文化是各族人民共同創造的。漢族戲曲雖然形成早於其他少數民族，而且比少數民族戲曲成熟些，但我們研究中國戲曲史後會發現，在漢族戲曲形成和發展中吸收了許多少數民族的文學藝術成分。〔註15〕

曲六乙先生主持的國家社科藝術學科重點項目《中國少數民族戲劇史》，部分內容先期由「中華藝術論叢」第九輯收錄於朱恒夫、聶聖哲編《中國少數民族戲劇研究專輯》。此書分為1、中國少數民族劇種的分類、內涵與界定；2、少數民族戲劇著名劇作家小傳；3、少數民族戲劇著名導演小傳；4、少數民族戲劇著名作曲家小傳；5、少數民族戲劇著名演員小傳。共五大部分，其中第一部分收入的學術論文共有39篇，大致覆蓋了全國主要民族的代表性戲劇形式。此書主編朱恒夫、聶聖哲致語：「至直今日，幾乎所有的中國戲曲（劇）史，或斷代史，基本上都是漢族戲曲（劇）史，少數民族戲劇沒有佔據著應有的位置，這種忽略乃至少數民族戲劇的不正常現象是正統意識作祟的結果，必須徹底予以糾正。」「為了做好這項工作，我們特別邀請了中國少數民族學會顧問、中國儺戲學會會長曲六乙先生為本期特約編輯。曲先生早在二十世紀60年代初，就從事中國少數民族戲劇研究，為少數民族戲劇的發展和理論建設作出了卓越的貢獻。為了擴大少數民族戲劇的影響，提高少數民族戲劇的質量，年近80的他欣然承擔了這副重擔，約請了國內一流的少數民族戲劇與儺戲的專家撰寫稿件，並親自撰寫了《中國少數民族劇種的分類、內涵與界定》這一把握全局、能夠構建少數民族戲劇學科理論基礎的論文。」我們所倡導的「民族戲劇學」即包括上述中國「少數民族戲劇學科理論」，對此理論體系應該倍加重視，努力建構。

　　於二十一世紀初，中國社會科學院民族文學研究所研究人員在大批各少數民族文學史編撰的基礎之上陸續推出了一批有關中國各民族文學關係的課題與著述，諸如郎櫻、扎拉嘎主持的國家社會科學基金重大項目《中國各民族文學關係研究》，編設了「先秦至魏晉南北朝部分」，先秦時期主要涉及的是中原和南方各族群的神話傳說，將中國少數民族文學的歷史大為提前，但限於篇幅沒有展開有關文獻的實證，並且側重唐元時期民族文學演變史其中缺少秦漢時期的文學史料。另如中國社會科學院重點課題《中國南方民族文學關係史》，其中有一部由劉亞虎編撰的「先秦秦漢魏晉南北朝卷」，書中涉

〔註15〕王文章主編《中國少數民族戲曲劇種發展史》，學苑出版社，2007年版。

獵到《山海經》、《莊子》等古籍，以及《詩經》、《楚辭》等文本，論證到南方一些古代少數民族的宗教文學，但所引證的先秦文獻還不廣泛，南北方各部族之間的文學關係梳理得還不清晰。

近年來，陸續出版「中國文學通史」系列論著如褚斌傑、譚家健主編《先秦文學史》，張炯主編《中華文學通史》，另有西北師範大學趙逵夫教授主持完成的國家社科基金項目成果《先秦文學編年史》。上述成果對先秦時代從夏初至秦末的文學作品進行了全面清理，對先秦文學、作家、文學活動的成果進行了認真梳理和比較，對歷代出土金文等文獻進行了詳細考釋。但其中還有許多文學藝術領域尚待開發，尤其是中國西北、東北與西南的少數民族文學史料需要深入研究。

如今越來越多的先秦文物文獻出土發掘，許多經典古籍被重新詮釋與解讀，我們應該借助於相關學科的研究成果，利用可供參考的文字數據資料，並借用中外社會科學的新思維、新方法、新技術，對現存的先秦文獻中的文學史料進行盡可能全面、系統、科學的鉤沈、梳理、整理、研究。從中最大限度地尋覓中國古代各部族、民族文學的原型，並深刻論證其在中華民族文學藝術與戲劇歷史上的重要價值和意義。

無數事實證明，黃帝、舜、大禹不僅是中原華夏族擁戴的帝王，在更大程度上是廣大戎、蠻、夷、羌族的先祖與領袖。《山海經》、《左傳》中的史地記載證實了這塊部族厚重的文學藝術發生的土壤。中華民族自古崇拜的圖騰——龍的形成本來自中國古代各少數民族。另如虎、蛇、羊、獅、狼等均出自邊疆異族，其文學藝術雛形為後世中華民族戲劇文化奠定了堅實的基礎。夏、商、周族不同程度混有周邊各部族的血統，春秋戰國中諸多諸侯國如越、吳、楚、蜀等都是以少數民族為主體的社會組織，論及文學藝術不可能不染指。諸子百家中孔子、孟子、荀子等抑制了四夷文學發展，而東戎國墨子學說捍衛其歷史地位，如今應該大力恢復其歷史原貌。

在先秦文獻中，研究的重點放在對「四書五經」，特別是《詩經》、《楚辭》、《周易》、《墨子》等記載的古代少數民族文學藝術。以屈原為首的荊楚蠻夷《楚辭》文學，代表著先秦時期中國古代文學的最高水平，並對中原諸國傳統文學發生重要影響。在此前所形成的中原地區古代詩歌總集《詩經》雜糅許多南北方部族文學藝術因素。從先秦時期遺存的相關經典古籍，以及後來陸續出土、整理、編彙的史前文獻如《竹書紀年》、《越絕書》、《華陽國志》、

《史記》等均能尋覓出此時期中國西部部族大量的文學藝術史料與中華民族
戲劇史前史資料。

我們對中華民族傳統文學藝術研究的難點表現在：從現存的大量文獻、
文本中尋找被人忽略的諸古族文化史料，從混沌模糊的原始地理歷史空間來
尋找中國多民族文學藝術的源頭。在理論上延伸遠古中華民族戲劇文化的歷
史。從新近考古發現，不斷挖掘、整理的文物中搜檢先秦氏族、部族的原始
文學缺環。在文野難辨、良莠不分的古代文獻中識別原始部族宗教與世俗文
學的歷史。在時空上擴展中國各古代民族文學藝術的範圍。在民間田野調查
中從歷代各民族的非文字口頭文學中逆向研究中國先民的文學藝術原形。批
判自古迄今遺留的有關原始部族文學不正確的士大夫錯誤觀點。在文獻上甄
別中國古代少數民族文學藝術中的誤訛。卷帙浩繁的先秦古籍與文獻中雜糅
著大量的中原周邊的古代少數民族文明碎片、需要科學、系統地予以綴連；
亟需站在世界民族文學藝術視域中以新觀念新方法新技術來解析史前中華民
族所發生的許多戲劇樂舞藝術事件，以確立在中國乃至世界原始部族古代演
藝文化的學術地位。

具體到中國各民族戲劇文化研究的研究難點在於，許多專家學者還是習
慣於沿襲前賢，滿足於瑣碎的漢族戲曲形態的考據索隱，而不羞於從活生生
的宗教、世俗戲劇演出中尋覓中華各民族戲劇的歷史蹤影；更不屑解譯考古
文獻中新問世的圖文資料；僅僅拘泥於社會科學的戲劇文字記載，不能從自
然科學文物學範疇識別中華各民族戲劇的存在。尤難於將理性思辨提高到對
中華民族戲劇歷史文化源流的客觀規律的抽象概括與論證。

解決中華各民族戲劇文化的難題還涉及到在撰寫中國戲劇史與漢族戲曲
史時遇到的各種類似的問題，諸如長期爭論不休的有關戲劇史的改寫，中國
戲劇起源，以及中國戲劇源流的追溯等學術問題。

戲劇史改寫，其思潮最早來自中國文學理論界。據王本朝在《重寫文學
史：一段問題史》一文中指出「重寫文學史是 80 年代中國文學界的一段問題
史。『重寫文學史』是 80 年代中後期出現的一股學術思潮，它主要由現代文
學研究界所提出，並逐步擴展到整個中國文學研究乃至思想文化領域，引起
了一場關於『重寫』歷史的問題討論。重寫文學史是對文學歷史的不斷敘述
和改寫。就其本身而言，它是對現代文學史寫作的一次自覺反思，也是新時
期以來文學『方法論』、『觀念論』和『主體論』討論在文學史領域的延續和

深化。」同樣，「重寫戲劇史」也是二十世紀之交一次次興起的學術思潮。他還指出此種思潮始於「1988 年，《上海文論》開闢了『重寫文學史』專欄，主持人陳思和和王曉明。關於重寫文學史的方法，他們希望從兩方面做努力，『一是以切實的材料補充或糾正前人的疏漏和錯誤，二是從新的理論視角提出對新文學歷史的個人創見』。『資料』與『理論』實際上也是任何學術研究的基礎和前提。文學史的重寫也需要紮實的材料和歷史感，更需要理論的創新。」

　　與此同時，臺灣學者唐文標在二十世紀 80 年代出版《中國古代戲劇史初稿》也提出重新改寫中國戲劇史的意見，稍後出版的曾永義教授撰寫的《戲曲源流新論》中對海峽兩岸相繼問世的戲劇、戲曲史的諸多問題大加批駁，並在「緒論」中明確地提出：「對於前輩時賢在『中國戲曲史』上研究成果得失的評論，以及對於『中國戲曲史』研究目前尚存在的根本主要問題和或大或小的許多問題的發掘，本人認爲『中國戲曲史』實有進一步研究和撰著的必要。」大陸學者文碩在《中國歌劇史需要重寫》中尖銳指出：

　　　　戲劇啟蒙了歌舞劇，新歌劇轉動了戲劇。歌舞劇、音樂劇不僅是二十世紀中國近現代戲劇產生的觀念資源和重要分支，也是戲劇演進的主要推動力。在中國近代戲劇體系中，一直存在著歌劇一元思維模式和歌劇、歌舞劇二元思維模式，其中，前一種模式是建立在現實意義上的，這種美學觀深刻地影響了近代戲劇改革家的審美立場，導致歌舞判斷的絕對化與單一性，一直沒有建立起從非戲曲的超越。從戲曲改革入手，建立多元的戲劇審美思維，這是近現代中國戲劇人進行得並不徹底的工作。中國歷史上對歌劇、新歌劇的誤讀，給中國近現代歌劇和音樂劇的創作和發展帶來極大的誤導。中國歌劇史需要重寫！中國音樂劇史也需要重寫！其意義不僅體現在音樂劇和歌劇創作的美學價值領域，而且在理論和思想史研究方面也有不可低估的價值。〔註16〕

中國戲劇史需要改寫完全爲歷史發展使然，隨著人們的治學觀念的改變與視野的拓展，過去受時代局限所出的史學成果早已落伍不夠用了。早在二十世紀初，梁啓超在《中國史敘論·時代之區分》就指出：「中國史爲中國之中國，亞洲之中國，世界之中國。」如今世界文化史、文學史、藝術史都在不斷改

〔註16〕文碩，朱恒夫、聶聖哲編《中國少數民族戲劇研究專輯》載《中華藝術論叢》，同濟大學出版社，2009 年版。

寫，何況是隸屬於亞洲中國文化史的戲劇文學、藝術呢？

關於中國戲劇起源問題一直爭論不休，如起源說之辨：（一）、巫覡說。（二）、歌舞說。（三）、俳優說。（四）、傀儡說。（五）、外來說。（六）、民間說。（七）、文學說。（八）、百戲之搖籃說。（九）、綜合而成說等等。許多學者不贊同王國維將華夏戲劇的形成推後到宋元時期。任半塘先生的《唐戲弄》曾提出中國戲劇形成於魏晉南北朝，他認為「戲曲之前，唐有『戲弄』；戲弄之前，漢有『戲象』；戲象之前，周有『戲禮』。」對此學術專著與觀點王小盾著文褒獎：「《唐戲弄》是繼《宋元戲曲考》之後的一部有里程碑意義的大書，它同樣代表了中國戲劇研究史上的重要轉折。如果說《宋元戲曲考》導致了中國戲劇學學科的建立，那麼，《唐戲弄》則展示了中國戲劇研究的新視野和新趨勢。它表明：研究者心目中的中國戲劇史，勢必成為一種表演藝術的歷史，而非文學之一體的歷史；以戲曲為中心的中國戲劇史研究，亦勢必轉變為對歷代戲劇的特殊形態的分段研究。」

中國戲劇起源說，確實眾說紛紜，莫衷一是。曾永義先生在《中國古典戲劇的形成》中主張的「長江大河說」較能令人信服：

> 中國古典戲劇的源流有如長江大河，濫觴雖微，而涵容力極強，隨著時空的占延，流經之地，必匯聚眾流，以成浩蕩之勢。……巴顏喀拉山南麓以下諸水，事實上並非長江支流，而是長江的許多源流。」他所移植的戲劇「諸水」有「九大元素」即：「故事、詩歌、音樂、舞蹈、雜技、講唱文學、俳優妝扮、代言體、狹隘劇場」。 〔註17〕

陳珂教授在《戲劇形態發生論》一書中指出：「《周禮》和方相氏——在『以禮天地』的統攝下，古華夏的戲劇萌芽即孕育其中。它們盛衰起伏的進程，是把握古華夏或中國戲劇萌芽形態的基礎。」「從周代到戰國秦漢時期形成了中國藝術的基本形態——歌舞、音樂、宗教儀式表演諸形態。它們的綜合形式——戲劇的萌芽，也在此時發生。」隨之，「古華夏周遭的少數民族文明中的那些張揚、縱情、隨意、自由的元素融入古華夏文明之中，使得中國戲劇終於以歌舞演故事的戲曲形態登上舞臺。」在民間富有生命力的「那些張揚、縱情、隨意、自由的元素長期缺失或被壓抑的結果，『發乎情，止乎禮』讓我們的文明在主流形態中缺失了這些東西。或者說，這些東西被壓制在人們內

〔註17〕 曾永義《戲曲源流新論》，文化藝術出版社，2001年版，第36頁。

心中，重其量是個體化的張揚而無法像古希臘那樣發展成為全民族、全社會的貴族化、哲理化的戲劇性行為和宗教祭祀活動。」〔註18〕

西方著名學者布羅凱特在《世界戲劇史》中專設「戲劇起源」一章，明確指出：世界各地先民「在祭祀儀式中，或在同時進行的慶典中，表演者會穿上服裝、戴上面具，裝扮成這些神話或超自然力量的樣子。一旦這種情況出現，就標誌著向作為自主活動的戲劇邁出了關鍵的一步。」他又說：「一切社會交往從根本上說都是表演性的。儀式和戲劇都是幾乎所有人類活動的基本元素的組織和應用，只不過方法不同而已。」〔註19〕可見對古代儀式戲劇與戲劇起源研究密切相關。

鍾敬文主編《中國民俗史》（先秦卷）第六章「民間歌舞藝術」之「戲劇的萌芽」專節中記載：「據《史記·孔子世家》所載，早在春秋末年蓋已有戲劇的嚆矢」。是篇載魯定公十年（前500年）魯、齊兩君主會於夾谷，「齊有司趨而進曰：『請奏宮中之樂』，景公曰：『諾。』優倡侏儒為戲而前。」《史記》蓋別有所本，春秋時期已經有以樂舞或說唱而詼諧之戲的俳優。春秋後期，齊國內亂時，「陳氏、鮑氏之圉人為優。慶氏之馬善驚，士皆釋甲束馬，而飲酒，且觀優。」「戰國時期在貴族的樂舞中逐漸出現了一些戲劇的萌芽。例如楚國盛行巫舞，《楚辭·九歌》就是祭祀神靈的樂歌。在《九歌》中已經不只是單純地歌唱，而且有了某些情節的表達。」諸如其中的《湘君》《湘夫人》，「從兩篇歌詞相互照應的情況看，可以說當時的演唱已經多少有了後世歌舞劇的一些影子。」另外，「《河伯》一篇的對唱，表達了河伯與山鬼的愛慕之情和兩者的嬉遊情況，其戲劇化的傾向是比較明顯的。」〔註20〕

劉禎研究員在《中國戲曲通史》教學大綱中分析：「中國禮樂文化的過早成熟與定型，嚴重阻礙了人們思想的自由發展，制約了人們的創造力與想像力，有其狹隘的一面。而對戲曲來說，則是遇到了冤家，這是中國戲曲的不祥不幸。禮樂文化對戲曲來講，如同箍在孫悟空頭上的緊箍咒，怎麼也揮之不去，受其束縛。」諸如此類原因顯然阻止了中國戲劇的發展。著名學者葛承雍在《唐韻胡韻與外來文明》一書「前言」中深刻感悟：「文物是民族文明

〔註18〕陳珂《戲劇形態發生論》，中國戲劇出版社，2009年版，第66頁。
〔註19〕（英）布羅凱特主編《世界戲劇史》，周靖波譯，中國傳媒大學出版社，2006年版。
〔註20〕鍾敬文主編《中國民俗史》（先秦卷），人民出版社，2008年版，第507頁。

的印跡，是先人文化遺產的履痕，使環環相扣的中華文明發展史有了重要的一環。」「通過文物所具有證史、補史、糾史的獨特作用，使得歷史書寫能夠更接近於歷史的真實。」於周秦漢唐中華戲劇文化「這塊神奇土地上彷彿散發著胡漢交融的陽剛地氣，每每看到這裡新發現的文物，人們心中總有一種闊大之魂的震動感，文物背後拖著歷史遺產的巨影。」〔註 21〕但在外來文化的刺激下，中國戲劇漸漸產生活力，其傳統戲劇又有了延續發展的機遇。

關於中華民族原始戲劇的歷史與戲劇的淵源、流變、走向問題一直是史學界爭執的焦點。諸如任納在 1958 年由作家出版社出版的《唐戲弄》指出《踏謠娘》是唐代之「全能劇」，此戲劇形式「指唐戲之不僅以歌舞為主，而兼由音樂、歌唱、舞蹈、表演、說白五種技藝，自由發展，共同演出一故事，實為真正戲劇也。」周貽白在《中國戲劇的起源和發展》中將中國戲劇的歷史又向前提了一步，認為以漢代《東海黃公》為戲劇標誌，可見「中國戲劇的起源，係從民間傳說取材而作為故事的表演開始。」〔註 22〕

著名學者王季思在 1962 年《學術研究》第 4 期《我國戲曲的起源》中指出：「從秦漢以後發展起來的各種構成戲曲藝術的因素，到中唐以後，很快就在許多民間專業藝人的手中融合起來，出現了完整的戲曲形式。」這說明在此前中華民族大概念的「戲劇」業已存在與成熟。張庚在 1963 年《新建設》第 1 期《試論戲曲的起源和形成》中認為：「中國戲曲的起源是很早的；在原始時代的歌舞中已經萌芽了，但它發育成長的過程卻很長，是經過漢唐直到金即十二世紀的末期才完全形成。」各位學術大家都在不同程度上承認並證實中國戲劇歷史非常悠久。

1978 年《戲劇藝術》第 2 期，陳多、謝明在《先秦古劇考略》中又將中華戲劇的歷史提前了一大步，他們認為《詩經》中的《關雎》和《野有死麕》，楚辭《九歌》和《招魂》等都是「歌舞古劇」，因此提出中國戲劇形成於春秋戰國時期。在此三十多年前的 1940 年，聞一多在《九歌古歌舞劇懸解》（《神話與詩》）已提出類似觀點。聞一多在《文學的歷史運動》中接著還睿智地指出：中華民族戲劇藝術「第一度外來影響剛剛絮根，現在又來了第二度的。第一度佛教帶來的印度影響是小說戲劇，第二度基督教帶來的歐洲影響又是小說戲劇（小說戲劇是歐洲文學的主幹，至少是特色）。」這些符合歷史辯證

〔註 21〕葛承雍《唐韻胡韻與外來文明》，中華書局，2006 年版。
〔註 22〕周貽白《中國戲劇的起源和發展》，載《戲劇論叢》，1957 年第 1 輯。

主義的學術觀點對我們研究中華戲劇的歷史有著積極的啓發意義。

《戲劇藝術》1978 年第 4 期發表烏丙安《戲曲古源辨——對「先秦古劇考略」一文的意見》。他在《戲曲古源辨》一文中以嚴肅的態度指出:「中國戲曲的產生、發展歷程是怎樣的?中國戲曲是在什麼基礎上、通過什麼途徑形成的?這是研究中國戲曲史、研究戲曲理論及批判繼承古典戲曲遺產的重大問題?陳多、謝明兩同志在一九七八年第二期《戲劇藝術》上發表了《先秦古劇考略》一文,對這兩個重大問題作了很有意義的探討。他們提出了中國戲曲遠源於原始社會的原始歌舞這個重要論斷。我認爲是正確的,有價值的。」孫敍長在《楚辭九歌十一章的整體關係》一文中〔註 23〕也認爲:「《九歌》是我國戲劇史上僅存的一部最古老最完整的歌舞劇本。」

陳多教授在《先秦古劇考略》、《古儺考略》、《古劇考論》等論文中提出「遠古戲劇說」、「先秦古劇說」,以及「眞戲在民間說」,認爲先秦時期就有相當規模的古典戲劇,並在爲王勝華著《先秦樂舞戲劇大事表》(中國文聯出版社,2001 年)一書的「序」中深入探討此重大課題:「關於先秦究竟有沒有戲劇、或謂是否有形成了戲劇、中國的戲劇是否『晚出』等問題,如若要講,當然不是『有話可說』,而且還大有可談。」爲此,他又擡出了王國維的史學觀點:「就連王國維先生爲近、現代戲曲史研究奠基之作的《宋元戲曲史》中開宗明義第一章的標題也就是《上古至五代之戲劇》,那麼,上古至五代之有戲劇怎麼會成了問題呢?!」

當我們再次翻閱王國維爲中國戲曲量身定衣的《宋元戲曲史》時,確實讀到諸如:「歌舞之興,其始於古之巫乎?巫之興,蓋在上古之世。」「古代之巫,實以歌舞爲職,以樂神人者也。」「後人以八臘爲三代之戲禮。非言過。」「後世戲劇,當自巫、優二者出:而此二者,固未可以後世戲劇視之也。」之類文字,這顯然比他爲後世所定的「歌舞演故事」的小戲標準要高敞,歷史要久遠得多。

王勝華在《中國戲劇的早期形態》一書中提出了超越戲劇傳統學說的藩籬,標擧出新的三種「戲劇起源說」即「戲禮說」、「歌舞說」、「古劇說」,並推崇「古劇說的代表是聞一多與陳多兩位先生。聞一多在《九歌古歌舞劇懸解》一文中對楚辭《九歌》作了劇本化、戲劇化的重新闡釋,認爲此劇使用

〔註23〕孫敍長《楚辭九歌十一章的整體關係》,《社會科學戰線》,1978 年創刊號。

了歌唱、舞蹈、對白、表情提示、開場、閉幕及上下場等手段。」並從中國邊遠地區現存的巫戲、儺戲、儀式戲、擬獸戲、裝扮戲、目連戲等民間戲劇中找到嗣傳的古劇原生形態。1988 年 9 月在新疆召開的「中國戲劇起源學術研討會」由於《彌勒會見記》（公元八世紀）二十七幕佛教戲劇的發現,「西域戲劇」又成了戲劇源流的熱門話題。

葉長海在《中國戲劇起源論綜述》一文中指出:「對中國戲劇起源的追溯,是近年來戲劇界和學術界的一個頗為熱門的課題。解答這個艱難的課題,不僅是研究中國戲劇歷史的需要,也是當前戲劇實踐家藝術創新的需要,因為這關係到對戲劇本質的深入認識,關係到對人類創造戲劇藝術的根本動因的認識。」同樣也關涉到人們對中華民族原始戲劇源流的正確公允認識。

雖然國內外近百年出版發行巨量的有關中華文明、文化、文學、藝術方面各種文字的書籍文章與考察報告,其中不乏大批記載中國各民族戲劇的珍貴史料,但是現有的戲劇、戲曲、話劇史學著述積極引用並深入研究的微乎其微。何況更多跨專業、跨學科的書刊雜誌與大量的圖象口碑資料無人問津,這些都形成不該有的令人痛惜巨量文化信息流失。

四、研究中華民族戲劇的學術方法與途徑

中華民族戲劇史或中國少數民族史屬於歷史文化學科,是通過已經發生、演變,以及尚在發展和延續的歷史事實,有根有據地記載和證實中國多民族共同創造的碩大的戲劇文明成果。中國歷史悠長、朝代更替頻繁,中國文化博大精深,源遠流長,這一切都需要我們抱著「海納百川,有容乃大」,「搜盡山峰打草稿」的理念,須借用一切行之有效的研究方法和手段,為此項規模宏大的系統學術系統工程的完成提供必要的保證。在《民族戲劇學研究與考察》一書研究思路上,我們主要體現在宏觀與微觀相結合的科研路徑。在研究方法與手段上借鑒自然與社會科學定性定量的科研產出,統計各藝術門類在各個歷史時期的數據資料及其發展演變的曲線圖式,為此重大攻關項目的數量與質量的高標準獻計獻策。

中華民族戲劇歷史如同中國有史以來的民族文化一樣源遠流長根深葉茂,對此需要從三個方面思考與設計總體框架與編撰方案,即由中華民族戲劇文化地理,中華民族戲劇文化歷史,中華民族戲劇文化藝術等三個層次與側面進行探索與研究,才能逐步架構起巨大、厚重的符合歷史時空原貌的民

族戲劇文化宏偉建築。

其一，我們首先要重視的中華民族戲劇文化地理爲空間概念，德國學者洪堡在《宇宙學：一個世界描述的綱要》中認爲人類賴於生存的地理空間「和我們有關聯的，我們生活經驗的舞臺。」英國學者卡羅爾認爲地球表面是「地理學研究的本體」，它是由「岩石圈、水圈、大氣圈、生物圈、人類圈」等五個不同空間因素所組成，統稱之爲「地圈」。〔註24〕「文化地理」亦稱「人文地理」，據張文奎在《人文地理學概論》指出：「人文地理學是研究地表人文現象的空間分佈及空間差別，並預測其發展和變化規律的科學。簡言之，人文地理學是研究人類活動主要人文事象區域系統的科學。」其中主要包括社會科學中的經濟、政治、文化、宗教、人口、藝術、民俗等，亦包括反映上述學科人文現象的人類戲劇。

無可爭議，戲劇與中國文化地理區域密切相關。以傳統文化的表現形態，對中國文化地理區域的劃分，一般選取民族、宗教、生產經營和生活方式、風俗習慣及行爲特徵爲劃分標準。古代出現秦晉文化、燕趙文化、齊魯文化、吳越文化、楚文化、蜀文化、蠻夷文化等平行共存的文化形態。中華民族戲劇文化同樣既是「多核」、「多元」的、具有明顯的地區文化差異。自古以來我國存在著從沿海到內地至邊疆的三大文化區域，自東向西依次更替、南北延伸，分別以沿海文化區、內地文化區、西部文化區，形成東、中、西三大文化梯度。另外在古代的中國疆界並不是固定不變的，如秦、漢、唐、遼、元、清朝領土大爲擴展，我們理應站在歷史唯物主義的立場上對此廣大領域的中國各民族戲劇歷史文化進行全面記載。

其二、需要從時間概念角度對中華民族戲劇文化歷史進行科學、系統的鉤沈與梳理。中國歷史可分爲古代歷史、近現代歷史、當代歷史三種歷史地理概念。據白壽彝生生主編《中國通史綱要》「敘論」中統計：

> 在遠古時代，中國境內已分佈廣泛的人類活動。他們留下了原始生活的蹤迹。元謀猿人，是中國遠古遺存中所見最早的人類，距今約一百七十萬年。這是現在所知中國歷史上最早的年代。此後，舉世聞名的北京猿人，距今約四五十萬年。母系氏族公社的逐漸形成，距今約四五萬年。父系氏族公社的出現，距今約五千多年。〔註25〕

〔註24〕（德）洪堡《關於地理學和景觀的十個原理》，1957年，《彼得曼地理通報》。
〔註25〕白壽彝主編《中國通史綱要》上海人民出版社，1980年版，「敘論」。

在此漫長的歷史進程中，中國各民族戲劇文化的歷史照樣很爲久遠，理當從中華民族戲劇文化源地，戲劇文化中心的轉移，外來戲劇文化的撞擊和融合等三個方面來進行論證，以搞清其發源、流變的來龍去脈。

文化源地，乃是指穩定的文化產生與發散中心，它必須具有超出周邊地區的文化形式和內涵，並同時具有巨大的文化傳播力量。中國文化起源於黃河與長江兩大領域，中國文化兩大類型，即以黃河中游仰韶文化爲代表的北方類型和以長江下游河姆渡文化爲代表的南方類型。中華民族戲劇文化的理論根基、風格特色與強大生命力正導源於此。在歷史上中國文化中心幾經轉移：北方作爲中國文化的中心從奴隸社會持續到封建社會中後期，此後則漸次轉移到江南地區。中國傳統戲劇也隨之南下紮根、繁榮於長江以南廣大地區。但是不能忽略的是元、明、清以來，北方依然是全國政治、文化的中心。魏晉南北朝與五胡十六國，同時也是民族文化的大融合，新型戲劇藝術綜合體的形成時期。

外來文化的撞擊和融合是造成中國戲劇蛻變的重要原因。古代中國，域外文化通過宗教爲主體的各種形式傳入中國，彙入強大的中華民族文化的巨流，導致中國傳統文化的長期繁榮和發展。近代中西文化的衝突歷史，實際上是一部在外來文化的強烈衝突撞擊下的更新舊文化與重建新文化的歷史。我們在記錄新的民族戲劇品種誕生與發展的歷史時應該充分關注此種重要的歷史現象。

其三、我們在上述地理歷史文化的基礎之上，才談得上進行綜合時空概念的中華民族戲劇文化藝術的追溯與摹寫。戲劇作爲人類最早創造的一種綜合性表演藝術，它在人類發明文字與文學之前就廣泛地存在與流傳於民間山野。易中天教授著《藝術人類學》《原始形態——戲劇》中論述：聞一多提出的遠古時期「模擬式與操練式歌舞」即「相當於王國維之所謂『以歌舞演故事』者，格羅塞認爲它『實爲產生戲劇的雛形，因爲從歷史的演進的觀點看來，戲劇實在是舞蹈的一種分體』。」對此，「我們與其稱它爲舞蹈，不如稱之爲『戲劇雛形』。更何況，在原始時代，還有一種表演活動，是只是『模擬』和『表演』而無『舞蹈』的。我們不妨將這兩種活動並爲一類，稱之爲『原始戲劇』。」〔註26〕只有將學術研究的觸角延伸到華夏遠古才有希望敘述清楚

〔註26〕易中天《藝術人類學》《原始形態——戲劇》，上海文藝出版社，1992 年版，第 358 頁。

中華民族戲劇歷史文化。

在歷史上，不能忽略的是各種儀式文化因素影響著人類的一切活動，其中包括戲劇藝術在內的人類演藝活動。正如彭兆榮教授在《人類學儀式的理論與實踐》一書中指出：「在某一個歷史階段，所謂的『戲劇』其實就是戲劇，或者說，二者存在一個對原始儀式的改變和變遷的軌跡：即從宗教儀式中的『宗教戲劇』到節日的『節日戲劇』，到『鄉村戲劇』，再發展到『現代戲劇』。有的學者認為，節日演出是處於宗教儀式和真正戲劇的中間形態，屬於『前戲劇』。可以認為，隨著歷史的發展，學術的精進，傳統的知識分類和學科之間的藩籬顯得過於刻板和狹窄。」〔註 27〕實際上，當華夏先民在勞動與生活實踐中需要宗教儀式與文化娛樂時，自然而然應運而生創造出各種樂舞戲劇藝術。我們對其原生形態戲劇樣式不能以現在的眼光來衡量與挑剔，而應本著辯證唯物主義的觀點來識別其發生的因子、元素、文化成分和背景材料。

對於中華民族戲劇史學的編撰思路主要體現在其重點和難點上，擬突破的重點分為 5 方面：1、對中國少數民族戲劇起源的認定；2 中華戲劇學科本體的界定；3、對少數民族戲劇流播範圍的考證；4、對少數民族戲劇文化整合的闡釋；5、對中國多民族戲劇藝術交流的研究。擬突破的難點體現著 5 方面：1、在理論上延伸中華多民族戲劇歷史；2、在時空上擴展中國少數民族戲劇範圍；3、在形式上加大中國少數民族戲劇容量；4、在文獻上甄別中華多民族戲劇的誤訛；5、在世界上確立中華戲劇的文化地位。

在長期的理論實踐中，筆者對中華民族戲劇學以及民族戲劇史學研究感悟到如下三條重要學術觀點，即 1、歷史需要多層次，或二重或三重實證研究，2、要高度重視資料數據庫的建設和田野作業法。3、需在比較研究法和跨學科研究基礎上積極採用綜合研究法。

論及對中華民族戲劇學的具體科研方法需使用：1、文獻考證分析法，2、歷史文化分析法，3、逆向歷史研究法，4、資料數據庫，5、田野作業法，6、比較研究法，7、跨學科研究法，8、綜合研究法等具體的研究方法和手段，特別是歷史文化分析法、田野作業法和綜合比較研究法。在研究的過程中必須佔據以下史學制高點：在研究理論上達到具有思辨性的深度；在研究方法上達到多樣化統一；在研究方向上達到宏觀研究與微觀研究的結合；在研究功能上達到重大史學應用；在研究的文風上達到生動、暢曉、嚴謹、情趣的

〔註27〕彭兆榮《人類學儀式的理論與實踐》，民族出版社，2007 年版，第 165 頁。

結合。在總課題下面設計數量可觀的子課題，使之層層相轄、絲絲相扣，縱橫交錯、經緯分明。

　　諸如其一、文獻考證分析法：中國是一個擁有幾千年治史撰志的國家，「六經皆史」、「諸子亦史」，不論數量甚巨的正史、還是諸史中都要大批可供參考的戲劇文獻資料，對此應該仔細甄別，詳加考證與分析。治史首先要面對正史，即中國史部群書中的二十四史；但是其中充滿了「大漢族主義」的傳統。「內諸夏而外夷狄」是春秋以來發生的一種狹義的種族思想。二十四史，有《魏書》、《北齊書》、《周書》、《北史》、《遼史》、《金史》、《元史》，皆係記錄少數民族或以少數民族為中心之史書。正史以外的諸史有編年史、紀事本末及通典、通考等。史部之外還有群書——經、子、集，諸如《十三經》、《易經》、《尚書》、《詩經》等諸中文可利用。補充和訂正正史，還必須求之於史流之雜著，如《山海經》、《世本》、《國語》、《國策》、《楚漢春秋》、《三國志》之類的古史。以及各民族各種文字記錄，如碑銘墓誌、宗教經典、家譜帳簿等，都有重要的史料價值。至於少數民族古籍中如《蒙古秘史》、《蒙古源流》、《蒙韃備錄》、《滿洲實錄》、《西域圖志》、《西夏書事》、《紅史》、《青史》、《賢者喜宴》、《衛藏通志》、《猛泐古事》、《白古通紀》、《臺灣生熟番紀事》等更是我們引證的寶貴參考史料。

　　再如其二、歷史文化分析法：因我國學術界長年受「歐洲文化中心論」與「漢族歷史中心論」的影響，忽略和缺乏對中華戲劇發展的正確認識和評價。即便進行中國傳統戲劇史學的研究，也局限於孤立、古板的文字資料沿襲考證上，缺乏全局、系統、動態的歷史分析法來探討。而這種方法正為鈎沈、澄清發生過去的事情提供正確觀察的對象和經驗。通過歷史證明過去和未來的戲劇發展能夠證明理論是否正確，是否符合世界文化發展的潮流。歷史需要多層次研究，此為新史學方法論的探討。因歷史是一個統一的整體，它的構成是多層次的，要一層層地發掘、概括、歸納，故需樹立整體觀念進行全面歷史的考察。要從事物的運動變化相互聯繫的過程中進行分析，要一段段地去挖掘、考察、整理各朝各代各族時空中發生的歷史事件。全面、完整辯證地考證主流與非主流的關係，牢牢把握「從個別上昇到一般」的原則，此為治學的關鍵。對待中華民族戲劇紛繁雜亂的的史料不能「只見樹木，不見森林」，而應採取「以史帶論」、「劇從史來」的正確方法客觀、正確地去認識。

其三、借鑒逆向歷史研究法：歷史研究中的逆向考察，是近年新史學方法論問題。此為採用與歷史時間順序相反的方向進行考察，是從該事物以後的歷史考察該事物，亦即從事物的未來、事物的流向、事物的結果，對事物進行考察。隨著人類文明發展態勢已經越來越證實這種「倒過來」的考察，在歷史研究中有著不可替代的重要的科學方法論價值。對於戲劇藝術缺乏文字記載，但可從大量歷史背景資料與深藏地下的墓葬磚刻、壁畫、實物，以及散落民間與山野的圖文、岩畫等中尋覓先民的戲劇活動的足跡。此種科學方法其根據在於歷史本身是在延續中發展的，後代歷史保留著前代歷史的遺產，發展了前代歷史中的文化胚芽。

其四、利用資料數據庫：歷史是已發生的事，自然有孕育、發生、萌芽、產生、發展、興旺、終結，再依次循環往復，周而復始，按照自己客觀規律螺旋式延伸與上昇。在各個歷史時期存有大量有價值的戲劇信息資料，我們擬從國內現存的古文典籍、史志類書中盡可能全面、系統、詳細地識別、考證、梳理有關中華民族戲劇產生、發展、流變的蛛絲馬跡。並且通過陸續挖掘、整理、翻譯的不同民族的戲劇作品，進行富有哲理與思辯性的學術分析和研究。將每個歷史時期的戲劇合成的種類，詳細地做成學術坐標圖與網絡數據，從中方可分析中華戲劇的發生、流變、走向，以及榮枯興衰的歷史進程和預測未來發展的形勢。

其五、堅持田野作業法：中國傳統的民間採風與文化人類學的田野考察，為史學研究注入新的活力。通過分析文獻資料進行理論研究，讓科研工作者抓住重點與關鍵問題，前去民族、民間蒐集、整理、加工、歸納、比較面臨所獲得的具體資料。在完成此課題的過程中，需要全面、系統地搜集、發掘、整理中國各民族歷史與現實的傳統戲劇與文藝理論遺產，並對其發生、演變、異化、整合的藝術客觀規律進行科學的考據、分析、解讀與研究。全國版圖廣大、民族眾多、需要從民間採製和從文獻古籍翻譯大量有關民族戲劇藝術語言文字信息。通過深入實地考察，直接採集不同地域的各民族歷史與現實的傳統戲劇資料的方法。並通過具體案例來補充文獻的不足與糾正史學著述的錯誤，生動說明理論或者闡釋中華戲劇文化交流和影響的歷史事實。

其六、使用比較研究法：中華民族戲劇文化必定有深厚的土壤或堅實的基礎，產生需有相應的條件，往往兩種以上文化相遇必定會有接觸、對抗、接納、融合的階段性曲折的路線與過程。在研究過程中，將不同民族，不同

地區，不同國度的戲劇事項進行比較，從而找出各類事項之間的縱的和橫的聯繫，探討某一戲劇形態產生、發展和演變規律的方法。民族戲劇藝術作爲一種廣泛的世界文化現象，在各民族中間一代一代的傳承，有其地理、生產、民俗等原因，有一定的規律可尋。同時，中外戲劇藝術交流作爲社會文化現象，它又是一個整體，通過相互比較，能更好的把握其客觀發展規律。

其七、大力提倡跨學科研究：中華民族戲劇文化歷史的編撰是一項規模宏大、結構複雜、脈絡清晰、層次分明、聯繫緊密的巨大系統工程。故此在總體構架設計方面努力體現歷時性與共時性、宏觀與微觀、描述性與闡釋性相結合的理念。從建構跨文化、跨區域、跨學科的視野，重整不同樞紐點的特點，將現有的相對還顯得零碎但充滿生命力民族戲劇藝術文化體系中去審視，對漢民族和少數民族戲劇的對話性的互動和傳播進行比較研究。利用戲劇學科的優勢跨越到其他學科及研究方法探索本學科，以求最大限度地完善和加強中華特色的戲劇藝術理論。

其八、運用綜合研究法：即借鑒民族學、歷史學、地理學、文化人類學、宗教學、語言學、藝術學等先進學科手段，又沿用考據學、訓詁學、文獻學、版本學、圖書學、統計學、闡釋學，以及製作文藝理論數據庫等傳統學科研究方法，對中華民族戲劇發展史、關係史與存在問題進行較爲全面、系統、深入的研究。對其人類遺留的豐厚財富，梳理清楚它們之間的文化、文學、藝術交融的深層邏輯關係。並在浩繁的歷史文化文獻，以及廣大民族、民間地區進行田野調查，從案頭與口碑中補充大量有價值的史料，高質量完成規模宏大的民族戲劇學史志論體系建構。

最大限度恢復古今少數民族戲劇原貌；提升中國少數民族戲劇學術品位；促使中華民族戲劇史學研究眞正融入世界文化大格局之中。

五、中國少數民族戲劇文化的研究方法

中華民族戲劇藝術重要組成部分：中國少數民族戲劇及其學科，作爲民族戲劇學的分支學科，自誕生之日起，就嗷嗷待哺需要母課題、主學科與相關學科業已成熟的理論研究及方法的滋養。在擅長於綜合、整合與實證的中國乃至東方諸國，以及側重分析、解構與實驗的歐美與西方諸國，自古迄今都總結出一套行之有效的學術方法，均能對應於民族學中的戲劇藝術研究。儘管東西方傳統文化及其觀念有著巨大的差異，但是針對有著共同文化特徵的人類最基

本、最普遍的娛樂文化形式，即中國少數民族樂舞戲曲與外國土著民族原始戲劇之歷史與學術價值，還是有大致相類似的探研認證。其客觀與科學的研究方法，無非是帶有全局性的宏觀把握與具體的微觀解析，歷時性的緣起、產生、發展脈絡梳理，以及共時性的文獻資料的異同與相互影響探索相結合。

為便於其學術的實效性與操作性，歸納國內外慣常研究法，大致可劃分為歷史文獻研究法、比較研究法、綜合研究法、實地調查法等四大類。只有最大限度地搜集民族戲劇文化範疇有價值的學術資料，再輔助於最先進科學的研究方法，嚴格遵循理論密切聯繫實際的治學原則，方可逐漸揭示出撲朔迷離氛圍中民族戲劇學之學術奧秘。

（一）歷史文獻與比較研究法

世界上任何學問都建立在廣博深厚的實物資料基礎上，通過專家學者而建構的人文學科自然要依賴於公諸於世的歷史文獻來展示，借助於書面的或通過口頭整理的有關珍貴資料傳達其大量文化信息。

查詢「文獻」一詞的最早出處，可見於《論語·八佾》：

> 子曰：夏禮，吾能言之，杞不足徵也。殷禮，吾能言之，宋不
> 足徵也。文獻不足故也。足，則吾能徵之矣。

對於「文獻」的含意始見東漢鄭玄的詮釋，即認為「獻，猶賢也……文章賢才不足故也。」視之「文」指「文章」，「獻」指「賢」，後衍化為「獻」。宋代理學大師朱熹在《論語集注》中拓寬此義：「文，典籍也。獻，賢也。」「文獻若足，則我能取之，以證吾言矣」。

根據前賢哲人為「文獻」所下的概念，即引徵於歷史上文人賢才所遺留下的「文章」或「典籍」。而今我們則視「文獻」為古今中外一切社會文化之總稱，是人們認識、研究、驗證歷史的重要依據。

對於「文獻」的形成方式，據杜澤遜在《文獻學概要》一書中認為大體可歸納為：「著、述、編、譯四種。」〔註28〕並張舜徽在《中國文獻學》中認為我國古代文獻，「不外三大類」：即「著作」、「編述」、「鈔纂」。

在歷史上，「著」，亦稱「作」、「造」、「著作」。如漢·司馬遷《報任安書》云：「《詩》三百篇大抵聖賢發憤之所為作也。」清·焦循在《雕菰集》卷七《述難篇》中對「作」所下明確定義：「人未知而己先知，人未覺而己先覺，

〔註28〕杜澤遜《文獻學概要》，中華書局 2001 年版，第 36 頁。

因以所先知先覺者教人。俾人皆知之覺之，而天下之知覺自我始，是爲作。」
他還論及「述」，「已有知之覺之者，自我而損益之。或其義久而不明，有明
之者，用以教人，而作者之義復明，是之謂述」。通過孔子自謙所稱：「述而
不作，信而好古。」得知：「前始未有」之「著」或「作」，較之「古已有之」
之「述」要高難得多。「編」又稱爲「纂」或「輯」。是根據一定體例綴輯舊
文，其原始文獻與條文都要遵循原貌，不能隨意改竄。而「譯」，即翻譯，將
外國與少數民族語言文字與文獻轉譯爲漢文。有些文人學者還常將上述兩種
文獻形式合而爲一，即編譯一些文獻資料。此種治學方法對於介紹與認識我
們知之甚少的異族文化與民族戲劇藝術大有裨益。

究其民族戲劇學的研究方法，必須要從其豐富多樣的文獻資料入手。與
相近的文體類似，民族戲劇學的研究資料，主要分爲兩個方面：一、「活性」
資料（即活性戲劇及其戲劇現象），也可以稱爲實地調查；二、文本資料（即
文字、圖片、音響、影像等）。「文本」資料往往是我們從事實地調查時，所
觀察到的各種事象的背景、注解和淵源。在這些文本資料中，歷史文獻是一
個十分重要的組成部分。

任何一種文化，任何一個民族都是自己的歷史文化。對於任何一種當代
文化現象的研究和解釋，都離不開歷史的背景，民族戲劇學的研究也是這樣。
民族戲劇的歷史文獻研究法，主要是運用歷史文獻研究人類有文字以來的戲
劇藝術。利用歷史文獻，特別是歷史民族志資料來闡釋一個時代的社會文化
現象（包括戲劇文化）爲主要特點。因此，民族戲劇學研究中對歷史文獻的
搜集與利用，有較強的現實性，一般是爲了利用歷史文獻解釋現實社會中的
戲劇藝術，而不是爲了詮釋歷史本身。

從具體國情出發，中國的少數民族戲劇研究與中國傳統文化研究領域一
樣，都重視歷史，重視對歷史文獻的搜集和利用。在對當代的民族戲劇文化
進行闡釋時，重視從歷史傳統和歷史文獻中探討戲劇藝術的淵源和本質。中
國文化歷來重視歷史傳統，主要有以下幾個原因：

1、中國的歷史悠久，中華民族傳統文化自古以來連續發展，從未中斷歷
史記載。因此，中國各民族、地區的文化都有深遠的歷史淵源。

2、中國的歷史文獻數量極多，浩如煙海。加上幾千年來史學家們不斷地
對歷代的文獻進行考訂、整理和研究，使得中國的歷史文獻和著作，從數量
和質量上都堪稱世界第一。

　　3、中國的歷史文獻，內容豐富。由於中國文化傳統上對史學的推崇，致使中國古代「史外無學」。凡有關人類社會的各種記錄，無不叢納於史書之中。到了近現代，各學科才逐漸從史學中獨立出來。

　　因此，在對中國少數民族戲劇的研究及有關現象的研究之時，往往能從歷史文獻中找到豐富的相關記載。

　　歷史文獻大致可分四類，即：史書類、檔案文件類、史部以外之群籍和少數民族古文字文獻。在民族戲劇學的研究中，爲了搜集到所需的史料，首先應熟悉並利用有關的文獻目錄，盡可能全面地搜集到相關的文獻。對於搜集到的文獻資料，要進行歸類、排序、校勘、考證、注釋等工作。對有關史料還要進行去僞存眞、由表及裏和由古及今的分析，並把握相關的歷史現象本質及其與民族戲劇藝術的相互關係。

　　在傳統的歷史文獻研究法基礎之上，當今世界又通行更加行之有效的比較研究法。即以比較學的方法來研究所涉獵的文化藝術門類之普遍原理與客觀規律。方可進一步在中國傳統的歷史文獻與考據學基礎進行更爲科學的比較文化學研究。

　　比較研究方法可對應於民族文化、文學、藝術與戲劇，即產生比較文化學、比較文學、比較藝術學與比較戲劇學。綜合當今國內外所通行的「比較文化學」的研究方法，一般採用平行研究與影響研究兩種學術方法。用此方法來研究民族戲劇學，即能達到筆者在《中西戲劇文化交流史》中所述：

　　其一，「通過對兩種互不影響的不同傳統的文化系統進行研究，以尋找其研究對象共同或不同的規律」。其二則「通過兩種相互影響的不同傳統的文化系統進行比較研究，以找出其共同的規律，揭示其間的矛盾和統一。」

　　另外則可進一步達到如下學術目的：「採取比較文化學中的諸如縱比、橫比、同比、異比與同異比的學術類比法，以及平行或者影響研究的方法論，來尋找中西不同文化形式的異同特徵，以及一般或特殊規律。從而較爲客觀、眞實地勾勒出中國戲曲與西方諸國戲劇文化之間的交流歷史。爲日臻完善的中國，乃至世界人類戲劇文化交流史與通史提供重要的佐證。」〔註29〕

　　縱覽世界上蓬勃發展、富有前景的自然與人文學科研究領域，爲了檢驗某種命題或歸納出一般的法則，都不同程度地使用著比較的方法，民族戲劇學也不例外。應該說，民族戲劇自產生之初起就是以異己的戲劇文化爲研究對象，

〔註29〕李強《中西戲劇文化交流史》，人民音樂出版社，2002年版，第14頁。

民族戲劇的研究者在觀察異己戲劇文化時，面對的異己戲劇文化是多種多樣的，對這些多種多樣的異己戲劇文化進行體識，自然地要使用先進的比較法。

實際上，在戲劇藝術的研究中已經有意無意地使用著比較研究法。如對一個單一劇種的描述，使用的概念、採用的視角和描述的對象等，不可否認地要以民族學知識爲基礎。而民族學的知識正是對不同社會文化比較研究的成果。由於比較的對象是在不同文化背景的基礎上進行，因而，學術界常把此種比較研究稱爲「跨文化比較研究」。在民族學的研究領域，跨文化比較研究可分廣義和狹義兩種。凡是對兩種或兩種以上的社會或文化進行的比較研究，稱爲廣義跨文化比較研究；而狹義的跨文化比較研究則是指民族學家默多克等人建立和發展起來的，引入統計分析手段的全球規模的跨文化比較研究。

在跨文化比較研究中，由於比較的對象、比較的項目和標準以及比較的目的不同，會有不同的比較研究。民族戲劇是以人類社會中的所有戲劇和戲劇現象爲研究對象，探討人類戲劇的普遍性和多樣性爲目的的一門學科。它主要是橫向地將其它戲劇文化進行比較，通過橫向的比較來找出其特點，並且主要著眼於在當代社會中的價值與意義。因此，把所有的戲劇文化作爲比較的對象是理所當然的。在實際的比較中，比較對象的規模、比較的內容及目的等方面往往存在著較大的差異。因此，我們只能通過比較研究法才能深入地探討人類民族戲劇的起源、發生和發展，才能深入地瞭解其風格特徵以及與民族文化的緊密關係。

（二）跨學科文化與綜合研究法

中國少數民族戲劇學從學科分類上，從歷史地理範疇上，還是文學藝術合成上，都體現了此爲一門綜合性跨學科學問。應該說，跨學科綜合研究是由民族戲劇的特點自身所決定的。從民族戲劇學的研究對象來看，是「民族」及其「戲劇」文化。這裡所指的民族是廣義的民族。其中包括原始民族、古代民族、近代民族和現代民族；而戲劇文化，也是指廣義的戲劇文化，包括不同地域、不同民族的戲劇，及其戲劇文化現象。跨學科的綜合研究強調，在民族戲劇學研究中的普遍性的觀點、整體的觀點、整合的觀點以及文化相對論等。這幾種基本觀點構成了民族戲劇學的核心觀念。我們以這種觀點來研究民族戲劇，必須注意到與其它文化因素的聯繫，以及民族戲劇在整個社會文化系統中的作用。這就要求我們不得不進行跨學科的綜合研究。事實上，

對於民族戲劇的研究者來說，需花費大量的時間與戲劇藝術以外的專家共同磋商與研究。

　　爲了更好地進行跨學科的綜合研究，一方面需要民族戲劇研究者在精通本專業的基礎上盡量擴大自己的知識領域，做到「一專多能」；另一方面，也需要我們對民族戲劇學做出學術規範，使其研究步驟與研究方法更具操作性，以便同其它學科進行交流與合作。

　　民族戲劇學作爲人類文化學的一個重要組成學科，具備著文化學的跨學科一切特質，對其深入研究則離不開綜合或整合法，即將有關要素梳理組合以達到系統化，使之更加富有科學性、更加全面、客觀與公允。關於文化自古迄今有多種解釋，按時間較近、理論較新的、解釋較爲具體的一種觀點，有學者認爲華夏民族，「今天所有的『文化』（culture），大約是上個世紀末從日本轉譯過來的，其源蓋出於拉丁文 cultura，原有加工、修養、教育、文化程度、禮貌等多種含義。」〔註 30〕此種解釋明顯可見「文化」本身就是多義的詞組。

　　通行於社會一般的觀點認爲：「文化」只有廣義與狹義兩種解釋：即廣義的文化指人類在社會發展過程中所創造的物質財富與精神財富的總和；狹義的指社會的意識形態，以及與之相適應的制度和組織機構。係指文學、藝術、教育和科學等跨學科知識體系。根據羅雄岩先生撰寫的《中國民間舞蹈文化教程》一書中獲悉，他所搜集與詮釋的廣、狹義，還有中義的文化概念及其三個層次觀點：

　　　　有的專家認爲，「文化的涵義至少有三：除廣義、狹義之外，還有一種『中義』的文化，那就是除了『教、科、文』之外，把體現在人們物質生活中的、體現在人們精神生活中的、人們社會關係中的一切文化都包括在內。」（于光遠《明確文化發展在社會發展中的地位》）還有的學者認爲：「『文化』有三個層次，物質的——制度的——心理的……文化的物質層面是最表層的；而審美趣味、價值觀念、道德規範、宗教觀念、思維方式等，屬於最深層；介乎二者之間的，是種種制度與理論體系。」（龐樸《要研究「文化」的三個層次》）〔註31〕

〔註30〕《中國文化研究集刊》，復旦大學出版社，1984 年版，第 5 頁。
〔註31〕羅雄岩《著中國民間舞蹈文化教程》，上海音樂出版社，2001 年版，第 2 頁。

綜上所述，于光遠與龐樸先生對文化所闡釋的三個涵義與三個層次，幾乎把人類所創造的所有知識都網羅在內。對此羅雄岩先生概而言之：「文化是人類社會發展的標誌，文化的積累、傳播和發展，主要是通過文字和人的直接傳承進行的。……因此，只有全面發掘文字記載的與無文字記載的文化遺存，經過研究，充分運用於創造人類社會更美好的未來。」故此，對於跨學科文化學這種人類與民族意識形態進行綜合性研究，最大程度地使之自然與人文學科相結合顯得格外重要與勢在必行。

跨學科文化形式，即民族戲劇學所綜合的兩大類文化學科，即民族學與戲劇學都有著龐大的分支學科，諸如民族學涉及到廣泛的地理、歷史、經濟、宗教、生理、心理、政治、習俗、語言、文字、藝術等文化範疇；而戲劇學則覆蓋著音樂、舞蹈、文學、雜技、幻術、美術、服飾、表演等具體的文化層面。只有全方位、全景觀、多層次、多側面地予以統籌與整合，才能建構此項龐雜的民族戲劇文化體系。

論及跨學科的民族戲劇文化之綜合性研究方法，即可理解為運用民族學與戲劇學的學科理論及其有關科學知識、觀察、描述、分析、研究民族戲劇及其客觀發展規律的科學手段、程序與途徑。按其較為規範的研究手段與方法，即在上述歷史文獻研究基礎上所形成的中國傳統的文獻學、考據學，與國外引進的先進的比較學、實證學，以及後面詳述的在科學的實地調查法基礎上所建構的綜合研究法。如此方可使方興未艾的民族戲劇學更富操作性、實效性與前瞻性。

（三）社會與民族戲劇實地調查法

在當世界的各國、各民族的傳統與新興學科研究之中，驟然興起眾望所歸的實地調查法或田野調查法，由此而以口碑材料與文物考古資料補充了文獻歷史學與比較文化學上的不足。特別使之非口頭文化與非語言文字形態的民族戲劇學有據可查與有章可循。

究其戲劇實地調查法實來自社會、民族與考古田野調查法。一般係指民族戲劇調查方法、實驗方法與統計法三大部分內容，按其業已成熟的社會、民族與考古學方法論擬簡述如下，然後方可對應於由此而派生的民族戲劇文物學及研究方法：

1、社會或民族調查法：即有計劃、有目的、有步驟的對社會或民族現象

問題及情況進行觀察、瞭解、訪問，並系統記錄的一系列手段和程序。此種調查方法是社會學與民族學研究的最主要方法，按其不同內容可分為：（1）全面調查即對調查總體的全面的基本情況進行系統調查。（2）專門調查即就社會或民族某方面的特殊情況所進行的調查。按調查對象的不同範圍可分為：①普遍調查，即對調查總體中的全部個案統計加以調查。②抽樣調查，即從調查總體的全部個案中抽取部分個案來進行調查。③個案調查，即對總體中的極少數個案進行深入瞭解。④典型調查，即對總體中的少數典型個案進行深入系統的瞭解。⑤重點調查，即從所要調查的總體中，選擇一部分重點個案進行調查，而這一部分個案在所研究的標誌總量中佔有相當大的比重。

按照調查研究的不同深淺程度可分為：探索性調查、描述性調查和解釋性調查。①探索性調查，即為正式調查打基礎以求對有關情況的初步瞭解的調查。②描述性調查，即只反映事物或現象的一般狀況的調查。③解釋性調查，即需瞭解事物或現象發生的原因。

按調查對象的時空關係可分為①橫剖式調查，即在一個特定的時間內，對許多事物或現象同時進行調查，以便比較同類事物或現象在不同空間的狀況。②縱貫式調查，即在幾個不同的時間點對同一事物或現象進行調查，瞭解事物或現象發生變化的過程、原因與趨勢，又稱追蹤調查。

科學的社會或民族調查一般程序為：①提出調查研究課題。②查閱有關文獻。③進行探索性調查。④建立調查研究假設。⑤制定調查提綱，其中包括設計調查表或問卷等。⑥制定調查方案，包括確定調查的對象、範圍、時間、方式、經費、人員的配備、組織與培訓等。⑦實地調查。⑧整理分析資料。⑨撰寫調查報告。

2、社會或民族實驗方法：即在已有社會、民族理論或假設的指引下，按照實驗設計的模式，人為地控制或設置某些社會或民族變量，盡可能地排除干擾，突出主要因素，在易於發現社會或民族規律的社會與民族情境之中去研究有關現象的一整套辦法與程序。此種實驗有簡化和純化社會複雜現象的作用，它能夠強化對實驗對象的作用，有利於揭示事物的規律。社會或民族實驗按照實驗場所可分為：①實驗室實驗。②現場實驗。按照質與量的關係可分為：①定性實驗。②定量實驗。按照對照組的有無與個數不同可分為：①無對照的實驗。②一個對照組的實驗。③兩個對照組的實驗。④多個對照組的實驗。

社會或民族實驗的一般程序爲：①確定實驗研究課題。②作出實驗研究假設。③進行實驗設計。④按設計要求進行實驗並收集實驗資料。⑤整理分析實驗資料。⑥撰寫實驗報告。

3、社會或民族統計方法，即運用社會統計學的理論，對社會調查和社會實驗得來的數據資料進行統計、整理、分析的方法技術和程序。

社會或民族統計主要包括對所有的原始資料進行科學分組，並採用定性與定量相結合、邏輯與歷史相結合、綜合與分析相結合、歸納與演繹相結合的方法，對總體資料進行系統、全面的統計、整理和分析。其中還包括：①對社會學與民族研究假設事實的檢驗和統計檢驗，以求得出各種樣本統計值與總體參數值。②從數量上揭示社會與民族現象之間客觀存在的各種關係，探求社會與民族現象發生、發展、變化的原因和規律。③撰寫出有價值的研究報告與學術論文、論著。

社會或民族實地調查法在大的原則上也同樣適用於民族戲劇實地調查法或田野調查法。在此前提下對戲劇歷史與現狀的調查在一定程度上要求助於考古田野調查法，由此而派生出來新興的戲劇考古學與戲曲文物學，此學科對我們進一步審視中國少數民族戲劇或漢族戲曲文化遺產有著非常重要的學術價值。

宋蜀華、白振聲主編《民族學理論與方法》指出中國民族戲劇研究伴隨著人類產生以來的歷史文化形態。以少數民族戲劇爲對象，所借用的民族學與文化人類學可謂同根共祖、殊途同歸。在研究對象、基本原理和基本方法上有較高的一致性：

> 它們都是以人、人類群體及其文化爲對象。都強調生物文化整體論和比較研究方法，都以實地的調查、測量和田野工作爲獲取資料的重要手段，也都注意從系統、類型、結構、形態和功能等方面對研究對象進行全面把握。〔註32〕

正因爲採取了先進、科學的人文學科的研究方法，才使得我們突破了過去只限於書本知識、文獻資料，以及中原漢族地區的傳統戲曲形態，而步入中華民族大文化的廣闊天地，陸續有了發現「特殊劇種（如儺戲、傀儡戲、皮影戲等）和少數民族戲劇」以及目連戲、儀式劇等新的民族戲劇資料的喜悅。

〔註32〕宋蜀華、白振聲主編《民族學理論與方法》，中央民族大學出版社，1998年版，第351頁。

　　王國維的科學的研究方法「二重證據法」，即將地下出土文物與傳世文獻相互引證來對古史進行研究。他企圖將較爲混亂的歷史傳說或頭緒紛繁的中國古史加以科學梳理，從而釐清其發展線索與脈絡，弄清其發展的具體歷程。如今對應於中國少數民族戲劇歷史跰究亦非常值得借鑒和使用。藉此學術實證的方法，我們即可對學術界忽略、久違的中國少數民族戲劇的發生、演變、形成、發展歷史，以及定義、概念、內涵外延以及功能、價值、美學意義、民族性、民族化、民族風格、民族精神、民族視域等學術理論問題進行認眞、細緻、深入的研究。

　　中華民族是一個具有五千年文明的悠久歷史和燦爛文化的民族，也是一個勤勞、勇敢、樸實、勇於開創、大膽進取的民族，更是一個具有活力、生氣、創造力和生命力的民族。中華民族在其發展歷程中以及在世界文明發展歷程中，曾爲人類及世界文明和文化作出過重大的貢獻。世界四大文明古國之一的中國，因創建起「華夏民族文化圈」，故對東方文明的發展起著積極地推動作用。

　　中國 55 個少數民族與漢族一起爲中華人民共和國社會共同體的基本組成成分，在此龐大的族群之中蘊含著華夏兒女、炎黃子孫數千年燦爛輝煌的文明成果，其中就包括豐富多彩、形式多樣的中國少數民族戲劇文化。有人稱其爲人類原始文明的「活化石」；有人則視其爲東方民族藝術的原生態與難以企及的文藝典範形象。只有我們同心協力建構宏大的民族戲劇學系統工程；方使豐富多樣、絢麗多姿的中國少數民族戲劇在國內外文藝平臺佔有重要的一席之地。

第二章　中華民族與中國多民族戲劇文化

　　中華人民共和國在歷史上被稱爲「華夏」、「神州」、「九洲」、「赤縣」等，在世界的東方地理文化板塊中自成體系。在這個巨大的行政區域空間中，自古以來繁衍生殖著眾多的各個氏族、部族、民族的庶民百姓。他們擁有豐富的想像力、創造力和精湛的技藝能力，天才地締造出博大精深的物質文化與精神文化財富。其中就包括集人類文學藝術之大成的民族戲劇文化。

　　據許結主編的《中國文化史》解析中國傳統地理文化：「傳說唐堯時期中國已經劃分爲十二州，但爲後代普遍接受的是禹制九州之說。」此種「畫野分州的思想體現出對帝京文化的重視和以京都爲核心的政體文化觀念……當《尚書》上出現『中國』時，僅僅是西周人對自己所居關中、河洛地區的稱呼；到了東周時，周的附屬地區也可以稱爲『中國』了。『中國』的涵義擴展到包括各大諸侯國在內的黃河中下游地區。而隨著各諸侯國疆域的膨脹，『中國』成爲列國全境的稱號，指華夏諸民族居住的地區。」〔註1〕《中國文化史》所指逐漸擴展的廣大的「華夏諸民族居住的地區。」爲中國古代各民族人民施展文學藝術的才華，編製多姿多彩的中華民族戲劇文化歷史提供了碩大的社會舞臺。

一、中華民族與漢民族歷史文化述略

　　「中華」在歷史上亦稱「華夏」或「諸夏」，「華」在《說文》中意爲「榮」，

〔註1〕許結主編《中國文化史》，花城出版社，2006 年版，第 31 頁。

「夏」意爲「中國之人」。古人常以「華」與「夷」對稱，以「夏」與「蠻夷」或「裔」對稱。即相對古代漢族與周邊少數民族，後將中國境內的各民族統而言之爲「華夏」。三國魏何晏《景福殿賦》曰：「總神靈之貺祐，集華夏之至歡。」

如今我國學術界正在逐步摒棄漢民族文化中心論，而將中國各少數民族文化藝術囊括在內，組織大量人力、物力、財力來編撰華夏或中華民族通史、文化史、藝術史，以及樂舞、戲劇、戲曲史，這是我們這一代學人的神聖歷史職責。如此將有力於「國家的統一，人民的團結，國內各民族的團結」，以及對外世界性的民族文化交流。

若欲達到此目的，所需要進行的學術理論基礎建設，其中包括國內外文化人類學、民族學、民間文學與藝術學專家學者對我國少數民族與世界土著戲劇的學術界定，有關學科名稱來源與歷史發展進程，以及民族戲劇學的學科定義、性質、功能、研究對象和範圍的認識，特別是對中國各民族戲劇發生學與分類學的探索和研究。

中華民族包括定居於中國領土內的所有中國民族，即包括當代的和在歷史上曾經存在過而現在已經消失的民族。在幾千年的歷史長河中，以其繁榮的經濟、燦爛的文化藝術和輝煌的科學技術成就蜚聲於全世界，對於人類社會的進步產生過深遠的影響。中華民族對於人類文化、文學、藝術、戲劇方面的諸多偉大的歷史貢獻是中華各族人民智慧的結晶。

「中華民族」是現在約定俗成的稱謂，在古代與近現代，中國人慣常以「炎黃子孫」、「華夏兒女」、「九州兒女」、「黃河兒女」、「龍的傳人」等自稱。炎黃子孫，也稱「黃炎子孫」，或者「黃帝子孫」。遠古歷史中，炎帝與黃帝都被視爲華夏民族的始祖。傳說他們出自同一個部落，後來成爲兩個敵對的部落的首領。兩個部落經過阪泉大戰，黃帝打敗了炎帝，兩個部落漸漸融合成華夏族，華夏族在漢朝以後稱爲「漢人」，唐朝以後又稱爲「唐人」。炎帝和黃帝也是中國文化、技術的始祖，傳說他們以及他們的臣子、後代創造了上古幾乎所有重要的發明。「炎黃子孫」是海內外華人引以爲榮的自我稱謂。這個詞組的真正出現與廣泛使用是在清朝末年，但其雛形「黃炎之後」、「炎黃苗裔」、「黃帝子孫」等始出於戰國秦漢時期，這些都是「炎黃子孫」稱謂在不同時代、不同語境下的不同表現形態。《國語·晉語》云：「昔少典娶於有蟜氏，生黃帝、炎帝。黃帝以姬水成，炎帝以姜水成。」炎黃時代沒有文

字，也不可能有「炎黃子孫」或「黃帝子孫」這樣的名詞，但卻爲後世此類名詞的出現奠定了堅實的基礎。

遠古傳說的古帝王一直到夏商周帝王，都被認爲是黃帝的直系子孫，連狄、蠻、夷、羌古族也被納入這個系統。後世的帝王也聲稱他們是黃帝的後裔。古代中國幾乎所有的姓氏都將自己的遠祖追溯到炎帝、黃帝或他們的臣子。而接受了華夏文化的古代少數民族如匈奴、鮮卑、肅愼、契丹等也聲稱自己是黃帝子孫、或炎黃子孫。遼朝大臣耶律儼《皇朝實錄》稱「契丹爲黃帝之後」。《遼史・太祖紀贊》和《世表序》亦主張「契丹爲炎帝之後」。

春秋戰國時期諸侯爭霸，諸子爭鳴，《淮南子・脩務訓》云：「世俗之人，多尊古而賤今。故爲道者必託之於神農、黃帝而後能入說。」孔子著述稱讚黃帝「生而民得其利百年，死而民畏其神百年，亡而民用其教百年」，莊子則認爲「世之所高，莫若黃帝」。《史記・封禪書》載：「秦靈公作吳陽上畤，祭黃帝；作下畤，祭炎帝。」《國語・魯語》曰：「黃帝能成命百物，以明民共財……故有虞氏禘黃帝而祖顓頊，郊堯而宗舜；夏后氏禘黃帝而祖顓頊，郊鯀而宗禹」。由此證實舜、禹皆爲黃帝之後。《國語・周語》云：「唯有嘉功，以命姓受祀，迄於天下。及其失之也，必有悖淫之心間之，故亡其姓氏……夫亡者豈係無寵，皆黃炎之後也。」更在自述黃帝、炎帝爲諸國至高無上的祖先。

當我們翻開《史記》，首先進入人們視野的偉大人物就是黃帝。在司馬遷的筆下，不僅堯、舜、禹、契、后稷、湯、文王、武王等諸位聖賢明君是黃帝子孫，而且秦、晉、衛、宋、陳、鄭、韓、趙、魏、楚、吳、越等諸侯們也是黃帝之後，甚至連匈奴、閩越之類的蠻夷亦爲黃帝苗裔。如此一來，便把各族統統納入到以黃帝爲始祖的華夏族譜大系之中。歷史人物更有甚者，王充在《論衡》中亦云「《世表》言五帝、三王皆黃帝子孫」。司馬太公堅持中華大一統歷史觀和民族觀，將黃帝民族共祖的地位典籍化，上承「百家雜語」，下啓二十四史，對於國人自稱「黃帝子孫」起了關鍵性的作用。唐宋明以後的族譜大都攀附歷史上與黃帝有瓜葛的同姓名人，故而梁啓超大爲感歎：「尋常百姓家譜，無一不祖黃帝」。

自鴉片戰爭以後，西方列強侵華加劇，清廷治國無方，中華民族危機，民族主義傳入，長期蟄伏不顯的「炎黃子孫」等稱謂好像井噴一樣湧現出來，頻頻見諸於書刊報紙，成爲廣泛使用的流行詞語。改良派是這一現象的始作

俑者，而革命派則是眞正的主導者。二者雖然同樣使用「炎黃子孫」，但含義卻明顯不同：改良派認爲「我國皆黃帝子孫」，革命派卻認爲「炎黃之裔，厥惟漢族」。以「發明國學，保存國粹」爲己任的國粹學派，視黃帝爲國粹、國魂。臺灣愛國詩人丘逢甲詩云：「人生亦有祖，誰非黃炎孫？歸鳥思故林，落葉戀本根。」滿族貴族盛昱大聲疾呼：「起我黃帝胄，驅彼白種賤。大破旗漢界，謀生皆自便。」清末「炎黃子孫」稱謂的勃興一方面促進了反清革命的興起與勝利，另一方面在促使「炎黃子孫」眞正成爲國人廣泛使用的自我稱謂的同時，又縮小了「炎黃子孫」一詞的指代範圍，不利於中華民族國家的構建。辛亥革命後，「五族共和」取代了「驅除韃虜」，「炎黃子孫」亦由漢人的同義語轉變爲中國人的代名詞。

在清朝末年，反抗滿族統治的早期革命黨人，即用「炎黃子孫、黃帝子孫」做口號取得漢人的支持，激進的革命派認爲「炎黃之裔，厥惟漢族」。而溫和的改良派則認爲「我國皆黃帝子孫」。面對西方列強的侵略和蠶食，包括各少數民族人士在內的有識之士號召打破族群界限，以「炎黃子孫」爲旗幟凝聚中華。在面對外國強敵侵略而處於亡國、亡種的危機下，「炎黃子孫、黃帝子孫」的概念，成爲以祖先崇拜和中國人構建民族凝聚力的符號。抗日戰爭時期，「炎黃子孫」的稱謂在抗敵烽火中定型爲中華民族的指代符號，成爲號召與激勵海內外華人共同抗戰的一面旗幟。在中華民國時期，「中華民族之全體，均皆黃帝之子孫」，全體中國人皆爲炎黃子孫已成爲人們共識。

深究在文化與學術研究上，專家學者更傾向「華夏兒女」與「中華民族」的稱謂的原因，可經翻閱古書典籍識之。華夏之「華」，是「章服之美」的意思，「夏」是「禮儀之大」的意思。中國古人是以服飾華采之美爲「華」；以疆界廣闊與文化繁榮、文明道德興盛爲「夏」。「華夏」一詞最早見於周朝《尚書・周書・武成》所載：「華夏蠻貊，罔不率俾」。《左傳・定公十年》曰：「中國有禮儀之大故稱夏，有服章之美謂之華」。《尚書》曰：「冕服採裝曰華，大國曰夏」。《尚書正義》注：「冕服華章曰華，大國曰夏」。《三國志・蜀志・關羽傳》：「羽威震華夏，曹公議徙許都以避其銳」。華夏族的祖先是生活在黃河中上游的黃帝族和炎帝族，後來這兩部落的聯盟在戰勝蚩尤後進入中原。華夏族在中原建立了統治。隨後，才有了我國歷史上第一個朝代夏朝，簡稱「夏」。

在外域異族先民的眼裏，居於中原地區的「漢族」是一個身著華彩衣服，

講究禮儀的民族。實際上各古族融彙而成的漢族由漢王朝成立才得名，此前稱「華夏族」。漢族本身亦爲不同民族的社會集合體。華夏族的祖先是生活在黃河流域的黃帝與炎帝，後由於合併融合，蠻，夷，戎，狄等民族相繼融入華夏族，才構成後來漢族的主體。

華夏兒女的古稱，較多見的是所分稱的「華」和「夏」，」意爲「中國之人」，即「中原之人」。春秋以後，又稱「諸夏」。古人將華夏與蠻夷或裔對稱，以文化和族類作爲區分的標準。遠古時期中國境內分佈許多氏族部落。距今四、五千年時，西北部的黃帝打敗九黎和炎帝，進入中原。黃帝及其後代堯、舜、禹逐步融合苗、黎、夷、蠻等許多氏族部落，與炎帝、夷族組成了聯盟，在黃河中游兩岸繁衍發展。

公元前 2100～前 770 年黃河中下游的夏族、商族、周族和其他部落長期相處，逐漸形成華夏族。何時形成華夏族，歷代說者不一，從原始社會、商朝中期、西周中期、東周初期、春秋時期、直至戰國中後期，前後相距達一、二千年之遙。春秋戰國時期各諸侯國不斷相互兼併，地區之間經濟文化交流頻繁，加強了華夏族與其他各族的密切聯繫。氐、羌、巴、蜀、滇、僰、濮、苗、越等族有的融合於華夏，有的在相互同化中逐步發展成爲新的民族群體。公元前 221 年，秦朝建立了以華夏爲主體的統一的多民族國家。漢朝華夏族不斷吸收其他民族成分，人口繁衍，逐漸以漢族代替了諸夏、華夏等舊稱。

相比上述諸稱謂，中國各民族更傾向於使用巍然大氣的「中華民族」詞組。據《辭海》釋「中華民族」爲：「我國各民族的總稱。」臺灣三民書局版《大辭典》釋曰：「族名，指組成中國各民族的集合體。」中國自古是一個趨向統一的多民族國家。「中華民族」是近代以來才有的民族學名稱，泛指定居於中國領土上的所有民族。但是，這個族體已存在數千年之久，其族稱的形成與發展也經歷了數千年的演變。大約在 5000 年前，當中華原始民族開始形成時，其族稱爲「華」。漢朝以後，開始出現「中華」的族稱。至十九世紀末，作爲近代民族學術語的「民族」概念傳入中國後，「中華民族」這個民族學詞彙也應運而生。雖然「華」、「中華」、「中華民族」這些族稱之間小有差異，但其內涵卻是一致的，即指定居於中國領土上的所有民族。

追根溯源，中華民族之「華」肇始於中國歷史上五帝時代之舜的名字「重華」。唐代學者張守節撰《史記正義》，釋「重華」爲「目重瞳子」，認爲舜的眼睛有兩個瞳孔。有學者考證「重華」之「重」，是遠古少昊氏部落中的一個

氏族名稱。有學者考證，「重」亦即舜所在氏族名稱，「華」才是舜的名字。按照氏族部落沿革傳統，氏族首領的名稱即全體氏族成員及其後裔共有的名稱。在舜建立國家政權後，人們沿襲古老的習俗，以舜的名字稱呼有虞氏朝族裔及有虞氏朝治理下的人民爲「華」。「華」作爲族稱見之於《尚書・周書・武成》，意思是指先聖王的後代，即遠古社會的貴族。後來的「華」作爲族稱見於《北史・西域傳》，意思是指所有的中國人。在「華」的族稱形成之後，歷史上給人們留下深刻印象的朝代名稱，也曾經作爲華人的別稱流傳，如「秦人」，見於《史記・大宛列傳》；「唐人」，見於《明史・外國眞臘傳》；甚至於「契丹」在西方聲名遠播後，也成了東方華人的別稱。

立於案頭，「中華」一詞，見於東晉裴松之注《三國志》。其源可溯自「中國諸華」，其語見於漢朝高誘注《呂氏春秋》，意思是「中國諸聖人的後代」。在公元三、四世紀，即三國兩晉南北朝時期，匈奴、鮮卑、羯、氐、羌等族向中原彙聚，紛紛建立政權。中原的中心地位備受尊重，內遷各族都表現出對中原傳統文化的強烈認同意識。

「中華」一詞作爲一個超越漢族、兼容當時邊疆各族的概念被響亮提出。內遷各族所建政權均從血統、地緣及文化制度方面找到自己是聖人後代、理當居中華正統的根據。例如，鮮卑拓跋氏自述爲黃帝之裔，見載於《魏書・紀序》；鮮卑宇文氏自述爲炎帝之裔，見載於《周書・帝紀》；根據《史記・匈奴列傳》記載，鐵弗匈奴赫連勃勃強調自己有夏王室血統而稱所建政權爲夏等。甚至於遠在漠北的柔然，當其強盛之時，也曾自號「皇芮」，宣稱以「光復中華」爲己任，見載於《南齊書・芮芮傳》。與此同時，「舜爲東夷之人」、「大禹出於西羌，文王生於西夷」等語，亦常出於諸君王之口，以明中華聖人本身也多有出自邊疆族群。

勤勞勇敢和富有創造精神的中華民族現代概念從提出到不斷的引申和發展文辭用語中，已不再是單一的中國各民族的代稱，而是一個與中國的國家、民族、地域、歷史緊密相連的整體代稱。比如在《中華人民共和國國歌》中提到的「中華民族」，中國大陸黨和政府提出的「實現中華民族的偉大復興」。從愛國主義的角度來看，「中華民族」一辭已成爲民族精神、民族情感的凝聚和象徵。從感性意義上來講，應該是「中華兒女」、「炎黃子孫」等詞語的引申和發展，具有廣泛的涵蓋意義。同時，現代概念上的中華民族，也是廣義上的中國的一個代稱。

　　隨著中國近代歷史的發展，「中華」逐漸發展爲中國多民族含義。因此，中華民族包括定居於中國領土內的所有中國民族，即包括當代的和在歷史上曾經存在過而現在已經消失的民族。在幾千年的歷史長河中，中華民族以其繁榮的經濟、燦爛的文化藝術和輝煌的科學技術成就蜚聲於全世界，對於人類社會的進步產生過深遠的影響，其偉大的歷史貢獻是中華各族人民智慧的結晶。

　　陳育寧在主編的《中華民族凝聚力的歷史探索》中指出：「我國是一個歷史悠久的多民族國家，一部中國歷史就是一部多民族共同開創中華文明的歷史。中華民族的歷史是各民族共同創造的，歷史上的各個民族，包括已經消失了的民族，他們對中華民族的形成和發展，對於統一的多民族國家的形成發展，都做出了其他任何一個民族不可替代的貢獻。少數民族的歷史在中國歷史中佔有十分重要的地位。」在此書他提出中華民族凝聚力形成過程中的四大要素：「多遠多流、源流交錯──中華民族凝聚力形成的歷史前提；共同開發、共同創造──中華民族凝聚力形成的歷史基礎；遷徙流動、彙聚交融──中華民族凝聚力形成的歷史途徑；相互聯繫、相互依存──中華民族凝聚力形成的歷史根源。」〔註2〕

　　中華民族不僅以自己的高度智慧與能力創造了燦爛輝煌的歷史文化，也同時建造了中國多民族的絢麗多彩的戲劇藝術的宏偉大廈。在葉茜著《中華民族的文化與性格》一書中，我們可在「民族大融合對文學的影響」一章裏感知中華多民族的形成對文學、藝術思想內容、形式、風格等的長遠影響：

　　　　自先秦以來，特別是秦漢以來，胡漢大融合的內容，已經形成了中國古代文學表現的最重要的題材。內容決定形式，因此這種胡漢大融合的內容也對文學作品的表現形式產生了重大的影響。這種影響的大致脈絡是漢族藝術開始與北方少數民族藝術以及西域、印度文化通過民族雜居以及絲綢之路輸入的藝術相交融，至魏晉南北朝時期而有長足發展。到隋唐對這種藝術大融合進行整合，將原來漢族的藝術與純粹的胡人藝術及胡漢混合藝術及受胡漢融合之影響而創造的漢族藝術整合爲統一的藝術。〔註3〕

〔註2〕陳育寧主編《中華民族凝聚力的歷史探索》「緒論」，雲南人民出版社，1994年版。

〔註3〕葉茜《中華民族的文化與性格》，民族出版社，2006年版，第256頁。

論及中國主體民族「漢族」是一個歷史從未中斷過的、歷史悠久的民族。漢族的起源是多元的，而且既有主源又有支源。向前追溯炎黃集團是漢族的一個主源。在中國的原始社會末期，在黃河兩岸中原地區崛起的炎帝部落和黃帝部落結成部落聯盟後，爲了爭奪部落聯盟首領的權力地位而釀成了歷史上有名的「阪泉之戰」，黃帝取得了決定性的勝利而稱雄於中原化。漢族逐漸形成，並世稱「炎黃世冑」、「黃帝子孫」。

漢族的形成不是一蹴而就的，它經歷了夏、商、周、楚、越等族從部落到民族的發展過程，在歷史上，東夷集團是漢族的另一個主源。在漢族起源的時代，與炎黃部落聯盟並居黃河流域的是東夷。東夷集團主要分爲蚩尤、帝俊、徐夷、萊夷和淮夷五大部分。在漢族與東夷集團的族源關係中，最重要的是東夷集團中的蚩尤部和帝俊部，諸部經過激烈的分化、互動和融合，在夏民族之後，衝破了原始社會的藩籬，跨進了文明的大門，形成爲商民族。

苗蠻集團是漢族的一個支源。苗蠻是遠古時代中國南方諸氏族、部落或部落聯盟的泛稱。百越集團是漢族的第二個支源。戎、狄集團是漢族的第三個支源。古代漢族經歷了夏、商、周、楚、越等族及部分蠻、夷、戎、狄融合成華夏民族的階段，最後形成於漢代。該民族由許多民族混血而形成和發展，就像滾雪球一樣，越滾越大，越來越發展，終於成爲世界第一大族。漢族是中國 56 個民族中人口最多的民族，也是世界上人口最多的民族。漢族是原稱爲「華夏」的中原居民，自漢代開始，正式稱爲漢族。

漢族所操漢語屬漢藏語系漢語族。現代漢語以北方方言爲基礎，北京語音爲標準音。漢字是世界上最古老的文字之一，已有 6000 年左右的歷史，由甲骨文、金文逐漸演變成今天的方塊字，共有四萬個字以上，通用的有七千字左右，現爲國際通用語文之一。二十世紀 50 年代以來，中國政府有計劃地進行文字改革，制定了《漢語拼音方案》，推廣普通話，簡化漢字。漢族所用的漢語經過數千年的互動演化，現代漢語分爲九大方言，即北方方言、吳方言、湘方言、粵方言、閩方言、贛方言、客家話、平話、晉語。

漢族在古代創造了燦爛光輝、豐富多樣的文化藝術，具有鮮明的民族特色。漢族有五千多年有文字可考的歷史，文化典籍極其豐富。數千年間，無論政治、軍事、哲學、經濟、史學、自然科學、文學、藝術等各個領域，都產生了眾多的具有深遠影響的代表人物和作品。在春秋戰國時期，各種思想學術流派的成就，與同期古希臘與後來的古羅馬文明交相輝映；以孔子、老

子、墨子爲代表的三大哲學體系，形成諸子百家爭鳴的繁榮局面。至漢武帝時，推行「罷黜百家，獨尊儒術」的政策，於是以孔子、孟子爲代表的儒家思想成爲正統，統治漢族思想與文化兩千餘年。在漫長的歷史進程中，程度不同地影響其他少數民族，甚至影響到與中國相鄰的諸多國家與地區。

在文學方面，漢族詩歌、散文的創作，在東方諸國中佔有顯著地位。漢族群落之中湧現了許多藝術成就極高的作家與作品，如小說創作，到明清時，獲得很大發展，《三國演義》、《西遊記》、《水滸傳》、《儒林外史》、《聊齋誌異》等均享有盛名。在繪畫、書法、工藝美術、音樂、舞蹈、戲劇、曲藝等方面，也湧現出不少蜚聲中外的名家。但是與其相輔相成，在中國少數民族中也產生不少文學藝術精品，諸如樂府、邊塞詩、百戲、元曲、雜劇、傳奇、木卡姆、民族史詩等，及其《紅樓夢》、《茶館》、《邊城》、《塵埃落定》等爲中華多民族文化寶庫增添了豐富多彩的形式與內容。

二、中國少數民族歷史文化與中華民族團結

我國是一個擁有十六億人口，以及九百六十萬平方公里的泱泱大國。中國與十二個國家邊界接壤，有著二萬一千多公里的陸地邊防線。中華人民共和國之版圖絕大多數都在少數民族地區境內。全國各民族自治地區，所佔土地面積共有六百一十多萬平方公里，約占全國總面積的百分之六十二點五。故對廣闊、豐富的少數民族樂舞戲劇藝術遺產研究與建構，對於中華多民族傳統戲劇文化顯得何等重要。

中國少數民族由 55 個民族所組成，即蒙古、回、藏、維吾爾、苗、彝、壯、布依、朝鮮、滿、侗、瑤、白、土家、哈尼、哈薩克、傣、黎、傈僳、佤、畬、高山、拉祜、水、東鄉、納西、景頗、柯爾克孜、土、達斡爾、仫佬、羌、布朗、撒拉、毛難、仡佬、錫伯、阿昌、普米、塔吉克、怒、烏孜別克、俄羅斯、鄂溫克、德昂、保安、裕固、京、塔塔爾、獨龍、鄂倫春、赫哲、門巴、珞巴、基諾等五十五個少數民族。

國內各少數民族主要分佈在五個自治區，即新疆維吾爾自治區、內蒙古自治區、西藏自治區、寧夏回族自治區與廣西壯族自治區，以及 30 個自治州、119 個自治縣（旗）。

全國東至臺灣，南達海南島，西到新疆、西藏，北至寧夏、內蒙、黑龍江都有大量少數民族居住與分佈。2004 年底，中國總人口爲 129988 萬人（未

包括香港特別行政區、澳門特別行政區和臺灣省人口），約占世界人口的五分之一。漢族人口為 115940 萬人，占總人口的 91.59％；各少數民族人口為 10643 萬人，占總人口的 8.41％。少數民族中最多的是壯族，約有 4000 多萬人。雲南是中國少數民族最多的省份，有 25 個民族。雲南總人口 4144 萬，少數民族占 38.07％，其次是新疆、廣西、貴州、內蒙、青海、四川、西藏等地。特別是回族分佈在全國百分之六十左右的省、縣、市內。

中國少數民族在國內雜居的情況特別顯著，全國形成以漢族為主體的各民族「大雜居，小聚居」的局面。許多少數民族分佈在邊遠、漫長的邊疆與邊防線地區，從而成為外國、外民族與我國漢族文化交往的中介區域與交通樞紐，以及經濟、文化交流的橋梁。在中國少數民族戲劇中呈現出獨特的漢胡、華夷、漢族與少數民族之間以及與外族戲劇文化，亦稱為「跨國民族戲劇」相互交流與融合的獨特的文化現象。

此種文化特點還體現在民族語言文字的交融與整合上。在我國除了回族、滿族與畬族通用漢語外，其他各族均有本民族語言，如屬於漢藏語系的語言使用最為廣泛，主要分佈在中南和西南；其次為屬於阿爾泰語系的語言，主要分佈在西北和東北；此外還有極少數的朝鮮語和屬於南亞語系或印歐語系的民族語言。在眾多少數民族之中約有二十一個民族有自己的文字，如蒙古、藏、維吾爾、朝鮮、哈薩克、錫伯、傣、烏孜別克、柯爾克孜、塔塔爾、俄羅斯、彝、納西、苗、景頗、傈僳、拉祜、佤族等。這些相對於漢族的豐富多彩的民族語言與文字，忠實地記載了中國各少數民族的樂舞戲劇文化財富，極大地豐富了華夏多民族的戲劇藝術體系與文化寶庫。

再有我國各少數民族中均盛行世界性或地域性的宗教文化。其中宗教信仰以信奉伊斯蘭教、喇嘛教的較多，還有信奉佛教、薩滿教、基督教的，以及信仰原始宗教與道教的在少數民族人口比例中人數甚眾。宗教作為歷史的產物與人類文化的載體，在其中保存了少數民族許多原始傳統文化與戲劇形態很值得我們認真研究。

少數民族因與大自然朝夕相處、相濡以沫，並有著深厚的傳統文化習俗，故此多才多藝，能歌善舞，能說會道的少數民族所創作的民族文學，特別是口頭文學、民族藝術及其民族音樂、舞蹈、曲藝與戲劇等表演藝術甚為發達。另外，還有民間工藝美術，如建築、雕塑、繪畫、服飾等尤為豐富多彩。這些文學藝術因素都相繼有機地融入集大成之民族戲劇戲曲藝術之中。

在民族文學中,特別值得研究的是少數民族所擁有的長篇敘事詩或英雄史詩,如藏族的《格薩爾王》,蒙古族的《江格爾》,柯爾克孜族的《瑪納斯》,彝族的《阿詩瑪》,維吾爾族的《艾里甫與賽乃姆》、《福樂智慧》、《熱比亞與賽丁》,納西族的《創世紀》,土家族的《梯瑪之歌》,哈薩克族的《薩里哈與薩曼》、《闊孜庫爾帕西與巴顏蘇魯》,土族的《拉布仁與吉門索》,東鄉族的《米拉尕》,回族的《馬五哥與尕豆妹》,拉祜族的《呀普乃普》、《牡帕密帕》,阿昌族的《遮帕麻與遮咪瑪》,壯族的《布伯》,瑤族的《密洛陀》,傣族的《佈桑蓋亞桑蓋》,伍族的《司崗里》,白族與苗族的《開天闢地》,哈尼族的《造天造地造萬物》,畬族的《高皇歌》,彝族的《勒俄特依》、《梅葛》,蒙古族的《嘎達梅林》,傣族的《娥並與桑洛》、《召樹屯》,土族的《拉布仁與琪門索》,裕固族的《黃黛琛》、《薩那瑪可》,白族的《青姑娘》,傈僳族的《逃婚調》等少數民族敘事詩或長篇民間敘事詩。因為其中有人物,有故事情節,有簡單對話,而初步具備戲劇藝術特徵,故經常被改編後搬上文藝舞臺演出。上述諸多英雄史詩與敘事長詩如何由敘述體轉化為代言體之過程是民族戲劇學及其中國少數民族戲劇研究的一個重要課題。

我國各少數民族都擁有極為豐富多樣的民族音樂與舞蹈,而民族歌舞又是中國少數民族戲劇的基本與舉足輕重的組成部分。眾所周知的大型音樂歌舞套曲如維吾爾族的《木卡姆》,哈薩克族的《空額爾》,侗族的《大歌》,蒙古族的《潮爾》,納西族的《別失謝禮》,朝鮮族的《阿里郎》,回族的《花兒》,滿、達斡爾、鄂溫克等族的《薩滿調》,錫伯族的《亞琴那》,壯族的《三頓歡》,布依族的《溫二令》、《囊荷斑》,苗族的《安月思海》,裕固族的《瑙瑪克迪什特》,錫伯族的《蘇德里吾春》,塔吉克族的《麥依麗斯》,傣族的《敢姆亮》,景頗族的《木占》,普米族的《格魯里》等敘事歌曲或敘事合唱與對唱,其中含有許多民族戲劇情節與代言文體藝術成分。

關於我國少數民族的歷史文化的形成,國內有許多專家學者對此進行了廣泛、深入的研究與探索,並從中解開了許多學術奧秘。五十五個少數民族中之主要民族的族源問題,首當其衝對我們探研中國少數民族戲劇文化的形成與發展有著非常重要的學術價值。

從遠古追溯,長城內外、大河上下的古老華夏土地上曾經生長、繁衍、活動著許多氏族與部族、部落聯盟。大約在四千年以前,江淮流域一帶活躍著一支「夷」族,其中一位著名的部落酋長叫太白皋,號伏羲氏,其妹為「女

媧氏」，後來夷族發展為「九夷」，即畎夷、於夷、方夷、黃夷、白夷、赤夷、玄夷、風夷、陽夷；另外，夷族還有四個重要的支系，即皋陶、伯益、顓頊與帝嚳，「帝嚳」就是高辛氏，即傳說中的「帝舜」。傳說商朝的始祖「契」，就是帝嚳的後裔。

在南方也生活著許多氏族與部落，當時統稱為「蠻」族。其中最早進入我國中部地區的是「九黎族」，他們的首領名叫「蚩尤」，此外還有活動在江漢流域的「三苗族」。

在西方與北方，同樣生活著許多氏族與部落，當時被統稱為「戎」族與「狄」族。狄族中的「薰鬻」，發展成為後來的北方強大古族匈奴。西方還有羌族，稱為「氐羌」或「羌戎」。中部有炎帝族，炎帝號「神農氏」，很可能是羌族的一支。另外西北出了黃帝族，即華夏族的始祖。在中國古代戲劇歷史中，黃帝與南蠻族蚩尤相互大戰，即黃帝與蚩尤的戰爭，被原始戲劇、古代百戲與民族歌舞戲曲經常反映，頗具戲劇性與傳奇故事性。

黃帝經過五十二次戰鬥，終於征服了華夏天下。從黃帝族進入黃河流域以後，同夷人部落與羌人部落結成了部落聯盟，開始了神奇的唐、虞時代。傳說中的堯、舜、禹就是這個龐大部落聯盟的首領。他們又同南蠻中的三苗族進行了長期而激烈的戰爭，至禹時大敗三苗，成為夏朝的首位帝王。遂黃帝族、炎帝族、夏族、商族、周族與羌人、夷人、戎人、苗人、蠻人等互相融合，從而奠定了中華民族大家庭的格局。

在古代甲骨文中就記載有與殷人頻繁接觸的「羌方」、「蜀方」，並有稱其華夏族四周的群落為「北狄」、「南蠻」、「東夷」、「西戎」等。商周以來即有「庸、蜀、羌、微、盧、彭、濮」等民族。夏至周朝有「九夷」，居住在黑龍江流域有「肅慎」（以後稱「挹婁」、「勿吉」、「靺鞨」、「女眞」等）；分佈在松花江中游的有「扶餘」，山東半島的「萊夷」，淮河中下游的「徐夷」、「淮夷」等。

秦漢前後，北方地區出現「匈奴」、「東胡」、「烏桓」、「鮮卑」、「契丹」、「室韋」、「韃靼」、「萌古」等民族；西北地區出現「烏孫」、「丁零」、「突厥」、「堅昆」、「黠戛斯」、「回紇」、「布魯特」等民族；西南地區出現「西南夷」、「濮」、「筰都夷」、「邛都夷」、「昆明夷」、「哀牢夷」、「僰」、「烏蠻」、「白蠻」、「牂牁蠻」等民族名稱；南方長江中下游「越人」中又分「百越」（或稱「百粵」），如「於越」、「揚越」、「夷越」、「夔越」、「閩越」、「南越」、「駱越」、「山

越」等；另外還有「武陵蠻」（即「五溪蠻」），「板楯蠻」、「西原蠻」等眾多不同民族名稱。至到中華人民共和國成立後，方確定了除漢族以外五十五個單一的少數民族之族稱。

關於我國古代少數民族的稱謂與族源，著名史學家呂思勉撰寫過一部《中國民族史》，除漢族之外，特將其劃分爲匈奴、鮮卑、丁令、貉族、肅慎、苗族、濮族、羌族、藏族與白種等十一類。筆者擬以此爲線索來佐證中國少數民族歷史文化與民族戲劇藝術關係。依據本書的基本觀點「認爲中國歷史上的民族主要可分三派：匈奴、鮮卑、丁令、貉、肅慎是北派；羌、藏、苗、越、濮是南派；漢族處在中間，不斷向南北兩派逐漸交流與融合。」〔註4〕

呂思勉先生在此書中認爲「中國所吸合之民族甚多。顧其與漢族有關係最早、且最密者，厥惟匈奴。」他還提及匈奴於「一世紀末，爲漢族所破，輾轉西遷，直至歐洲爲止。」此指歐洲史書所述「西匈人」或「白匈奴」，當是危及古羅馬分列爲東西兩部，並出現於匈牙利國。呂思勉還說匈奴於「四世紀初，乘晉室內亂而崛起，是爲五胡中之胡、羯，十六國中之前後趙，約五十年。」《史記·匈奴列傳》中有一首民歌可立此存照：「失我祁連山，使我六畜不蕃息，失我燕支山，使我嫁婦無顏色。」唐代房玄齡《晉書》亦記載兩句匈奴民歌：「秀支替戾岡，僕谷禿勾當。」此古詩係指漢衛青、霍去病收復河西驅逐匈奴之眞實歷史寫照。

鮮卑，古稱「東胡」，《史記·匈奴列傳》所謂「燕山有東胡、山戎」。《後漢書》云：「東胡與匈奴間有棄地，莫居千餘里。」即「烏桓、鮮卑二山，蓋在今蒙古東部，蘇克蘇魯、索岳爾濟等山是也。」據呂思勉所考證「十六國中，鮮卑有三：曰慕容氏，曰乞伏氏，曰禿髮氏。而拓跋氏繼諸國之後，盡並北方。繼其後而據關中者，又有宇文氏焉。」鮮卑族一支拓跋氏於東漢時分爲東、中、西三部。公元 386 年，拓跋珪建立北魏，建都平城（今山西大同），至拓跋宏（孝文帝）遷都洛陽。鮮卑另一支宇文氏於西魏時，宇文泰之子覺氏魏，建立北周。在此之前，鮮卑先民慕容氏於西晉末年，先後建有前燕、後燕、南燕等政權。拓跋氏諸族政權後傳爲宇文周至隋，可見在中國北方與中原地區影響之大。

鮮卑之「敕勒族」有一首著名古曲《敕勒歌》吟唱：「敕勒川，陰山下。天似穹廬，籠蓋四野。天蒼蒼，野茫茫，風吹草低見牛羊。」相傳爲斛律金

〔註 4〕呂思勉《中國民族史》，中國大百科全書出版社，1987 年版。

所作與吟唱。金元詩人元好問在《論詩》中高度讚譽:「慷慨歌謠絕不傳,穹廬一曲本天然。中州萬古英雄氣,也到陰山敕勒川。」丁令或丁零,《晉書》稱「敕勒」,《隋書》作「鐵勒」,亦作「高車」。漢代此古族主要分佈於貝加爾湖以南。在此期間與漢政權、協同烏孫、烏桓、鮮卑等族擊敗匈奴,並迫其西遷,部分丁令遂南遷晉冀境內而漸與其他民族融合。丁令留大漠與西遷者為突厥與回紇。據呂思勉所述:「此族後裔之一支,中國人通稱為回,西人則通稱為突厥……五世紀中葉,柔然衰,而此族之突厥盛……至七世紀乃亡,其同族回紇又繼之。至八世紀初葉,乃為黠戛斯所破,自此棄漠南北,居河西及天山南路以至於今。」其文中所述回紇,後改為回鶻,於公元 840 年為吉戛斯所破,西遷一支在甘肅為裕固族,另一支移至新疆天山南北為回鶻,後稱維吾爾族。《北史·高車傳》云,古代丁令人在歷史上頗為重視樂舞祭祀:

> 時有震死及疫癘,則為之祈福。若安全無他,則為之報賽。多殺雜畜,燒骨以燎。走馬繞旋,多者數百匝。男女大小皆集會。文成時,五部高車、合聚祭天,眾至數萬。大會走馬、殺牲遊繞,歌吟忻忻。其俗稱自前世以來,無盛於此會。〔註5〕

貉族之貉,又作貊,亦稱「濊貉」。《孟子》曰:「子之道,貉道也……貉在北方,其氣寒,不生五穀。」《說文》豸部云:「貉,北方豸種。」「東方貉從豸。此皆以貉在東北方者也。」據呂思勉考述:「貉族居地,初在燕北,其後則在遼寧之外……貉族國落,見於漢以後者:曰夫餘,曰高句驪,曰百濟,曰東濊,曰沃沮……至其地,則跨今遼寧、吉林二省及朝鮮境。」《辭海·民族分冊》中記載「貉同『貊』,古族名。」《周禮·夏官·職方氏》云:「七閩九貉。」《尚書·武成》云:「華夏蠻貊。」貉族之「高句驪」、「百濟」均在朝鮮半島,即今南北朝鮮與韓國輔國。據《三國志》與《後漢書》云:貉族「以殷正月祭天。大會連日,飲食歌舞,名曰迎鼓。」句驪「好祠鬼神、社稷、靈星。以十月祭天大會,名曰東盟。其國東有大穴,號隧神,亦以十月迎而祭之。」濊,「常用十月祭天,晝夜飲酒歌舞,名之為舞天。」馬韓,「常以五月田竟祭鬼神。晝夜酒會,群聚歌舞。舞輒數十人相隨,蹋地為節。十月農功畢,亦如之。諸國邑各以一人主祭天神,號為天君。又立蘇塗,建大木,懸鈴鼓,以事鬼神。」由此可知此古族甚重祭祀樂舞禮儀。

　　相傳殷代箕子至朝鮮半島傳授華夏文化,而使中朝樂舞日趨相融。《後漢

〔註5〕《北史·高車傳》,卷九十八,列傳第八十六。

書‧夫餘傳》謂其「行人好歌吟，無晝夜，音聲不絕。」《三國志‧句驪傳》云：「民好歌舞，國中邑落，暮夜男女群聚，相就歌戲。」《後漢書‧東夷傳》亦敘：「東夷率皆土著，喜飲酒歌舞，或冠弁衣錦，器用俎豆。」均為實證。

　　肅慎，亦作「息慎」、「稷慎」。商、周時，曾居「不咸山（長白山）北」，「東濱大海」，北至黑龍江中下游。秦漢以後的挹婁、勿吉、靺鞨、女真都與此古族有淵源關係。如來源於肅慎的　　，於隋唐時漸發展為栗末、伯咄、安車骨、拂涅、號室、黑水、白山等七部。後於五代演變為女真（黑水靺鞨），明代分為建州女真、海西女真與野人女真三部分，明末由努爾哈赤統一成為滿族的主要組成部分。

　　呂思勉考證肅慎、靺鞨其後有渤海與女真。而「渤海傳國，凡十二世。其自立，在周聖曆二年，其亡，在後唐明宗天成三年，前後二百三十年。」溯其源，「渤海」為唐代東北以靺鞨、栗末部為主體，融合其他靺鞨諸部和部分高句驪，所建政權名曰渤海。於北宋末阿骨打統一女真各部，建立金政權（1115～1234 年）至中原發展樂舞戲曲藝術，形成金院本與諸宮調對漢地戲曲文化影響甚大。

　　據呂思勉考述：「蒙古，亦女真同族也，蒙古出於室韋……肅慎、挹婁、靺鞨，皆在松花江以南，室韋則在嫩江沿岸。」《遼史》又稱「黃頭室韋也。」呂注：「黃頭室韋，即黃頭女真也。可見室韋、女真為同族。」他又據《舊唐書》與《元史譯文證補》考據，蒙兀、蒙古部族「實韃靼、室韋之混種，而韃靼又為及沙陀、突厥之混種。」女真與蒙元的胡族文化對我國中原漢文化，特別是宋元雜劇產生巨大影響是有目共睹之歷史事實。至今蒙古族薩滿在數說「神譜」時，開口就吟唱「本自唐朝起，翁貢（精靈）始周遊。」據音樂史學家何昌林考證，唐代樂舞大曲中即有蒙古（室韋）樂曲《俱倫》等三首。據《唐會要》於天寶十三年（754）7 月 10 日所公佈之「太樂署供奉曲名及諸樂名」中亦有兩首蒙古曲，即《俱倫》（太簇宮改名為《寶輪光》）、《俱倫朗》（太簇羽）；另外在唐‧南卓《羯鼓錄》中載有《俱倫僕》（太簇宮）與《俱倫毗》（太簇角）。

　　何昌林在《盛唐燕樂中的蒙古樂曲〈俱倫〉三首》一文中論證：「《俱倫》三首之樂曲標題冠以『俱倫』，當然是『俱倫泊』——額爾古納河地區蒙古（室韋）人的樂曲而無疑。」他還說：「《俱倫》實即《呼倫博》——『呼倫池地區的薩滿』或『呼倫薩滿鼓』之義。」

　　苗族，據呂思勉考述：「苗者，蓋蠻之轉音……今所謂苗族者，其本名蓋曰黎。我國以其居南方也，乃稱之曰蠻，亦書作髦。晚近乃訛爲苗，既訛爲苗，遂與古之三苗國混。」古族「三苗」亦稱「苗」，苗民原生活在江、淮、荊州，傳說舜時被遷到三危（今甘肅敦煌一帶）。而古苗族爲黎，漢以後稱俚，凡今湖南及貴州沅江上游之地，古所謂蠻者，大抵皆此族也。唐代傳有《菩薩蠻》古曲似與此支古族蠻有聯繫。此曲原爲西南少數民族舞曲，自傳入中原後，經唐藝人李可及加工爲《菩薩蠻隊舞》，舞者高髻金冠，身披纓絡分外妖嬈。唐宋又有《菩薩蠻》樂舞名與詩詞名，以及「菩薩蠻隊」隊舞（女弟子隊）名稱。

　　粵族，亦稱「百粵」、「越族」，呂思勉曰：「百粵散居東南沿海之地，古有文身之俗。」又云：「百越古有文身之俗。」《漢書·地理志》載：「今之蒼梧、鬱林、合浦、交趾、九眞、南海、日南，皆粵分也。其君禹後，帝少康之庶子雲。封於會稽，文身斷髮，以避蛟龍之害。」

　　越族中著名者如於越、揚越、閩越、東越、甌越等，其中分佈在浙江省境內的「於越」，所出越王句踐甚爲出名。「閩越」相傳爲越王句踐之後裔，後分爲繇和南越兩部。另有東甌，即「甌越」，秦漢時分佈在今浙江南部甌江、靈江流域，相傳亦爲越王句踐之後裔。其首領遙助漢滅項羽，惠帝時受封爲東海王，都東歐（今浙江溫州）。此地爲後世南戲與越劇的策源地，不能不與此有文化底蘊之古族有染。

　　濮族之「濮」。據呂思勉所考：「亦作卜，又作僰，後稱羅羅、百濮，即今彝族，亦西南一大族也。」他又論述：「濮族古國，實以夜郎及滇爲大宗。」又曰：「滇中望族，爨爲最著」。由此可以梳理出一些西南少數民族原始戲劇之線索。「僰」，古族名。《史記·西南夷列傳》：「取其筰馬、僰僮」。張守節正義：「今益州南戎州北臨大江，古僰國。」春秋前後居住在以僰道爲中心，即今中國西南地區川南以及滇東一帶。

　　古族「夜郎」，戰國至漢時，主要在今貴州西部及北部，並包括雲南東北、四川南部及廣西北部部分地區。漢武帝元鼎六年（公元前 111 年）於其地置牂柯郡。「滇」亦爲古族名與國名，在今雲南東部滇池附近地區，元封二年（前109 年）漢於此置益州郡。

　　在此古地之「爨」亦爲古族名與地域名，在今雲南東部。自三國兩晉以來，長期處於建寧（今雲南曲靖一帶）大姓爨氏統治之下，故名。宋元嘉九

年（432）分裂為「東爨」與「西爨」，元代又有「黑爨」與「白爨」之稱。明代以後爨則專指羅羅，即彝族先民。於北宋徽宗時，爨國入中原獻樂舞，帶去對宋元雜劇產生影響的「五花爨弄」。另外於漢時此地流行《巴渝舞》其風格獨特，技藝嫻熟。《後漢書‧南蠻傳》載其樂舞用鼓伴奏，舞曲有《矛渝本歌曲》、《安弩渝本歌曲》等，魏改名為《昭武舞》，晉改為《宣武舞》，唐代「清商樂」中還列有《巴渝舞》用於祭祀之武舞。在西南地區以東爨與烏蠻為主體，包括白蠻等族建立起南詔國。唐開元年間，其王皮邏閣統一六詔，統轄雲南全部、四川南部、貴州西部等地，其少數民族樂舞戲劇文化得到全面發展。

羌，或稱「西羌」，為我國北方歷史甚為悠久的古族，主要分佈在今甘、青、川一帶，最早見於甲骨卜辭。殷周時，部分曾雜居中原，秦漢時，部落眾多，有先零、燒當、婼羌、廣漢、武都、越巂等部。魏、晉、南北朝、隋唐間，又有宕昌、鄧至、白蘭、黨項等部。東晉至北宋間，燒當、黨項羌先後建立後秦、西夏等政權。其中如西羌、東羌、先零羌、燒當羌、發羌較有代表性。呂思勉考證：「羌亦東方大族。其見於古書者，或謂之羌，或謂之氐羌……古之氐羌，在今隴、蜀之間者。」亦云：「大月氏之居東方，亦當與羌同俗。西徙以後，則漸同化於白人」。

對古羌文化的瞭解，我們亦可從「羌笛何須怨楊柳，春風不渡玉門關」詩句感知，至今羌族仍喜好羌笛與民族音樂歌舞。黨項羌所建西夏還特別重視與宋廷的樂舞戲曲文化交流，在西夏山土《雜字》與《漢蕃合時掌中珠》等古籍中亦有「優」、「雜劇色」、「參軍色」、「梨園教坊」等字樣存世。

藏，在歷史上稱之為「吐蕃」。呂思勉先生將藏族所居高原劃分為四區，即「南山之南，岡底斯山之北，諸大川上源之西，地勢高而且平，水皆瀦為湖泊，一也。雅魯藏布江之東，巴顏喀喇山之南，大渡河之西，伊洛瓦底江、怒江、瀾滄江、金沙江、雅龍江之所貫流，二也。巴顏喀喇之北，南山之南，黃河上游及青海所瀦，三也。喜馬拉雅之北，岡底斯之南，雅魯藏布江之域，四也。」他認為其一、四為古藏人所居，其二、三區原為羌地，因此地為「印度阿利安人分支吐蕃興起之地。」並認為藏族與人月氏和嚈噠古族有聯繫。青藏高原吐蕃時期藏人曾請來印度佛學大師蓮花生，促成佛教與苯教結合之「羌姆」樂舞，後在此基礎上出現各流派的藏戲；在中印戲劇文化交流中起到重要橋梁作用。相傳明代喇嘛教噶舉派僧人湯東傑布為藏戲之祖，曾組織

演出藏戲樂舞以募捐集資修建雅魯藏布江鐵索橋，至今藏戲演員仍奉他為祖師。

呂思勉先生最後單列出白種，係指「漢時西域白人，蓋皆希臘殖民之裔，故其俗頗文明。」他在書中所舉「西域諸國，種族有三：一、塞種，二氐羌，三，漢族也。」後又舉凡烏孫、大小月氏、大夏、堅昆等，道出了東西方人種、民族混合之現象，其中亦包括西北地區古代少數民族原始與傳統樂舞戲劇交流之歷史。

如上所述，現國內各少數民族居住與分佈地區甚廣，其中如新疆、雲南、四川、青海、西藏、廣西、貴州以及內蒙古為我國少數民族較多的地方，也是誕生與發展各少數民族戲劇文化的搖籃。另外還有不少少數民族雜居、散居在漢族居民區和其他跨省、跨國民族聚居區內，特別是回族分佈在全國大部份省、市、區、縣內。雲南、貴州兩省就有五分之三以上的民族居住在同一個家園。此種少數民族人民「大雜居、小聚居、交錯居住」的狀況與局面，給各族人民友好往來與經濟文化交流帶來便利條件，但也產生過一些文化繼承與發展負面作用，對保留少數民族傳統文學藝術，如民族樂舞戲劇帶來一定困難。然而在自然科學與人文學科高度發展的現當代，我們依據先進的人類學、社會學、民族學與民俗學的科研方法，亦可從中尋覓與確認民族戲劇文化之精華，並還原其藝術形式在人類文化與文明史之中。

中國是一個多民族的國家，「民族團結」、「民族安全」等問題是中國革命和建設中的重要問題，關係到社會的治亂、國家的安危、民族的興旺和平的發展，以及民族意識的覺醒，民族獨立和統一等問題。也同樣關係到中華民族優秀傳統文學藝術的繼承與弘揚問題的認識與解決。民族是在原始氏族制度的廢墟上生長起來的，民族長期存在，先是階級消亡，而後是國家消亡，最後才是民族消亡。對此，恩格斯曾英明指出民族文化的歷史脈絡：

> 勞動本身一代一代地變得更加不同、更加完善和更加多方面。除打獵和畜牧外，又有了農業，農業以後又有紡紗、織布、冶金、製陶器和航行，同商業和手工業一起，最後出現了藝術和科學；從部落發展成為民族和國家。〔註6〕

首當其衝，「民族團結」為核心的民族問題，概括說來，就是民族之間的矛盾的問題。它表現在政治、經濟、文化、語言、生活方式和風俗習慣等各個方

〔註6〕《馬克思恩格斯選集》第3卷，人民出版社1972年版，第515頁。

面，並且貫穿於民族存在和發展的全過程。帝國主義和民族殖民地的矛盾等問題是我們必須正視與解決的難題。占整個世界絕大多數人口的國家和民族，遭受著占世界人口不到百分之十五的帝國主義的民族壓迫。在帝國主義時期，民族問題已經越出了國家範圍，成了世界性的民族和殖民地問題。在解決了民族壓迫和民族剝削的對抗性民族矛盾問題以後，民族問題在歷史上造成的政治、經濟和文化方面事實上的不平等問題，就成為民族之間的主要問題，成為社會主義時期民族問題主要問題和主要內容。

「民族觀」是人們對民族和民族問題的看法和處理民族問題的綱領、政策。馬克思列寧主義的民族觀認為，民族只有發展上的先進和後進之分，沒有什麼優劣之別。每個民族都有自己的光輝歷史和優良傳統，都對人類文明作出過貢獻。民族不論大小、先進或後進，都應當是國家和社會的平等的一員。這就是當今大陸無產階級實行民族平等和民族團結的理論基礎。

無產階級所推行的民族綱領、政策，主要包括有堅持民族平等，各民族有自決權，國家完全民族化，實行民族區域自治，堅持工人的國際主義團結，反對民族主義，消滅民族間事實上的不平等，實現各民族共同發展繁榮等內容。主張各民族在完全平等的基礎上友好團結，民族平等和民族團結，此為馬克思列寧主義處理民族問題的總原則和總政策。

在社會主義國家中，無論是大民族主義，或者是狹隘民族主義，都是有害的，都不利於國家的統一和民族的團結，不利於社會主義事業發展，都是必須堅決反對和克服的。解放初，黨和政府徹底廢除了一切民族壓迫制度和大力倡導各民族一律平等的政策。先後頒佈了一系列保障民族平等權利、禁止歧視、侮辱少數民族的法令和決定。長期的歷史發展，為我國各民族在統一的祖國大家庭中實行團結合作創造了條件，奠定了基礎。

現實文化制度顯示，民族自治地區可自主地發展具有民族形式和民族特點的文學、藝術、新聞、出版、廣播、電影、電視等民族文化事業；收集、整理、翻譯和出版民族書籍，保護民族文物，決定本地方的科學技術、醫療衛生事業的發展規劃；發展繁榮少數民族的文化藝術，堅持社會主義內容和民族形式相結合的原則；努力辦好各種文化機構，整理、保護民族文化遺產；加強對少數民族歷史文化的研究，剔除其封建的、資本主義的糟粕，發揚其民主性的精華。

斯大林曾指出：「千百萬人民群眾只有使用本民族語言才能在文化、政治

和經濟發展方面獲得巨大的進步。」〔註7〕民族語言問題、民族民俗習慣問題、宗教問題是一個足以影響整個民族關係與發展，必須高度重視的敏感問題。

民族民俗習慣，指的是各民族人民群眾在衣著、飲食、居住、生產、婚姻、喪葬、節慶、禮儀等物質生活和文化生活方面廣泛流傳的喜好、風氣、習尚和禁忌。民族民俗習慣在一定程度上表現或反映出一個民族的經濟、文化生活方式、歷史文化傳統和心理感情，是民族文化的組成部分，是民族特點的一個重要方面。此種意識形態對民族地區經濟、政治和文化有著巨大影響。尊重少數民族風俗習慣，是體現民族平等，鞏固民族團結的一個重大課題。

正確處理宗教問題，全面貫徹黨和國家的宗教政策，對於民族團結、社會安定和國家社會主義現代化建設，對於少數民族政治、經濟、文化的發展，都有重要的歷史與現實意義。正確解決宗教問題，必須把宗教信仰和迷信加以區別。堅持貫徹宗教不受外國反動勢力的支配，堅持獨立自主、自辦教會的方針，以維護國家統一、世界和平。

民族團結是一種精神、一種思想整合力量、一種追求，對於凝聚人心、整合社會起著重要作用。民族團結關係到中華民族的生死存亡，關係到國家的安危和各族人民的根本利益。沒有民族團結，就沒有社會的穩定；沒有民族團結，就沒有經濟的發展；沒有民族團結，建構社會主義和諧社會就無從談起。我們從事中華民族文學藝術與樂舞戲劇研究，將會有力推進漢族與少數民族之間的團結與友誼。

加強民族團結是順應歷史發展趨勢的國策，是符合全國廣大人民群眾情感和意願的大事。面對總體穩定、局部動蕩的世界政治格局和我國全面建設小康社會的迫切需要，我們要堅持馬克思列寧主義民族發展觀，進一步加強對民族團結重要性的認識。

民族團結進步事業蓬勃發展，各民族大團結日益鞏固。長期以來，黨和政府一貫重視民族團結進步事業，改革開放以來，群眾性創建民族團結進步事業的活動在全國各地蓬勃開展，民族團結觀念逐漸紮根千家萬戶。少數民族幹部和人才培養選拔工作紮實推進。少數民族幹部隊伍日益壯大，結構不斷改善，素質不斷提高，一大批少數民族幹部被選拔進縣級以上各級領導班子，管理經濟社會事務的能力進一步提高。

〔註7〕《斯大林全集》第 11 卷，人民出版社 1953 年版，第 305 頁。

　　民族團結是社會主義民族關係的基本特徵和核心內容之一，也是黨和國家所追求的目標。社會主義社會各民族之間的團結，作為中國民族政策體系的重要組成部分，包括如下四個方面的含義：反對民族壓迫和民族歧視。維護促進民族團結。民族團結包括不同民族之間的團結，也包含著民族內部的團結。各族人民齊心協力，共同促進祖國的發展繁榮。民族團結是社會主義社會發展進步的必要前提。反對民族分裂，維護祖國統一。民族團結是社會安定、國家昌盛和民族進步繁榮的必要條件。中國的民族團結與國家統一有著內在的聯繫。

　　民族團結是社會穩定的重要政治基礎，祖國統一、民族團結是各族人民之福，祖國分裂、民族衝突是各族人民之禍，加強民族團結是各族人民的根本利益之所在。「三心合一心，黃土變成金」。團結是力量，團結是財富，團結是生產力，團結是國家發展進步的基礎。隨著我國對外改革開放形勢的不斷拓展與深化，中華各民族，特別是邊疆各少數民族與周邊國家與地區的政治、經濟、文化之間的交流越來越頻繁。民族戲劇藝術作為人類文化交際的文字符號形式，一直是中華民族證實自己文化身份的不可或缺的重要工具。根據國內外的人類文化學、民族學和藝術學研究的發展需求，我們應該對這些珍貴的文化遺產進行宏觀、整體的把握，以及微觀、深層次的學術理論闡釋。

　　如今我國學術界正在逐步摒棄漢民族文化中心論，大力弘揚包括漢族與各少數民族樂舞戲劇藝術囊括在內的中國多民族優秀傳統文化，這是我們這一代學人的神聖歷史職責。如此將有利於國內各民族的團結，以及對外世界性的民族文化交流。若欲達到此目的，所需要進行的學術理論基礎建設，其中包括國內外文化人類學、民族學、民間文學與藝術學專家學者對中華民族與世界土著戲劇的學術界定，有關學科名稱來源與歷史發展進程，以及民族戲劇學的學科定義、性質、功能、研究對象和範圍的認識、探索和研究。

三、對中華民族文化與民族戲劇學的識別

　　「民族」是人類社會發展到一定階段的歷史現象，它有著自身客觀與特殊的發展規律。不少中外專家學者都曾為它下過定義。在中國範圍內，「民族」一詞的出現，就筆者掌握的文獻資料來看，試圖界定民族含義者主要有梁啟超、孫中山等人。我國早在二十世紀 30 年代就接受和運用了前蘇聯領袖斯大

林 1929 年在《馬克思主義和民族問題》一文中闡述的民族定義：「民族是人們在歷史上形成的有共同語言、共同地域、共同經濟生活以及表現在共同文化上的共同心理素質的穩定的共同體。」〔註8〕

尤其是在新中國成立之後，此理論更被作爲制定民族政策和進行民族識別工作的理論依據，也是進行民族問題研究工作的基本理論依據。特別是經過50年代關於漢民族與少數民族形成問題的大討論以後，斯大林關於民族的定義便成了我國學術界所熟悉的和通用的重要學術原則。

儘管在 70 年代末和 80 年代初，我國學術界曾有一些人對民族定義提出過「補充」和「修改」意見，但是迄今爲止，大多數學者仍然認爲斯大林的有關民族定義基本上是較爲科學與適用的。應該強調的是，我國通用的「民族」一詞，指的是所有歷史時期的民族共同體。在學術研究中鑒於不同社會發展時期的民族，又分爲「原始民族」、「古代民族」、「現代民族」等不同概念與範疇。

據中央民族學院出版的《文化學辭典》解釋：民族是「人們在歷史上經過長期發展而形成的穩定的共同體。有廣義、狹義。廣義的包括原始民族、古代民族、近代民族和現代民族；同時還有其它廣泛用法，如作爲多民族國家各民族的總體（如中華民族），泛指歷史上形成的人們共同體（如阿拉伯民族）等。狹義的專指資本主義時代形成的有共同語言、共同地域、共同經濟生活，以及表現於共同文化上的共同心理素質的穩定的人們共同體。」〔註9〕

民族實爲一個社會歷史範疇，它由氏族、部落與部族發展而形成，伴隨社會出現階級、國家並得以發展。然而其形成和發展爲社會生產和社會制度所制約。民族的諸要素，特別是表現在共同文化上的共同心理素質等要素將長期存在，民族的差別將長期存在，因而民族將長期存在於世。

依上所述，斯大林根據馬克思主義理論所全面、系統地提出民族具有四個基本特徵的著名定義，對我們確定「民族」的概念，及其對民族的識別工作有著極大的啓示。在此基礎上，斯大林還反覆強調：「只有一切特徵都具備時才算是一個民族。」「這些特徵只要缺少一個，民族就不成其爲民族。」另外，斯大林在《民族問題和列寧主義》一文中對此進一步詮釋：「民族的要素

〔註8〕 （蘇聯）斯大林《馬克思主義和民族問題》，《斯大林選集》上卷，人民出版社，1979 年版，第 64 頁。
〔註9〕 覃光廣等主編《文化學辭典》，中央民族學院出版社，1988 年版，第 268 頁。

——語言、地域、文化共同性等等——不是從天上掉下來的，而是還在資本主義以前的時期逐漸形成的。」

中華人民共和國總理周恩來曾對斯大林有關民族的定義做過如下的修正：

在我國，不能死套斯大林提出的民族定義。那個定義指的是資本主義上昇時代的民族，不能用它解釋前資本主義時代各個社會階段中發生的有關的複雜問題。……我國許多民族在解放前雖然沒有發展到資本主義階段，但是它們的民族特徵都已不同程度地存在著，這種歷史和現實的情況都應當正視、研究和照顧。〔註10〕

關於「民族」的第一要素，即共同語言問題。一般說來，每一個民族都有一種共同使用的語言。這自然是識別民族的一個重要依據。具有單獨的共同語言，理所當然應該視作形成單一民族的有力證據。具體到某一個民族所擁有綜合性語言表演藝術，諸如民族戲劇，亦有操掌共同語言之問題。同一語支、語族、語系，乃至同一地方語言，即方言，在其同一民族語言基礎上方可產生同一民族所喜聞樂見的民族戲劇藝術形式。

其次，關於共同地域問題，也是同一民族形成的重要因素。共同地域是民族形成的基礎，也是一個民族的人們共同生活、形成和發展以及內部聯繫不可或缺的空間條件。人們只有借助於長期穩定的共同居留地，共同語言才能出現，共同的經濟生活才能形成與發展，表現在共同文化特點上的共同心理素質才能得以全面鎔鑄與昇華。也只有在此基礎上，帶有濃厚地域色彩的地方性的民族戲劇與戲曲藝術才能產生。

再次，關於共同經濟生活。隨著資本主義時期所產生的民族市場和民族的經濟中心，逐漸將本來處於分散狀態的各族人民經濟、文化聯繫並組合為一個整體。因為「共同的經濟生活，經濟上的聯繫」而形成「現代民族」的重要特徵。也正因為日趨頻繁的經濟活動與各種文化行為，而將語言不通、風俗各異的部落、部族之人民逐漸聯繫在一起，而民族戲劇作為特殊的經濟與文化市場上的中介演藝形式，也同樣受著民族共同經濟生活水平所制約。

最後一個重要因素，即關於共同心理素質。表現在共同文化特點上的共同心理素質，無疑是民族四個基本特徵中最穩定、最不易變化的一個重要特

〔註10〕國家民委政研室編《中國共產黨主要領導人論民族問題》，民族出版社，1994年版，第150頁。

徵，因而成爲我們識別民族文化身份中必須倍加重視的標尺。所謂「心理」，是指思想情感、感覺等活動過程的總和。民族心理可以表現爲氣質不同、行爲特點不同、生產習慣不同、社會生活方式不同、文學藝術和愛好不同等文化現象。正是表現上述不同方面的民族心理特點之總和，而形成特有的民族心理素質，也同樣滲透在民族戲劇中不同群體與個體的心理素質與行爲之中。

關於民族戲劇之「戲劇」，國內外專家學者有種種解釋與論證，因爲戲劇是一種綜合性頗強的文學藝術形式，故此帶來不確定因素的多義性是難以避免的學術問題。對於戲劇的概念，中國人與外國人、現代、當代人與古代人、漢族與少數民族、西方主體民族與土著民族的認識頗有差異，將其引伸到民族戲劇之中更增加了對此文體形式的認證難度，故此逼迫著我們去大量的中外古籍文獻中尋覓緣起。

查詢我國古代詩文，「戲劇」此詞最早見於唐・杜牧《西江懷古》詩作：「魏帝縫囊眞戲劇，苻堅投箠更荒唐。」另可見宋・洪邁《容齋隨筆》卷十五：「大率唐人多工詩，雖小說戲劇，鬼物假託，莫不宛轉有思致，不必專門名家而後稱也。」至明・祝允明《觀〈蘇卿持節〉劇》詩云：「勿云戲劇微，激義足吾師。」還有明萬曆年間酉陽野史《新刻續編三國志引》云：「世不見傳奇戲劇乎？人間日演而不厭，內百無一眞，何人悅而眾豔也？但不過取悅一時，結尾有成，終始就爾。」另有梅鼎祚《丹管記題詞》云：「今之治南者，鄭氏《玉玦》而後一大變矣，緣情綺靡，古賦之流爾，何言戲劇？」以及胡應麟《莊岳委談》云：「異時俗尙懸殊，戲劇一變。」然而在中國古籍中出現更多的是「伎劇」、「優戲」、「劇戲」等，如最有代表性的是明・王驥德《曲律》「論插科」中所述：「大略曲冷不鬧場處，得淨、丑間插一科，可博大閧堂，亦是劇戲眼目。」另如他所著《曲律》「雜論上」所云：

> 作劇戲，亦須令老嫗解得，方入眾耳，此即本色之說也。至元而始有劇戲，如今之所搬演者。是此竅由天地開闢以來，不知越幾百千萬年，俟夷狄主中華，而於是諸詞人一時林立，始稱作者之聖。嗚呼異哉！

根據戲曲理論家趙山林教授對王驥德有關「劇戲」概念與含義的評介，認爲他「不但用『劇戲』作爲戲劇的通稱，而且對於『劇戲』的內涵進行了界定。……王驥德此處所說的『劇戲』，已經是比較明確的戲劇概念，與王國維《宋元戲

曲史》中『必合言語、動作、歌唱以演一故事，而後戲劇之意義始全』的『真戲劇』概念非常接近。」〔註11〕

西方文藝理論界關於「戲劇」之定義，自古希臘亞里士多德起就始終沒有斷絕過爭論。然而形成一門獨立學科「戲劇學」（Dramaturgie）卻是現當代的事情。於二十世紀 20 年代初，德國柏林大學率先成立了戲劇學研究所，其宗旨是持抽象的超經驗的觀念與憑具體的經驗的自然態度所進行的「自上而下的戲劇學」的確認。

對此，據我國「戲劇學」名稱確立與相應課程設置及其積極倡導者葉長海教授引薦評介：

> 首先闡述戲劇學的學科概念規定的是羅伯特·普羅爾斯（Robert Proelss）的《關於戲劇學的回答》（1899）一文。真正奠定戲劇學基礎的則是邁克斯·赫爾曼（Max Hermann），他發表了用文獻學的方法進行戲劇史研究的《劇場藝術論》（1902），並指導刊行了戲劇史研究叢書四十卷。他開始使用「劇場學」意義上的「戲劇學」（Theaterwissenschaft）。〔註12〕

追溯我國戲劇學研究之發軔，應該源自二十世紀初的王國維，後又有吳梅、周貽白、任半塘等學者及其著述。於 80 年代中期，葉長海先生出版過一部《中國戲劇學史稿》，在國內旗幟鮮明地推出要建立「戲劇學」學術體系之主張，歷經十餘年已獲得社會的承認，至今國家學位委員會已將「戲劇戲曲學」確立為「戲劇與影視學」人文科學中的一門分支學科。

葉長海教授在《中國戲劇學史稿》「緒論」中清晰與富有邏輯性地勾勒出中國特色的「戲劇學」的學術理論構架：

> 戲劇學是一門新興的學科，它的獨立和體系化是從本世紀初開始的。戲劇學以戲劇為研究對象。……戲劇學的研究對象首先是「演員」、「劇本」和「觀眾」三位一體的「戲劇」。……有人把劇場看作是戲劇的第四個要素。……如果把研究對象嚴格限制於戲劇藝術本身（包括劇本和劇場演出），可以稱之為狹義的戲劇學。廣義的戲劇學則大體可以包括戲劇社會學、戲劇哲學、戲劇心理學、戲劇技法學、戲劇形態學、劇場管理學、戲劇文獻學、戲劇教育學及戲劇史

〔註11〕趙山林《中國戲劇學通論》，安徽教育出版社，1995 年版，第 17 頁。
〔註12〕葉長海《曲學與戲劇學》，學林出版社，1999 年版，第 11 頁。

學等許多門類，可以把戲劇本身及與戲劇有關的一切問題都納入研究範圍。狹義的戲劇學把戲劇藝術規律的研究引向深入；廣義的戲劇學則極大地拓展了研究的視野。〔註13〕

他還認為借用國際通行的「戲劇學」概念可對應於「中國古代的戲劇研究」，即中國戲曲研究，其學術範疇與涉及的內容可分為五個方面，即「戲劇理論」、「戲劇評論」、「戲劇技法」、「戲劇歷史」與「戲劇資料」。關於「戲曲」之緣起，葉長海教授在《曲學與戲劇學》中亦有詳細考證。他認為，「戲曲」一名始見於宋·劉壎《水雲村稿》之「詞人吳用章傳」云：「至咸淳、永嘉戲曲出，潑少年化之。而後淫哇盛，正音歇，然州里遺老猶歌用章詞不置也。」

元·夏庭芝《青樓集》「龍樓景、丹墀秀」條云：「後有芙蓉秀者，婺州人。戲曲、小令，不在二美之下，且能雜劇，尤為出類拔萃云。」元·陶宗儀《南村輟耕錄》「院本名目」亦云：「唐有傳奇，宋有戲曲，唱諢、詞說，金有院本、雜劇、諸宮調。」「雜劇曲名」云：「稗官廢而傳奇作，傳奇作而戲曲繼。」

另如明·臧懋循編《元曲選》所收《涵虛子論曲》云：「戲曲至隋始盛，在隋謂之康衢戲，唐謂之梨園樂，宋謂之華林戲，元謂之昇平樂。」明·周之標編《吳俞欠萃雅》「又題辭」中摒棄前人戲與曲相混之誤訛，而論及相對於「時曲」即「散曲」之「戲曲」異同時指出：

時曲者，無是事有是情，而詞人曲摩之者也。戲曲者，有是情且有是事，而詞人曲肖之者也。有是情，則不論生旦丑淨，須各按情，情到而一折便儘其情矣。有是事，則不論悲歡離合，須各按事，事合而一折便了其事矣。

明清至民國時期，文人學者已逐漸將「戲曲」獨立分流，視其為中國傳統戲劇藝術之統稱。係指一種包容文學、音樂、舞蹈、美術、雜技等各種因素而以「歌舞演故事」為其主要手段的綜合性表演藝術。由此應運而生的「戲曲學」也自然成為民族戲劇學與民族文化遺產中的不可或缺的重要分支學科與組成部分。

因為中國少數民族與外國土著民族的民族戲劇，可視為「在歷史上形成的有共同語言、共同地域、共同經濟生活以及表現在共同文化上的共同心理素質的穩定的共同體」之各民族喜聞樂見的綜合性表演藝術。對其研究理所

〔註13〕葉長海《中國戲劇學史稿》，上海文藝出版社，1986年版，第1頁。

當然應劃入廣義的「戲劇學」及其「民族學」，或二者融合的新學科範疇之中。

「民族戲劇」就字面而言，有廣、狹兩義。廣義上泛指一切多民族國家的民族戲劇；狹義上特指一個國家中的某個或某些少數民族戲劇。就學科而言，民族戲劇學既是戲劇學中的一個門類，又是民族學中的一個分支，是研究人們在社會生活中通過「活性扮演」進行人類活動交流與搬演一定長度故事的一種特殊文體。民族戲劇學將把存在於民族文化中的戲劇及其本質特徵、形成和發展、構成和種類、形式和內容、表演與審美，以及戲劇的社會文化功能作為自己研究的對象。

民族戲劇學或中國乃至世界少數民族戲劇學是民族學中的一個分支，它有著民族與戲劇的雙重性，是民族學與戲劇學之間的一門交叉學科，其特點在於民族與戲劇的完美結合。從民族戲劇學的性質來說，就是用民族學的觀點和方法來研究戲劇發展的規律、表現形式與社會功能。它的建立和發展，能使整個民族學領域的研究更充實、更完善。同時，用民族學的觀點和方法研究戲劇，有助於我們在進一步研究戲劇的同時，對其文化背景和戲劇之間進行整體性、系統性研究，這對於戲劇工作者深刻瞭解戲劇內涵和把握戲劇特質有著方向性的作用。「戲劇活動」成為貫穿於社會學、民族學中的一種文化現象，與人們的生活密切相聯，同時也成為民族文化中不可分割的一部分。

民族戲劇學是戲劇學中的一個門類。戲劇藝術作為一種文化現象，它依存於一定的文化背景，由戲劇意識、戲劇行為、戲劇形態三個基本層面構成而存在於實際的社會中。其中，「戲劇意識」體現了特定文化心理在特定歷史時期對特定存在環境的感受意識；「戲劇行為」則反映來自對戲劇意識反應的直接表現；而「戲劇形態」是這種直接表現所凝聚的戲劇展示及扮演體系。因此，戲劇藝術的內涵即為戲劇意識、戲劇行為、戲劇形態這三個層面的辯證統一的實踐和發展。其中大文化環境中的民族戲劇決定其戲劇扮演者的社會藝術行為。

民族戲劇學涉及的範圍廣泛，從學科領域橫向看，涉及到文化人類學、民族學、民俗學、民族史學、民族宗教學、民族心理學、民族文藝學等。民族戲劇的基本性質，具有多元文化性，其特徵表現在綜合性整合與運用價值上。其研究方法是在民族學視野的基礎上，主要採用調查法、歷史研究法、文獻資料分析法、比較法及系統研究法等多種方式。由多元文化的觀念來建構民族戲劇學理論，以求達到多元一體化。

　　從戲劇藝術的整體來看，東西方民族戲劇各異，其特徵亦不同。簡而言之，西方戲劇的基本特徵是追求戲劇藝術的戲劇性。而東方戲劇，以中國戲曲爲例，其基本特徵表現的是一種源於外在形式的特徵表現，即具有樂舞性、程序性、虛擬性、敘事性等。兩者的差異既來自其深厚的民族歷史文化根源，又有其戲劇藝術在形式化方向的獨特發展。究其本質，民族戲劇本源爲存在於民族文化之中的戲劇表演藝術，是以戲劇爲主體的民族文化。從本質上說，它的解釋主要是社會的、歷史的，而不僅僅只是藝術的、美學的。一般而言，民族戲劇不僅包括現代人所欣賞的審美藝術，而更主要的是作爲民族文化手段，作爲包括民間生活在內的一種文化手段，它表現出交際、儀式、教化、解釋、傳承民族文化等功能，有其特定的文化內涵。從民族戲劇學研究的範疇來看，民族戲劇的特徵極爲廣泛和豐富，其具體表現在如下諸方面：

　　1、少數民族戲劇的地域性和民族性。民族戲劇有著地域性、民族性特徵。就中國而言，民族戲劇（包括傳統戲曲、非傳統戲劇、地方戲、少數民族戲劇、儀式劇、原始形態劇等）有的僅流行於一個地區或一個民族；有的則流行於多個地區和多個民族。如京劇、評劇、越劇、豫劇等，在全國許多省區都有流傳；道情戲不僅流傳於山西省，也流傳在陝西、甘肅、河北等省；藏族戲不僅流傳於西藏，也流傳於甘肅省、青海省。河北梆子不僅在河北流傳，在天津、河南、內蒙古等地也有流傳。而有的民族戲劇僅局限在某一地區、某一民族中流傳。例如：廣西壯族自治區的桂劇，貴州省的苗戲，雲南省的彝劇，新疆維吾爾自治區的新疆曲子戲等。民族性和地域性的特徵，既是民族民間生活的需要，也是民族戲劇發展的必然結果。

　　2、少數民族戲劇的社會性和民俗性。中國少數民族戲劇的社會性和民俗性是指它在流傳過程中的文化特徵。中國廣大地區，每逢佳節或儀式慶典，都要耍龍、舞獅、跑旱船、踩高蹺、扭秧歌、扮演神話傳說、歷史故事等。通過民俗化的扮演，逐漸形成了民族戲劇中的程序化表演，並爲當地民眾所擁有。諸如每年春節、元宵期間，各地都要上演一些民族戲劇，其中有傳統戲曲、非傳統戲劇、地方戲劇，以及各少數民族戲劇，各地民間配合節慶民俗活動還要上演一些原始形態的儀式劇等。民族戲劇這種廣泛的社會性與民風民俗緊密相連，與人們的生活息息相連。它在現實生活中發揮著情感溝通、文化交流、增強凝聚力的社會作用，並推動著民族戲劇的發展。爲此，民族戲劇作爲一種社會文化，它紮根於人民生活的土壤，具有深厚的群眾基礎。

它不是個人的行為和愛好，而是社會化的民族、民風、民俗文化行為。

4、少數民族戲劇的傳承性和傳播性。民族戲劇有著時間上的傳承性和空間上的傳播性。傳承在民族戲劇的產生和發展中起著承上啓下的作用，民族戲劇的傳承一般分為學校教育和民間傳承兩大類。學校教育包括社會文化背景下的民族戲劇意識和常識教育，以及民族戲劇「演技」的培養教育；民間傳承則是自發的民族戲劇傳承活動，也是民間的一種自覺群體行為。往往是自覺、積極地把民族戲劇傳給後人，使民族戲劇成為歷史的創造和傳承。民族戲劇的傳承反映了社會生活的方方面面，包括美與丑、善與惡、愛與恨等，充分體現了民族戲劇所包含的歷史內容以及為社會群體共識的社會功能。

文化傳承的過程使許多原來帶有強烈宗教色彩、人生禮儀等方面的民俗活動，後來逐步變為人們進行相互交流、娛樂和傳授知識的民族戲劇，如目連戲、道情戲、端公戲、藏戲、儺戲等。一些民族戲劇是隨民俗活動，逐漸從禁錮的宗教習俗中解放出來，由單一的封閉性的宗教習俗活動逐漸變為開放性的民族戲劇，成為廣大民眾娛樂和觀賞的表演藝術，其中的一些劇目是儀式活動的延伸。如民族或民間戲劇，特別是儀式劇，是社會民俗的重要組成部分。它常常與歲時節日民俗結合在一起，包括一定地域環境里民族生活習俗，在中國古代時期，歷史上社會變革、諸侯割據、國家的分裂與統一等因素造成了民族的遷徙和融合，是影響民族戲劇傳播的直接因素。此外，地區之間、民族之間，乃至國家之間的戲劇文化交流，也是民族戲劇藝術傳播的一個主要途徑。

一個多世紀以來，世界範圍內對民族文化與戲劇藝術的研究，愈來愈廣泛、深入與系統化。不僅表現在對戲劇本身的研究，而且涉及到戲劇美學、戲劇史學、戲劇心理學，以及戲劇與民族、戲劇與社會文化等方面的研究。也就是說，把「戲劇」這一總體學科納入文化人類學、民族學範疇進行研究。從這個意義上講，研究戲劇與民族關係的學問，實際上是民族學的一個方面；同時也應該是戲劇學的一個不可或缺的學術分支。我們把民族戲劇作為一門獨立學科去研究探索，並不意味著要孤立地進行，也不是局限於就民族戲劇去談論民族戲劇，而是把戲劇放在民族文化的整體構成之中，對它進行討論、比較、分析，從而瞭解它的形成、存在、變化、交流、發展的客觀狀態，並瞭解它與社會生活之間的相互作用和影響。民族戲劇學研究應當深入到戲劇深層的非戲劇的社會形式和社會行為之中，延伸擴展到戲劇行為所涉及的社會生活的各個方面，全面地去認識一個民族的戲劇文化。換句話說，要把研

究上昇到民族文化的整體結構之中，綜合地探討民族與戲劇之間的相互關係，及其價值體系等一系列問題。

中華民族戲劇學，它是一個較廣泛的概念，作爲中國各民族民族學和戲劇學的複合體，其中所包涵的內容是多方面的，可以理解爲每個民族都有自身的文化，包括漢族與少數民族的整體多樣戲劇文化。戲劇文化與民族學、語言學、宗教學、心理學、歷史學、社會學、藝術學等社會科學都有密切的聯繫。從這個意義上說，民族戲劇含有多學科的性質。因此，我們的研究不能局限於狹隘的範圍。應該說，戲劇的本身是不包含民族學的，隨著戲劇研究的展開，把戲劇的研究置於整體文化構成之中，才出現雙重性的分支學科──「民族戲劇學」，而我們對於雙重性分支學科的建立，應該根據學科的性質、內容和特點，盡量做到嚴謹、全面和科學。

長期以來，從民族學角度去深入研究戲劇的專家學者爲數不多，原因是多方面的。隨著時代的發展，人們的研究有了觀念上的變化。各種具有民族風情的戲劇文化活動成爲社會關注的熱點，我國戲劇工作者從不同形式上，有意識或無意識做了不少工作，出版了許多有關書籍。諸如各省市自治區的民族民間文藝叢書；中國各少數民族文藝叢書；地方劇種志叢書；曲藝志、地方戲曲志叢書，以及陸續出版的《中國戲曲集成》等等。儘管如此，但遺憾的是這類書籍更多的是從文學角度、歷史的角度，或單純從文化形態方面進行收集、記錄和研究，然而忽視了民族傳統藝術與戲劇之間的聯繫；忽視了戲劇產生和發展的民族文化環境；忽視了戲劇表現民族文化的重要性。這就使民族戲劇的研究得不到正常的開拓和健康的發展。

雖然以往戲劇藝術的研究，已經涉及與沿用到民族學的一些方法。然而，從根本上來看，卻沒有在理論上把民族學與戲劇學區分開來。也就是說，迄今還沒有把民族戲劇學提到重要的科學的位置上來研究。爲了深入、廣泛、準確地研究世界範圍土著民族戲劇文化，研究中國少數民族的戲劇文化，必須將民族戲劇學作爲一門綜合學科與系統工程來對待。

中國少數民族戲劇體系及其民族戲劇學的建構，是由其深厚的傳統文化背景和戲劇文化發展的需要所決定的。民族戲劇學注重的是實際生活中戲劇存在於民族文化中的總體研究。如果現代戲劇工作者越來越多地認識和瞭解各種不同民俗活動中的戲劇，那麼，將有助於我們對戲劇文化的研究取得新的認識和觀念上的突破。我國民族戲劇的研究，除了文獻資料之外，民族「活

性」的行為傳承戲劇文化，也將是研究中的重要史志資料。例如在我國五十五個少數民族中，許多民族文化是靠「活性」的行為傳承來進行。因此，把民族戲劇學作為一門系統學科來對待，實為不同的文化背景和各民族的實際情況所決定。

我們對中國少數民族與外國土著民族原始戲劇的剖析與研究，不僅會給其「活性」行為傳承提供穩定和發展的基礎，同時也將為民族戲劇文化提供了全社會參與的可能。中外民族戲劇學研究態勢，既不是單純的民族問題，也不僅僅是戲劇的問題，而是認識這兩個方面在傳統文化中同存共處的社會關係，以及演變動態和戲劇藝術的方向性問題。

第三章　中華多民族古代戲劇
歷史溯源

　　中華民族是一個勤勞、勇敢、樸實、勇於開創、大膽進取的民族，更是一個具有活力、生氣、創造力和生命力的民族。中華民族在其發展歷程中以及在世界文明發展歷程中，曾為人類及世界文明和文化作出過重大的貢獻。世界四大文明古國之一的中國，因創建起「中華民族文化圈」，故對東方文明的發展起著積極地推動作用。中國 55 個少數民族與漢族一起為中華人民共和國社會共同體的基本組成成分，在此龐大的族群之中蘊含著華夏兒女、炎黃子孫數千年燦爛輝煌的文明成果，其中同樣包括豐富多彩、形式多樣的中國少數民族戲劇文化。有人稱其為人類原始文明的「活化石」；有人則視其為東方民族藝術的原生態與難以企及的文藝典範形象。然而我們過去受「歐洲文化中心論」與「漢族戲曲中心論」的負面思想影響，缺少對此重要的綜合性社會文化形態的發掘、收集、整理與研究，故此需要專家、學者們加倍努力來彌補此缺憾。使之豐富多樣、絢麗多姿的中國少數民族戲劇史學，乃至中華多民族戲劇文化研究理論在國內外文藝平臺佔有重要的一席之地。

一、原始與奴隸社會中華戲劇文化的孕育

　　中國地理是一個幾乎完全隔離周邊各國的獨立空間，若按其地形地貌來劃分，以長江為界，大致可形成為南北兩大文化板塊。故在歷史上，形成了北方游牧民族的粗獷彪悍，以及南方農耕民族的細膩娟秀文化形態。由此不同的地域和民族特色也深刻地促成與影響了塞北、江南地區孕育的漢族與各少數民族戲劇文化。

　　華夏之北方版圖遼闊、地大物博，有著得天獨厚的草原大漠、雪山森林與河流湖泊，自古這裡世居著眾多的草原民族，即所謂的「馬背民族」或游牧狩獵民族。於「天蒼蒼，野茫茫，風吹草低見牛羊」的歷史舞臺上，他們揮鞭躍馬、縱橫馳騁，譜寫了不勝枚舉的英雄活劇，也同時創作了數不勝數的精彩民族樂舞戲文藝術形式。不論對華夏民族、亞洲民族，還是世界民族傳統文化史學園地都增添了亮麗的藝術色彩。

　　我國北方地區一般指三北地區，即西北、華北與東北。歷史上，在這塊廣袤的邊塞大地上生殖繁衍著氐、羌、狄、戎、塞種、敕勒、月支、嚈噠、蒙古、突厥、匈奴、回鶻、西夏、女眞、契丹、肅愼、鮮卑、吐谷渾、高句麗、黨項等神奇而偉大的氏族、部族與民族。他們所締造的北方游牧、漁獵、採集、墾殖文化曾因眾多少數民族入主中原，更迭漢族政權，而幾度影響與充實著華夏傳統文化，其中亦包括盛行神州大地的胡漢雜糅的傳統音樂、舞蹈與戲劇文化。特別是後來的蒙元與滿清統治階級所作爲，更是使得漢民族樂舞戲曲產生脫胎換骨的演化，這對我們研究民族戲劇學有著特殊的意義。鑑於此種歷史文化現象，我們擬從北方民族學、社會學、文化學的角度對其主要民族古代音樂、舞蹈與原始戲劇歷史脈絡進行全面梳理，以及對其樂舞戲藝術形態之合成進行系統探索研究。

　　相對於北方的大漠草原，南方，特別是西南、中南地區雲集著許多名山大川、峽谷丘陵，縱橫交織著不少大江大河、湖泊水澤。特別是被稱爲「世界屋脊」的青藏高原，有著「動物、植物博物館」美譽的雲貴高原景色分外迷人。順沿萬里長江蜿蜒而去，一路上矗立著如峨眉山、張家界、神農架、廬山、大別山、黃山等雄偉山脈；洪澤湖、洞庭湖、鄱陽湖、太湖等秀麗湖泊；在浩淼的大海邊，星羅棋佈著更多更美的風景名勝，正是在這樣如花似錦的自然環境中數千年繁衍生息著較之北方比例更大、人數更多的各少數民族同胞。

　　在我國史書典籍中，對南方古代少數民族被稱爲夷、戎、蠻、僚、爨、濮、越、羅羅等古族，因這些民族世居在青山綠水、氣候和暖、性情柔和的大自然環境中，故此在民族傳統習俗文化與音樂、舞蹈、戲劇等文化娛樂方式方面與粗獷豪放、爽朗、火爆、剛健的北方少數民族有著許多不同之處。他們所呈現的清秀、柔美、熱烈、多情之藝術風格爲我國的民族戲劇學憑添了更加豐富與絢麗的色彩。

翻開華夏民族與少數民族的文化發展史，我們欣喜地發現，自古迄今，中華民族所屬的各個民族從來沒有停止過相互之間的經濟、文化、藝術的交流。僅拿遍及全國的民族戲劇學的形成、發展與整合來說，其基本書化成分如民族音樂、民族舞蹈與民族詩文及其戲劇藝術表演總是自然而然、水到渠成地融會貫通。相比之下，古代北方與南方少數民族對漢民族的樂舞影響較大，特別是得天獨厚的講唱文學及其史詩與敘事長詩，刺激與促成中原歌舞戲劇的敘事風格。於近現代，又是漢民族的戲曲文化形式給少數民族戲劇藝術以豐富的營養。雖然人數較少，但是其悠久歷史與多姿多彩民族風情與音樂、舞蹈、詩歌爲華夏民族乃至人類文化留下了許多珍貴文化遺產，值得我們去深入挖掘研究。祇有在逐漸梳理清楚胡樂、胡曲、胡舞、胡技、胡戲與中國古典戲曲之間的關係及歷史脈絡的基礎上，方可認識華夏民族樂舞戲劇的文化全貌及其在人類文明史上所處的重要位置。

縱觀中國各族人民的歷史，相比起封建時期，原始奴隸社會所貫穿的時間要長得多。儘管在西北關中地區的秦國統一了全中國，盡力推行「車同軌」、「書同文」之策略，但是漫長的邊境地區的各少數民族政權還處於昔日的社會制度，受天地自然萬物感召而創造的音樂、舞蹈、詩歌、戲劇等表演形式仍屬於奴隸與封建社會交織的文化產物。

中國古代奴隸、封建王朝一般建立在華夏的西北地區，巍峨的秦嶺、初達山、崑崙山、天山和浩蕩的黃河、渭水、弱水是中國胡漢各民族文化的發生於交融之地。尤爲重要的是從關中、隴右、河湟先是向西北，後是朝東南延伸出去的陸上與海上「絲綢之路」，越過綿延不絕的崇山峻嶺、大漠戈壁、草原莽林，通過大規模的遷徙、通商、征戰、和親、傳經、旅遊等方式，進行頻繁的經濟文化交流，搬演著形形色色的歷史壯劇。它們在完成中西文化交流的歷史使命的同時，亦無形中促進和催化了河西、河套、青藏、西域與巴蜀、吳越地區的民族戲劇的形成與發展。

遠在「絲綢之路」開鑿之前，西域已是東西方氏族部落聚集之場所。如《竹書紀年》中所載：夏王朝「後發即位年，諸夷賓於王門。冉保庸會於上池。諸夷入舞。」《周禮》小載：「旄人，掌教舞散樂、舞夷樂。……凡祭祀賓客，舞其燕樂。」上述文獻資料前者所載西域諸國常彙聚民族樂舞於風景優美處獻演；後者所載爲西域歌舞伎在中原地區學藝歸來演出之盛況。

《穆天子傳》具體記載著先秦時期周穆王會見西王母之奇聞豔遇，此可

謂千古絕唱和風流瀟灑之傳奇。相傳，周朝第五代國主周穆王在他繼位的第十七年，命御者造父，駕八駿，率六師，浩浩蕩蕩，放轡西去。他曾經在西域崑崙瑤池之上，會見了西王母國君。二人放情歡宴，互相應酬唱和，還令樂舞伎載歌載舞三天三夜。最後依依惜別、樂而忘返。更有趣的是，「周穆王西巡狩，越崑崙不至弇山，返還未及中國，遂有獻工人，名偃師。」他驚歎不已的是，西域偃師戲，「巧夫頷其頤，則歌合律，捧其手，則舞應節。千變萬化，惟意所適。」此偃師木偶古戲實為西域廣為流傳的原始「傀儡戲」。

華夏民族的始祖，現在公認為是黃帝。過去援引軒轅黃帝生卒於黃河流域，並締造了華夏民族。古人常以「夏」和「蠻」或「裔」對稱，又常以「華」和「夷」、「胡」對稱。儒學大師孔子即云：「裔不謀夏，夷不亂華。」何晏《景福殿賦》將「華」與「夏」合稱「華夏」。然而近年來許多專家學者則論證黃帝不僅是漢民族、而且是古代中華各民族共同的祖先。追溯源頭，其宗族譜直系與北方古代少數民族如胡、狄、羌、氐、戎有著更為密切的聯繫。

於遠古與先秦時期，在中國民族史、文化史上都流傳著「黃帝令伶倫作為律。伶倫自大夏之西，乃之崑崙之陰，取竹之嶰谷……次制十二筒，以之崑崙之下，聽鳳凰之鳴，以別十二律」之神話，亦有西周帝王周穆王駕馭八匹駿馬，西巡攀登崑崙山黃帝宮，且與西王母歌詩奏樂唱和之傳說，但是這些畢竟是神話傳說，不足以徵信。我們只有從有文字記載的史實，特別是北方古代民族史學中去尋覓以狄與羌為代表的胡文化之流變，方可推論其民族原始戲劇之發生。

「狄」亦作「翟」，曾是中原人對北方各族的泛稱之一。春秋前，長期活動在華北與西北交界地區，故通稱「北狄」。公元前七世紀時，分為赤狄、白狄、長狄三部，並各有支系，如「赤狄」因穿赤色衣服而得名，包括東山皋洛氏、咎如、潞氏、甲氏、留籲、鐸辰等部，多在今山西北部與東南一帶。「白狄」因穿白色衣服而得名，包括鮮虞、肥、鼓等部，多居住在今陝西與河北的北部。「長狄」，此古族也稱「長翟」，長年流動在今山西南部與山東北部，最有名的支系是「鄋瞞」。

另外，在我國史書上還有「五狄」或「八狄」之說，如《周禮·夏官·職方》，漢·鄭玄注引《爾雅》有「五狄」。《禮記·王制》正義引《爾雅注》說五狄即：月支、穢貊、匈奴、單于、白屋。東晉·郭璞《爾雅注》則書曰：「八狄在北」。可知古族「狄」分支很多。

　　「羌」，此古族名初見於甲骨卜辭。秦漢時，部落眾多，有先零、燒當、廣漢、武都、越等部。魏、晉、南北朝、唐、宋期間，又有宕昌、鄧至、白蘭、黨項等部。在歷史上「羌」有西羌、東羌之分，漢代世居在西北地區的羌人內徙，先後定居於金城、隴西、漢陽等郡，因住地偏西，稱為「西羌」。西羌之一支「先零羌」分佈在今甘肅臨夏以西和青海東北一帶，另一支「燒當羌」至河北大允谷與陝西長安地區。還有發羌、東女國則定居青海西部、東南與四川西北一帶。東漢時西羌內徙的東羌分佈在安定、上郡、北地一帶，其分支一部分漸與漢族相融合，另一部分與西羌漸次演化為其他古族，在歷史上均以黃帝為始祖。而至西漢，國家設立重要音樂機構——「樂府」之後，廣泛搜集狄、戎、羌等四夷民族之民間音樂、歌舞資料，並組織藝人創作、改編歌辭與曲調，進行演唱及演奏後，才使古代少數民族樂舞戲有了真實的歷史依據。

　　涉及到北方少數民族戲劇有著密切關係的原始民族音樂，以「鼓吹樂」最為典型。我們於《樂府詩集》卷一六引文所知，秦朝末年，中原地區有一位名叫班壹的人，因為逃避兵亂，到北方少數民族地區定居下來，並靠經營畜牧業而成為富人。後受其當地民族文化影響，他在組建的遊獵隊伍過程中，使用起北方牧區「鼓吹樂」。此段史料可見諸於《萬姓統譜》或《人名大辭典》所載：

　　　班壹者，秦末避地樓煩（今山西西北部靜樂縣南），以牧起家。

　　當孝惠（公元前 194～前 188 年在位），高后（前 187～前 180 年在位）時，出入遊獵，旌旗鼓吹，以財雄邊。

《晉書·樂志》云：鼓吹樂亦稱「馬上樂」，後根據樂府禮儀所需而演化為鼓吹與橫吹兩大類。所謂「胡角者，本以應胡笳之聲，後漸用之橫吹」。據音樂史學家楊蔭瀏解釋兩類鼓吹樂之區別：「一類用排簫和笳為主要樂器，在儀仗、在道路上行進時用的，仍稱為鼓吹；另一類用鼓和角為主要樂器，作為軍樂，在馬上奏的，稱為橫吹。」〔註1〕另據《晉書·樂志》所云，鼓吹樂之「橫吹」曾廣泛流行於西北地區的狄羌胡族之中。漢武帝時期，張騫通西域時，曾將「橫吹」及其「胡曲」帶回到中原「樂府」，所謂：「橫吹有雙角，即胡樂也。張博望入西域，傳其法於西京，惟得《摩訶兜勒》一曲。李延年因胡曲更造新聲二十八解，乘輿以為武樂。」

〔註1〕楊蔭瀏《中國古代音樂史稿》（上冊），人民音樂出版社，1980 年版，第 110 頁。

　　自北方少數民族的鼓吹樂輸入中原漢地後，朝野上下廣泛使用此種禮儀樂種，或作軍樂，或作民樂，或用以徒步，或用以馬上，或施以婚嫁，或施以喪葬，或爲宮廷宴會，或爲娛樂慶典，遂演化其稱謂如「騎吹」、「歌吹」等，其用途甚廣。諸如在漢宣帝時期，西域龜茲王絳賓和夫人弟史抵長安朝賀，宣帝投其所好，特回贈「賜以車騎旗鼓，歌吹數十人，綺繡雜繒琦珍凡數千萬。」

　　在北方民族鼓吹樂中以管樂器爲主，其中有一種頗爲重要的樂器，即後世知名度很高的「羌笛」，此樂器與古代羌人與羌族樂舞文化密切相關。漢‧許慎《說文解字》中認爲「羌」上從羊角，下從人，即爲「西戎牧羊人」。漢‧應劭《風俗通義》亦云：「羌，本西戎卑賤者也。」同樣，羌人愛奏之樂器之羌笛亦與狩獵放牧文化有關係。《說文》視羌笛爲「吹角」，即「羌人所吹角曰屠觜。」《宋書‧樂志》云：「角，前世書記所不載，或云本出羌胡」。《樂府雜錄》云：「哀笳，以羊角爲管蘆爲頭也。」《樂書》亦載：「哀笳以羊角爲管無孔。」《說文解字》又稱羌笛爲「箛，吹鞭也。」並稱其發展至後世，爲「羌笛三孔」。《風俗通義》亦載：羌笛，或曰：「吹鞭」，「有三孔，大小異，故謂之雙笛。」

　　據史書記載，北方民族之「箛笛」或「雙笛」源自羌笛，如《樂府雜錄》云：「笛者，羌樂也。」漢‧馬融《長笛賦》曰：「近世雙笛從羌起。」而古羌笛以「吹角」、「哀笳」、「吹鞭」、「箛」等出現在古代「鼓吹樂」或「馬上樂」之樂部。爲適應其需要而逐漸演化爲三孔、四孔或五孔，橫吹或豎吹，單管或雙管，甚至多管。對此唐詩有許多盛譽之辭：唐‧李白《司馬將軍歌》云：「羌笛橫吹阿亸堆，向月樓中吹落梅。」唐‧高適《玉門關聽吹笛》云：「雲淨胡天牧馬跡，月明羌笛戍樓間。」宋之問《詠笛》云：「羌笛寫龍聲，長吟入夜清。」相比之下，流傳最廣的應推唐‧王之渙《出塞》詩句：「羌笛何須怨楊柳，春風不度玉門關。」

　　至東漢，各朝皇帝均愛胡人樂舞文化，如《後漢書‧五行志》云：「靈帝好胡服、胡帳、胡床、胡坐、胡箜篌、胡舞。」唐‧杜佑《通典》釋義：胡箜篌即「豎箜篌，胡樂也，漢靈帝好之。」此仰慕胡文化之風尚至魏晉南北朝宮廷中越演越烈，特別是北朝諸政權爲胡族所操掌，崇尚與推廣西北、東北少數民族樂舞更爲賣力。

　　據《魏書‧樂志》記載：北魏孝文帝在位期間，「方樂之製及四夷歌舞，

稍增立於太樂。金石羽旌之節，爲壯麗於往時矣。」北周武帝時期，聘虜突厥女子阿史那氏爲皇后，特隨行招慕西北地區胡族樂隊，以及擅彈胡琵琶的蘇祇婆至中原，以雅正漢樂，使之「西域諸國來媵，於是龜茲、疏勒、安國、康國之樂，大聚長安。」（《舊唐書‧音樂志》）

　　在北朝諸國皇帝中，鮮卑化的北齊後主高緯對胡樂與歌舞戲最爲迷戀。據《隋書‧音樂志》云：「後主唯賞胡戎樂，耽愛無已。於是繁手淫聲，爭新哀怨。」另據《北齊書‧帝紀‧幼主》記載，後主高緯不但能夠「自彈胡琵琶而唱之」，而且「侍和之者以百數」，另外還讚譽其人：

　　　　自能度曲，親執樂器，悅玩無倦，倚弦而歌。別採新聲，爲《無
　　愁曲》，音韻窈窕，極於哀思，使胡兒閹官之輩，齊唱和之，曲終樂
　　闋，莫不殞涕。

四夷胡樂的大量輸入，使隋唐時期朝野大肆盛行胡風樂舞與歌舞戲，諸如唐代著名詩人白居易在《法曲》中吟誦：「法曲法曲合夷歌，夷聲邪亂華聲和。以亂乾和天寶末，明年胡塵犯宮闕。」唐‧元稹於《法曲》應和：「自從胡騎起煙塵，毛毳腥膻滿咸洛。女爲胡婦學胡妝，伎進胡音務胡樂。」時值南北朝與隋唐時期，北方胡漢地區盛行的《撥頭》，亦稱《鉢頭》，《代面》，亦稱《蘭陵王》，另如《合生》、《上雲樂》等歌舞戲均不同程度地受其北方少數民族傳統表演藝術之影響。

　　中原漢地樂舞與戲劇文化受制於四夷胡樂，從而產生重大的演化歷史文化，其功德無疑要推及唐宋大曲與歌舞戲。民族音樂史學界眾所周知，隋唐時期，中原地區所流行的七部伎樂、九部樂與十部樂，大部分來自四夷胡樂，而且比例最大的則是北方少數民族音樂。如隋開皇初（581 年）所建七部伎樂，除了清商伎、文康伎之外，其它五部如國伎、龜茲伎、天竺伎、安國伎、高麗伎；隋大業中（605～618 年）設九部樂，除清樂、禮畢之外，其它七部如龜茲樂、西涼樂、疏勒樂、天竺樂、安國樂、康國樂、高麗樂；唐武德初（618年）所設九部樂，除了燕樂、清商樂之外，其它七部如龜茲樂、西涼樂、疏勒樂、天竺樂、安國樂、康國樂、高麗樂；唐貞觀十六年（642 年）所設十部樂，除燕樂、清商樂之外，其它八部如龜茲樂、西涼樂、疏勒樂、高昌樂、天竺樂、安國樂、康國樂、高麗樂均於中國周邊諸國諸族有關聯；從中可明顯地看到北方胡樂植根於中原地區的歷史事實。

　　上述除大部分胡樂爲西域少數民族樂部之外，令人矚目的是隋唐各伎樂

或樂部都恒定不變的設有「高麗樂」，即古朝鮮樂部，由此可感知該民族的傳統樂舞在華夏民族文化中獨特與重要的作用。

「高麗」，亦稱高句麗，自古是一個能歌善舞的民族，如《後漢書》記載：該古族「暮夜輒男女群聚爲倡樂。」《東夷列傳》云：「常用十月祭天，晝夜飲酒歌舞，名之爲舞天。」《魏書》云：「高麗人其俗淫，好歌舞，夜則男女群聚而戲，無貴賤之節。」《三國志》云：「其民喜歌舞，國中邑落，暮夜男女群聚相就歌戲。」據考古界測定，我國吉林省集安縣有一座出自公元四世紀的高句麗古墓壁畫，生動地繪製著此古族五人樂舞隊的表演場面，「按照時俗，墓室中所描繪的場景，多是墓主人生前活動的寫照。因此，此墓壁畫中這個騎在馬背上觀賞歌舞的貴族應是這座墓的主人。」〔註2〕另外還有此地長川一號墓、麻線溝一號墓與通溝12號墓室均有反映公元五世紀時高句麗人原始歌舞戲劇壁畫的藝術形象。

東晉‧崔豹著《古今注》中記載的一位高麗女子麗玉創作的一首歌曲《公無渡河》，雖然歌詞不長，但反映了一個非常生動的戲劇性故事：古代朝鮮有一個古老的渡口，有一天清晨，船夫霍里子高撐船擺渡時，突然發現有一位神經失常的披散著白髮的老翁，提著酒壺在河邊奔走。他的妻子緊追慢趕，還是沒有阻止住年老丈夫被淹死的悲慘命運。事後，悲痛萬分的妻子彈奏起胡樂器箜篌，吟唱起此首歌曲，詞曰：「公無渡河，公竟渡河。墮河而死，將奈公何！」霍里子高將此事告訴妻子麗玉，多愁善感的麗玉逢人彈唱由《公無渡河》改編的《箜篌引》，沒有人不爲之感動得落淚的。正是在此類古代音樂、歌舞與詩文基礎上方形成爲歷朝所重的《高麗樂》與相關樂舞戲劇作品。

在北方歷史上還活躍著一支游牧民族「匈奴」，戰國時期，此古族活動於燕、趙、秦以北地區。秦漢之際，統治大漠南北廣大地區。因居住與活動地區域所分，常有北匈奴與南匈奴之別稱，該族人亦統稱爲「東胡」。如漢‧司馬遷《史記‧匈奴列傳》云：「東胡，烏丸之先，後爲鮮卑。在匈奴東，故曰東胡。」亦自稱爲「胡」。如《漢書‧匈奴傳》云：「南有大漢，北有強胡。胡者，天之驕子也。」又通過上述史書記載所知，匈奴每年舉辦多次集會，「單于每歲祭三龍祠，並走馬，鬥橐駝爲娛樂。」《漢書‧匈奴傳》顏師古有注：

> 蹛者，繞林木而祭也，鮮卑之俗，自古相傳。秋天之祭，無林木者尚豎柳枝，眾騎馳繞，三周乃止，此其遺法。

〔註2〕方起東《集安高句麗墓壁畫中的舞樂》，《文物》，1980年，第7期。

此種「繞林木而祭」之原始樂舞爲北方草原民族所共同遵循的表演模式。爲匈奴原始樂舞伴奏的樂器，據史載，多爲胡笳、奚琴與（鞞）鼓。漢‧蔡文姬有《胡笳十八拍》云：「胡笳本自出胡中」。《樂府詩集》記載：文姬歸漢後，「胡人思慕文姬，卷蘆葉而吹笳，奏哀怨之音。」又有《後漢書‧竇憲傳》云：「胡笳互動，牧馬悲鳴。吟嘯成群，邊聲四起。」從中可知匈奴之胡笳音色悲涼悽愴；「奚琴」可通過宋‧陳暘《樂書》所知：「本胡樂也，出於弦鼗，而形亦類焉，奚部所好之樂。」古代匈奴特有的「鞞鼓」亦可從《胡笳十八拍》之詩句中洞悉：「鞞鼓喧兮夜達明」，隨鼓而樂舞且詩且歌實爲馬背民族在慶典娛樂中的共同嗜好。

匈奴還是一個善唱民謠與詩歌的北方民族，史書上所遺存的《匈奴歌》即記載了他們獨特而浪漫的遷徙征戰歷史，又眞實地反映了該族的表演藝術才華：

> 亡我祁連山，使我六畜不蕃息。
>
> 失我焉支山，使我婦女無顏色。

古歌中所吟唱的「祁連山」與「焉支山」都在我國甘肅省的河西走廊一帶，「焉支」亦稱燕支或胭脂，是匈奴婦女化妝所使用的赤色彩妝。歷史上因漢將衛青與霍去病率兵收復河西，奪取了匈奴人世襲的肥美牧地，故使得天地變色，人去畜離，連家眷都疲於奔命，流離失所，婦女也無從安渡歲月，梳妝打扮。從民謠中可透露出匈奴人民對戰爭的厭惡，以及對美好生活的想往。

東北地區的鮮卑、契丹、女眞等古族在我國歷史文化舞臺上一直非常活躍。「鮮卑」亦屬東胡族的一支，秦漢時，游牧於今西喇木倫河與洮兒河之間，後歸附於匈奴，分爲東、中、西三部。魏晉南北朝時，有慕容、乞伏、禿髮、宇文、拓跋等部，先後在今華北及西北地區建立政權，特別是拓跋氏之北魏、宇文氏之北周，此時期對我國北方民族傳統文化的建構與貢獻最大。

鮮卑族的一支拓跋氏經東漢與兩晉後日趨強盛，於公元 386 年，拓跋珪（道武帝）建立北魏，在晉北大同開鑿雲岡石窟；至拓跋宏（孝文帝）遷都洛陽，又開鑿龍門石窟，使胡漢造型與表演藝術得到充分的交融與發展。

北魏帝王多崇信佛教，在修建的巨量石窟佛寺中，大量雕刻與繪畫呈現著西天佛國和胡夷樂舞形象，並在寺院內廣設舞場戲場，盛演外族他國之伎樂歌舞。如北魏‧楊衒之《洛陽伽藍記》記載：

（景明寺）京師諸像皆來此寺。……梵樂法音，聒動天地。百戲騰驤，所在駢比。名僧德眾，負錫爲群，信徒法侶，持花成藪。

（景樂寺）至於六齋，常設女樂，歌聲繞梁，舞袖徐轉，絲竹廖亮，諧妙入神。以是尼寺，丈夫不得入。得往觀者，以爲至天堂。……召諸音樂，逞伎寺內。奇禽怪獸，舞抃殿庭。飛空幻惑，世所未覩。

鮮卑族入主中原之前，就信仰原始宗教文化，常借胡巫之音樂歌舞敬天地、祭神衹。古族之巫覡與倡優「以歌舞爲職，以樂神人」，以演技鼓舞事神娛人。至華化地區後，正遇合由印度與西域輸入的胡夷樂舞，更加吻合能歌善舞的鮮卑統治者之嗜好。自北魏至北周宇文氏越發耽愛胡風樂舞，並沉醉於異國他鄉的犬馬聲色之中，且促使如《蘭陵王》、《踏謠娘》、《蘇莫遮》等胡漢文化交融的歌舞小戲登上漢地民族戲劇之舞臺。

「契丹」與鮮卑一樣，亦源於東胡。該族自北魏以來，在今遼河上游一帶游牧，唐宋時期，大規模遷入中原漢地。在此期間，於唐末，迭剌部首領阿保機統一契丹及其鄰近各部，建立遼朝（916～1125 年），後又有耶律大石率領部分契丹人西遷建立西遼（1124～1211 年），其疆域包括今新疆與以西中亞地區的廣大地區，故對北方少數民族文化產生很大影響，並給西方諸國與民族留下深刻印象。以致於在相當長一段時間內，西方史書稱中國各族人民爲「契丹人」。

在契丹遼國時期，東西方各族文化交流甚爲頻繁，並與中原漢族政權有著密切交往。從而促進了胡漢表演藝術的交融，並爲金元的雜劇與院本形式奠定了堅實的民族文化基礎。據《遼史·樂志》記載：「遼有國樂、有雅樂、有大樂、有散樂、有鐃歌、橫吹樂。」另有「諸國樂」，「會同三年端午日，百僚及諸國使稱賀，如式燕飲，命回鶻、敦煌二使作本國舞」。其「散樂」「稍用西涼之聲。今之散樂，俳優，歌舞雜進，往往漢樂府之遺聲。」

《遼史》又載：遼朝盛演雜戲，「遼州皇后儀：呈百戲、角抵、戲馬以爲樂」。另有「雜劇」，爲漢胡文化交融形式，「自齊景公用倡優侏儒，至漢武帝設魚龍漫延之戲，後漢有繩舞。自刳之伎，杜佑以爲多幻術，皆出西域。」

據史書記載，遼代雜劇興盛於興宗朝，此與興宗耶律宗眞的個人愛好與積極提倡有關係。據宋·曾鞏《隆平集》記載，耶律宗眞不僅「好儒術，通音律」，而且經常操琴爲后妃演「戲」而伴奏：

宗眞廟號興宗。在位凡二十五年（1031～1055 年）。常與教坊

> 使王稅輕十數人結為兄弟，出入其家，或拜其父母。常夜宴，與劉
> 四端兄弟及王剛等數十人入樂隊，命后妃易衣為女冠。后父蕭磨只
> 言：「漢官皆在此，后妃入戲，非所宜也。」宗真擊碎后父首曰：「我
> 尚為之，若女何人也。」〔註3〕

在《遼史》中以伶官立傳之人「羅衣輕」，經常以滑稽詼諧的雜劇形式，對興宗皇帝進行規諷。另外於《遼史・耶律和尚傳》中記載，有一位被人稱為「酒仙」的耶律和尚，經常在耶律宗真面前以滑稽為戲，「每侍宴飲，雖詼諧，未嘗有一言之過，由是上益重之。」

關於遼代雜劇的直接記載，除了周密《齊東野語》卷二十，就數宋・邵伯溫《邵氏見聞錄》卷十記載詳盡：

> 潞公謂溫公曰：「吾留守北京，遣人入大遼偵事。回云：見遼主
> 大宴群臣，伶人戲劇。作衣冠者，見物必攫取，懷之。有從其後，
> 以挺撲者，曰：『司馬端明耶？』君實清名，在夷狄如此。」溫公愧
> 謝。〔註4〕

取而代之遼朝的金朝，統治者是北方游牧民族「女真」，這支古族來源於唐代黑水五代時期，分佈於松花江、黑龍江下游，其領地東至日本海。北宋初，以完顏部為核心迅速得以發展。北宋末期，阿魯打統一女真各部。於天慶五年（1115 年）稱帝，國號金，年號收國。至 1234 年，凡 120 年，在此期間轄境，北至外興安嶺，西至遼朝大部分土地，並南下攻伐北宋，後與南宋對峙，終以秦嶺、淮河為宋金分界。

女真人自從侵入黃河流域與中原一帶後，其社會經濟與文化迅速得以發展，並在長期的共同生產和生活中漸與中原漢族融合。尤其值得稱道的是，他們將傳統樂舞雜戲與草原文化帶到漢地，並有機地吸收了華夏漢民族的古典文學藝術，在此基礎上創造了對中國戲曲產生根本性影響的金院本與諸宮調，遂蒙元時期則演化為真正意義之戲劇形式即「元曲」或「元雜劇」。

二、封建社會時期中華民族戲劇的產生

封建社會時期一般是指中國秦朝得到大一統時期直至漢隋唐、魏晉南北

〔註3〕 王瑞來校證，曾鞏《隆平集校證》卷二十，中華書局 2012 年 7 月版，第 592頁。

〔註4〕 邵伯溫《邵氏見聞錄》卷十，中華書局版，第 105 頁。

朝乃至到宋元明清的漫長歷史階段。在此時期有眾多少數民族政權建立，同時在民族雜居的地方相繼產生豐富多樣的各民族的戲劇藝術。

自我國的兩漢時期開始，西域樂舞、雜技、幻術、雜戲等相繼傳入中原地區。《舊唐書·音樂志》曰：「大抵散樂雜戲多幻術，幻術皆出西域，天竺尤甚。漢武通西域，始以善幻人至中國。」《樂書》曾列舉「漢世之撞末伎、舞盤伎、長蹻伎、跳鈴伎、擲倒伎、跳劍伎、吞劍伎、舞輪伎、透峽伎、高絙伎、獼猴幢伎、緣竿伎、椀株伎、丹朱伎、唐世並在。」

《法苑珠林》卷九十四《十惡篇》亦載：「唐貞觀二十年西國有五婆羅門來到京師，善能音樂、祝術、雜戲、截舌、抽腸、走繩、續斷……如是幻戲，種種難述。」借助於橫貫亞歐大陸的「絲綢之路」傳至中原的還有吞刀吐火、殖瓜、種樹、屠人、截馬等技藝。一經與我國傳統的角抵戲結合，從而演化為名目繁多的「百戲」，如走索、倒立、扛鼎、緣杆、弄丸、弄劍、魚龍曼延、戲獅、搏熊等文藝表演形式。

隋朝建立，統一南北之後，西域各地「散樂」頻繁聚集到中原洛陽來表演。據《隋書·音樂志》所載：「大業二年，突厥染幹來朝。煬帝欲誇之。總追四方散樂，大集東都。」其中最吸引人的「有舍利先來戲於場內。」「又有神鼇負山、幻人吐火，千變萬化、曠古莫儔。」當時四方夷樂獻演規模甚大，「每歲正月，萬國來朝，留至十五日。於端門外，建國門內，綿亙八里，列為戲場。」「鳴環佩，飾以花旄者，殆三萬人。」

隋煬帝此時還親自西巡，檢閱西域諸國經濟、文化、藝術與胡人樂舞雜劇。《隋書·音樂志》載，大業三年，「帝西巡燕支山，高昌王伊吾設等及西蕃胡二十七國謁於道左。（裴矩）皆令佩金玉、被錦罽、焚香奏樂，歌舞諠噪。……其冬，帝至東都。矩以蠻夷朝貢者多、帝令都下大戲，徵四方奇技異藝，陳於端門街，衣錦綺，珥金翠者，以十數萬。」

相比之下，公元前 138 年，漢武帝派遣張騫出使西域，為開闢「絲綢之路」，促進中西文化交流作出的貢獻更大，其歷史意義更為深遠。當年，張騫奉命持旄西行，為聯合大月氏共同抗擊匈奴，先後遠涉大宛、康居和大月氏，並派遣副使前往大夏、安息、身毒、于闐、策勒，以及鄰近國家與地區。據東晉·崔豹《古今注》記載，張騫到西域後將胡角、橫笛和樂曲《摩訶兜勒》帶回長安，其後由漢樂府「協律都尉」李延年編創出《新聲二十八解》，亦稱《漢橫吹曲二十八解》。

　　《智度論三》曰：「摩訶，秦言大。」《後漢書》卷三十八亦云：「遠國蒙奇、兜勒皆來歸服，遣使貢獻。」可見「兜勒」爲西方某國名。據載，「摩訶兜勒」當爲「大兜勒」，也稱之爲「大吐火羅」。《唐書・西域傳》曰：「大夏即吐火羅」。從此可知，此套樂曲來自西域中亞兩河流域吐火羅，即大月氏地區。

　　日本學者桑原騭藏在《張騫西征考》中認爲「摩訶兜勒是一種以地名爲樂名的「大吐火羅樂」或「大夏樂」。還指出此「兜離」與東漢班固《東都賦》中的「兜離」，以及張騫由西域傳來之「摩訶兜勒」之「兜勒」均爲同一梵文之音譯。「摩訶兜勒」按音譯據考爲「大曲」之意，它不僅與漢代樂府、唐宋大曲有關聯，而且與我國南方佛教戲曲，以及西域古代少數民族地方樂舞戲劇亦有密切關係。據王耀華先生考證：「《摩訶兜勒》作爲一種樂曲（或歌曲），與佛教有關。」在南曲中由「摩訶兜勒」衍變而成的「兜勒聲」其「唱詞的後一部分『結咒偈詞』中即反覆唱著『摩訶薩』。另外他還指出南曲《南海觀音讚》中融有「蕃俗之曲」的「兜離之音」。它與閩東、粵東地區流傳的潮劇、梨園戲、傀儡戲《南海讚》非常相似，關係尤爲緊密的是梨園戲《蔡伯喈》彌陀寺一折。

　　另有學者對照研究在今天新疆少數民族樂壇中，「摩訶兜勒」有其遺存，即爲維吾爾族古典音樂歌舞大曲「木卡姆」的前身，至今在哈密木卡姆中仍有一套《大兜勒》樂曲，「摩訶兜勒」的音樂遺風尤存於維吾爾族「麥西熱普」和地方民族戲曲之中，這是令人大感興趣的民族文化現象。

　　自魏晉南北朝起，我國有許多佛僧法師，前去西域和印度巡禮求法，其中尤以朱士行、法顯、惠生、宋雲、玄奘、義淨等名聲顯赫，他們不僅沿「絲綢之路」弘揚國威，還爲中印佛教文化交流做出應有的貢獻。在他們撰寫的各種文章書冊中不乏對西域佛教樂舞和戲劇的描述。據文載，在佛教盛行的西域地區，每年都要舉辦各種形式的宗教法事活動，其中尤以四月八日「佛誕日」，亦稱「浴佛節」最爲盛隆。在歡度此節日時期，佛徒僧尼要大辦法會、詠經唱和、歌讚俗講、浴佛膜拜、行像遊城，並要將佛祖因緣、本生故事化爲世俗講唱文學和歌舞戲劇形式當眾表演。

　　溯其源，浴佛的儀式始於印度，來源於天竺婆羅門教「浴像」之社會風俗。爲了求福滅罪、消災去邪，隨佛教輸入我國，浴佛儀式也流行於西域、河西、關中和中原各地。除了佛誕四月八日，還有二月八日和十二月八日，

分別爲佛祖出家成道與涅槃祭典活動之日。據東晉高僧法顯大師所著《佛國記》，在西域與印度的所見所聞：

> 年年常以建卯月（二月）八日行像。作四輪車，縛竹作五層，
> 有承櫨、侐戟高二疋餘許，其狀如塔，以白氈纏上，然後彩畫作諸
> 天形象，以金銀琉璃莊嚴其上，懸繒幡蓋。四邊作龕，皆有坐佛，
> 菩薩立侍。可有二十車，車車莊嚴各異。當此日，境內道俗皆集，
> 作倡伎樂，華香供養。婆羅門子來請佛，佛次等入城，入城內再宿。
> 通夜燃燈，伎樂供養，國國皆爾。

據唐‧義淨描繪浴佛盛況：「西國諸寺，灌沐尊儀，每於禺中之時，授事便鳴楗椎，寺庭張施寶蓋，殿側羅列香瓶。取金、銀、銅、石之像，置以銅、金、木、石盤內。令諸妓女奏其音樂，塗以磨香、灌以香水，以淨白氈而揩拭之，然後安置殿中，布諸花綵。此乃寺眾之儀。」據載，初於佛像上下水之時，僧眾則反覆應誦唱偈言：「我今灌沐諸如來，淨智功德莊嚴聚；五濁眾生令離垢，願證如來淨法身。」

自南北朝至隋、唐、宋時期，西域和中原地區佛事盛隆，除屆時施寶誦經法會之外，還要舉行佛像巡行、拜佛祭祖、施捨僧侶等慶典。「行像」，亦稱「行城」或「巡城」。《僧史略》卷上「行像」載：「又景興尼寺金像出時，詔羽林一百人舉輦，伎樂皆由內給。又安居畢，明日總集，旋繞村城，禮諸制底；棚車輿像，幡花蔽日。」《遼史》卷五十三《禮志》曰：「二月八日，爲悉達太子生辰，京府及諸州雕木爲像，儀仗百戲導從，循城爲樂。」

依上所述，佛像巡行活動均離不開伎樂歌舞百戲表演，此在《洛陽伽藍記》卷三「景明寺」條中描述得更爲具體而生動：

> 四月七日京師諸像皆來此寺，尚書祠部曹錄像凡有一千餘軀。
> 至八日，以次入宣陽門，向閶闔宮前受皇帝散花。于時金花映日，
> 寶蓋浮雲，旛幢若林，香煙似霧，梵樂法音，聒動天地。百戲騰驤，
> 所在駢比。名僧德眾，負錫爲群，信徒法侶，持花成藪。車騎塡咽，
> 繁衍相傾。時有西域胡沙門見此，唱言佛國。〔註5〕

唐‧玄奘在《大唐西域記》中亦有不少有關西域樂舞戲劇活動的記載。如所載到到屈支國，即新疆庫車地區，感慨此爲「管絃伎樂，特善諸國」，考察此

〔註 5〕楊衒之撰、周祖謨校釋《洛陽伽藍記校釋》，中華書局，1963 年版，第 113～
114 頁。

地「伽藍百餘所，僧徒五千餘人，習學小乘教說一切有部。」「文字取則印度，粗有改變。」季羨林主編《大唐西域校注》卷第一亦云：「新疆庫車地區的音樂、歌舞自古以來就有盛名。這一方面可以從庫車附近千佛洞壁畫和出土骨灰盒上畫的樂隊歌舞場面清楚看到。另一方面也可以從漢文史籍中得到證明。歷史上庫車音樂曾給內地漢族音樂以很大影響。」文中所述「出土骨灰盒上畫的樂隊歌舞場面」，實指被日本大谷光瑞竊走的「龜茲樂舞舍利盒」，上繪披盔戴甲、飾假面魌頭的西哉古族樂舞隊舞，有人考證此爲古代西域儺戲或天竺梵劇表演場面。

玄奘寫到瞿薩旦那國，即新疆和田地區，「俗知禮義，人性溫恭，好學典藝，博達技能。眾庶富樂，編戶安業。國尚樂音，人好歌舞。」還說此地「伽藍百有餘所，僧徒五千餘人，並多習學大乘法教」。「文字憲章，聿遵印度，微改體勢，粗有沿革。」據楊憲益先生在《譯餘偶拾》考證：「古代的于闐國因當南道，與迦濕彌羅關係甚密。于闐的古代傳說與迦濕彌羅的古代傳說大致相同。在《西藏傳》裏我們發現于闐也有異族王入侵且焚毀寺院的記載。」此文中所記與于闐國關係密切的「迦濕彌羅」，即產生梵劇的「罽賓」，或今「克什米爾」。「入侵」過于闐國的異族當指印度大族王摩醯羅炬羅。

據地方志學者于維誠撰《新疆建置沿革與地名研究》中寫道：「古代的和田，是我國西域的佛教文化中心。創始於紀元前五世紀的佛教，約在紀元前一世紀前後由印度傳入這裡。到魏晉南北朝時期，和田的佛教興盛起來。」〔註6〕據東晉·法顯《佛國記》所載：「于闐國豐樂，人民殷盛，盡皆奉法，以法樂相娛。」關於「瞿薩旦那」古人解釋說爲印度梵語的音譯，「此譯云地乳國，其地忽然隆起，其狀如乳，神童飲吮。因以名焉。」據《于闐古史》記載，于闐立國於印度阿育王時代，即公元前 242 年，建國後第一位帝王是印度阿育王的兒子瞿薩旦那，並在建國一百六十五年之後，印度阿羅漢毗盧折那亦來到于闐國宣揚佛法，可見于闐與印度宗教文化交往由來已久。

除了上述龜茲和于闐國之外，西域其它國家和地區也深受印度和中亞諸國文化影響，首當其衝是當地居民所使用的語言和文字。季羨林先生主編《大唐西域校注》「卷第二」解釋：「有文獻可考的印度最早的文字爲佉盧字和婆羅謎字兩種，有名的阿育王銘刻就使用過這兩種文字。佉盧字自右向左讀，

〔註 6〕于維誠《新疆建置沿革與地名研究》，「和田縣」條，新疆人民出版社，1986年版。

源出於亞拉美文字，大約在公元前六世紀傳入波斯阿契美尼王朝統治下的印度西北部。通行於印度西北的健馱邏和我國新疆境內的和闐等地。公元一世紀貴霜王朝統治時期，上述地區佉盧字仍然十分流行。（近幾十年我國新疆境內發現過不少佉盧文書）此後逐漸消失而爲婆羅謎字所取代。」

另據此書記載「繼婆羅謎字母之後，公元四、五世紀，印度北方流行笈多體，六世紀出現了所謂悉曇字（我國保留的梵文碑銘以及日本所藏古代梵本多用這種字體）。」古代，西域佛教徒爲了詠誦佛經，首先得學梵文《婆羅門書》，以十四字貫一切音。沙門守溫曾創制了三十六字母，定慧翻《釋曇章》作爲學習梵文字母的教材。印度文字傳入不僅促進了漢語反切字母與等韻的產生，同時還極大地豐富了佛教樂舞與戲劇，特別是促使西域與中原各民族的音樂歌舞劇的成熟。

著名學者、戲曲評論和史學家王國維在《戲曲考源》中曾這樣解釋中國戲曲概念：「戲曲者，謂以歌舞演故事也。」在其名著《宋元戲曲考》中又進一步闡述：「宋代之滑稽戲及小說雜戲，後世戲劇之淵源，略可於此窺之。然後代之戲劇，必合言語動作、歌唱，以演一故事，而後戲劇之意義始全。故眞戲劇必與戲曲相表裏。」依此可見，王國維視中國戲曲以音樂、舞蹈和語言文學合爲一體，可謂樂舞詩劇兼而有之。董每戡先生在《說劇》一書中亦指出：「我國的戲劇，由『歌曲』和『舞蹈』組成，所以過去不少人稱它爲『戲曲』」。其實民族歌舞戲劇亦離不開詩歌，故也兼容文學在其內。

張庚先生稱此種歌、舞、詩三爲一體的藝術形式爲「劇詩」，如果通俗地解釋，即「在舞臺上演員當眾表演由音樂、舞蹈和詩歌所編織的戲曲故事」，即「意義始全」的「眞戲劇」。他曾在《試論戲曲的藝術規律》中論述「劇詩」的兩種藝術特徵：

> 第一，戲曲的表演藝術是和歌舞相結合的，它不是直接用日常生活中的動作來表演的，而是用舞蹈來表演的。第二，戲曲的文學結構和音樂結構長期間受著說唱的影響，比方敘事體裁的遺迹直到今天還殘存在戲曲文學和音樂中間。

據大量出土文物和史書記載，古代西域曾流行的佛教戲劇均與上述古典戲曲定義相吻合，均爲集音樂、舞蹈和文學之大成者，均爲可供當眾表演的「劇詩」。歷史上西域戲劇形成時間要比我國中原地區早得多，其代表劇目除了上述的《舍利弗傳》、《彌勒會見記劇本》、《太子成道經》等，還有如《蘇幕遮》、

《撥頭》、《蘭陵王》和《柘枝隊》等古代民族歌舞戲，均爲我國「樂舞詩」
之戲劇文化園地增添眾多藝術品種。

　　據唐·釋慧琳《一切經音義》中記載：「蘇莫遮，西戎胡語也。正云颯磨
遮。此戲本出西龜茲國，至今猶有此曲。此國《渾脫》、《大面》、《撥頭》之
類也。」《蘇幕遮》古人亦稱「颯磨遮」、「蘇摩遮」、「蘇莫者」，都是同音的
異譯。其源蓋爲一種胡帽。宋·王延德《使高昌記》云：「婦人戴油帽，謂之
蘇幕遮。」此帽又稱「渾脫」，所謂《劍氣渾脫》，蓋舞劍器的舞人所戴「渾
脫帽」。

　　《蘇幕遮》據載，又稱《潑胡乞寒戲》，在《宋史·高昌傳》中曰：「樂
多琵琶、箜篌，俗稱騎射，婦人戴油帽，謂之《蘇摩遮》。用開元七年曆，以
三月九日爲寒食，餘二社、冬至亦然。用銀或　石爲筒，貯水激以射，或以
水交潑爲戲，謂之壓陽氣去病。」關於「乞寒戲」之風俗在《一切經音義》
中記載更爲詳細：「或作獸面，或象鬼神，假作種種面目形狀。或以泥水沾灑
行人，或作絹索搭勾，捉人爲戲。每年七月初公行此戲，七日乃停。土俗相
傳云：常以此法攘厭，驅趕羅刹惡鬼　人民之災也。」

　　究其「蘇幕遮」本義，可見般若三藏譯《大乘理趣六波羅密多經》「卷一」
薄伽梵告慈氏菩薩說：「又如蘇莫遮帽，覆人面首，令諸有情，見即戲弄。老
蘇莫遮，亦復如是。從一城邑，至一城邑。一切眾生，被衰老帽，見皆戲弄。」
對此，霍旭初先生亦論述：「龜茲舞蹈中的群眾性活動主要在盛大節日，傳統
性活動和佛教行像時舉行。每年新春之日要舉行盛大的斗牛、賽馬、賽駱駝
等群眾性比賽，要七日才見勝負。七、八月舉行『蘇幕遮』大會，場面浩大，
氣勢恢宏。這種舞蹈先是由樂舞伎人作表演，舞蹈者頭戴各式面具，其形狀
有鬼神、飛禽、獸面和武士等。舞蹈進行到高潮時取皮囊盛水向四周觀眾潑
灑，最後用（羂）索套勾行人。群眾情緒沸騰，難以抑制，甚至不分晝夜地
歡舞下去」〔註7〕此種生動活潑的歌舞戲場面形象地記載於本世紀初出土於新
疆庫車、今藏於日本的龜茲舍利盒樂舞圖中。

　　《文獻通考》認爲「蘇幕遮」戲爲「《乞寒》，本西國外蕃康國之樂。其
樂器有大鼓·小鼓·琵琶·五弦·箜篌·笛。其樂大抵以｜　月，裸露形體·
澆灌衢路，鼓舞跳躍而索寒也。」爲「蘇幕遮」伴奏之樂器均出現於古代西
域佛教石窟壁畫與遺書文獻中。至於我國中原地區盛行「乞寒戲」或「蘇幕

〔註 7〕霍旭初《絲綢之路樂舞藝術》，《龜茲樂舞史話》，新疆人民出版社，1985 年版。

遮」之情況，據《舊唐書・中宗紀》載：「神龍元年（705 年）十一月乙巳，御洛城南門樓觀《潑寒胡戲》。」又載：「景龍元年（709 年）十二月己酉，令諸司長官向醴泉坊看《潑胡王乞寒戲》。」神龍二年（706 年）三月，并州清源縣尉呂元泰上書言時政：「坊邑相率爲渾脫隊。駿馬胡服，名曰蘇莫遮。旗鼓相當，軍陣勢也。騰逐諠噪，戰爭象也。」可見西域此類胡族歌舞戲當年在中原地區演出氣勢何等宏大。已爲國內外許多學者確認的西域歌舞戲還有《撥頭》，亦稱《拔頭》、《缽頭》、《拔豆》等。

據《舊唐書・音樂志》記載：「《拔頭》出西域胡人，爲猛獸所噬，其子求獸殺之，爲此舞以象之也。」《樂府雜錄・鼓架部》條曰：「《缽頭》昔有人父爲虎所傷，遂上山尋其父屍，山有八折，故曲有八疊，戲者被髮素衣而作啼，蓋遭喪之狀也。」據日本高楠順次郎博士考證，認爲《撥頭戲》出於印度，此可從《印度古聖歌》，即《黎俱吠陀》中的《拔頭王之歌》得到其依據。高楠博士考此戲來自一個古老的傳說：「司馬雙神阿修因，深嘉國王拔頭的虔敬，且憫其爲蛇害所苦。賜以白馬，並送千金。此馬能殺惡龍，戰鬥制勝，且有昇天的神力，世稱神白馬。馬名拔豆，意即拔豆王的馬。」另據高楠博士推斷，此《拔頭舞》即「吠陀時代拔頭王的神話加以音樂化的，是純印度的樂舞。」

關於「撥頭戲」，王國維先生在《宋元戲曲考》中認爲：「《撥頭》爲外國語之譯音。」並據《北史・西域傳》有拔豆國，以爲「如使撥頭與拔豆爲同音異譯，而出於拔豆國，或由龜茲等國而入中國。」不過此歌舞劇在印度是神白馬與毒蛇爭鬥，踏入中國大地則變成勇士與猛虎的搏鬥。後傳至日本，據該國古籍《資治表》載：「沙門佛徹解音，天平勝寶五年（753 年），詔樂部學林邑樂，所謂《菩薩舞》、《拔頭舞》是也。」今日本尚存《信西古樂圖》，其《拔頭》舞者，一手觸地，執短桴，神發覆面，頗具古雅戲劇性。

《蘭陵王》，亦名《大面》、《代面》。段安節《樂府雜錄》云：「大面出於北齊，北齊蘭陵王長恭，才武而貌美，常以假面以對敵。嘗擊周師金鏞城下，勇冠三軍，齊人壯之，爲此聲以傚其指僞擊刺之容，俗謂之《蘭陵王入陣曲》。」日本田邊尚雄先生於《東洋音樂史》中認爲《陵王》原係印度樂，其稱羅陵王者，原爲娑竭羅龍王爲佛說八大龍王之一。《蘭陵王》傳至日本爲《羅陵王》或《陵王》，「戲者衣紫腰金執鞭。」日本《信西古樂圖》中《羅陵王》即《蘭陵王》，亦名《沒日還午樂》。據常任俠先生所考，此歌舞戲所戴面具，與斯

里蘭卡祀神所用舞面，頗爲相似。其舞服著褌襠，爲西域胡服，與《拔頭》戲相同。尤其胡戲假面爲中國地方戲曲面飾開了先河。

《柘枝》爲《教坊記》中所載西域輸入中原大曲之一，雜曲又有《柘枝引》。此樂舞形式主要有《單柘枝》與《雙柘枝》。而過渡至《柘枝大曲》或《柘枝隊》已與後世戲曲非常相近。據宋・史浩《鄮峰眞隱漫錄》卷四十五所錄，此種柘枝舞爲五人，另有兩人爲「竹竿子」與「花心」，其任務是在歌舞隊中互問作答，有唱有說，表演形式甚爲輕鬆活潑。

據常任俠先生分析：「竹竿子是指揮，猶如現在樂隊的手持指揮棒的指揮者一樣，負責指揮起舞，舞的進行和舞畢遣隊。花心則爲舞隊五人中的主要角色。」他還說：「這種舞大曲的形式，已下開宋元以來戲曲的先路。從歷史的發展看，舞樂大曲，正是中國戲劇史的發展中的一個環節。」歷史事實確實如此，《柘枝舞大曲》中起舞前後念詩，或駢語數聯，如同元明雜劇與傳奇之上場詩與下場詩，竹竿子與花心相問互答近似戲曲中自報家門。斯・二四四號卷《太子成道經》佛教戲曲中的「隊仗白說」，實爲「竹竿子」之「致語」，此爲元雜劇中副末沖場的前身。另如斯・三九二九號卷中詩名「清風鳴金鐸之聲，白鶴沐玉毫之舞。果唇疑笑，演花勾於花臺。」此段古典「花舞」似與《柘枝舞大曲》中「花心」領舞同出一轍。

另外如梁武帝蕭衍所作《上雲樂》七曲，抒寫西域「老胡文康」來梁朝瞻拜之事。此歌舞戲據清・納蘭性德《淥水亭雜識》解析：「梁時《大雲》之樂，作一老翁，演述西域神仙變化之事，優伶實始於此。」此胡戲中老者青眼、高鼻、白髮、攜鳳凰、獅子、孔雀、文鹿等禽獸，來朝伏拜，視千歲壽，想像豐富，形象生動。戲中角色均由神界俳優所扮，兼具歌舞及諧謔表演之技能，實爲難能可貴。

漢代早有「胡妲」之稱，據說此戲角之名來自西域，以妲爲主的歌舞戲「合生」起於初唐，《新唐書・武平一傳》中載，唐中宗景龍中，「胡人襪子何懿等唱合生」，「伏見胡樂施於聲律，本備四夷之數。比來日益流宕，異曲新聲，哀思淫溺。始自王公，稍及閭巷，妖妓胡人、街童市子，或言妃主情貌，或列王公名質，詠歌蹈舞，號曰合生」。任半塘先生曾在《唐戲弄》一書解讀：「合生之聲，爲胡樂之異曲新聲，已大足移人；合生之容，又爲胡女之妖冶蝶狎，益令觀者色授魂予；合生之故事，復爲當時之名妃豔噪，貴胄風流。」故斷言：「合生來自胡人全爲胡伎——胡樂、胡歌、胡舞、胡戲。」可

見其妖妓胡人所搬演的西域歌舞戲對唐「合生」的形成起著重要參與作用。

　　在我國廣為流行的傀儡戲和皮影戲，據考也和西域有著非常密切的關係。如先秦時期，周穆王西巡崑崙，驚歎所見到的偃師戲，演出完後，將活靈活現的戲人拆卸，實為用革、木、膠製的傀儡。對此《生經》卷三《佛說國王五人經》亦有相類似的記載：應印度某國王之約，工匠「即以材木作機關木人，形貌端正，生人無異；衣服顏色，點慧無比；能工歌舞，舉動如人。」此指印度與西域流行的木傀儡。

　　在天竺《大兄弟書》中曾說「傀儡」的稱謂是「修多羅婆羅吒」，意為「線繫」或「結線」。弄傀儡人名為「引線匠」，即「修多羅達羅」。至今印度仍把弄傀儡人稱之此名。據許地山先生在《梵劇體例及其在漢劇上底點點滴滴》一文中指出：「皮錫爾以為修多羅達羅底弄傀儡便是梵劇底起源。在梵劇裏底『舞臺監督』猶名『引線匠』。」隨引線人後上場的叫「創業者」，即「創造傀儡的人」之意。「原來敘幕底工夫很長，以後越來越短，甚至刪掉，元劇的『楔子』也和這個一樣，有時也可以刪掉。」可見傀儡戲不僅對梵劇，同時對我國元雜劇也產生深遠的影響。

　　在我國唐代，西域各地已盛演傀儡戲，常任俠先生在《中國古典藝術》一文中所述：「盤鈴出於胡中，此種傀儡，蓋亦原為胡中之戲。」究其實物，於新疆吐魯番阿斯塔那二十六號墓中曾「清理出彩繪木俑和絹衣木俑七十多件，另外還有木馬殘腿、木俑手腳二百件。」「這些絹衣木俑，男俑則『滑稽戲調』，女俑則『穠華窈窕』。雖是殉葬之物，毫無肅穆憂戚之情，大有嘲弄歡欣之態。這與唐代有關傀儡的記載，無論在裝飾、製作，還是儀態，表情等處，都可相互印證。」在吐魯番出土的唐代高昌絹衣木偶中，有七個男俑，十七個女俑，有的借以「合生」形式，「刻畫成女扮男裝，由女優裝扮生、旦等角色，為研究我國戲曲史志工作提供了有力的佐證。」〔註8〕

　　到我國宋代的傀儡戲，已不僅為木傀儡了，宋·耐得翁《都城紀勝》所載有「弄懸絲傀儡、杖頭傀儡、水傀儡、肉傀儡。」另外宋·孟元老《東京夢華錄》卷五載：「崇觀以來，在京瓦肆技藝有……藥發傀儡……影戲……弄喬影戲……不以風雨間，諸棚觀戲人，日日如是。」此「影戲」即以平面傀儡取影，亦為傀儡的一種。「影戲」，印度梵名「車耶那吒迦」，意為「陰影遊戲」。

〔註8〕 《新疆考古三十年》，新疆人民出版社，1983年版，收錄金維諾、李遇春《張雄夫婦墓俑與初唐傀儡戲》。

據載，古印度用影戲表演，最早的戲劇名稱爲「都墨伽陀」，用以表演羅摩與悉多故事。另外還擅長表演猴王安伽陀故事，故影戲常稱之「皮猴戲」。此故事當從印度《羅摩衍那》史詩中的猴王哈努曼蛻變而出。胡適先生曾在《〈西遊記〉考證》一文中認爲此詩作：

> 是一部專記哈奴曼奇蹟的戲劇，風行民間。中國同印度有一千多年的文化上的密切交通，印度人來中國的不計其數，這樣一椿偉大的哈奴曼故事是不會不傳進中國的。所以，我假定哈奴曼是猴行者的根本。

從此可見，中國乃至東方，民族戲劇並非是憑空產生的文藝娛樂形式，而是在長期發展過程中，隨著中西文化、特別是中印文化的交流，不斷兼收並蓄東來西往的各國、各民族的文化藝術，尤其是少數民族的音樂、舞蹈、美術、文學、雜技、幻術、木偶、皮影、建築、服裝、化妝等形式，才逐步形成獨具特色、自成體系的綜合性中華民族戲劇藝術。

論及中國古代少數民族戲劇，不可能迴避這樣一個重要歷史事實，即其與唐宋大曲有著很深的藝術親緣關係。《辭海》如此解釋唐宋大曲：「由同一宮調的若干『遍』組成的大型樂舞，每遍各有專名。」「一般認爲大曲大致可分爲三段：第一段序奏、無歌、不舞、稱散序；第二段以歌爲主，稱『中序』或『拍序』；第三段歌舞並作，以舞爲主，節拍急促，稱『破』。」「大曲體制宏大，歌舞結合，同宋元戲曲音樂有淵源關係。」在唐宋期間，由西域諸國向中原朝廷奉獻過許多樂舞大曲，其中尤以《霓裳羽衣曲》最爲出名。

據《新唐書・禮樂志》載：「河西節度楊敬述獻《霓裳羽衣曲》，十二遍。凡曲終必遽，唯《霓裳羽衣曲》將畢，引聲益緩。」有學者考證此套大型歌舞曲由天竺輸入、涼州盛行的佛教大曲《婆羅門》所改編。

南宋・王灼《碧雞漫志》卷四引唐・鄭顒「《津陽門詩》注：『葉法善引明皇入月宮聞樂歸，笛寫其半。會西涼都督楊敬述進《婆羅門》，聲調吻合；遂以月中所聞爲散序，敬述所進爲其腔，製《霓裳羽衣》。』月宮事荒延，惟西涼進《婆羅門》曲，明皇潤色，又爲易美名，最明白無疑。」從中可知，唐玄宗在《婆羅門》基礎上改編而成《霓裳羽衣曲》。王國維先生對該曲是否爲大曲執有異議：「《霓裳》，唐人謂之《法曲》，不云大曲。所以謂之法曲者，以其隸於法曲部，而不隸於教坊故。然由其體制觀之，固與大曲無異也。」由此推論，《婆羅門》原非大曲，可能爲佛教法曲或佛曲。現從敦煌曲子詞《望

月婆羅門》獲悉，此爲本一首佛曲，創作於唐玄宗開元年前，或許此曲與《婆羅門》或《霓裳羽衣曲》同宗共祖。

據任二北先生《敦煌曲校錄》所載，敦煌卷子中約有佛曲二百八十首。關於佛曲，向達先生在《唐代長安與西域文明》曾有解釋：「佛曲者，是由西方傳入中國的一種樂曲，有宮調可以入樂，內容大概都是頌讚諸佛菩薩之作，所以名爲佛曲。」這些經過華化和世俗化的佛經配以樂譜而諷詠的佛曲，當時主要流行在佛教寺院或朝廷樂署。《婆羅門》之所以能走出宗教上層，而與西域及涼州民間樂舞戲劇結合在一起，並能流傳於中原地區，那是因爲它入鄉隨俗與唐宋大曲相融合的結果。

從唐代詩人白居易《霓裳羽衣歌和微之》詩中所知，由《婆羅門》曲改編而成的大曲《霓裳羽衣舞》由樂、歌、舞三種形式組成，其大的段落分爲六段，細分則達二十段，或二十四段，大曲各遍之名，唐時有散序、中序、排遍、入破、徹，中序一名拍序，即排遍。徹即入破之末一遍。宋・王灼在《碧雞漫志》卷三指出涼州大曲同爲二十四段：「凡大曲有散序、靸、排遍、攧、正攧、入破、虛摧、實摧、袞遍、歇拍、殺袞，始成一曲，此謂大遍。」

關於佛曲與大曲各調名均有相應對置稱謂，據陳暘《樂書》卷一百五十九載：「樂有歌，歌有曲，曲有調。故宮調胡名婆陀力調，又名道調，婆羅門曰阿修羅聲也。商調胡名大乞食調，又名越調，又名雙調，婆羅門曰帝釋聲也。角調胡名涉折調，又名阿謀調，婆羅門曰大辯天聲也。徵調胡名婆臘調，婆羅門曰舟羅延天聲也。羽調胡名般涉調，又名平調，移風，婆羅門曰梵天聲也。變宮調胡名阿詭調也。」此文所述胡曲調名，經考證，實爲蘇祇婆西域琵琶七調，即「五旦七聲」，此西域古樂律曾對後世中國戲曲音樂產生過重大影響。

向達先生曾對婆陀調、乞食調、越調、雙調、商調、徵調、羽調、般涉調、移風調等九調所含大量佛曲因素進行過詳考，所得結論爲：「今考之敦煌發見之佛曲，標舉諸調，名俱可考。」另從唐・南卓《羯鼓錄》得知，佛曲中有一首《菩薩阿羅地舞曲》，此曲本爲天竺部《天曲》，與《婆羅樹佛曲》，或《婆羅門》曲有直接的傳承關係。

印度佛曲與梵劇一樣，雖然在本土有著強大而富有韌性的生命力，然而一經融入源遠流長的西域和中國傳統文化之中，亦要經歷改弦更張、脫胎換骨之華化過程。據《羯鼓錄》所載，輸入我國的「諸佛調曲」爲十首，「食曲」

為三十三首，都不同程度地染上所處之地方民族特色。佛曲的全面華化的歷史標誌，在天寶十三年（754 年）七月十日以太常刻石的形式公佈於眾。據《唐會要》卷三十二載，這次由太樂署供奉曲名及改諸樂名，由印度梵名改為華名曲調達五十八首之多，其中大多為佛曲。此舉對佛曲、佛樂、佛舞、佛教戲劇轉換為中國民族表演藝術形式起至關重要的推動作用。

　　有關印度佛教文化對西域和我國中原文化之影響，以及佛教樂舞與戲曲漸次華化，在眾多的西域戲劇文本、金院本、宋元雜劇和南戲文中亦可得到充分印證。例如新疆哈密出土的回鶻文本《彌勒會見記》首先是由梵語譯成吐火羅語，而後又轉譯為突厥語，在該劇第三幕結束語中寫道：「洞徹並深研了一切論，學過毗婆尸論的聖月菩薩大師從梵語改編成吐火羅語，波熱塔那熱克西提又從吐火羅語譯成突厥語的《彌勒會見記》中無生羅漢的譬喻故事第三幕完畢。」經過轉譯加工，長達二十七幕的哈密回鶻文本《彌勒會見記》要比印度梵文本和焉耆吐火羅甲語本《彌勒會見記劇本》無論在形式和內容上都豐富了許多。

　　再如譚正璧先生在《話本與古劇》一書中所提及的《浴佛》、《三教》、《月明》和《打青提》等佛教戲劇文獻，其書收錄《輟耕錄所錄金院本名目內容考》一文載：「《浴佛》也叫《灌佛》，乃是一種宗教儀節。印度於平時行之。我國多於四月八日佛生日行之，所以稱四月八日為浴佛節。院本所敘，或以此事為故事中重要的關目。」「《三教》為宋時雜戲之一。宋官本雜劇有《三教》安公子、《雙三教》等。」「《月明》法曲，當敘月明和尚度柳翠故事，用此題材寫成的話本和戲劇極多。後有元佚名雜劇《月明和尚度柳翠》，明・徐渭雜劇《四聲猿》之一《玉禪師翠鄉一夢》，吳士科有劇《紅蓮案》，宋元戲文亦有《洪和尚錯下書》官本雜劇，或稱《簡帖薄媚》。」「拴搐豔段中有《打青提》，『青提』為目連母親的名字，此院本當敘《目連救母》故事。此故事係自印度傳來，在唐時已有目連變文多種盛行民間。元佚名亦有《行孝道目連救母》雜劇，明・鄭之珍更作《目連救母》戲文，各處地方戲演此事的亦極多。」

　　上述唐宋大曲、金院本、宋元雜劇等在嚴格意義上不能算真正的戲劇樣式，因為它們大多為敘述體，而不是代言體。依王國維先生在《宋元戲曲考》中的觀點：「現存大曲，皆為敘事體，而非代言體。即有故事，要亦為歌舞戲之一種，未足以當戲曲之名也。」元・陶宗儀曾在《輟耕錄》卷二十五亦指

出：「唐有傳奇，宋有戲曲唱渾詞說，金有院本、雜劇，其實一也。國朝院本雜劇始釐而二之。」此文所指雜劇，實為「院本」、「五花爨弄」。當時所謂「雜劇」是分為兩段的，第一段為豔段，唱尋常熟事，再次之為正雜劇，大抵全是歌舞演故事。據上述二百八十本的「官本雜劇段數」裏，計有四本是「法曲」，還有兩本是「諸宮調」。

諸宮調的出現，為陶宗儀所錄的七百一十三本「院本」，在宋元戲曲之間架設了一座可供跨越的藝術橋梁。據著名文學史學家鄭振鐸先生評價：「諸宮調的影響，在後來是極偉大的」；一方面「變文」的講唱的體裁，改變了一個方向；那便是不襲用「梵唄」的舊音，而改用了當時流行的歌曲來作彈唱的本身。……諸宮調的更偉大的影響，欲存在元代雜劇裏，元人雜劇與宋代「雜劇詞」並非一物。從宋的大曲或宋的「雜劇詞」而演進到元的「雜劇」，這其間必得要經過宋、金諸宮調的一個階段。〔註 9〕

事實確為如此，西域與中原的歌舞戲只有經過宋金元時期經中西與胡漢文化的大規模交流，以及各種文學藝術形式進一步的交融整合，才逐漸形成各具特色的中華民族戲劇文化結晶體。

自宋金元以後，因我國與西方諸國海上「絲綢之路」的開通，貫穿西域境內的陸上「絲綢之路」遂日益衰落。但是中原政權仍未中斷與西部各少數民族之間的政治、經濟與文化來往，在諸多志史與使者遊記中仍能見到有關西域民族樂舞戲劇藝術的記載。

太平興國六年（981 年）西域高昌回鶻王國向宋廷遣使朝貢，宋太宗派遣王延德及殿前承旨白勳兩人為使，回訪高昌。據《宋史·王延德傳》中載《西州程記》云：「高昌即西州也。……樂多琵琶、箜篌，出貂鼠、白氎繡文花蕊布。俗好騎射。婦人戴油帽，謂之蘇幕遮。用開元七年曆，以三月九日為寒食，餘二社、冬至亦然。以銀或石為筒，貯水激以相射，或以水交潑為戲，謂之壓陽氣去病。好遊賞，行者必抱樂器。」

由此可知，隋唐時期西域龜茲《蘇幕遮》歌舞戲延續至宋代在高昌國仍很盛行。又載：王延德一行受禮遇，「旁有持磬者擊以節拜，王聞磬聲乃拜，既而王之兒女親屬皆出，羅拜以受賜。遂張樂飲宴，為優戲，至暮。明日泛舟於池中，池四面作鼓樂。」亦證實此地民族樂舞敷演戲劇不絕。金朝太學生劉祁撰《歸潛志》十三卷收《北使記》，生動地記載了金宣宗時禮部侍郎吾

〔註 9〕鄭振鐸《中國俗文學史》，「鼓子詞與諸宮調」，商務印書館，1938 年版。

古孫仲端出使西域所見所聞：「其回紇國，地方袤，際西不見疆畛。……其婦人衣白，面亦衣，止外其目。間有髯者，並業歌舞、音樂。其織絍、裁縫皆男子爲之。亦有倡優百戲。……惟和沙州寺像如中國，誦漢字佛書。」顯而易見，西域回紇國之「倡優百戲」曾受過漢地歌舞與音樂影響。

此胡漢交融文化現象可參見金維諾、李遇春所述新疆吐魯番阿斯塔那206號墓曾「清理出彩繪木俑和絹衣木俑七十多件。」其傀儡倡優「刻畫成女扮男裝，由女優裝扮生、旦等角色，爲研究我國戲曲史志工作提供了有力的佐證。」〔註10〕

五代十國末至南宋（約 940～1211 年）時期，我國操突厥語胡族在西域建立哈喇汗王朝，與中原政權（史稱其爲「桃花石·卜格拉汗」或「秦與東方之王」），保持密切聯繫的哈喇汗王朝，爲世人留存著一部共八十二章、長達一萬三千餘行的「百科全書」式的勸誡性詩劇《福樂智慧》，曾對東西方一些國文學藝術與戲劇產生過廣泛影響。

突厥詩人尤素甫·哈斯·哈吉甫於 1069～1070 年間在新疆喀什噶爾所寫的《福樂智慧》一書，在世界上現有三個寫本傳世。一個是維也納抄本，於1439 年在今阿富汗赫拉特城用回鶻文字母抄寫，現存奧地利維也納圖書館；再一個爲費爾干納抄本（亦稱納曼幹抄本），是用阿拉伯文字母（納斯赫體）抄成，1914 年發現於前蘇聯烏茲別克斯坦納曼干城，現存烏茲別克斯坦科學院東方學研究所；另一個是開羅抄本，是用阿拉伯文字母（蘇魯斯體）抄成，於十九世紀末發現於埃及，現存於埃及開羅開地溫圖書館。

《福樂智慧》目前已有世界各種主要語言譯本，已成爲國內外非常活躍與重視的極富歷史與學術價值的一門學科，同時帶來關於這部古典名著之文體是文學體還是戲劇體的熱烈討論。前蘇聯學者 K·凱里莫夫提出：「《福樂智慧》是一部什麼樣的著作？無疑是一部文學作品，是文學藝術的精華……該著作中有抒情色彩，同時還具有戲劇作品的特點。」德國女學者馮加班克在介紹《彌勒會見記》一文時指出：「維吾爾文學作品不只是爲了閱讀，有些甚至是爲了背誦和搬上舞臺而寫的，這一分析也適用了《福樂智慧》。」正因爲《福樂智慧》具備著濃鬱的戲劇文學與表演特徵：「現代土耳其劇作家就曾將這部作品改編爲現代舞臺劇本，搬上了舞臺。」中國社科院郎櫻研究員識別

〔註10〕《新疆考古三十年》，收錄金維諾、李遇春《張雄夫婦墓俑與初唐傀儡戲》，新疆人民出版社，1983 年版。

《福樂智慧》之學術價值後闡述:「此詩以對話爲主,場景集中,作品呈戲劇結構,動詞均用現在時態,採用戲劇慣用的客觀敘事視角,具有鮮明的戲劇特點」,因此應「將《福樂智慧》劃歸爲詩劇體裁」。

經審視,《福樂智慧》仍繼承著西域佛教戲劇或詩劇的衣鉢。曾在新疆吐魯番出土的三部梵劇除了佛陀爲具體形象外,其餘均爲一些抽象人物概念,如「覺」即智慧,「稱」即名譽,「定」即堅定。而《福樂智慧》則沿襲此傳統,用國王「日出」代表法制,大臣「月圓」代表幸福,其子「賢明」代表智慧,「覺醒」代表來世。回顧歷史,自喀喇汗王朝以後,西域即全面走進了「禁歌舞、斷煙酒」的伊斯蘭教統治時期,詩劇《福樂智慧》即可視爲佛教時期西域宗教與世俗戲劇文化形式的全面總結。

二十世紀初,自從西域地區敦煌與吐魯番石窟被打開,數萬卷文物遺書流散於國內外,人們才驚喜地發現「諸宮調」與「變文」實爲一種文體,而變文論及資歷還是諸宮調的母體。鄭振鐸先生於《中國俗文學史》中認爲「諸宮調」是宋代「講唱文」中最偉大的一種文體,他富有遠見地剖析此文體:「不僅以篇幅的浩瀚著,且也以精密、嚴飭的結構著。她不是像『轉踏』、『唱賺』那樣的小規模的東西,她必需有最大的修養,最大的耐力去寫作的。她是『變文』的嫡系子孫,欲比『變文』更爲進步——至少在歌唱一方面,她是宋代許多講唱的文體裏的登峰造極的著作;她有了極崇高的成就。」

據有關資料所論證,「諸宮調」由變文發展而來,它由許多宮調組成的一套代言體敘事歌曲而組成;其偉大成就在於給元雜劇提供了當眾搬演的文學基礎,由此便能組織幾個不同宮調的套數來講唱一系列人物故事。就其承襲關係來說,西域各地所發現的變文影響了諸宮調,而諸宮調則直接影響了元雜劇的發展。前述的在西夏故城發現的「劉知遠事戲文」,實爲無名氏的《劉知遠諸宮調》,此本爲「五代史諸宮調」中「撲刀捍棒」裏的一個分支。出土之地黑水故城,亦稱「黑城」,古稱「居延」,位於甘肅敦煌附近的額濟納旗。二十世紀初國內外考古專家在此獲大批漢簡、錢幣、文書,或其它文物。此「戲文」或「諸宮調」在河西胡地問世,說明古代借助「絲綢之路」,江南和中原地區與此地民族演藝文化交流何等頻繁。

「諸宮調」是宋元時期,或早至唐、五代時期盛爲流行的一種有說有唱、以唱爲主的講唱文學,因爲說唱者自擊鑼和拍板打拍,旁邊有琵琶或箏之類的弦樂伴奏,因此後人又稱其爲「撥彈詞」。諸宮調取同一宮調的若干曲牌聯

成短套，首尾一韻；再用不同宮調的許多短套聯成數萬言的長篇，雜以說白，以說唱長篇故事。而變文在講唱佛經故事，宣揚佛教經義，或講唱歷史傳說，以及民間故事時，於散文韻文相間形式伴以音樂，可見二者之間有許多相似之處。向達先生考證敦煌變文、諸宮調之類：「諸俗講文學作品多寫於五代，地點則自西川以至於敦煌；可見俗講至唐末猶甚盛行，並由京城普及於各地也。」他又進一步論及諸宮調與俗講文之關係：

> 至於由諸宮調演為院本雜劇，自應溯源於唐宋大曲，故與俗講亦不無瓜葛，如《文序子》即其一例。《文序子》即《文敘子》，據王灼《碧雞漫志》、《文敘子》屬黃鍾宮，而在《劉知遠諸宮調》及《董西廂》，則俱為正宮調。宋以後詞及諸宮調中之《文敘子》，即當從唐代之《文漵子》嬗演而來。〔註11〕

依此可推知，從唐宋大曲、俗講、變文等而演變成為諸宮調或佛教戲曲的凡例一定不在少數。此歷史亦可在《目連救母變文》中得到充分的印證。

現存西域出土經文和變文中珍存許多描述釋迦牟尼弟子目連如何從阿鼻地獄拯救母親的珍貴文獻。從新疆吐魯番、焉耆、哈密地區問世的佛教經典，以及佛教劇本如《舍利弗傳》、《彌勒會見記》中亦有不少反映目連如何皈依佛教事蹟的文字。至於唐宋以後，各地搬演目連戲文的記載更是不勝枚舉。據考「目連」，最初出現於佛典《經律異相》和《佛說盂蘭盆經》之中，後來演繹轉換為各種目連經文、變文等，敦煌遺書文卷《大目乾連冥間救母變文》當與西晉三藏法師竺法護所譯《佛說盂蘭盆經》有著密切的親緣關係。

據「盂蘭盆會」興起所依循的佛經可考，此文本最初由印度借道西域各國，然後通過敦煌傳入我國中原地區。至今我們從敦煌遺書中的各種經文、變文、變相、押座文、緣起文等文體中還能窺視大量有關目連事蹟之文學作品。

據《佛說盂蘭盆經》載，釋迦弟子目連，看到死去的母親在地獄受苦，如處倒懸，故求佛救度。釋迦要他在七月十五日，即僧眾安居終了之日，備百味飲食，供養十方僧眾，方可使其母解脫，目連依循照辦，其結果一切如願。就是這樣一個充滿人情味和殉道精神的印度佛教故事，傳到西域和中原地區後被改編各種文藝形式久演不衰。據北宋・孟元老《東京夢華錄》卷八

〔註11〕向達《唐代俗講考》，《敦煌變文論文錄》上海古籍出版社，1982年版。

「中元節」條聲稱,每逢夏曆七月十五日,都要舉行「盂蘭盆會」,亦稱「中元節」,或「鬼節」,節日期間,除施齋供僧外,寺院還要舉辦誦經法會以及水陸道場、放焰口、放燈等宗教活動,並且「印賣《尊勝》、《目連經》、又以竹竿斫成三腳,高三、五尺。上織燈窩之狀,謂之盂蘭盆。掛搭衣服、冥錢在上,焚之。構肆樂人自過七夕,便搬目連經救母雜劇,直至十五日止,觀者倍增。」

《目連變文》或《目連救母戲文》,自傳至明・鄭之珍改編的《目連救母勸善戲文》,無論在形式還是內容上均大大延伸,其戲曲巨製是「取目連傳括成勸善記三冊」而成,長達一百零二齣。發展至清代乾隆年間張照的欽定本《勸善金科》則已達二百四十齣。每天演二十四齣,需十天才能演完。鄭振鐸先生對目連戲給予了很高的評價,他認為此戲「出之以宗教的熱誠,充滿了懇摯的殉教的高貴精神,」是一齣絕無僅有的「偉大的宗教劇」。

在 1980 年和 1984 年相繼召開的「全國目連戲討論會」上,許多與會代表都稱目連戲是當地劇種的「戲祖」、「戲娘」,並對湖南省的祁劇、辰河戲、湘劇、常德漢劇中的目連戲,江西弋陽腔、福建莆仙戲中的目連戲,福建的目連傀儡、安徽的目連戲,浙江的「啞目連」、紹興的目連戲和四川省的「花目連」等源遠流長、豐富多彩的目連戲進行認真的探討研究。會議上,專家學者們公認目連戲與印度佛教文化、敦煌變文和西域佛教戲劇有著密切親緣關係,並認為目連戲是最富有代表性、最能保持傳統原始形式,對後世中國戲曲影響最為深遠的古代宗教戲劇。

至今我們在全國各地流傳的目連戲中,還能窺視到印度梵劇、西域俗講、敦煌變文等形式對其產生的深刻影響。如石生潮先生在《古老南曲之謳》一文中論及祁劇《目連傳》時寫道:「在演出活動中必然借助或吸取運用許多宗教的內容和形式,如佛曲、佛經、梵音和俗講變文等。」「如『佛賺』、『勸世歌』、『七言詞』、『觀音詞』、『四七詞』等,篇幅很長,如『七言詞』的七字句式竟長達一百七十四句之多。」筆者很贊賞徐斯年先生的學術觀點:

> 目連戲從佛經中的目連救母本事,發展到說唱文學的變文;由變文再發展為目連戲,這是一個宗教文藝化、戲劇化的過程,又是一個外國題材中國化,非現世的題材世俗化的過程。〔註12〕

〔註12〕湖南省戲曲研究所、《戲曲研究》編輯部合編《目連戲學術座談會論文選》,
湖南省戲曲研究所 1985 年編印。

西北地區少數民族戲劇的形成與發展也同樣經歷了目連戲「外國題材中國化，非現世的題材世俗化」的演變過程。在許多佛教講唱文學經卷和戲劇殘卷中出現「平、側、吟、斷、偈、經、韻、詩」等，此均為顯示戲劇聲腔曲調的符號字樣。《太子成道經》或《釋迦因緣劇本》則標識「隊仗白說，吟生、大王吟、夫人吟、相吟別、臨險吟」等戲劇人物唱白舞臺提示。《彌勒會見記》不僅在每葉（張）正面左側明確寫有品（幕），每幕開頭均由朱墨標明場次和故事發生的地點；另外還在每幕標示出場人物和演唱曲調。這一切都標誌西域戲劇既不同於印度梵劇，又區別於中原戲曲，是我國少數民族戲劇中形成歷史較早，內容與形式較為成熟的特殊戲劇品種，是漢唐以來中西宗教、民族與世俗文化交流的光輝結晶。

三、近現代中華民族戲劇文化之發展

在中國近現代歷史上，再沒有像「五四新文化運動」這樣強烈地震撼華夏傳統文化，同時也無情地蕩滌與淨化幾千年來中國多民族詩詞歌賦與樂舞戲劇的社會風潮。其結果引來的是二十世紀初的詩詞革命、戲曲改良、舶來品話劇、歌劇、舞劇、電影文學，以及西方文藝理論的輸入。

對中國文壇產生巨大震撼的「五四新文化運動」，以 1915 年陳獨秀創辦的《青年雜誌》（翌年更名為《新青年》）為開端，於 1919 年形成高潮，後漸息於國內第一次大革命期間的聲勢浩大、影響廣泛的新文化思潮。在這次空前偉大的思想解放與社會變革運動中，《新青年》所提倡的是「擁護那德謨克拉西（Democracy）和賽因斯（Science）兩位先生」。即「科學與民主」的激進口號；以及突如其來、急風暴雨式的「白話文運動」引發了人們對數千年封建社會沿襲下來的語文形式和傳統文化表達方式的徹底改觀。由此促使人們思維方式的變革，也帶來了現代新文學的誕生與勃興。尤其是從根本上改變了中國古典文學藝術的內容、形式和整體格局，形成了以小說、詩歌、散文與戲劇四大文體為主的現代文學新局面。

近現代中國發生一連串的社會變革運動，諸如「洋務運動」、「維新變法」（戊戌變法）、「辛亥革命」等，對此形勢，引起站在時代潮流最前列的陳獨秀的深層思考。他於 1915 年 9 月在出版的《青年雜誌》首卷發刊詞《敬告青年》中，向國人提出「文化革新、改造中國、拯救中華」的六項主張：「（一）自主的而非奴隸的；（二）進步的而非保守的；（三）進取的而非退隱的；（四）

世界的而非鎖國的；（五）實利的而非虛義的；（六）科學的而非想像的。」
1916 年，陳獨秀擔任北京大學文學科學長，同期，他將《青年雜誌》改爲《新
青年》，團結了一大批愛國文人志士，將文化革命的大旗更高地舉起，開始猛
烈地衝擊「言必稱堯、舜、禹、湯、文、武、周、孔，義必取於詩、禮、春
秋」的傳統思想文化舊習。

此時，從美國回來的著名學者胡適予以積極響應，並在《新思潮的意義》
一文中將新文化思潮的意義歸結爲：「只是一種新態度，這種態度叫做『評判的
態度』，即爲『重新估定一切價値』便是評判的態度的最好解釋。」與此同時，
他還給陳獨秀寄去一封信，聲明自己的八大主張：「年有思慮觀察所得，以爲今
日欲言文學革命，須從八事入手。八事如何？一曰不用典。二曰不用陳套語。
三曰不講對仗（文當廢駢，詩當廢律）。四曰不避俗字俗語（不嫌以白話作詩詞）。
五曰須進求文法之結構。此皆形式上之革命也。六曰不作無病之呻吟。七曰不
摹倣古人，語語須有個我在。八曰須言之有物。此皆精神上之革命也。」〔註13〕

當時，胡適的白話文主張很快得到社會各界人士的支持與聲援，如北京
大學校長蔡元培作如是說，民國初年白話文的流行是因爲「那時候作白話文
的緣故是專爲通俗易解，可以普及常識，並非取文言而代之。主張以白話代
文言，而高揭文學革命的旗幟，這是從《新青年》時代開始的。」〔註14〕

五四新文化運動的主將陳獨秀、胡適不僅著書立說，還通過文學藝術創
作實踐來引導與推動當時的「白話文」運動，以新的活的文字來寫作詩歌、
小說、散文與戲劇，他們理論與實踐所取得的初步成績大大地鼓舞著精英政
要與廣大民眾。1920 年，北洋政府教育部迫於社會形勢的壓力，下達通令，
全國中小學即刻開始使用白話語文教材，革命先驅者們提倡的白話文，隨即
風行全國各地。

陳獨秀早年留學日本，1903 年回國後在安徽創辦了《安徽俗話報》，在其
創刊號發表《開辦安徽俗話報的緣故》一文提出辦報的「主義」，即「要用頂
淺俗的話說」，引導群眾「通達學問，明白時事。」以此爲陣地，他用「三愛」
爲筆名撰寫過多篇討論民族俗文化的文章。其中刊發於該報第 11 期的《論戲
曲》一文，專門論述「改良戲曲」，以通俗、生動的語言改造戲曲，使其具備

〔註13〕此文原爲書信體《寄陳獨秀》，後轉載於《新青年》第二卷第二號《通訊》，
　　　　後收入《胡適文存》卷一。
〔註14〕《中國新文學大系·總序》，上海良友圖書公司，1936 年版。

應有教育作用與社會功能，並認爲「戲館是眾人的大學堂，戲子是眾人的大教師」。他反對封建傳統觀念對戲曲藝人的鄙視，指出「世上的貴賤，應當在品行上區分，不應以職業論高低。」他以中國與西方文化作比較，富有情感地告誡大家：「西方各國，是把戲子和文人學士一樣看待，因爲唱戲一事，與一國的風俗教化大有關係，萬不能不當一件正經事做，那好把戲子看賤了呢。」他還著文論證：「當今戲曲，原與古樂一脈相承。」從而在戲曲聲腔中尋覓古樂的語言與曲調，此實爲歷來文人探尋「民族樂舞戲劇學」的基本課題。此文以後又在《新小說》1905 年 2 月號重新發表，成爲辛亥革命前最具有代表性的革命文藝理論文章。

關於「新戲劇」與「戲劇改良」的問題，胡適在主編《新青年》第五卷四號時，組織了一批稿件集中發表予以討論，其中有傅斯年的《戲劇改良各面觀》、《再論戲劇改良》，歐陽予倩的《予之戲劇改良觀》，張厚載的《我的中國舊戲觀》，宋春舫的《近世名戲百種目》與胡適的《文學進化觀念與戲劇改良》等，胡適在此文中曾猛烈地抨擊漢族「舊戲」，特別是「連臺本」戲曲的表演程序化陋習：

> 我們中國的戲劇最不講究這些經濟方法，如《長生殿》全本至少須有四五十點鐘方可演完。《桃花扇》全本須用七八十點鐘方可演完。有人說，這種戲從來不唱全本的；我請問，既不唱全本，又何必編全本的戲呢？那種連臺十本、二十本、三十本的「新戲」，更不用說了。這是時間的不經濟。再看中國戲臺上，跳過桌子便是跳牆；站在桌上便是登山；四個跑龍套一千人馬；轉兩個彎，便是行了幾十里路；翻幾個筋斗，做幾件手勢，便是一場大戰。這種粗笨愚蠢、不眞不實、自欺欺人的做作，看了眞可使人作嘔！

爲了解決漢族舊戲學習外國外族新戲的迫切問題，1918 年 6 月，《新青年》大張旗鼓地向中國讀者介紹了第一位歐洲戲劇大師易卜生及其劇作，並刊發「易卜生專號」。胡適率先發表評《易卜生主義》文章，他還與羅家倫合譯了易卜生名劇《娜拉》，隨之推出陶履恭譯《國民公敵》，吳弱南譯《小愛友夫》，袁振英作《易卜生傳》等。胡適在上文中人力鼓吹易卜生的個性解放與個人主義，他寫道：「易卜生最可代表十九世紀歐洲的個人主義的精華，故我這篇文章只寫得一個健全的個人主義的人生觀。」他還說：「這個個人主義的人生觀一面教我們學娜拉，要努力把自己鑄造成個人；一面教我們學斯鐸曼醫生，

要特立獨行，敢說老實話，敢向惡勢力作戰。」爲了率先垂範，他仿傚易卜生社會問題劇《娜拉》、《玩偶之家》模式學寫了獨幕劇《終身大事》，這是中國新文學史上第一部白話散文劇本。

作於 1919 年的《終身大事》，原來是用英文寫成的，後發表於《北京導報》，因北京一家女子學校要排演此戲，胡適便把它譯爲中文，後來載於《新青年》第六卷第三號。胡適當時稱此戲是「遊戲的喜劇」（Farce，一般譯爲「滑稽劇」）。

對外民族文化交流大門一經打開，西方戲劇各流派代表性作家的作品潮水般地湧入我國文壇，接著易卜生「現實主義戲劇」而來的是法國維克多‧雨果爲代表的「浪漫主義戲劇」。浪漫主義戲劇是十九世紀前期在法、德、英等歐洲國家興起的戲劇流派，它崇尚主觀、堅決反對、衝破一切古典主義的既定規則，強調藝術家激情、想像與靈感，非常富有詩意的浪漫主義色彩，實爲歐洲「狂飆突進」啓蒙運動的文化產物。在五四運動初期，有人將維克多‧雨果的《歐那尼》，拜倫的《曼弗萊德》，雪萊的《解放了的普羅米修斯》，歌德的《浮士德》與莎士比亞的《哈姆雷特》、《羅密歐與朱麗葉》等劇作介紹進來，西方詩人、劇作家所寫的充滿激情的「詩劇」，乾柴烈火般熊熊燃燒著躁動的中國民族劇壇，受其影響，湧現出一大批詩人氣質的劇作家如郭沫若、田漢、曹禺、丁西林、王獨清、洪深等。

受五四新文化運動之感召，寫出大量詩歌與詩劇的郭沫若先生在《文學的本質》一文中認爲「浪漫主義戲劇是詩的文學，詩是文學的本質，小說和戲劇是詩的分化。」只有戲劇的詩意化才能把握人物的中心世界與戲劇行爲。西方浪漫主義戲劇的輸入確實對當時的新文化運動戲劇之詩化，以及話劇的普及與發展起到了推波助瀾的作用。

「話劇」的稱謂出自 1928 年從美國留學回國的中國戲劇作家與導演洪深的提議，他爲得是將此種綜合了文學、表演、導演、美術、音樂、舞蹈等多種文藝成分的「舶來品」戲劇形式與傳統戲曲、歌劇、舞劇、啞劇等相區別。在此之前人們習慣稱其爲「新劇」、「文明戲」、「愛美劇」等。

關於話劇這種以說話，其中包括對白、獨白、旁白等爲主要表現手段，演員表演以說話和動作來塑造各種各樣的人物形象，直觀地展現社會生活中的各種矛盾與鬥爭的特殊戲劇品種的來源、功能與作用，對此著名文藝評論家李希凡在爲《中國現代比較戲劇史》寫的「序」闡述：

　　在世界戲劇潮流的衝擊下，戲曲改良的呼聲興起了，文明新戲出現了，終於異軍突起，一種新的戲劇形式——話劇，從改良戲曲模式脫胎出來，擺脫舊的羈絆，而開始佔領戲劇舞臺了。從現代戲劇史來看，毫無疑問，話劇確是一種「舶來品」，它是隨著外國文化的輸入，而逐漸融化到中國戲劇文化中來的；同時，它也是隨著中國近代史帷幕的揭開而開啓了戲劇舞臺帷幕的。「五四」新文化運動的深入開展，則進一步推動了話劇在中國戲劇舞臺上的成熟和興旺。〔註15〕

隨著新文化運動的深入發展，在中國話劇劇壇上又相繼傳入了以莎士比亞為代表的浪漫主義戲劇，以王爾德為代表的唯美主義戲劇，以斯特林堡為代表的象徵主義戲劇，以奧尼爾為代表的實驗主義戲劇，以契訶夫為代表的俄羅斯現實主義戲劇等，其中要數英國的莎士比亞、美國的奧尼爾與俄羅斯的契訶夫及其劇作對中國話劇產生更加深遠的影響。

　　在五四運動之前，莎士比亞的名字就由外國傳教士傳播給中國文化界，如謝衛樓的《萬國通鑒》，李提摩太的《廣學類編》，李思‧倫白‧約翰的《萬國通史英吉利志》一系列書籍中都提到過莎士比亞的名字，但是當時並未產生多大影響。至到1904年，林紓、魏易合譯的《英國詩人吟邊燕語》「序」中說：「莎氏之詩，直抗吾國之杜甫；乃立義遣詞，往往託象於神怪，……彼中名輩，耽莎氏之詩者，家弦戶誦；而又不已，則付之梨園，用為院本，士女聯袂而聽，歆覯感涕。」以及1907年，魯迅在《科學史教篇》與《摩羅詩力說》中介紹莎士比亞及詩作並讚譽他代表「今日之文明者也。嗟夫，彼人文史實之所垂示固如是已！」之後，這位偉大的西方劇作家才逐漸為國人所瞭解。

　　為翻譯莎士比亞劇作立下汗馬功勞的余上沅，於1931年在《新月》上發表《翻譯莎士比亞》一文，曾譽稱「莎士比亞是戲劇家最高的榮譽——梅特林克稱為比利時的莎士比亞，未來的中國大戲劇詩人得稱為中國的莎士比亞。」他認為莎士比亞戲劇作品可稱得上是世界「第二部聖經」，論及影響他認為：

　　　　莎士比亞對於各國文學的影響，對於人類的影響，自然不僅限
　　於一個方面。頌揚他的話恐怕都給人說完了——其實也用不著再頌
　　揚，我們需要的只是直接讀他的劇本，譯出來讓大家都可以讀，演
　　出來讓大家都可以看：那是一個不絕的源泉，無底的寶藏，取之不

〔註15〕田本相主編《中國現代比較戲劇史》，文化藝術出版社，1993年版，第3頁。

盡，用之不竭。……中國新詩的成功，新戲劇的成功，新文學的成

功，大可拿翻譯莎士比亞做一個起點。〔註16〕

中國現當代戲劇大師曹禺曾著文讚歎：「莎士比亞戲劇是宇宙與人性的歌頌」，認爲「宇宙有多麼神奇，他就有多麼神奇。」並深情地回憶：「外國戲劇家對我的創作影響較多的，頭一個是易卜生，第二個使我受到影響的劇作家是莎士比亞。」〔註17〕他分析自己的劇作《雷雨》、《日出》與《原野》等均在不同程度上與莎士比亞一些劇作有淵源關係，當然曹禺還談到他的話劇創作還受過美國奧尼爾與俄國契訶夫的影響。

諾貝爾文學獎獲得者美國尤金・奧尼爾創作的一部富有象徵意義的戲劇傑作《瓊斯皇》，當時曾緊緊地吸吮著四位中國優秀學子：洪深、伯顏、谷劍塵與曹禺的心，他們依此仿傚而作的《趙閻王》、《宋江》、《紳董》可謂中國式《瓊斯皇》的翻版。曹禺的《原野》則與奧尼爾的《瓊斯皇》和《悲悼》貌合神似。他的《雷雨》中的悲劇人物與奧尼爾《榆樹下的欲望》一脈相承。由此不能不證實奧尼爾所創立的悲情主義戲劇巨大的藝術魅力。

卓越的俄羅斯小說家、劇作家契訶夫曾對二十世紀初的中國，乃至世界戲劇產生很大影響。他的《海鷗》、《萬尼亞舅舅》、《三姊妹》、《櫻桃園》等優秀劇作的濃鬱詩情、精彩語言與巧妙結構曾令無數中國觀眾爲之傾倒。尤其伴隨爲這一系列劇作導演的斯坦尼斯拉夫斯基體系輸入中國後，更成爲戲劇者頂禮膜拜的藝術範本。人們非常欣賞他出神入化的抒情詩意的美學風格，從而長久地浸潤著中國的話劇創作，諸如曹禺的《北京人》，夏衍的《上海屋檐下》，吳祖光的《風雪夜歸人》等都從中滋取了豐富的營養。中國最早介紹契訶夫及其劇作的是 1916 年宋春舫的《世界新劇譚》及兩年後的在《新青年》上發表的《近世名戲百種目》選用其創作多種，可見時間之早，影響之大。1921 年又由商務印書館系統地組織翻譯與出版契訶夫的所有劇本，至到二十世紀末仍不斷有出版社組織人再翻譯再出版發行，由此可感知中國文人對這位文學大師的摯愛之心。

在中國近現代歷史上，文人雅士眼中不曾入流的「花部」、「亂彈」諸腔在與「雅部」崑腔的激烈爭勝中逐步佔據了絕對的優勢，自十八世紀至十九世紀初，大江南北、長城內外出現了地方戲曲空前繁盛的局面，引起一些御

〔註16〕余上沅《翻譯莎士比亞》，1931 年《新月》第 3 卷，第 5、6 期合刊。

〔註17〕曹禺《和劇作家們談談讀書寫作》，《劇本》，1982 年第 10 期。

用文人的驚訝與詫異，如清代地方宦吏余治作《庶幾堂今樂自序》曰：

> 古樂衰而梨園典興，原以傳忠孝節義之奇，使人觀感激發於不
> 自覺，善以勸，惡以懲，殆與《詩》之美刺，《春秋》之筆削無以異，
> 故君子有取焉。賢士大夫主持風教者，固宜默握其權，時與釐定，
> 以爲警聵覺聾之助，初非徒娛心適志已也。

他在表面上認爲梨園新戲繼承《詩經》、《春秋》之衣鉢，具有勸善懲惡之功
效，觀劇有「使人觀感激發於不自覺」之激動。實質上，則主張「賢士人夫
主持風教者」，「默握其權，時與釐定」，以合統治者之律法。另有更甚責辭：
「近世輕狂佻達之徒，又作爲誨淫誨盜諸劇以悅時流之耳目。……使觀之者
蕩心失魄，以假爲眞，而古人立教之意遂蕩焉無存，風教亦因以大壞，」愈
發顯露封建衛道士阻止戲曲改革與發展的叵測居心。對於外國外族戲劇輸入
中國，這些封建主義衛道士也時有微辭。

　　自十九世紀末至二十世紀初，伴隨著資產階級改良主義運動的日趨高
漲，有人主張把中國戲曲革命納入爲維新變法運動的政治文化鬥爭服務的軌
道，當時梁啓超發表《論小說與群治之關係》與《論開智普及之法首以改良
劇本爲先》對戲曲的改良起著振聾發聵的推動作用。他說：「劇也者，於普通
社會之良否，人心風俗之純漓，其影響爲甚大也。」

　　另有留日歸國任郵傳部科長的姚華著《曲海一勺》一文，竭力宣傳戲曲
之學術價值：「雜劇一科，且爲詞話開山，傳奇導源，接受相承，皆北宋。……
元社既屋，明又都南，南曲宜盛。迄於遷燕，曲與俱來，南北並參，更生合
套。曲之演變，至此而極。」而至清末民初戲曲如何發展，則認爲「斟酌於
古今，鎔鑄於中外」，繼而又有如下論證：

> 辛亥革命，前世斯斬，文章之道，當亦隨之。以曲推移，理宜
> 一變。變將奚若？愚見所測，今樂西來，將趨興盛，音即備矣，辭
> 或厥如。觀夫庠所習，坊肆所陳，產若芝草，湧譬醴泉，非不成章。
> 僅能具體，不足鋪張國華，涵養民性，其必斟於古今，鎔鑄於中外，
> 不見溫故之功，焉見知新之益？〔註18〕

眞正指出戲曲藝術巨大文化感染力與廣大的群眾性，並打出「戲曲革命」及
制定其「鼓吹風潮之大方針」者，是曾任孫中山總統府秘書、中國國民黨中

〔註18〕引自王運熙、顧易生主編《中國文學批評史》下冊，上海古籍出版社，1985
　　　年版，第 578 頁。

央監察委員、著名詩人與戲劇家的柳亞子。他主持出版的《二十世紀大舞臺發刊詞》被人們稱之爲「戲劇革命的宣言書」。此文直言陳述：「父老雜坐，鄉里劇談，某也賢，某也不肖，一一如數家珍；秋風五丈，悲蜀相之殞星，十二金牌，痛岳王之流血，其感化何一不受之優伶社會哉？世有持運動社會，鼓吹風潮之大方針者乎，盍一留意於是！」

被柳亞子稱讚爲「梨園革命軍」，並譽爲「中國第一戲劇改良家」的滿族名優汪笑儂也在《發刊詞》中振臂疾呼：

南都樂部，獨於黑暗世界，灼然放一線之光明：翠羽明璫，喚醒鈞天之夢；清歌妙舞，招還祖國之魂；美洲三色之旗，其飄飄出現於梨園革命軍乎！基礎即立，機關斯備，組織雜誌，以謀普及之方，則前途一線之希望，或者在此矣。

被譽爲南國梨園大師的吳梅先生，長年從事戲曲創作與理論研究，以及在多所大學任教，其學術成就與王國維齊名。他一生主要致力於詩曲聲韻和格律研究，堪稱中國「曲學」一大家。據《吳梅戲曲論文集》之「前言」介紹：「吳梅對古典詩、文、詞、曲研究精深。作有《霜厓詩錄》、《霜厓曲錄》、《霜厓詞錄》行世。又長於製曲、譜曲、度曲、演曲。作《風洞山》、《霜厓三劇》等傳奇、雜劇十餘種。」另外此書還載有諸家讚譽之辭：

在中國古典戲曲的研究方面，現代著名的文學史家浦江清先生曾對他作這樣評價：「近世對於戲曲一門學問，最有研究者推王靜安先生與吳先生兩人。靜安先生在歷史考證方面，開戲曲史研究之先路；但在戲曲本身之研究，還當推瞿安先生獨步。」段天炯先生則說：「曲學之能辨章得失，明示條例，成一家之言，導後來先路，實自霜厓先生始也。」〔註19〕

吳梅先生的曲學、劇學代表作有《顧曲塵談》、《曲學通論》、《南北詞譜》、《中國戲曲概論》、《元劇研究》等數種，正因爲吳梅的豐富創作研究之閱歷，才使得他對戲曲藝術所發表的言論成爲一諾千金。如吳梅在《風洞山傳奇·例言》中申述：「本朝詞曲，可謂大備，如趙、蔣諸公，曾不一思瞿起田，此亦詞場一恨事。豈當時有所忌諱，故不敢出之歟？如史可法，則又現諸優孟之間，且入內廷也，此又何說之詞！」他以明代名臣史可法爲範例，積極提倡發掘歷史題材，以表現民族主義思想，且以明末抗清民族英雄瞿式耜事蹟爲

〔註19〕王衛民編《吳梅戲曲論文集》，中國戲劇出版社，1983年版，第1頁。

素材，編撰此戲，自然解決了「詞場一恨事」。

　　吳梅先生在《中國戲曲概論》「明總論」中也提出與王國維《宋元戲曲考》類似的觀點：「一代之文，每與一代之樂相表裏，其制度雖定於瞽宗，而風尙實成於社會。……雖南北異宜，時有鑿枘，而久則同化，遂能以歐、晏、秦、柳之俊雅，與關、馬、喬、鄭之雄奇相調劑，擴而充之，乃成一代特殊之樂章，即爲一代特殊之文學。」元至明代，雜劇與傳奇一直處於步步向上、欣欣向榮的情景，然而到了「清代戲曲，遜於明代，推原其故，約有數端。」歷經搜尋、條分縷析後歸結爲下述四大原因：

　　　　開國之初，沿明季餘習，雅尚詞章，其時人士，皆用力於詩文，而曲非所習，一也。乾嘉以還，經術昌明，名物訓詁，研鑽深造，曲家末藝，等諸自鄶，一也。又自康雍後，家伶日少，臺閣巨公，不熹聲樂，歌場奏藝，僅習舊詞，間及新著，輒謝不敏，文人操翰，寧復爲此？一也。又光宣之季，黃岡俗謳，風靡天下，內廷法曲，棄若土苴，民間聲歌，亦尚亂彈，上下成風，如飲狂藥，才士按詞，幾成絕響，風會所趨，安論正始？此文其一也。〔註20〕

正是因爲上述四個方面的缺陷，如清初文人喜詩厭曲，清盛時偏重經學，之后皇家懷舊避新，發展至無視民間俗曲而導致戲曲的大幅度滑坡與衰微，對此拯救只有寄託於社會的文化變革。

　　「辛亥革命」、「五四運動」、「北伐戰爭」，乃至「國內革命戰爭」的隆隆炮聲震醒了沉睡數千年的東方雄獅，爲之前途、命運的愁與樂、怨與喜、鼓與呼的中國民族戲曲，隨著新民主主義革命的步伐在陣陣疼痛的分娩之中，明智地選擇了摒棄落化戲曲文化意識，吸取西方世界戲劇文明成果，脫胎換骨地改造自身，以求在中西文化的火與血的交織裂變中像火中鳳凰一樣重鑄其藝術輝煌。

　　晚清與民國初年的「戲劇革命」與「戲曲改良」運動的催化劑來自於外國外族「洋人戲劇」，一是來自被稱爲「東洋」的日本；另一是來自被稱爲「西洋」的歐洲諸國。

　　在中華民族戲劇、戲曲藝術史上，1907 年 2 月，中國留日學生在日本東京成立「春柳社」是一樁永垂千古的文化事件。他們當時以「冀爲吾國藝界改良之先導」爲宗旨創立了春柳社演藝部，創始人是李叔同、曾孝谷，主要

〔註20〕王衛民編《吳梅戲曲論文集》，中國戲劇出版社，1983 年版，第 166 頁。

成員有歐陽予倩、吳我尊、黃喃喃、李濤痕、馬絳士、謝抗白、莊雲石、陸鏡吾等。

隨之「春柳社」於當年初春在中國青年會舉辦的賑災遊藝會上，演出了法國小仲馬的《茶花女》；入夏在假本鄉座「丁末演藝大會」上公演了根據美國斯托夫人的小說《湯姆叔叔的小屋》改編的《黑奴籲天錄》；1909 年初夏，於東京座以「申酉會」名義演出了法國薩都的《熱血》。辛亥革命後，春柳社成員陸續回國，他們又辦起了《春柳》戲劇刊物，成立了「後期春柳社團」、「新劇同志會」與「春陽社」，仍組織創作演出與理論探討，所陸續排演的《社會鐘》、《猛回頭》、《運動力》、《鴛鴦劍》、《家庭恩怨記》、《寶石鐲》等劇目給國內的戲曲改良運動帶來許多啓示、借鑒與影響。

我們從最初公佈的《春柳社演藝部專章》中看到，他們當時在海外迎合國內形式並未將改良戲曲與西洋話劇分離開，如專章規定：「演藝之大別有二：曰新派演藝（以言語動作感人爲主，即今歐美所流行者），曰舊派演藝（如吾國之崑曲、二黃、秦腔、雜調皆是）。」其成員要「以研究新派爲主」，而「以舊派爲附屬科」，新舊派二者相輔相成，均可「擇用其佳」。此專章中「新劇」的社會意義與歷史價值可參照《中國現代比較戲劇史》中所評價：

> 新劇中有話劇，也有戲曲，還有相當多的二者混合體。它們都與舊戲有別，都是新劇。這一時期新劇的雜糅中西，把中外融彙一爐，在一定意義上說，正體現了中國近現代文學藝術發展的必然趨勢。〔註21〕

另有文字記載，在中西文化頻繁交流的此段時間內，出使歐洲的官員經常著文將所見所聞的西洋戲劇介紹給國人。如中國最早外交官之黎庶昌在《西洋雜誌》上寫道：「巴黎倭必納，推爲海內戲館第一，正面兩層，下層大門七座，上層爲散步長廳。後面樓房數十間，爲優伶住處，望之如離宮別館也。中間看樓五層，統共二千一百五十六座，優伶以二百五十人爲額，著名者辛工自十萬至十二萬佛郎。」

王韜在《漫遊隨錄》中寫到歐洲戲劇的演出時，不無欽佩之情地讚歎：「其所演或稱述古事，或作神仙鬼佛形，奇詭恍惚，不可思議。山水樓閣，雖屬圖繪，而頃刻間千變萬狀，幾乎逼眞。」戴鴻慈在《出使九國日記》中也感喟不淺：「西劇之長，在畫圖點綴，樓臺深邃，頃刻即成。且天氣陰暗，細微

〔註21〕田本相主編《中國現代比較戲劇史》，文化藝術出版社，1993 年版，第 15 頁。

畢達。令觀者若身歷其境，疑非人間，歎觀止矣。」張德彝在《隨使法國記》
中談到西洋戲劇舞臺時說：「其中固有眞人紙畫，然久看之，假水起波，人亦
動。實在是眞假難辨，令人心跳而怦怦然。」曾紀澤在《出使英法俄日記》
中對法人表演抗敵之戲描寫得更是細緻入微：

> 昔者法人爲德人所敗，德兵甫退，法人首造大戲館。即糾眾集
> 資，復蠲國帑以成立，蓋所以振起國人靡恭（愞）怯之氣也。又集
> 鉅款建置圖屋畫景，悉繪法人戰敗時狼狽流離之相，蓋所以鼓勵國
> 人奮勇報仇之志也。事似遊戲，而寓意其深。聞此二事皆出於當時
> 當國者之謀也。

受西洋戲劇之啓迪，當時的改良戲曲也用上時髦的名稱曰「時裝新戲」，並破天
荒地將當朝黃袍馬褂服飾也搬上舞臺，頗引起觀者鬨動。其舞美也換爲繪圖實
景，並時有些放煙火、起雷聲等配戲音響以促演出效果。有學者韓孔廠自稱「捫
虱談虎客」以批註形式評述當時轟動劇壇的梁啓超所寫改良戲曲《新羅馬》：「凡
曲本第一齣必以本書主人公登場，所謂正生、正旦是也。」另外此部根據《意
大利建國三傑傳》故事改編的以西方人爲角色的戲中，仍以「楔子」、「齣」、「前
調」、「梁州新郎」等曲牌，證實戲曲仍在新戲中發揮些許作用。

　　二十世紀初，在譯介西方戲劇作家與作品方面做出重大貢獻的是《新青
年》的主將，該刊編輯宋春舫與馳名中外的文藝批評家沈雁冰（茅盾）。宋春
舫爲使國民瞭解歐洲近代戲劇的發展情勢，曾以此留學海外，獲得淵博的西
方戲劇學識。他回國後在北京各大報刊上鼎力引進、評介西歐戲劇新思潮，
熱情介紹戈登格雷的傀儡劇場，萊因哈特的導演藝術，未來派和表現派的戲
劇經典等。宋春舫特別鍾愛北歐劇作家梅特林克，認爲他以《青鳥》、《不速
之客》爲代表作的象徵戲劇作品是「美麗的詩篇」與「世界文學的傑作」。說
到西方現代戲劇與象徵派藝術的音樂性與詩意時，他頗有見解地指出：

> 象徵派學者喜歡音樂，並且願意將音樂介紹到詩的裏面去。所
> 以象徵派的一首詩中，往往字句的眞意沒有什麼大關係；倒是一個
> 字音倒置的前後，反能發生很大的影響。老實說，只有眞正自己是
> 個象徵派學者，或是個大音樂家，方能領略這些奧妙。凡大俗子恐
> 怕沒有這種本領。……關於文學體裁的方面，象徵派是創造自由詩
> 的鼻祖。〔註22〕

〔註22〕《宋春舫論劇》第 2 集，生活書店，1936 年版，第 6 頁。

　　著名小說家沈雁冰在主編《小說月報》期間，將翻譯與評介西方戲劇思潮與劇作爲自己神聖而崇高的職責。他在《小說月報》第 12 卷第 1 期的《改革宣言》中響亮地倡導：「說部、劇本、詩，三者並包」的編輯方針。他以此刊物爲載體公佈了《文學研究會叢書目錄》共計 121 種，其中包括戲劇史 2 種、劇作集 8 種、戲劇 20 種，所涉及的西方劇作家有蕭伯納、高爾斯華綏、王爾德、高爾基、安德列耶夫、比昂遜、斯特林堡、霍善特曼、梅特林克、賓斯奇、莫里哀等。沈雁冰身先士卒，先後翻譯了 17 部劇作，爲中國戲劇、戲曲界打開眼界看世界與看未來提供了良好的契機。

　　二十世紀 30 年代，中國戲劇界掀起翻譯歐美樂舞、戲劇著述，以及參考西方戲劇理論編撰學術專著與實用教材的熱潮，當時提倡直接翻譯西方戲劇論著，諸如張伯符譯的美國哈密爾敦的《戲劇論》，陳瑜譯的岩田國士的《戲劇概論》，馮雪峰譯的《新俄的演劇與跳舞》等。此時期出版的戲劇論著還有《佛西論劇》、《予倩論劇》、《洪深戲劇論文集》，馬彥祥的《戲劇概論》、《戲劇講座》，張庚的《戲劇概論》，陳明中的《戲劇與教育》，章泯的《悲劇論》、《喜劇論》等，這些譯著和論著對促進中國戲劇與戲曲發展均起到了不可忽視的促進作用。

　　到了 40 年代，在中國對西方戲劇譯介得最多，影響最大的對象轉移到了俄蘇戲劇作家與作品。在中國的解放區、敵占淪陷區與大後方，由於抗日戰爭爆發與國內軍閥內戰，爲了宣傳抗戰與提高中華民族戲劇的地位與水平，俄蘇文學家如契訶夫、果戈里、普希金、奧斯特洛夫斯基、列夫·托爾斯泰、安德烈耶夫、格利鮑耶陀夫、高爾基、西蒙諾夫、伊凡諾夫、卡達耶夫、格列波夫、鮑戈廷、雅魯納爾、愛倫堡等劇作家與劇作陸續登台亮相。西歐諸國如英國的莎士比亞、蕭伯納、雪萊、毛姆、王爾德、瓊斯，法國的羅曼·羅蘭、莫里哀、雨果、法郎士、伏爾泰、博馬舍，德國的歌德、席勒、布萊希特，美國的奧尼爾、海爾曼、金斯萊等人的劇作，以及日本、希臘、東歐諸國的戲劇作品都大量地湧現於中國各地演出，頓時華夏神州各地成爲世界性戲劇表演展示的大舞臺。與此同時，也有力地促使中華民族傳統戲曲國際化與話劇藝術中國民族化。

　　回顧晚清與民國初斯的詩歌與戲曲革命及改良運動，無疑是歷史進步、時代需求之使然，印證了王國維、吳梅先生所提出的一代與一代文學的轉型文藝理論。對此，胡適先生在《〈嘗試集〉自序》中也有類似的論述：

　　　　文學革命，在吾國史上非創見也。即以韻文而論，三百篇變而
　　爲騷，一大革命也。又變爲五言七言，二大革命也。賦變而無韻之
　　駢文，古詩變而爲律詩，三大革命也。詩之變而爲詞，四大革命也。
　　詞之變而爲曲、爲劇本，五大革命也。〔註23〕

應該說，二十世紀初的戲曲向話劇改良，本可稱爲六大革命，可在社會現實
中沒有走通。其問題出在中國式的歌舞戲曲品種畢竟與歐美式的語言話劇是
兩種絕然不同的藝術種類，只可部份借鑒，無法相互取代。正如文藝評論家
袁國興在《晚清戲劇變革與外來影響——兼談近代戲劇變革模式的演變和早
期話劇與改良戲曲的關係》一文中所感悟：「在改良戲曲的觀念意識中，『新
戲』已經包括了話劇，話劇沒有理由自立門戶，這是一個方面；另一方面，
在改良戲曲的意識中又潛藏著對外來戲劇模式追求的衝動，在當時的歷史條
件下，眞正能實現這一追求的便是移植話劇。因此確切地說，是中國近代戲
劇變革產生了話劇，而不是戲曲改良產生了話劇，這裡存在著中國近代戲劇
變革模式選擇的差異。」

　　歷史與現實所佐證：「在辛亥革命前後到『五四』新文學運動爆發前夕，
經歷了一個歷史性的轉折：它以新戲概念的分化和改良戲曲的引退爲標誌，
正是由於新戲概念的分化，話劇才獲得了獨立自存的發展空間；正是由於改
良戲曲的引退，中國戲劇變革才選擇了一個新的模式，走上了一條新的發展
途徑。」〔註24〕「改良戲曲」因種種困難與矛盾所致，至使在中華人民共和
國成立前夕已偃旗息鼓。拯救中華民族戲劇則歷史性地走上了另一條道路，
即「推陳出新、百花齊放」的改革之路，以及中國現當代戲劇民族化之路。

四、中華民族戲劇文化演變歷史之巡禮

　　綜上所述，自古迄今，中華民族戲劇文化從孕育、萌芽到形成、發展、
興旺、發達，經歷了一個漫長的歷史演變時期。世界東方誕生的中國文化是
華夏人與周邊夷、狄、羌、蠻與後世56個兄弟民族共同創造的文化。因爲她
深情地依託著大寫的「天地人」之三才理念，而如此顯得強健厚重、博大精
深。戲劇文化作爲人類祖先最早創造的表演藝術形式，曾伴隨著中華先民的
生老病死、喜怒哀樂的生命歷程，在幾千年的風雲變幻的歷史長河中，源遠

〔註23〕胡適《〈嘗試集自序〉》，《胡適學術文集》，中華書局，1993年版，第373頁。
〔註24〕袁國興《晚清戲劇變革與外來影響》，《文藝研究》，2002年第3期。

流長、蜿蜒曲折地自由流淌。

中華民族戲劇文化的誕生與發展是中國先民在與大自然交往與大量社會實踐中，同時在各民族以及與周邊各國個民族的政治、經濟、文化交流之中，經過漫長、激烈的接觸、撞擊、衝突、和解，乃至接納、融合而創造、完善與成熟的歷史文化結晶，一部中華戲劇通史實爲亞洲之中國古今各族人民戲劇創作、演出的文化關係史。但是因爲中國歷代王朝與古代文人對民間與宗教戲劇的蔑視與偏見，致使傳統戲劇文字的缺失和理論建構的推遲。自二十世紀初至今一百年左右的治學編史經驗的積累，卷帙浩繁的中華戲劇通史、通志、通論的撰寫終於姍姍來遲，歷史的神聖使命將促使此系統文化工程大器晚成。

綜觀中國自古迄今凡 4550 年期間 64 個朝代與國家的歷史文化，以及古今各個民族的戲劇演變歷史，大致可以將其分爲四大時期，即遠古萌芽期，中古形成期，近古盛興期，現當代拓展期，由此統轄方可劃分爲十二個具體歷史階段，即原始社會、先秦、秦漢、魏晉南北朝、隋唐五代、遼金西夏、宋、蒙元、明、中華民國、中華人民共和國時期民族戲劇文化進行全面的歷史追溯。

（一）中華民族戲劇文化遠古萌芽期

（包括原始社會──秦漢。公元前 2550 年～220 年，凡 2774 年）

就像大自然中的一顆樹、一隻動物、一個人，自從孕育生命，獨立來到世界，就有了自己的文化身份。與人類文明行爲同時誕生的戲劇藝術，較之文字與文學早得多而進入瑰麗多姿的童年與幼年時期。在本質意義上，富有感情色彩與審美趣味的華夏先民不會比西方人種遲暮享用原始戲劇的快慰。在我們所能閱讀到的豐富多樣的頭戴圖騰假面、尾插五彩羽飾，當眾扮演飛禽走獸和神靈鬼怪者的神話傳說，進而於殷商周代崇尚禮儀的宮廷中看到規模恢弘、敷演歷朝征戰、遷徙、慶典故事的大型樂舞，以及雄健怪誕的方相氏驅儺宗教儀式，不能不讓人感受中華民族偉大的原始樂舞戲劇文化創造力。春秋戰國與秦漢宮廷漸次關注起民間藝術的感召力，一面驅使文人去田野採風，一面到周邊國家取經探寶，其結果讓後人有幸誦讀到那麼多與戲劇有關的《詩經》、《楚辭》與「樂府詩」佳作，並且可通過文字觀賞到如此精彩的像《優孟衣冠》、《東海黃公》、《公莫巾舞》、《陌上桑》等歌舞小戲精品。其實，於邊遠地區能歌善舞、能說會演的古代少數民族中更是珍藏著許多原

生態歌舞戲劇有待我們從不斷髮掘的文物圖文中去識別。

　　1、原始社會中華民族戲劇：此時爲華夏戲劇文化的形成與戲劇發生時期（公元前 2550 年～前 2140 年歷經黃帝、顓頊、帝嚳、唐堯、虞舜，凡 411 年。）

　　位於中國的黃河與長江流域，自古群居著勤勞、勇敢、智慧的華夏人，他們在創造賴以生存的物質文化的同時，亦聯合周邊的其他各民族一起創建了燦爛輝煌的精神文化，其中就有富有神州文化品味的遠古戲劇藝術。雖然因爲時間太爲久遠，極端缺失文字記載，但是大量的中國古代神話傳說和陸續出土的文物文獻方能給我們提供其滋生的文化背景珍貴資料。根據著名學者顧頡剛的「層累地造成的古史說」及現代考古藝術文物發現，諸如甘肅秦安大地灣巫祭、青海大通古樂舞陶盆、遼東紅山牛河梁祭壇、新疆呼圖壁生殖岩畫、雲南花山樂舞岩畫，雄辯地證實了中華民族的先民毫無遜色地奠定了可與東西方文明古國埃及、希臘戲劇相媲美的華夏神州原始戲劇文化基礎。

　　2、先秦時期中華原始戲劇文化奠基（公元前 2140 年～前 256 年。歷經夏、商、西周、東周，凡 1886 年）

　　中原地區歷經夏商代步入大開禮儀之風的西周時期，逐步建立剛健有爲、和與中、崇德利用、天人協和中國傳統文化精神。特別是《周易大傳》中提出「天行健」、「自強不息」的主導思想爲《大夏》、《大武》、《九韶》之類的原始樂舞儀式戲劇鼓起理想的風帆。古代宮廷與九州各地盛行的驅儺祭祀以雄健怪誕的戲劇扮演深入人心，並且以強有力的生命血脈不斷延續到各朝歷代的朝野宗教戲劇之中。曾侯乙墓出土的編鍾樂舞、樂律與吹奏鼓樂爲後世民族戲劇音樂提供了重要的理論佐證。更有學術價值的是先賢哲人在北方山地輯錄的《詩經》與荊楚地區形成的《楚辭》中保留著許多民間歌舞古劇，爲後世展現了一幅極爲豐富多樣的樂、舞、歌、詩合成的生動藝術畫卷。

　　3、秦漢時期東西方諸族戲劇藝術薈萃（公元前 256 年～220 年歷經秦、西漢、新朝、東漢，凡 477 年）

　　秦國統治者運籌帷幄、勵精圖治，先後掃滅六國，「車同軌、書同文。」實施高度的中央集權制，完成了中華民族大一統的經濟、文化整合之大業。同時亦應運而生經營管理樂舞雜戲的奉太常樂署。隨之，漢代設協律都尉，全面管理朝野樂府搜集整理，將先朝典雅的禮樂文化導引入世俗社會。漢武帝雄才大略，派遣張騫通使西域，促使「絲綢之路」沿途的樂舞、百戲、雜

技、幻術等大規模交流。天竺、波斯等地的胡角橫吹、樂器、服飾與神佛禪拜禮儀陸續輸入中原，後來將《東海黃公》、《公莫巾舞》、《箜篌引》、《陌上桑》這樣的小戲敷演渲染得有聲有色。由邊疆胡地羌狄蠻族作媒介，由中外文化交流而生成的傀儡戲，因異地色彩博取中原庶民驚奇的目光。經河西走廊向西遷移的大、小月氏人遠抵貴霜王朝，亦參與天竺梵劇的創作與傳播。秦漢貴族盛行厚葬樂享之風，在數目巨量的墓葬磚石刻畫中不難發現一些帶有明顯故事情節的樂舞演戲場面。另有西南山地遺存的各種石、木、銅鼓樂器，至今仍廣泛用於此地少數民族戲劇之中，可謂民族戲劇歷史的「活化石」。

（二）中古時期中華民族戲劇形成
（包括魏晉南北朝時期——遼金西夏 220 年～1234 年，凡 1070 年）

宛如中國大陸上由青藏高原流淌下來的黃河或長江，在其發源地水流比較單純而清澈。當河流延伸到中游時，許多支流從四面八方匯流而下，故變得渾濁而洶湧澎湃。在中華民族戲劇形成的青年時期，因爲眾多少數民族政權的建立，以及周邊國家與民族的樂舞戲劇成分的滲入，有著極強兼容力的中國傳統戲劇變得豐富而有活力。特別是從西域印度、波斯、乃至希臘的宗教與世俗文學藝術沿著「絲綢之路」輸入中原，有力地刺激起隋唐宮廷的梨園教坊樂舞戲的蓬勃發展。諸如《缽頭》、《蘇幕遮》、《蘭陵王》、《踏謠娘》之類的歌舞戲，以及《參軍戲》、《傀儡戲》、《合生》等雜劇戲弄等逐漸深入民心。在民族、民間所編演的宗教祭祀戲劇，及其《毛古斯》、《師公戲》、《弄婆羅門》、《菩薩蠻》、《彌勒會見記戲劇》等在歷史的長河中濺起一朵朵美麗的浪花。當北方草原民族踏歌起舞來到儒道禮教文化濃鬱的神州腹地，華夏古老、矜持的古典詩詞歌賦的性質被逐漸改變，一種新穎、活潑的講唱文本被催生，這就是對後世戲曲產生強大推動力的「諸宮調」與「院本」。此時輸入的佛教、摩尼教、景教也因獨具特色的變文、寶卷、梵唄等在廣大寺廟戲場的表演，而爲中國各民族宗教世俗化戲劇創作與演出的興盛奠定了堅實的基礎。

1、魏晉南北朝時期中西樂舞戲劇藝術的交融（220 年～589 年歷經三國之魏、蜀、吳，西晉、東晉十六國之前趙、成漢、前涼、後趙、前燕、前秦、後燕、後秦、西秦、後涼、南涼、北燕、夏，南朝之宋、齊、梁、陳，北朝之北魏、東魏、北齊、西魏、北周，凡 370 年）

　　經過魏、蜀、吳「三國」衝突鼎立的分裂局面，飽受戰爭苦難與蹂躪的炎黃子孫，深感只有打破閉關鎖國、愚昧無知的枷鎖，才能操掌自己的命運。故在兩晉十六國時期，文人最爲悠閒雅緻，而在南北朝時期，西方佛教、摩尼教的引進，西域諸國造型、表演藝術的接納，促使中國封建王朝不屑一顧的北方歌舞小戲蓬勃發展起來。文化積澱深厚的秦嶺巴蜀之地，經南北諸民族文化的交匯，突兀崛起了高度文明的「三星堆」銅飾假面文化，哀牢山地的紋身、衣飾、裝扮，自輸入中原，且將三秦、三晉、燕趙戲劇舞臺打扮得花團錦簇。由崑崙山口與天山腹地流播進中原的《大面》、《蘇慕遮》、《柘枝隊戲》等與本土生成的《踏謠娘》、《合生》構成了中華民族歌舞戲劇明麗的風景線。借助於佛教石窟在華夏大地的開鑿，由古希臘與印度造像融合化成的「犍陀羅藝術」與樂舞戲壁畫入主信眾瞻拜場所，給中國傳統戲劇舞美與表演帶來一股清新之風。在錦繡如畫的江南沿海地區，佛教梵唄文化的盛行，神道儀軌程序的鋪陳，神奇、詭秘的志怪筆記小說與神佛雜戲應運而生，特別是經中土世俗化的「目連戲」的顯露頭角，更讓國人體味到中西戲劇文化交融的巨大魔力。

　　2、隋唐五代時期中華各民族戲劇文化的鎔鑄（589年～978年，歷經隋、唐、五代之後梁、後唐、後晉、後漢、後周，十國之前蜀、南漢、吳、閩、楚、南唐、後蜀、北漢、南平、吳越，凡390年）

　　受惠北周開明文化薰陶的隋文帝楊堅，將四分五裂的神州金甌再次拾起，贏得了海內外華人夷族的高度景仰。在此炫目光耀之下，隋煬帝開鑿南北運河、沿途醉心歌舞，並西巡河西召集二十七國使節大開戲場，盛演奇異雜戲。繼承其衣鉢的融有異族鮮卑人血統的李唐天下，更是以前所未有的開放姿態，兼收並蓄、海納百川，以德加威開疆拓土，所羈縻領域遠涉亞洲諸多國家。另外通過綠洲、草原絲綢之路與「唐蕃古道」，派遣友好使者，將周邊各民族與諸國樂舞戲劇文化盡力接納。特別是以西域諸國爲標誌的各種大曲、歌舞戲的輸入，極大地豐富了梨園教坊的伎樂歌舞戲弄表演體系。並在此基礎上完善了《霓裳羽衣》樂舞、唐雜劇、《合生》與《參軍戲》。在中原朝廷皇恩浩蕩的感召下，南方白越、南詔諸宗主國朝聖奉獻的大型樂舞表演都帶有濃鬱的異族戲劇色彩。另外，五代十國接續隋唐餘脈，鼓勵民間與宗教戲劇的培植，不僅是湖湘下里巴人承傳的《毛古斯》、《師公戲》，還是驃國、扶南、天竺、波斯引薦的《弄婆羅門》、《菩薩蠻》、《彌勒會見記戲劇》等，

都充分體現了中華民族傳統戲劇鎔鑄世界異質文化後所釋放的巨大能量。

3、遼金西夏時期漢族與周邊民族戲劇文化融彙（916 年～1234 年，歷經遼、西遼、金、西夏，凡 319 年）

在西方中世紀羅馬帝國還處於分裂的黑暗時期，東方蒙古高原與白山黑水的草原民族一次次施實向西遷徙的驚世行動。先是匈奴人經中亞流涉東歐多瑙河，再是突厥人進入吐火羅人故地錫爾、阿姆河流域。五代十國謝幕之後，契丹人創建的遼與西遼政權又一次踏上西行的征程。他們既向世界引薦中華民族幾千年的文明成果，又同時帶回了中亞、西亞與東歐的宗教與世俗戲劇藝術，宋朝時期，喀拉汗王國產生的《覺月初升》、《福樂智慧》詩劇就是中西文化交流的碩果。隨之，女真建立金國，仰慕中原文化而南下，承繼大遼樂舞戲劇傳統，所創院本、轉踏、諸宮調，以及雜劇，並培育與輸送了不少邊地樂舞戲劇創、編、演人才。草原民族粗獷豪放的戲劇文化對中國腹地精緻奢靡古典詩文戲曲的衝擊，使之華夏劇壇藝術漸次發生深刻的變化。直至進入宋元時期，難登文學藝術大雅之堂的歌舞戲小林驟然成長為足以替代漢賦、唐詩、宋詞的參天大樹。與宋、金三足鼎立的西夏更是借助「絲綢之路」的便利充分吸納印度、波斯佛教、景教、摩尼教戲劇的精華，為中華戲劇憑添幾抹亮麗的國際色彩。當回首歷數此段民族戲劇發展歷程時，仍可從新疆克孜爾千佛洞、敦煌莫高窟等遺留的《釋迦因緣》、《維摩詰經變》等佛教戲劇，以及北方寺廟道觀戲場殘存的《倒喇戲》、《海青拿天鵝》、《穆護砂》、《邊部鄭聲》、《渾脫胡戲》、馬戲、秘戲中尋其表演藝術蹤影。

（三）近古時期中華民族戲劇興盛卷
（包括宋代～明代。960 年～1644 年，凡 685 年）

在廣袤、厚重的華夏大地上，歷經無數文人騷客與藝伎工匠的合力打造，逐步栽培了一片片根深葉茂的中華戲劇森林。借助著社會的相對安定，城鎮市場的日趨繁盛，民間瓦舍勾欄、酒肆歌樓中的說唱雜耍遊藝活動帶動藝伎創編雜戲曲藝的熱情。西南地區的少數民族藝人入朝貢獻的《五花爨弄》為宋元雜劇腳色的創立留下了寶貴的鋪墊。蒙元統治者南下西征，打下了亞洲大半江山，為中西戲劇樂舞藝術的交流開闢了廣闊的天地。相對寬鬆的社會環境與文化氣氛，為落魄文人、青樓藝妓攜手編演大量各種題材的雜劇提供有力的保障。到了明朝盛世，在「詩文必漢唐」的旗幟下，有更多的書會才

人投身戲劇傳奇創作，特別是以湯顯祖爲首的「臨川派」將中國戲曲的美學意蘊發揮到了極致。在眾多劇種聲腔的滋養下，集文藝之大成的江南崑曲茁壯成長。明朝政府派遣鄭和七下西洋，西方傳教士利瑪竇的入華，使得中華民族戲劇文化遠播海外。明代長年推行的「改土歸流」、「屯田戍邊」政策，促使漢族地方戲曲隨軍流涉邊疆，與少數民族戲劇結合，形成豐富多樣的花鼓戲、花燈戲，彝族地戲、《撮泰吉》、白馬藏人《跳曹蓋》、羌族《釋比戲》等。

1、宋代時期中原華夏戲劇藝術的成熟（960 年～1279 年歷經北宋、南宋，凡 220 年）

中華民族是一個渴望和平、追求自由的民族。當以漢族爲主體的宋朝結束華夏長年的戰亂與分裂之後，全國的經濟、文化、藝術、民俗恢復的很快。人口眾多的城鎮的崛起，大批社團學校的興辦，促使瓦舍勾欄、酒肆歌樓的形成，以及說唱雜耍遊藝活動的開展。廟會集市僧侶、書會才人所施展的俗講、變文技能，被諸宮調、鼓子詞、詞調、陶眞、嘌唱之路歧藝人所仿傚。北方的唱賺、合生、參軍戲，南方的說經、南戲等，還有人們喜聞樂見的傀儡戲、影戲流行於世俗民間，爲後來的宋元成熟戲劇奠定了廣泛的群眾基礎。久違的安定的社會條件，召喚回周秦漢唐數千年的儒學道風，不過後來政府推行的程朱理學多少約束了庶民百姓的看戲觀舞的熱情。非常值得傳統戲劇關注的是於宋徽宗時期，西南少數民族藝人們入朝貢獻對後來戲曲角色產生長遠意義的《五花爨弄》，江南與沿海地區南戲南音的產生與衍展，另外則是南北宗教節慶場面所敷演的《目連救母》戲與《八仙戲》。我們今天之所以能依稀辨識宋代戲劇變化的面目，是因爲諸如《東京夢華錄》、《武林舊事》、《樂書》等筆記文獻的存世，以及對大量宋金墓室磚雕、石刻、碑碣的釋讀。

2、蒙元時期漢胡戲劇互動與世界文化身份（1206 年～1368 年歷經蒙古汗國、元代，凡 163 年）

中國北部蒙古高原居住著形形色色的游牧民族，天高地闊、自由馳騁的馬上生活陶冶了他們濃鬱、尙趒的表演藝術材質。剽悍饒勇的蒙元人以人無畏的精神，狂風暴雨般掃蕩著廣袤的亞歐大陸，同時也極大地促進著中華民族與西方世界戲劇的交流。大元帝國之「四大汗國」的疆域遠達西亞和東歐，此地域的神職人員與官宦商賈旅者不斷攜異國戲劇演出來中國，帶有國際共

生文化色彩的清官審案式《灰闌記》即為明證。受草原民族酷愛歌舞雜戲與寬鬆豪放性情文化的影響，落魄民眾底層的文人墨客與廣大民間藝伎聯袂鑄造了元散曲、雜劇創作與演出的輝煌。北方戲劇的慷慨激昂、急板快腔經蒙古統治上層和各族劇作家的催化，帶到中原與江南地區，不同程度地改造了前朝宮廷遺留的軟風弱雨、清雅和暖的辭令小曲。南戲《琵琶記》、《劉希必金釵記》等以兼容南北戲曲精華的面貌令人耳目一新；《青樓集》、《錄鬼簿》、《唱論》等總結性曲學專著高屋建瓴指導藝術實踐。蒙漢、蒙藏、蒙回、蒙越等之間的族別文化交往，使得中華民族戲劇藝術在大江南北、東南亞、中亞與歐洲諸國廣為流傳。

3、明代時期中華民族宗教與世俗戲劇文化的融通（1368 年～1644 年，凡 277 年）

中華民族有著巨大的向心力與凝聚力。戲劇文化作為綜合性的文學藝術的結晶體，在相對穩定的明朝已吸取南北演藝文化的特長形成了體制宏大、結構嚴謹、文字生動的古典戲曲傳奇，在其社會歷史文化中發揮重要的作用。明代初年，傾全國之力、朝廷派遣鄭和率艦隊七下南洋，讓亞、非、歐洲諸國領略到中國的悠久文明。依次眾多華人帶著豐富多樣的華夏文藝典籍流涉世界各地，西班牙國庫所藏大型戲曲小說合集《風月錦囊》就是鮮明的寫照。政府出面組織編纂巨大圖書鴻篇《永樂大典》，鼓勵戲劇文學創作，搭乘海上絲綢之路航船，西方傳教士也紛紛來華傳播海外樂舞戲劇藝術，再加之宗教與世俗戲劇自然合流，促使以典雅崑曲與富有生命活力的諸種劇種聲腔，一浪高於一浪角逐爭勝。自明代湯顯祖的「臨川四夢」到清代譽滿神州的「南洪北孔」劇作，及其以魏良輔、王驥德為代表的曲學理論，都充分地展現了中國傳統戲劇的精彩與神韻。明朝長年推行的「改土歸流」、「屯田戍邊」政策，加強了內地戲曲與邊地少數民族戲劇的互動與相互滲透，從而提升了回鶻人《木卡姆》大曲、納西族《白沙細樂》、侗族大歌、彝族地戲、《撮泰吉》、白馬藏人《跳曹蓋》、羌族《釋比戲》等文化品位，漸次繪製出絢麗多彩、獨具特色的中華多民族戲劇藝術藍圖。

（四）近世時期中華民族戲劇拓展
（包括清代～中華人民共和國。1644 年～1999 年，凡 356 年）

中華民族的歷史風雲變化無常，追波逐流的戲劇藝術也變得豐富多樣絢

麗多姿。自滿清政權從東北遷徙中原後，此起彼伏各地湧現出一批又一批的地方戲，被人俗稱爲「花部亂彈」。其中要數發源於西北與華北交滙處的梆子腔與皮黃腔最爲強勁，曾入主京都化爲「國劇」的京劇，經一輪輪的「花雅之爭」，終歸替代了崑曲的霸主地位。清朝末年，爆發中英「鴉片戰爭」，接著是結束幾千年封建統治的「辛亥革命」。國門洞開，西方話劇、歌劇、舞劇等隨風而來，激起中華民族解放意識的覺醒，以及對傳統戲曲的改良運動。相對於國統區的戲劇改革，居於陝甘寧邊區的新秧歌劇編演的如火如荼，成爲新中國戲劇的先聲。中華人民共和國的成立，爲全國各族人民喜聞樂見的戲劇普及提供了理想的平台。在「百花齊放、百家爭鳴」的文藝方針指導下，各民族許多新劇種的誕生，大量新劇作的演出，一批批優秀劇目的出國交流，讓中華各民族的戲劇藝術在世界範圍中取得崇高的聲譽。與其交相輝映，港澳臺地區的戲劇成就也有目共睹，同樣爲中國傳統文化增添炫目光彩。

1、清代時期地方戲與民族戲劇的興起（1644 年～1911 年，凡 268 年）

崛起於白山黑水的女眞族後裔的滿族人，因受東北亞各族文化的哺育而能武善戰、富於進取。當命運之神賦予其管轄中國偌大的版圖權益之時，他們不斷將中華民族國威大勢向周邊國家傳遞。滿清「八旗子弟」本來就酷愛琴棋書畫、詩詞歌舞，宮廷昇平署中保留的薩滿祭祀、莽式樂舞、慶隆隊舞儀式雄風迭起，足以喚起東方大國演藝文化的自豪。爲天然純樸的中華民族情感所驅使，歷朝君臣對各民族與境外的樂舞戲劇藝術報以好奇、濃鬱的興趣。從皮黃、秦腔、徽劇等進京表演，到大江南北各種地方戲、少數民族戲劇創立盛演，始料不及引起對崑曲衝擊的聲勢浩大的「花雅之爭」，最終獨佔鰲頭的是集中華民族文化大成者之京劇藝術。在邊疆各地相繼湧現的藏戲、白劇、壯劇、傣劇等，以及傳統儺戲、端公戲、師公戲、關索戲、目連戲等，林林總總、千姿百態，顯示出中國文化的兼收並蓄、和而不同的博大胸懷。在王朝宮廷、貴族上層所呈現的是鴻篇巨製的像《昇平寶伐》、《勸善金科》類的連臺大戲，讓遠近外國使者觀之驚歎不已。至今，我們還可在傳入的朝鮮國《熱河日記》、葡萄牙《訪華遊記》中重現其熱羨的目光。鴉片戰爭前後，隨著西方列強在中國掠奪勞力物產資源，許多華人帶著祖國的戲劇形式漂洋過海，爲中華文明的世界傳播作出應有的貢獻。

2、中華民國時期新興戲劇，外國戲劇與中國戲曲的交流（1912 年～1949 年凡 37 年）

孫中山先生領導的「辛亥革命」一舉推翻了數千年的封建王朝的統治。隨著社會的劇烈變革，也引起傳統戲曲與舶來品話劇、歌劇等的激烈衝突。「五四新文化運動」的前夕，從日本回國的「春柳社」成員帶著《黑奴籲天錄》、《熱血》等燃起的改革戲劇的熱情、投身於「文明新戲」、「愛美劇」的編演之中。中國古典戲曲界仁人志士也打出「改良劇」的旗號，從滿族著名戲曲家汪笑儂的古裝新戲《黨人碑》、《哭祖廟》到京劇大師梅蘭芳的一系列戲曲新編，並成功巡演西方諸國的劇目，記錄了中國傳統戲劇蹣跚前行的艱難步履。為了擴大中國表演藝術工作者的眼界，以及提升廣大觀眾的鑑賞水準，從西方諸國回來的留學生自覺地翻譯引進歐美成熟的「話劇」，不論是國統區，還是陝甘寧邊區，在水深火熱的抗日戰爭時期都發揮了積極的宣傳效應。特別是各種「舊瓶裝新酒」的啞劇、活報劇、街頭劇、問題劇，以及新興的秧歌戲、新歌劇等成為老百姓喜聞樂見的戲劇娛樂形式。在此起彼落的救國救民的愛國運動中，眾多民間戲劇班社成立，諸如陝西秦腔「易俗社」、四川「三慶會」等，對傳統戲劇的傳承和表演、教學、科研轉型提供了寶貴的經驗。在新民主主義革命與國民戰爭時期，最引人注目的是余上沅、宋春舫等發起的「國劇」振興運動和新編歷史劇推廣活動。戲劇工作者將「話劇民族化與舊劇現代化」的措施落到實處，驟然鼓蕩起中華民族戲劇自立於世界戲劇文化之林的勇氣和決心。

3、中華人民共和國民族戲劇改革與發展（1949 年～2009 年，凡 60 年）

中華人民共和國的成立，不僅為中華各民族的團結與進步鋪平了道路，也為中國戲劇藝術在世界民族文化舞臺上頻頻亮相提供了堅實的基礎。黨和政府提倡的「百花齊放、百家爭鳴」的文藝方針，不僅在民族戲劇品種數量上在其質量上促陳不斷提高，不僅重點扶持地方戲曲、話劇創作，又鼓勵歌劇、舞劇、歌舞劇、音樂劇、兒童劇等演出，並且幫助創立新的少數民族戲劇，如朝鮮族唱劇、蒙古劇、彝劇、回族花兒劇、滿族新城劇等，裝扮得中華民族戲劇百花園更加錦繡。而且對戲劇藝術加大投資力度、創造與世界各國戲劇交流的機會，不斷推出高水平的優秀劇目，諸如戲曲中的《楊門女將》、《紅樓夢》、《文成公主》等；話劇中的《蔡文姬》、《茶館》、《桑樹坪紀事》等；歌劇中的《阿詩瑪》、《江姐》、《張騫》等代表作，都是各種民族文化、劇種藝術與中西戲劇之間交流優化的結果。在民族民間所推行的社區戲劇活動熱烈有序地發展著，朝氣蓬勃的廣場劇、小劇場戲、兒童校園劇等，以及

歷史悠久、根底深厚的儺戲、目連戲、儀式劇、皮影戲、木偶戲等延續著中華民族戲劇的血脈。在改革開放深入發展之際，大陸與休戚相共的港、澳、臺戲劇工作者頻繁交流、切磋技藝，爲挖掘、整理、保護、弘揚中華多民族的戲劇文化做出積極的貢獻。

綜上所述，自中華先民從遠古氏族、部族、部落聯盟，至現代民族，戲劇藝術從初級、中級、到高級階段，一直在忠實地記載著其中華民族文化發展歷程。歷史的車輪駛入二十一新世紀，完整、客觀、眞實地描摹中國數千年戲劇文化的萌芽、形成、興盛的發展歷程，是中華民族偉大復興一個不可或缺的重要組成部分。如今，黨和政府組織的中國民族民間文學藝術的研究、各民族非物質文化遺產的保護，中外民族戲劇創作與演出的交流，戲劇與廣播劇、影視劇、網絡戲劇的互動，都在精彩紛呈地延續著中華戲劇的未來歷史。中華民族戲劇文化、新中國與少數民族戲劇藝術的繁榮尤如一座雄偉的大山，支脈縱橫、氣象萬千，既聯繫著東方諸國的山山水水，又通向西方與浩瀚的大海，成爲人類文化一道不可忽略的亮麗的風景線。

第四章 中國古代各民族劇作家作品與交流

　　在中國古代歷史上，各民族劇作家雖然編寫與推演了許多戲劇或戲曲作品，但是因爲各種原因，大多數沒有文字記載。即便有一些作品留存於文人墨客的文章散論中，也多沒有姓名、籍貫，以及所屬民族。如此造成了後世學者苦苦考證求索，查無頭緒。然而，中華民族戲劇藝術史志論恰恰是由無數漢族與少數民族作家與劇作所構成的，故此只有從現有的文獻資料中擇要而取，從中來論證他們民族戲劇歷史演變過程中所發揮的重要作用。

一、古代漢民族戲劇家與戲劇文學作品

　　宋元時期爲各族劇作家提供了紛紛登場的最初、最佳平臺。儘管所存著作文字不多，且語焉不詳，但讓後人感到慶幸地仍然能透視觀其端倪。諸如鍾嗣成《錄鬼簿》將元雜劇的作者分爲三期：第一期（1234～1276）「前輩已死名公才人有所編傳奇行於世者」，所錄作者 57 人，皆北方人。第二期（1277～1340）「方今已亡名公才人余相知者，及已死才人不相知者」。第三期（1341～1367）「方今才人相知者，及方今才人聞名而不相知者」。而一般的學術研究者大把元雜劇分爲前後兩期，多以大德年間（1279～1307）爲其疆界。前期是高度繁盛的時期，作家作品的數量相當可觀。當時活動的中心在大都，主要作家有關漢卿、王實甫、馬致遠、白樸等。後期活動的中心南移，主要作家有秦簡夫、鄭光祖、喬吉等。

　　元代劇作家所介紹的「元曲四大家」關漢卿、馬致遠、白樸或爲王實甫，

其中關漢卿，生平資料缺乏。據《錄鬼簿》記載，很可能他是元代太醫院的一個醫生。至少是一位熟悉勾欄伎藝的戲曲家，「生而倜儻，博學能文，滑稽多智，蘊藉風流，爲一時之冠」（《析津志》）。在元代前期雜劇界關漢卿是共認的領袖人物。他嫻熟地運用元代雜劇的形式，在塑造人物形象、處理戲劇衝突、運用戲曲語言等方面都有傑出的成就。其代表作如《竇娥冤》、《單刀會》、《望江亭》、《拜月亭》、《西蜀夢》等劇裏，出色的心理描寫打開了人們內心世界的窗扉，成爲塑造主要人物形象不可缺少的藝術手段。他善於提煉激動人心的戲劇情節，省略次要情節以突出主要事件。關漢卿一生創作了 60多個雜劇。他的悲劇《感天動地竇娥冤》「列入世界十大悲劇中亦無愧色」（王國維《宋元戲曲考》）。1958 年，關漢卿被提名爲「世界文化名人」。

馬致遠，號東籬，大都人。他少年時追求功名，未能得志。曾參加元貞書會，與李時中、紅字李二、花李郎等合寫《黃粱夢》雜劇。明初賈仲明爲他寫的《凌波仙》弔詞，說他是「萬花叢裏馬神仙」。元人稱道士做神仙，他實際是當時在北方流行的全眞教的信徒。據《錄鬼簿》記載，他曾「任江浙行省務官」，晚年退隱田園，過著「酒中仙、塵外客、林間友」的生活。他逃避現實，悲觀厭世的態度大大影響了創作成就。其作品除散曲外，今存雜劇《漢宮秋》、《青衫淚》、《薦福碑》等七種。代表作爲《漢宮秋》。

鄭光祖，字德輝，平陽襄陵（今山西臨汾附近）人。所作雜劇共 18 種，今存 8 種：《伊尹耕莘》、《三戰呂布》、《無鹽破環》、《王粲登樓》、《周公攝政》、《老君堂》、《翰林風月》、《倩女離魂》。其中《伊尹耕莘》、《無鹽破環》、《老君堂》是否確爲鄭作，尚有疑問。另有《月夜聞箏》存殘曲。《哭孺子》、《秦樓月》、《指鹿道馬》、《紫雲娘》、《採蓮舟》、《細柳營》、《哭晏嬰》、《後庭花》、《梨園樂府》等 9 種僅存目。其中《倩女離魂》是他的代表作，是一部愛情劇，取材於唐人傳奇說《離魂記》，對明代湯顯祖的《牡丹亭》有一定的影響。

白樸，今山西河曲人。作雜劇 16 種：《絕纓會》、《趕江江》、《東牆記》、《梁山伯》、《賺蘭亭》、《銀箏怨》、《斬白蛇》、《梧桐雨》、《幸月宮》、《崔護謁漿》、《錢塘夢》、《高祖歸莊》、《鳳皇船》、《牆頭馬上》、《流紅葉》、《箭射雙雕》。今存《梧桐雨》、《牆頭馬上》、《東牆記》3 種，及《流紅葉》、《箭射雙雕》二劇殘曲。此外還有《天籟集》詞 2 卷。清人楊友敬輯其散曲附於集後，名《摭遺》。他的散曲作品據隋樹森《全元散曲》所輯，存小令 37 首，套曲 4 首。

　　王實甫，大都（今北京）人。後人推測他的生卒年大約是 1260～1336 年，主要創作活動大約在元成宗元貞、大德年間（1295～1307 年），這正是元雜劇的鼎盛時期。王實甫早年曾經爲官，宦途坎坷，常在演出雜劇及歌舞的遊藝場所出入，是個不爲封建禮法所拘，與社會底層倡優有密切交往的文人。他晚年棄官歸隱，過著吟風弄月，縱遊園林的生活。王實甫的雜劇如今僅存《西廂記》、《破窯記》和《麗春園》等。其中最著名的《西廂記》共五本，是王實甫的代表作，在元代和明代就爲人推重，被稱爲「雜劇之冠」。除了完整地保留下來的《西廂記》之外，還有《破窯記》四折和《販茶船》、《芙蓉亭》曲名一折。

　　元雜劇作家另外如岳伯川，濟南人，一說鎮江人。生平事蹟不詳。作有《鐵拐李》、《楊貴妃》二種雜劇，今存《鐵拐李》一種。李壽卿，太原人。曾任將仕郎，後除縣丞。作有雜劇十種，今存《伍員吹簫》、《度柳翠》兩種。李潛夫，字行甫，一字行道，絳州（今山西新絳縣）人。作有《灰闌記》一種，今存。石子章，名建中，字子章，柳城（今遼寧朝陽）人。曾隨從出使西域。與元好問交好。作有《竹窗雨》、《竹塢聽琴》兩種雜劇，今存《竹塢聽琴》一種。喬吉，又名喬吉甫，字夢符，號鶴笙。又號惺惺道人。太原人。寓居杭州太乙宮前。至正五年（1345）卒。作有雜劇十一種，今存《揚州夢》、《兩世姻緣》、《金錢記》等三種，都是男女愛情爲題材的喜劇。喬吉還是一位戲曲理論家，他提出的「鳳頭、豬肚、豹尾」之說，在古代戲曲理論史上具有很大的影響。

　　流寓南方的諸位元代劇作家如金仁傑，字志甫，杭州人。曾任建康（今江蘇南京）崇寧務官，作有雜劇七種，今存《追韓信》、《東窗事犯》兩種。秦簡夫，大都人，後移居杭州。生平事蹟不詳。作有雜劇五種，今存《趙禮讓肥》、《東堂老》、《剪髮待賓》等三種。周文質，字仲彬，建德（今屬浙江）人，後移居杭州。作有雜劇四種，今僅殘存《蘇武還朝》兩折。楊梓，海鹽澉川（今屬浙江）人曾任嘉議大夫，杭州路總管。作有《霍光鬼諫》、《豫讓吞炭》、《敬德不伏老》等三種，今均存。蕭德祥，名天瑞，號復齋，杭州人。以醫爲業。是兼作南戲的雜劇作家，作有雜劇和南戲五種。朱凱，字士凱。曾任江浙行省官吏，與鍾嗣成相善。作有《昊天塔》、《黃鶴樓》兩種，今均存。

　　元代劇作家、理論家鍾嗣成，字繼先，號醜齋，大梁（今河南開封）人，

寓居杭州。累試不第。作有雜劇七種，均佚。他所編撰的《錄鬼簿》，記載了元代雜劇作家及其一些散曲作家的小傳和劇目，是研究元雜劇的重要資料。羅貫中，名本，號湖海散人。錢塘人，曾著歷史小說《三國志通俗演義》。作有雜劇三種，今存《風雲會》一種。谷子敬，金陵（今江蘇南京）人。元末曾任樞密院掾史，明洪武初，戍守源州。作有雜劇五種，今存《城南柳》一種。李唐賓，號玉壺道人，廣陵（今江蘇揚州）人。元末曾任淮南省宣使，作有《梧桐葉》、《梨花夢》兩種，今存《梧桐葉》一種。王子一，生平事蹟不詳。作有雜劇四種，今存《誤入天台》一種。劉兌，字東生，浙江人。生平事蹟不詳。作有《嬌紅記》雜劇今存。賈仲明，號雲水散人，晚年號雲水翁，淄川（今山東淄博）人，後移居蘭陵（今山東棗莊東南）。作有雜劇十六種，今存《玉梳記》、《菩薩蠻》、《升仙夢》、《金安壽》、《玉壺春》等五種。另說《裴度還帶》也爲其所作。

　　明朝劇作家不僅編寫雜劇，亦大量創作傳奇及其撰寫曲學著述。如朱權，號瞿仙、涵虛子、丹邱先生。生於明洪武十一年（1378），卒於明正統十三年（1448），是朱元璋第十七子。洪武二十四年（1391）封於大寧（今屬內蒙古），永樂元年（1403）改封南昌。卒後諡獻，世稱寧獻王。作有雜劇十二種，今存《沖漠子》、《卓文君》兩種。另著有《太和正音譜》，是戲曲史上第一部比較完備的北曲曲譜。朱有燉，號誠齋、別署全陽道人，是朱元璋第五子周定王朱橚長子。生於明洪武十二年（1379），洪熙元年（1425）襲封周王，正統四年（1439）卒。諡憲王。能詞賦，工音律。作有雜劇三十一種，總名《誠齋樂府》，今存。

　　湯顯祖（1550～1616 年）是明代最有名的戲曲作家。字義仍，號若士，海若，海若士，晚年號繭翁，自署清遠道人，江西臨川人。生於明嘉靖二十九年（1550），卒於萬曆四十四年（1616）。出身於書香之家，十三歲起受業於鄉人徐良溥、羅汝芳，從羅汝芳處接受王學左派思想。他二十一歲中舉，並以善寫時文而名播天下，被稱爲當朝、舉業八大家之一。萬曆十九年（1591），他因上《論輔臣科臣疏》觸怒權貴和皇帝，被貶爲徐聞典史。兩年後，調任浙江遂昌知縣，在遂昌任上，興利除弊，頗受當地百姓愛戴。萬曆二十六年（1598）湯顯祖棄官回臨川隱居。詩文有《紅泉逸草》、《問棘郵草》、《玉茗堂全集》、《玉茗堂尺牘》等，戲曲傳奇有《紫蕭記》、《邯鄲記》、《紫釵記》、《牡丹亭》、《南柯記》等五種傳奇，後四種合稱「臨川四夢」或「玉

茗堂四夢」，有崑曲中皆有折子戲流存，《牡丹亭》經整理改編後有崑曲全本上演。

王九思（1468～1551年），字敬夫，號渼陂，晚年別號碧山翁。鄠縣（今陝西戶縣）人，為「關中十才子」，「前七子」之一。弘治九年（1496）進士，授翰林院檢討，遞補為吏部員外即事。他熱心戲曲，自組家班，組臺到處演出。曾著《碧山樂府序》，記載吟唱古秦腔之事。王九思作有著名雜劇兩種，一為《中山狼院本》，寫中山狼忘恩負義，遭人唾棄之事，開明清單折雜劇之先河。一為《杜子美沽酒遊春》，描述詩人杜甫於天寶安史之亂平定之後，重返長安古都，泛舟曲江、釣魚臺，追懷往昔，無限傷感。且典當衣物沽酒，以寄孤憤。

康海（1475～1540年），字德涵，號對山。武功（今陝西西安西北）人。弘治十五年（1502）狀元，任翰林院修撰。為「前七子」之一。作有描述戰國時期中山國人獸故事的雜劇《東郭先生誤救中山狼》與《王蘭卿貞烈傳》，此戲根據當時秦地著名藝人王蘭卿和張附翱的真摯愛情故事寫成。另作有散曲《沜東樂府》，詩文集《對山集》，筆記小說《納涼餘興》、《春遊餘錄》、《即景全錄》等。他除了編劇著文，繪製秦腔臉譜。還擅長彈奏琵琶，人稱「琵琶聖手」，並在民間秦聲基礎之上創立「康王腔」。康海廣集樂工，家蓄藝僮，自建家班，組織秋神報賽，積極推進民間戲曲活動。晚年被稱譽為「絕藝」。

胡瓚宗（1480～1560年），字孝思，號可泉。鞏昌府秦州（今甘肅秦安）人。正德三年（1508）進士，特授翰林院檢討。歷任山東布政使司左參政、河南巡撫右副都御史等職。他一生辛勤寫作，著述甚豐，創作以詩文為主。著有《鳥鼠山人集》、《擬涯翁擬古樂府》、《願學編》、《鞏郡記》、《禮儀集注》、《春秋集傳》、《讀子錄》等。

金鑾（1506～1595年），一生不求功名，以布衣終身。字在衡，號白嶼，隴西（今甘肅東南）人。萬曆年間僑寓南京。通音律。善作散曲。錢謙益在《列朝詩集》中評述他「詩不操秦聲，風流宛轉，得江左清華之致。」曾作詩今存213首，存散曲計小令134首，套數24首。其散曲成就在詩之上。何良俊在《曲論》中評價：「南都自徐髯仙後，惟金仕衡鑾最為知音，善填詞。其嘲調小曲極妙，每誦一篇，令人絕倒。」王世貞亦云：其作「頗為當家，為北里所貴。」今存有《徙倚軒集》、《蕭爽齋樂府》、《金白嶼集》等。

葉憲祖（1566～1641年）明代戲曲作家。字美度，相攸，號六桐，桐柏，

槲園外史，槲園居士，紫金道人，浙江餘姚人。生於明嘉靖四十五年，卒於崇禎十四年。萬曆四十七年（1619）進士，授新會知縣，歷官大理寺評事、工部主事，因不肯趨附魏忠賢而被罷官。崇禎三年（1630）起復，補南京刑部主事，出守順慶，升辰沅備兵副使，轉四川參政，改廣西按察使。詩文有《白雲初稿》、《白雲續集》、《青錦園集》、《青錦園續集》、《蜀遊草》、《大易玉匙》等，戲曲有傳奇六種，雜劇二十四種，今存傳奇兩種，雜劇九種，其中《寶劍記》、《金鎖記》傳奇有崑曲中皆有折子戲流存。

汪廷訥，字昌朝（一作昌朝），號無如，無為，坐隱，無無居士，坐隱先生，全一眞人，松蘿道人，清癡叟等，今安徽休寧人。生卒年不可考。萬曆時任鹽運使，後遭貶任寧波府同知，天啟時任長汀縣丞，後辭去官職，歸家隱居。萬曆三十六年，湯顯祖爲汪廷訥的《飛魚記》傳奇作序。另與李贄、陳繼儒、王稚登、方於魯等相交甚密。生性恢諧幽默，酷信釋道，雅好靜坐。詩詞曲皆善，著有《環翠堂集》三十卷，另有《人鏡陽秋》、《文壇烈俎》、《華袞集》《無如子正續贅言》等。作有傳奇十六種，合稱《環翠堂樂府》，今存七種，另有雜劇九種，今存《廣陵月》一種。其中《獅吼記》傳奇在崑曲中有折子戲流存。

沈鯨，字涅川，塗川，浙江平湖人。生平事蹟不詳。作有《雙珠記》、《男鞋記》、《鮫綃記》、《青瑣記》等四種傳奇，其中《雙珠記》、《鮫綃記》在崑曲中有折子戲流存。

許自昌，字玄祐，號高陽生，別署梅花墅、梅花主人。吳縣（今屬江蘇）。生卒年不詳，約萬曆中後期在世，與陳繼儒、鍾惺相交。作有傳奇《水滸傳》、《橘浦記》、《靈犀佩》、《報主記》、《弄珠樓》、《臨潼會》、《百花亭》等七種，今存前二種。又改編汪廷訥的《種玉記》和許三階的《節俠記》傳奇，今皆存。另著有散曲數首，《樗齋詩鈔》四卷、《樗齋漫錄》十二卷、《捧腹編》十卷。

史槃（1531～1630 年），字叔考，會稽（今浙江紹興）人。生於明嘉靖十年，卒於崇禎三年。與王驥德同爲徐渭門人，擅繪畫，工詞曲。戲曲有雜劇《蘇臺奇遘》、《三卜眞狀元》、《清涼扇餘》三種，傳奇《櫻桃記》、《鶼釵記》、《吐絨記》（又名《唾紅記》）、《夢磊記》、《合紗記》、《忠孝記》、《檀扇記》、《青蟬記》、《彎甌記》、《瓊花記》、《雙駕記》、《朱履記》、《雙梅記》、《梵書記》、《雙串記》等十五種，今存《櫻桃記》、《鶼釵記》、《吐絨記》三種。《合紗記》、《忠孝記》有殘齣，另《夢磊記》有馮夢龍改編本。

馮夢龍（1574～1644年），字猶龍、子猶、耳猶，號龍子猶、墨憨齋主人、顧曲散人、詞奴、綠天館主人等，長洲（今屬蘇州）人。生於明萬曆二年，卒於明崇禎十七年。早年便才華出眾，與兄夢桂、弟夢熊被時人稱爲「吳下三馮」。但仕途不得志，屢試不第，直至崇禎三年（1630）才爲貢生，授丹徒縣訓導，七年（1634）升任福建壽寧知縣。四年任滿，歸隱鄉里。一生注重戲曲、小說、民歌等通俗文學的創作、編集工作，曾編訂話本小說集《喻世明言》、《警世通言》、《醒世恒言》，通稱「三言」。還編有民歌集《掛枝兒》、《山歌》以及《太平廣記鈔》、《古今譚概》、《智囊》、《情史》等，增補《新平妖傳》《新列國志》。戲曲有傳奇《雙雄記》、《萬事足》，並改編前人傳奇十多種，通稱《墨憨齋定本傳奇》，另編有《墨憨齋詞譜》。詩文有《七樂齋詩稿》、《中興偉略》等。

吳世美，字叔華，號多口洞天，浙江烏程（今吳興）人生平事蹟不詳。作有《驚鴻記》傳奇，崑曲折子戲《吟詩脫靴》（也稱《太白醉寫》）即出自《驚鴻記》。

王玉峰，字號未詳，江蘇江（今屬上海市）人。生平事蹟不詳。作有傳奇《焚香記》、《羊觚記》兩種。今存《焚香記》崑曲折子戲《勾證》、《回生》、《陽告》、《陰告》皆出自《焚香記》。

徐霖（1462～1538年），字子仁，號髯仙，快園叟，九峰道人江蘇華亭（今上海市松江）人，後遷居上元（今江蘇南京）。生於明天順六年（1462），卒於嘉靖十七（1538）。自幼聰慧，有奇童之稱。工書畫，善詞曲，通音律，明武宗南巡時，受教坊奉鸞臧賢的推薦，爲武帝作曲，備受寵幸，武帝嘗兩幸其家。曾於南京武定橋東築快園，命伶童侍女演戲自娛，並結交四方名士，與吳中四家中的沈周、文徵明、祝允明及散曲作家陳鐸、陳沂等相交甚密。曾與陳鐸並稱爲「曲壇祭酒」，作有傳奇八種，今存《繡襦記》一種，在崑曲中有折子戲流存。

徐元，字叔回，浙江錢壙（今杭州）人。生平事蹟不詳。作有《八義記》傳奇，在崑曲中有折子戲流存。

周朝俊，字夷玉，儀玉，又《萬錦清音》選《紅梅記·鬼辯》一齣，題周公美撰，故分美似也爲其字，浙江鄞縣人。諸生，少有才，善詞曲，作有傳奇十餘種，僅存《紅梅記》一種。崑曲折子戲《脫阱》、《鬼辯》、《算命》等皆出自《紅梅記》，新編崑曲《李慧娘》亦據《紅梅記》改編而成。

鄭國軒，自署浙郡逸士。生平事蹟不可考。作有傳奇《牡丹記》、《劉漢卿白蛇記》，後者被後人改編成《鸞釵記》傳奇，在崑曲中有折子戲流存。

王麥，字劍池，浙江錢塘（今杭州）人。生平事蹟不可考。作有《春蕪記》、《雙緣記》傳奇，並將南戲《教子尋親》、《破窯記》分別改編成《尋親記》、《彩樓記》，《尋親記》，《彩樓記》在崑曲中皆有折子戲流存。

謝弘儀，字簡之，號寤雲，會稽（今浙江紹興）人。生卒年不詳。以中丞出鎮奧東。作有《蝴蝶夢》傳奇，在崑曲中尚有折子戲流存。

禹航更生子，又作禹航更生氏，疑即庾庚，定生子，浙江杭州人。作有《雙紅記》，在崑曲中有《攝盒》、《謁見》、《猜謎》、《擊犬》、《盜綃》、《青門》等折子戲流存。

吳炳（1595～1647 年）又名壽元，字可先，石渠，號粲花主人，江蘇宜興人。生於明萬曆二十三年（1595），卒於清順治四年（1647）。出身世宦之家，自幼聰慧好學，十二、三歲時，便能填詞作曲。萬曆四十三年（1615）中舉，萬曆四十七年（1619）進士及第，授湖北蒲圻知縣。天啟四年（1624）調任刑部主事，崇禎七年（1634）重新起用，先後任兩浙鹽運司、南京留都戶部、江西吉安知府、湖西道督學通省等職。清兵入關後，先後在南明的福王、唐王、桂王政權中任兵部右侍郎、戶部尚書兼東閣大學士等職。清順治三年（1646）十二月，清兵南下，逼近武岡，吳炳護送太子到城步，被清兵俘獲，送至衡州，拒絕投降，絕食十餘日而死。作有傳奇《綠牡丹》、《畫中人》、《西園記》、《療妒羹》、《情郵記》，合稱「粲花齋五種曲」或「粲花別墅五種曲」。

袁于令（1592～1670 年）明末清初戲曲作家。原名晉，後改名於令，字令昭韞玉，號鳧公，籜庵，白賓，幔亭仙史，幔亭歌峰者，吉衣道人等，江蘇吳縣人。生於明萬曆二十年（1592），卒於清康熙九年（1670）。明末膺歲貢，入國子監讀書。清兵入關後即降清，任工虞衡司主事、營繕司員外郎等職，曾為蘇州士紳代寫降表進呈，因此升任荊州知府。清順治十年（1653）因得罪上司遭罷官。晚年僑居會稽（今浙江紹興）。一生交遊甚廣，曾從葉憲祖學曲，與馮夢龍、祁彪佳、沈自晉、卓人月、吳偉業、洪昇、李玉等戲曲家交往甚密。作有傳奇九種，合稱「劍嘯閣傳奇」，今存傳奇《西樓記》與雜劇《雙鶯傳》。

姚子翼，明末清初戲曲作家。字襄侯，號仁山，秀水（今浙江嘉興）人。

生平事不詳。作有《祥麟現》、《遍地錦》、《上林春》、《白玉堂》等四種傳奇，今存前三種。其中《祥麟現》在崑曲中尚有《觀陣》、《探營》、《破陣》、《產子》等折子戲上演。

　　清朝亦有眾多漢族劇作家與戲劇家活動家。如阮大鋮（約 1587～1646年），字集之，號圓海，石巢，百子山樵，安徽懷寧人。約生於明萬曆四十四年（1616）進士任戶科給事中，後依附魏忠賢，歷任吏科都給事中、太常少卿、光祿寺卿。清兵入關後，他勾結鳳陽總督馬士英在南京擁立福王，任兵部侍郎，第二年晉升兵部尚書。得志後便起用閹黨餘孽，對東林、復社文人大肆報復。清兵渡江南下後即降清，隨清軍從浙江進兵福建，行至仙霞嶺，墜馬而死。阮大鋮作有傳奇十一種，現存《燕子箋》、《春燈謎》、《牟尼合》、《雙金榜》等四種，合稱《石巢四種》。其中《燕子箋》在崑曲中有折子戲流存。

　　洪昇（1645～1704 年），字思，號稗畦，稗村，南屏樵者，錢塘（今浙江杭州）人。出身世宦之家，高祖洪椿任明都察院右都御史，父洪起鮫在清初也曾出仕，母親黃氏是大學士黃機之女。家裏藏書甚富，洪昇受書香家風的薰陶，童年便能作詩。後又從毛先舒學習，毛先舒是音韻學家，對戲曲音韻頗有研究，著有《南曲入聲客問》，這對洪昇從事戲曲創作有很大影響。清康熙七年（1688），洪昇赴京入國子監肄業，次年秋返回杭州。不久，因旁人離間，與父母關係惡化，被迫與父母分居，從此失去了優裕的生活條件，逐漸貧困。康熙十三年（1674），為生活所迫，再次入京，在京期間，備受坎坷，為了謀生，以致賣文度日。康熙二十八年（1689），因「國喪」期間演出《長生殿》，洪昇被革除國子監生，第二年便攜家眷返回杭州。康熙四十年（1703）春末，洪昇應江南提督張雲翼之邀，前往松江，被奉為上賓，設筵上演《長生殿》。江寧織造曹寅聽說後，也邀洪昇來寧，集南北名流，在織造府共觀《長生殿》，連演三晝夜，一時傳為盛事。不久，洪昇自寧回杭，途經烏墩，酒後登舟，墮水而死。洪昇一生著述甚富，詩詞有《嘯月樓集》、《稗畦集》、《稗畦續集》、《詩騷韻注》、《四嬋娟室塡詞》、《嘯月樓詞》等，戲曲有傳奇《長生殿》、《回龍記》、《錦繡圖》、《鬧高唐》、《節孝坊》、《天涯淚》、《青衫濕》、《長虹橋》等十種，雜劇《四嬋娟》、《迴文錦》，今僅存《長生殿》傳奇與《四嬋娟》雜劇，《長生殿》為崑曲中的傳統劇目，三百年來一直盛演不衰。

　　朱雲從，字際飛，雯勛，江蘇吳縣人。生平事蹟不詳。作有傳奇《一笑緣》、《二龍山》、《人面虎》、《照膽鏡》、《齊眉案》、《龍燈賺》、《小蓬萊》、《石

點頭》、《赤龍鬚》、《別有天》、《兩乘龍》、《兒孫福》、《萬壽鼎》、《靈犀鏡》等十四種。其中《兒孫福》在崑曲中尚有《別弟》、《報喜》、《宴會》、《勢僧》、《福圓》、《下山》等折子戲流存。

范希哲，自署四願居士，看松主人，秋堂和尚，西湖素岷主人，魚籃道人，燕客退拙子，小齋主人，不解解人，錢塘（今浙江杭州）人。生平事蹟不詳。他與李漁相交甚密。作有傳奇《萬全記》、《雙錘記》、《十醋記》、《雁翎甲》、《魚籃記》、《四元記》、《補天記》、《雙瑞記》等八種，崑曲折子戲《盜甲》即出自《雁翎甲》。

張照（1691～1745 年）初名默，字得天，長卿，號涇南天瓶居士，江蘇華亭（今上海市松江）人。康熙四十八年（1709）進士，官到刑部尚書。工於書法，精通曲律，乾隆時與允祿一起主持續修《律呂正義》。作有《勸善金科》、《昇平寶筏》、《月令承應》、《法宮雅奏》、《九九大慶》等宮廷大戲。崑曲折子戲《思凡》、《下山》即出自《勸善金科》。

唐英（1682～約 1755 年），字俊公、雋公、號叔子，晚年號蝸寄老人，奉天（今遼寧瀋陽）人，漢軍正黃旗人。十六歲時供奉內廷，官內務府員外郎，直養心殿。雍正六年（1782）任駐景德鎮瓷廠協理官。乾隆四年（1739）調任九江關監督，仍掌管窯務。乾隆十四年（1749）移任粵海關，任滿又回九江任原職。唐英所督造之瓷器極為精緻，當時有「唐窯」之稱。作有戲曲十七種，合稱《古柏堂傳奇》，其中有一些是根據地方戲改編而成的，《十字坡》、《打店》為崑曲中的傳統劇目。

楊觀潮（1710～1788 年），字宏度，號笠湖，江蘇金匱（今無錫）人。自幼聰穎，少時即有文名。乾隆元年（1736）中舉，入實錄館供職。期滿後，出任地方官，先後在山西、河南、四川等地任縣令、知州等官職。在任職期間，正直清廉，關心民間疾苦，頗有政聲。在四川邛州任知府時，在卓文君妝樓舊址修建一座「吟風閣」，邀詠其間，並召藝人演戲助興，因命其所作雜劇為《吟風閣雜劇》。楊觀潮博學多藝，著述甚富，除《吟風閣雜劇》外，還作有《周禮指掌》、《左鑒》、《易象舉隅》、《家語貫珠》、《心經指月》、《金剛寶筏》、《吟風閣詩鈔》、《吟風閣詞鈔》等，崑曲折子戲即出自《吟風閣雜劇》中《寇萊公思親罷宴》一折。

王筠（1749～1832 年），清代中葉著名女詩人兼劇作家，長安（今陝西西安市）人。字松坪，號綠窗女史。出生於書香門第。在官至翰林院翰林父親

王元常的培育下，十三、四歲時就能吟詩塡詞與譜曲。現存詩詞二百餘首，結集爲《槐慶堂集》，作有傳奇三部，即《繁華夢》、《全福記》、《會仙記》。《繁華夢》寫妙齡少女王夢麟遊園作夢，變爲一個美男子，享盡榮華富貴，夢醒色空，被麻姑點化爲仙。其父爲此作序云：「每以身列巾幗爲恨，因撰《繁華夢》一劇，以自抒其胸臆。」《會仙記》爲此劇之後續姊妹篇。《全福記》則寫文彥作爲才女的叱咤風雲的一生，也在形象地寄託作者的美好理想。

李桐軒（1860～1932 年），名良才，字桐軒，號蓮舌居士，陝西蒲城人。清末貢生，同盟會會員。歷任陝西省咨政局副議長、省政府顧問等職。1912 年與孫仁玉在西安共同創辦陝西易俗伶學社。創作編演秦腔劇目 30 餘種。其中較有代表性的如《戴寶珊》、《一字獄》等，並撰寫研究秦腔傳統劇目的學術專著《甄別舊戲草》。

孫仁玉（1872～1934 年），名瑗，字仁玉。陝西臨潼人。易俗社創始人之一。歷任陝西省修史局修撰、易俗社社長等職。一生編創大小劇作 160 餘種。如《櫃中緣》、《三回頭》、《將相和》、《鎮臺念書》、《看女》、《白先生看病》等，都是二十世紀盛演不衰的優秀劇目。

范紫東（1878～1954 年），名凝績，字紫東。陝西乾縣人。出身於書香門第，光緒二十九年（1903）入陝西三原宏道高等學堂學習。歷任易俗社編輯、武功縣知事、西安文史館館長等職。一生編創各種劇作 70 餘部。彙輯爲《待雨樓戲曲集》，內收其代表作如《軟玉屛》，寫白妙香女扮男裝赴京應試，及第狀元後，明察暗訪，清理數椿冤案，爲奴婢伸張正義。所作大型秦腔《三滴血》通過知縣晉信書的迷信書本，滴血認親，造成幾家父子分離、夫妻離散的人生悲劇。數十年演出不斷，享譽神州，堪稱戲曲經典。

高培支（1881～1960 年），名樹基，字培支，號悟皆。陝西富平人。清末拔貢。畢業於陝西三原宏道高等學堂，歷任陝西省圖書館館長、易俗社編輯主任、評議長、社長，編寫劇本 40 餘部，以家庭戲和社會戲文明於世，較有影響的劇目如《奪錦樓》、《人月圓》、《鴉片戰紀》等。

吳宓（1894～1978 年），原名玉衡，又名陀曼。字雨僧。陝西涇陽人。光緒三十四年（1908）入清華學堂。後赴美留學，就讀哈佛大學。回國後在東南大學、東北大學、四川大學、清華研究院等地任教。有《吳宓詩集》行世。創辦《陝西雜誌》，擔任《學衡》主編。作傳奇《陝西夢》，另根據美國郎法羅長詩《紅豆怨史》改編戲文《滄桑豔》。

二、古代少數民族劇作家與戲劇文學作品

昔日忽略不計，後來陸續被專家學者所考證鈎沈的史料中，有許多古代少數民族戲劇家與樂舞曲藝作家，對他們的重新記載與正確認識，非常有助於對中華民族戲劇藝術史學的研究與相關志論著述編撰。

不忽木（1255～1300 年）亦作不忽麻、不忽卜，又作博果密，名時用，字用臣，號靜得，西域康里部（古代高車國）人。幼時給事東宮，師奉太子贊善王恂，國子祭酒許衡，歷任提刑按察使、參議中書省事、吏工刑部尚書等職。元世祖至元二十七年（1290）拜翰林學士承旨知制誥，兼修國史，二十八年欲用為相，固辭，改任平章政事，成宗元貞二年（1296）拜昭文館大學士，平章軍同事，大德二年（1298）特命行御史中承事，在官以剛直聞，大德四年病卒，贈魯國公，諡文貞。《元史》有傳，遺詩收於《元詩選》癸集。《全元散曲》錄存其散曲作品套數《辭朝》一套。不忽木身為朝廷重臣，而在十四支曲子組成的長套中反覆詠歎「寧可身臥糟丘，賽強如命懸君手」的林泉之樂，體現了「閒雲出岫」的平淡閒遠本色。

奧敦周卿，女眞人。漢譯又作奧屯，名希魯，字周卿，號竹庵。山東淄州（今山東境內）人。元世祖至元初為懷孟路判官，歷任河南憲僉，江西憲副，江東憲使，官至侍御史。著有《奧屯提刑樂府》二卷。《錄鬼簿》，《太和正音譜》均列其名。事蹟見俞德鄰為其樂府所作序。

郝天挺，生於太宗十三年（1241），字繼先，號新庵。原出於朵魯別族，家居肅州。其父和尚曾官河東行省五路軍民萬戶。天挺曾受業於元好問，以助臣之子為元世祖召見，備宿衛春宮，後累官中書左丞。仁宗元年（1311），以有定策之功，召拜御史中丞、河南行省平章政事。皇慶二年（1313）卒，追封冀國公，諡文定，曾修《雲南實錄》，注《唐詩鼓吹》，傳見《元史》卷一七四。《錄鬼簿》列於「方今名公」，《太和正音譜》列於「詞林英傑」150人之中。然其散曲作品，今皆不存。

劉庭信，原名廷玉。孫楷第先生認為其祖父乃元名將劉園傑，出於女眞烏古倫氏，入中州後方以劉為姓，家於益都（今屬山東）。因排行第五，且身長而黑，故人稱「黑劉五舍」。常年混跡於歌樓舞女之中，風晨月夕，唯以填詞為事。《全元散曲》錄存其小令三十九首，套數七套。題材多為市井妓女的閨情、閨怨。《青樓集》「般般醜」條稱其曲「信口成句，而街市俚近之談，變用新奇，能道人所不能道者」。

　　薛昂夫，(1273～1350年) 西域胡人。蒙古名超吾，又名薛超兀兒，字昂夫，九皐，漢姓馬，故又稱馬昂夫、司馬昂夫、馬九皐，實即一人。先世內徙懷孟路 (治所在今河南沁陽)，祖、父輩均仕元，封覃國公。昂夫青年時拜漢人劉辰翁爲師。元成宗大德間 (1297～1307) 任江西行中書省令史。文宗至順後歷任太平路，衢州路，建德路總管。七十五歲左右，歸隱杭州皐亭山一帶終老。昂夫善篆書，有詩名，著有《薛昂夫詩集》，即《九皐詩集》，今佚。亦功散曲。《全元散曲》留存其小令六十五首，套數三套，風格豪邁雄健，嬉笑怒罵，冷嘲熱諷，無不成曲。格調也有獨創之處。明・朱權曾將馬昂夫、馬九皐、薛昂夫說作三人，分別評爲「如雪窗翠竹」、「秋蘭獨茂」、「松陰鶴鳴」。

　　貫雲石，(1286～1324年) 回鶻 (今維吾爾族) 人。原名小雲石海涯，字浮岑，號酸齋，疏仙，石屛。元開國元勳阿里海涯之孫。父名貫只哥，遂以貫爲氏。祖籍北庭 (今新疆吉木莎爾) 幼時曾襲父職，任兩淮萬戶達，魯花赤，後讓爵於弟。仁宗朝，拜翰林侍讀學士中奉大夫，知制誥，同修國史。不久稱疾辭仕，移居江南，隱於杭州一帶，賣藥於錢塘，詭姓名，易冠服，無人識之，因自封蘆花道人。年三十九卒，追封京兆郡公，諡文靖。《元史》有傳。歐陽玄爲之作《貫雲神道碑》。貫雲石曾從姚燧學。善書法，能詩文，著有《直解孝經》一卷 (今存至大元年新刊全相白話本) 及文集若干卷。尤以散曲知名，曾爲《陽春白雪》、《小山樂府》作序，今人任訥將其散曲與徐再思 (號甜齋) 作品合爲《酸甜樂府》，得小令八十六首，套數九套，多寫閒適生活，兒女風情，風格奔放。明・朱權評之爲「如天馬脫羈」，元・楊維禎稱他爲「一代詞伯」之一。今人楊廉、胥惠民、張玉聲廣爲搜集考校，著有《貫雲石評傳》，《貫雲石作品輯注》。

　　阿魯威，字叔重，一作叔仲，號東泉，蒙古族，漢譯又作阿魯灰、阿魯翬。時人多以「魯東全」稱之。元延祐間官延平路總管，至治間官泉州路總管，泰定間任翰林侍講學士，曾譯《世祖聖訓》、《資治通鑒》。爲泰定常帝講說，致和元年 (1328年) 官同經筵事，是年掛冠南遊，家於杭州，爲李昱聘爲西賓，與張雨等相交。元統至元二年 (1336) 因平江路總管道重案坐罪，案明怨申，仍閒居杭州，後卒。《全元散曲》錄存小令十九首多寫不羨功名，老居林下，歸隱不仕的心境，創作情感，深沉質樸，格調高華雅麗。明・朱權評之爲「如鶴唳青霄」，現存阿魯威的散曲有十九首，計《蟾宮曲》十六首、

《湘妃怨》二首、《壽陽曲》一首，《蟾宮曲》前九首以楚辭九歌品成，如《湘君》。

李伯瞻，名玘，號熙怡，又作薛徹千，其先姓於彌氏，世爲西夏國王，唐末賜姓李。李伯瞻乃元初名臣李恒之孫，與虞集、阿魯威和吳澄等同侍講御前，泰定間官翰林學士，階中議大夫，天曆間歸省龍興，回都後任兵部侍郎，善書畫，能詞曲。《太和正音譜》列於「詞林英傑」中，現存留小令七首，多寫對歸隱生活的嚮往，體現淡泊情懷，風格清麗淡遠，今人孫楷第《元曲家考略》對其家世和經歷考證頗深。

石君寶，平陽（今山西臨汾人），孫楷第《元曲家考略》認爲其就是女眞族人石盞德玉，字君寶，號共瓯老人，本是遼寧蓋州人，後徙平陽。石君寶性至孝，曾從軍，官至武德將軍，世祖至元十三年（1276）去世，享年85歲。《錄鬼簿》著錄於「前輩已死名公才人」之列。作雜劇10餘種，今存《秋胡戲妻》、《曲江池》、《柴雲庭》3種。其餘《秋香怨》《金錢記》《哭周瑜》《歲寒三友》《雪香亭》等七種已佚。《太和正音譜》評其次「如羅浮梅雪」，賈仲明換詞稱他「佳句美」及「共吳昌齡麼末相齊」。

石君寶所作《秋胡戲妻》4折，旦本，劇本寫秋胡與梅英成婚三日便被勾去充軍，一別十載，回到家鄉已與梅英各不相認，園中戲妻，遭到梅英言詞拒絕，後知其爲自己丈夫，便索要休書，經婆母以死相勸，才夫妻重歸言好。此劇屬元代前期作品，本事出自劉向《烈女傳》，唐有《秋胡變文》。《曲江池》全名《李亞仙花酒曲江池》，《錄鬼簿》、《太和正音譜》等錄此劇四折一楔子。《曲江池》，旦本，劇寫洛陽府尹鄭公弼之子鄭元和，奉父命進京趕考，途徑長安遇李亞仙，被貌美的李亞仙所傾倒，後因銀兩用盡被鴇母趕出妓院，落魄潦倒中。李亞仙挺身而出，並幫助其苦功詩書而一舉成名的故事。本事出於唐·白行簡的傳奇《李娃傳》。元·高文秀有同題材雜劇《鄭元和風雪打瓦罐》。《紫雲庭》全名《諸宮調風月紫月亭》。《錄鬼簿》、《太和正音譜》均著錄，此劇4折，旦本，劇寫宦門子弟靈春馬與女藝人韓楚蘭相愛，卻被韓母拆散，後二人不顧門第身份私奔而去。劇作描寫藝人的演出生活及其處境比較眞切。

李直夫，德興（今河北涿鹿）人，女眞族，原姓蒲察，人稱其「蒲察李直」，約於元大德六年至八年（1302～1304）官湖南素政廉訪使。《元史》有傳，生於元至元六年（1269），卒於元至治二年（1322），享年五十許，歷世

祖、成宗、武宗、仁宗和英宗五朝。《錄鬼簿》於其名下著錄雜劇 11 種，《太和正音譜》著錄爲 12 種，僅《虎頭牌》現存全劇。《伯道棄子》存佚文，見《元人雜劇鈞況》。其餘《火燒襖廟》、《念奴教樂》、《水淹藍橋》、《占斷風關》、《壞盡風光》、《怕媳婦》、《卻丈夫》、《錯立身》、《鄭莊公》、《夕陽樓》等十種已失。明‧朱權謂其詞「如梅邊月影」，賈仲明評其詞曰「秀氣」。

　　《虎頭牌》全劇 4 折，末本，明‧何良俊《曲論》云：「《虎頭牌》是武元皇帝（即金太祖完顏阿骨打）事。」此劇或將其父、叔事糅合詮釋而成。其父和叔事俱見《金史》。劇寫鎮守要道夾山口子的女眞人金牌上千戶山壽馬，山壽馬幼年失去父母，由其叔嬸銀住馬夫妻撫養長大。一日，銀住馬夫妻看望山壽馬，正值朝廷提升山壽馬爲兵馬大元帥，並敕賜虎符金牌，許其先斬後聞，文命將原有素金牌送於手下游泳之人接替，把守夾山口子。後銀住馬得此金牌卻因貪酒失手，山壽馬聞之將其重責後，又帶妻牽羊擔酒登門謝罪，並說明原委，叔侄和好如初。日本學者青木正兒評論：「李直夫是女眞人，故事是女眞事，這也能動人好奇的興味，曲辭在俚直之中，活躍著淳樸的女眞人的面目，有令人難捨難棄之感，是元曲之一異味。」李直夫所用女眞族曲牌，以其獨有的樂曲風格，對明人製曲選產生了很大影響，如明‧賈仲明《金安壽》雜劇第四折〔雙調〕，都用女眞族曲牌；明‧朱有燉《煙花夢》第四折亦是以【雙調】納入這些曲牌。

　　阿里西瑛，回族人，名木八剌，字西瑛，時人又稱里西瑛，或以漢姓「李」稱之，元代散曲家阿里耀卿之子。善吹篳篥。元至治、泰定以後，流寓蘇州，有居號懶雲窩，在城東北隅，距天如禪師獅子林半里許。貫雲石、喬吉、衛立中，吳西逸皆與之有和曲。《全元散曲》錄存其小令四首，多寫隱居「懶雲窩」中生活，風格流暢自然。事蹟散見《輟耕錄》，《農田餘話》等書。

　　王元鼎，生卒年不祥，孫楷第先生《元曲家考略》認爲元鼎爲西域人，應姓玉，王爲誤稱。元散曲家。天一閣本《錄鬼簿》列其於「前輩名公樂章傳於世者」。曾任翰林學士，其時約在元至治，泰定年間（1321～1327）。與著名雜劇女演員順時秀交密，有詩相贈，並曾殺所騎千金五花馬，取腸以供病中之順時秀，一時傳爲佳話。又與著名雜劇作家楊顯之交往。散曲現存小令七首，套數二套。

　　孛羅御史，蒙古人，初係山北遼陽等路蒙古軍萬戶，元延祐三年（1316）春，爲周王常侍，天曆二年（1329）爲御史大夫，後因宮廷權力之爭，被逼

辭職，最終被誅，所作散曲僅存套數《辭官》一套，體現出他身處統治者內部殘酷爭鬥中的不平心境。《全元散曲》作者小傳疑他為《新元史·拖雷傳》中之孛羅，但其人為世祖近臣，官至樞密副使，至大間封澤國公，而從《辭官》一曲來看，此說似不正確。

阿里耀卿，西域回族人，《朝野新聲太華樂府》稱之為「學士」，元名曲家阿里西瑛之父，《全元散曲》收其小令一首。

蘭楚芳，「蘭」又作藍，元末明初西域人，《錄鬼簿續編》有傳，稱他曾為「江公元帥，豐神英秀，才思敏捷，劉廷信在武昌庚和樂章，人多以元、自擬之。」《太和正音譜》列蘭楚芳於「國（明）朝一十六人」之中，評其曲「如秋風桂子」。《全明散曲》輯錄其小令八首，套數三套，又復出小令九首，套數二套，多為風情之作。他善以平易戲謔的筆調描寫男女豔情，如小令【四塊玉·風情】、套數【粉蝶兒·思情】以及《贈妓》，都寫得直露樸訥，諧趣橫生。

孟昉，字天暐，西域回族人，祖籍太原（今屬山西），寓居北京，元延祐間為冑監生，歷任皐司憲部掾摳府、中書西曹國子監主薄；至正十三年為翰林侍制，後歷官江浙，江淮兵亂之後，歸隱鏡湖（今浙江紹興會稽山北麓）與張光弼多有應和，能曲、能詩、能文，所著《孟侍制文集》已不傳，由陳基《孟侍制文集序》中可見其文。孟昉在元末頗有盛譽，宋綱《燕石集》卷一五《跋孟天暐擬古卷後》對其有詳盡記載。

薩都剌，字天錫，號直齋，生年有 1300、1308、1272 之說，先世是西域回回人答失蠻氏，祖父薩拉布哈（一作思蘭不花），父親阿魯赤（一作傲拉奇），以武功起家，累著功勞，被元世祖忽必烈賞識，奉命鎮守晉北大同路至代州一帶。薩都剌出生在河東山西道冀寧路（前太原路）所屬代州之雁門（今山西代縣西北），因而被視為「雁門人」。他的詩集，也被命名為《雁門集》。薩都剌做官清廉，秉公處事，耿直不阿，關心民間疾苦，勇於扶貧濟危，不遺餘力地為他們排難解紛。他的詩無論數量還是質量，在元代詩壇上都是相當突出的。其詩多反映社會現實，其中宮詞、竹枝詞尤為時人所稱，作於文宗天曆二年（1329 年）的《鬻女謠》揭露了驕奢淫逸的統治者不顧人民死活的社會現狀。

薩都剌不僅是古代回回詩人中首屈一指的佼佼者，也是少數民族作家中有傑出成就的詩人之一。至於薩都剌是否有過在元代盛極一時的雜劇和散曲

創作，不得而知。在《全員散曲》中所收的散套《〔南呂〕一枝花》，因《雍熙樂府》輯錄時未記作者之名，還不能完全肯定是否爲薩都剌所作。《全元散曲》僅存套數《妓女蹴鞠》一套，描摹女子踢球的優美神態和高超技巧，前人對薩都剌評價極高，明·朱權評其曲作「如天風環佩」。

存韞齋，清乾隆、嘉慶間人，生平不詳。作有《龍江守歲》雜劇一種。清代少數民族戲曲家，宗室，姓愛新覺羅氏，名，字，不詳，生平待考。僅知爲乾隆（1736～1795）時人。戲曲作品有雜劇《龍江守歲》一種，傳奇一種，均傳於世。

丁野夫，元末明初雜劇作家。生卒年不祥。明初《錄鬼簿續編》載其小傳：「丁野夫，西域人。故元西監生。羨錢塘（今杭州）山水之勝，因而家焉。動作有文，衣冠濟楚。善丹青，小景皆取詩意。套數，小令極多。隱語亦佳。馳名寰海」，所作雜劇計有《俊憨子》、《月夜賞西湖》、《寫畫清風嶺》、《遊賞浙江亭》、《碧梧堂雙鸞棲鳳》五種，均已失傳。丁野夫又見於元人夏文彥《圖繪寶鑒》卷五：「回紇人，畫山水人物，學馬遠，夏珪，筆法頗類。」

楊景賢，又名景言，名暹，後改名訥，號汝帝，是蒙古族第一個著名戲劇家，大約生於元惠宗（托歡鐵木耳）繼位之初（1333 年後），卒於明成組永樂年間（1403～1424 年），自幼隨姐夫楊鎮撫養長大，故從姓楊，與賈仲明相交甚厚。他精通漢文，博學多才，擅長音律辭賦。《錄鬼簿續編》記載他「擅琵琶，好戲謔，樂府出人頭地。」著作雜劇甚多，《錄鬼簿續編》著錄 18 種，其中包括《天台夢》、《生死夫妻》、《玩江樓》、《偶時救駕》、《盜紅綃》、《西湖怨》、《爲富不仁》、《待子瞻》、《田眞泣樹》、《西遊記》、《紅白蜘蛛》、《巫娥女》、《鴛鴦宴》、《海棠亭》、《兩團圓》等，但流傳下來的只有《劉行首》和《西遊記》兩種。

《西遊記》共 6 本 24 齣。第一本包括《之官逢盜》、《逼母棄兒》、《江流認親》、《擒賊雪讎》4 齣。旦本，均由唐僧之母殷氏唱。主要寫唐僧的來歷。西天竺有大藏金經 5408 卷，欲傳東土，命西天昆盧伽尊者託化於中國海州弘農縣陳光蕊家爲子，長大出家爲僧，往西天取經闡教。第二本包括《詔餞西行》、《村姑演說》、《木叉售馬》、《華光署保》4 齣，其中除《村姑演說》爲旦本，村姑唱，其餘均爲末本，有尉遲恭、木叉、華光唱寫唐僧去西天取經，收伏龍馬等事。第三本包括《神佛降孫》、《收孫演說》、《行者除妖》、《鬼母皈依》4 齣，《神佛降孫》金鼎國玉女唱，《鬼女皈依》鬼母唱，爲旦本；《收

孫演咒》山神唱；《行者除妖》劉太公唱，為末本，寫孫悟空來歷，唐僧收孫悟空、沙和尚及孫悟空遇紅孩兒故事。第四本包括《妖豬幻惑》、《海棠傳耗》、《導女還裴》、《細犬擒豬》4齣，其中《細犬擒豬》二郎唱為末本用，其餘均由裴女唱，且本寫豬八戒原為摩利支填補下御車將軍，替藏在黑風洞，自號黑風大王強搶民女海棠，後與孫悟空鬥法，最後遵依二郎神法旨，隨唐僧西天取經。第五本包括《女王逼配》、《迷路問仙》、《鐵扇凶威》、《水部滅火》4齣，其中除《迷路問仙》採藥仙人唱為本末外，其餘為女王，鐵扇公主和電母唱，為旦本，寫唐僧過女人過女人國和火焰山故事。第六本包括《貧婆心印》、《參佛取經》、《送歸東土》、《三藏朝元》4齣，其中除《貧婆心印》貧婆唱，為旦本，其餘為給孤長者、成基、飛仙唱，為本末，寫唐僧取經東歸，師徒均成正果。關於元雜劇西遊故事，還有吳昌齡的《唐三藏西天取經》，僅存殘折；《鬼子母揭缽記》，已佚。南戲《陳光蕊江流和尚》存佚曲。明傳奇陳龍光《唐僧西遊記》（相傳上有夏均正撰《唐僧西遊記》，或即此本），又有佚名《唐僧西遊記》，已佚。清傳奇有張照的《昇平寶筏》，現存；佚名《慈悲願》存殘本。

　　沐仲易，散曲作家，一作木仲毅。西域回族人。元西監生。工於詩，亦工書法，作樂府隱語，能窮其妙。官江浙行省員外郎。元末兵興，隱居松江。見王逢《梧溪集》卷五《謝木仲毅員外過烏涇別業》詩後序。《錄鬼簿續編》小傳云：「公貌偉雋，有自賦《大鼻子》【哨遍】，又有《破布衫》【耍孩兒】，盛行於世。」其作品今不傳。《太和正音譜》評其詞「如洛神凌波」。

　　湯東傑布，（1385～1464年）本名尊追桑布。後藏日吾且（今西藏昂仁）人。藏傳佛教香巴噶舉派喇嘛。他為募捐修建雅魯藏布江上幾十座大型鐵索橋，將當地原有多種民間歌舞說唱，雜戲伎藝和宗教儀式、宗教藝術加以綜合發展，用來編演民間或佛本生故事。經過長期的募捐演出，逐漸形成一種戴白山羊皮面具，以說誦吟唱、歌舞表演和雜技等手段表現完整故事的戲曲演出形式，即藏戲，藏語稱「阿吉拉姆撥葛布」或「阿吉拉姆」，意為仙女大姐白面具戲。傳說是因湯東傑布的劇團為七姐妹班，觀眾稱讚七姐妹的表演有如天界仙女之美而得名。一般認為這是藏戲較完整形式的開端，湯東傑布也被藏戲演員奉為祖師。

　　李誠，（1410～1435年）字彥經，為貴州都指揮司，奉國將軍李政與鎮遠夏國顧之女所生之次子。明代洪武十五年（1382）年起，洪武帝朱元璋為了

國家的統一，爲消滅元末在雲貴的割據勢力，進行了「調北征南」的軍事行動。此時李誠之父李政隨軍入黔，後擢升爲貴州軍事首腦，在李政府中曾蓄養了一個南曲戲班。李政次子李誠，自幼聰慧，由貴州著名詩人，鄉貢進士王誠啓蒙。他五歲能讀詩，八歲知經文大義，十三歲能騎射，出語琅琅不凡又能書法，興趣廣博，尤其是李誠自幼對南曲藝術耳濡目染，青年時期已酷好成習，進而對南曲藝術達到了「罔不悉知」的程度，因而的到其父母並貴州名士的讚賞，稱爲「見其成立」。李誠不幸於明宣德十年（1435）英年早逝。此時年方二十五歲。葬於貴陽市南門外觀風臺上。1955 年，貴州省博物館將其墓誌銘發掘出土，遂使其事蹟昭彰於世。

楊士雲，（1477～1554 年）白族，字從尤，別號宏山，又號九尤眞逸，雲南大理喜州人。明正德年間解元，後中進士，官至給事中監察御史。寫有《詠詩》數十首，其中若干首與邊疆民族樂舞戲劇有關。諸如《律呂》云：「古樂與今樂，木木不相遠。上古聲器樸，後世稍更變。」再如《南詔驃樂》云：「五舞蹮蹮應五歌，試看取象意如何？雍羌十二清商曲，五鐸鏗鏘奏太和。」將南詔國與域外驃國樂舞文化傳入華夏地區與「清商曲」相融合的歷史勾勒得清晰而生動。

李元陽，（1496～1580 年）字仁甫、仁夫，號中谿。太和（今雲南大理）人。明嘉靖五年（1526）進士，授江陰知縣，有政績。擢監察御史，遇事敢言，巡按關中，奸吏望風解綬。官至荊州知府，以丁憂去任，遂里居不出。與楊愼交誼頗厚。有《李中溪全集》，編有《雲南通志》十八卷、《大理府志》十卷。《全明散曲》輯錄其小令二首，皆寫景賞花製作，曲文精美典雅。

吳懋，（1517～1564 年），字德懋，號高河。太和（今雲南大理）人。明嘉靖十九年（1540）舉人，授順慶府通判。四十三年升階州知州，卒於官。懋師事楊愼，與楊士雲、王廷表、胡適祿、張含、李元陽、唐錡同稱「楊門七子」。善詩，有《乘槎集》、《南霞集》、《葉榆檀林志》等。《全明散曲》輯錄其套數一套，寫維揚風光。此曲亦見朱日蕃《射陂蕪城詞》文字僅小有出入。

拉青·祥巴彭措，藏族，生卒年不詳，清康熙十九年（1680）在世。德格藏戲創始人，六代德格土司呷馬松的第三子。兄弟六人，因大哥貢噶降錯是活佛，二哥波龍拍係俗人，故由他繼承父位，爲第七代德格土司。德格土司是清初康巴地區四大土司之一。康熙十六年祥巴彭錯繼位後，制訂了「十

套教法」、「十六套政法」，建立了花教寺廟的十八個經堂。因拉青本人篤信花教，不但在轄區興修花教寺廟，還將原爲紅教的更慶寺，改爲花教。並從西藏的撒嘛寺、俄日寺等延請名僧、發展宗教、自此，德格土司有了家廟，稱爲「德格拉中」（政教合一的機構），還自尊爲第一代法王。

爲了宣揚佛法，拉青・祥巴彭措要求家廟更慶寺的僧徒參加藏戲演出，並規定在念「央勒」經的四十五天中，排練藏戲《哈熱巴》（獅王的故事），《諾桑法王》。藏曆六月三十日，念央勒經佛事活動結束，次日晨，寺廟的僧侶仗隊至城郊柳林，在誦經祈福、祝風調雨順、萬事如意之後，便演出《諾桑法王》。七月初二演出《哈熱巴》。自此，這種演出延爲習俗。拉青本人除組織和主持德格藏戲演出外，據傳，他曾扮演諾桑王一角。拉青・祥巴彭措死於窪布頂，時年六十一歲。

吳通簡，侗族戲師。約於清嘉慶年間生於貴州省黎平縣下皮林。少時，曾在鄉讀過數年私塾，有漢文基礎。成年後年後，在家鄉和獨洞等地教書。他觀賞侗戲《李旦鳳姣》、《梅良玉》後，便積極的學習和傳播侗戲，在教學之餘，教學生演唱侗戲，受到學生和家長的歡迎。爲了豐富侗戲的劇目，他將漢族傳書《白兔記》改編爲侗戲《劉智遠》，在廣泛徵求意見後教學生排練，獲得了成功。從此，吳通簡的名字隨著侗戲《劉智遠》的傳播而蜚聲於侗族地區。在他的影響下，他的學生石玉秀，亦將侗族敘事歌《龍門紹女》改編成同名侗戲劇目。吳通簡、石玉秀師生二人，共同爲侗戲的發展做出了貢獻。

韋保書，布依戲戲師。布依族。清嘉慶年間生於貴州省冊亨縣板壩。清道光九年（1829）組建布依戲保和班，韋保書任班主兼戲師。他天資聰慧，善演武生，拿手戲是《薛仁貴征東》、《薛丁山征西》。其「眼功」精湛，擅長表現人物的複雜內心情感，如韋保書扮演薛丁山，臨戰時，他雙目炯炯，威風逼人，塑造楚這位虎將的藝術形象。爲了發展布依戲，他還培養了不少布依戲演員。爲此，韋保書受到布依族人民的歡迎。

方二，傣族，傣劇改革家（清道光至光緒年間在世）。南甸（今雲南河梁縣）人。當時任干崖土司府文書。方二熟悉傣文，並有一定的漢文水平。南甸與經濟文化比較發達的騰沖縣毗鄰。方二喜愛滇劇，受滇戲的影響較深。他在土司刀安任的支持下，壓縮連臺本戲，使之趨於精鍊。學習滇劇安排角色的方法，少數龍套即象徵千軍萬馬。過去傣劇只唱不念，方二增加了說白，開始建立行當體制。刀安仁敬奉方二爲師長，方二幫助他建立了一個蒙童班，

清光緒九年（1883）刀安仁十一歲時，方二幫助蒙童班排演了傣劇傳說故事劇《阿暖相猛》。他不僅使幼年的刀安仁學習到不少戲劇知識，而且，他的改革精神對刀安仁產生了很大的影響。

楊六練，清康熙年間人。土戲（北路壯劇）第一代藝人。田林縣舊州鄉那度村人。壯族。清乾隆二十八年（1763），赴四川經商返回那度，認為本地班在平地演戲不如四川搭臺演戲有氣派，於是，帶領那度坐唱班加入舊州街的遊院班，組成龍城土戲班。乾隆三十年，在舊州街頭搭了一座兩丈寬的戲臺，首次演出他根據民間傳說改編的新戲《農家寶鐵》，影響較大。各地紛紛來人學戲，田林土戲便正式形成和傳播開來。由於楊六練首創土戲搬上戲臺演出，故後人尊他為「臺師」。

金連凱，清代戲曲作家，滿洲人。宗室，姓愛新覺羅氏，字樂齋，號悟夢子，別署蓮池居士，友月居士。嘉慶道光（1796～1850 年）工於戲曲。所作雜劇《葉海扁舟》一種，另著有《靈臺小補》並傳於世。

黃從善，生卒年不詳。清嘉慶、道光年間人。他為土戲（北路壯劇）第四代藝人。田林縣舊州鄉央白人，壯族。他對土戲唱腔頗有研究。如將【平調】發展提高改名為【正調】成為土戲的主要唱腔。樂伴方面增加樂器另行定調，使原單音部變為正、反線二聲部，使土戲音樂得以較大的豐富與提高。黃從善還將流傳於百色、田林一帶的民歌改編為【卜牙調】，豐富了土戲的唱腔。他為了土戲繼承和發展，曾先後到田林、八渡、平塘和毗鄰的雲南省那良等地傳藝，有較大的影響。八渡戲班曾供奉「黃從善先師之位」牌位以示紀念，故後人稱之為土戲「先師」。

何書文，壯師戲劇作家。約生於清道光年間，卒於民國五年（1916）後，法號何騰雲，來病縣城廂五香村人，壯族。十餘歲受戒為師公，由於他幼讀詩書，曾考取庠生，對文學和流傳民間的故事所知淵博，二十歲起著手編寫師公唱本。代表作有《高彥真》、《翻花》（即《孟姜女》）、《紅燈》、《莊周》、《趙玉林》等，現在民間還流傳兩首他編寫的師公戲的自述「歡」（即民歌）。

貢納楚克，（1832～1866 年），蒙古族，清內蒙古卓索圖盟土默特右旗（今遼寧省北票縣下府鄉）人。他能歌善舞，能寫善畫、經常賦詩唱和，才華橫溢。他所傳世的文藝論著《詩論》中認為要發展少數民族詩歌音樂，一定要與漢民族進行文化交流，以長補短。他認為：「漢文詩其字聲分為平仄上去入，約之以音韻，創作已有理法。凡有一定的理法，蒙古文詩亦可參照漢文史，

變其理法而用之。……如以『阿』起頭的詞，就有『阿里滾』、『阿古拉』、『阿木塔圖』、『阿里墨』等等，用這些詞作詞作句首，便可組成『阿韻』的詩文。」

　　阿拜・庫南巴依，（1845～1904）哈薩克族。是哈薩克族書面文學的奠基人與該族新詩與音樂文學的開拓者。他出生在中亞成吉思汗山區托不泰部落，大自然的風光與游牧民族的生活陶冶了阿拜的詩情樂意。他明確指出：「詩歌與哈薩克人終身爲伴，沒有詩歌生活就失去歡樂；詩歌是語言的皇帝，千萬不要忽視節奏和韻律；他的方向是要讓語言更加精鍊，用詩的清泉澆灌人們的心田。」〔註1〕通過注文可知，阿拜詩中的「阿肯」是指哈薩克族民間歌手；「東布拉」是指哈薩克族歌手的彈撥樂器；「齊勒達哈那」是指給嬰兒洗禮時對唱的歌曲。由此可見這個「馬背上的民族」多麼熱愛生活和民間藝術。

　　黃錫文，（1849～1920年）田東縣江城人，壯族，是江城土戲（屬南路壯劇）第一代藝人，當地稱之爲「祖師」，小時讀過私塾，年輕時愛唱山歌，清光緒三年（1877），天保縣（今廣西德保縣）馬隘戲班到江城演出，更激起他對土戲的熱愛。這一年他召集同輩的黃海新、黃先錦等二十多人組建江城土戲「富貴班」，被推舉爲班主，聘請馬隘藝人來班教戲。學成後，黃錫文帶領富貴班訪馬隘作拜師演出，從此兩地戲班常來常往，交流演出，促進了南路壯劇的繼承和發展。黃錫文還把土戲傳授給富貴班第二代黃槐青、黃槐榜等人。由於他對江城土戲的發展做出的貢獻頗大，至今當地劇團還立有「黃錫文祖師之靈位」以示紀念。

　　李瓜迭，壯族。生於清咸豐年間，逝於民國初年。是靖西縣足院土戲（南路壯劇）創始人，世居靖西縣化峒鄉五權村足院屯。原是提線木偶戲師傅，於清光緒十一年（1885）與木偶戲師傅韋公現組建足院土戲班，在村東搭一簡易戲臺演出，唱詞和念白均用靖西壯話，並吸收木偶戲的【平板】、【歎調】、【平高調】、【採花調】、【喜調】、【詩調】、【哭調】、【寒調】等唱腔。開始因演員不熟練，只能在臺上表演動作，由戲師在後臺代爲唱念，這雖是唱做分家，但觀眾能看到真人表演，仍深受歡迎。李瓜迭的代表劇目有《瑞娘盜令》、《四姐下凡》、《白蛇傳》、《三俠明珠寶劍》等。宣統三年（1911），他傳授第二代藝人農壽山、李大新。由於李瓜迭首創足院土戲，並代代相傳，後人稱他爲祖師。

〔註1〕彭書麟、于乃昌、馮育柱主編《中國少數民族文藝理論集成》，北京大學出版社，2005年版，第34頁。

　　張玉福,(1865～1935 年)南劇演員。本名張盛榮,苗族。原籍湖南龍山縣桂塘壩,後定居恩施。清光緒二年(1876)出科於其父張久壽與李久武主教的玉福科班,後為恩施同慶戲班的當家生腳。張玉福身高眼大,扮相漂亮,文武戲兼善。表演《首陽山》、《焚綿山》、《滎陽城》、《殺惜》、《鐵冠圖》、《路遙知馬力》等戲頗拿手。他與湖南來的淨行演員吳壽滿初次同臺演出《鴻門宴》時,因做工精湛,使吳在臺上看得發怔,觀眾傳為「劉邦嚇呆霸王」。民國八年,與師弟李玉龍在恩施和來鳳主教雙慶、雲慶科班,培養了徐雙慶、胡雲霞、白雲慶等弟子。張玉福文化較高,收藏劇本頗多,人稱「戲夫子」。因擔心別人挖走,將劇本分教色抄成單片保存。他病逝後,葬於恩施南門外巴公溪。

　　汪笑儂,(1858～1918 年),清末京劇藝術家。本名德克金,滿洲旗人。青年中舉,曾為河南太康知縣,因觸怒了豪紳而被罷官。他從此登上了京劇舞臺,改編了大量的京劇劇本,作品收入《汪笑儂戲曲集》。汪笑儂不僅能編能演,且工書畫,善詩詞,多憤世嫉俗之作。《二十世紀大舞臺題詞》稱其「穩操教化權,借作興亡表,世界一場戲,猶嫌舞臺小。」他從事戲劇創作的目的是為了教化,喚醒人民,抨擊時政。其代表作有《黨人碑》、《哭祖廟》、《罵安祿山》、《罵王朗》、《罵閻羅》等。

　　1898 年戊戌變法失敗,譚嗣同等六君子慷慨就義,汪笑儂創作《黨人碑》。在劇裏,他刻畫了以慈禧為首的鎮壓變法的頑固派形象。這些人陰險狡詐,貪贓枉法,賣國求榮,鎮壓改革。作者對其進行了嚴厲的斥責。譚嗣同等六君子憂國憂民,立志救國,辛勞奔波,舍生取義,作者對他們的大智大勇、義無反顧的行為進行了謳歌。《黨人碑》是在六君子蒙難之後寫的,表現了作者的敏銳的政治嗅覺和藝術膽量。《哭祖廟》寫於 1901 年八國聯軍進犯北京,清政府訂立了喪權辱國的「庚子條約」之後。劇本描繪了三國故事中劉後主的形象,劉禪殺子哭廟最後身死。作者借劉後主的形象影射了當時貪身怕死,媚外投降的賣國者。劉禪自盡前哭廟的唱詞慷慨激昂,國亡家亡,往事不堪回首,自己以何面目去見列祖列宗,其詞充滿情感。他的劇本往往借用歷史題材,託古喻今,抨擊時政,具有深刻的現實意義。汪笑儂是一位熱愛祖國,嫉惡如仇,具有強烈的民主主義思想的滿族戲劇家。

　　韓小窗,滿族,籍貫有遼寧的瀋陽、鐵嶺、開原諸說。長期居瀋陽、東調子弟書的主要作家之一,其活動年代有二說:一說在清嘉慶,道光年間;

一說在道光至光緒年間，卒於光緒二十六年（1890），所作子弟書爲今知作品最多者，奕庚的子弟書《逛護國寺》有「論編書的開山大法師，還數小窗得三昧」語，說明韓的子弟書創作造詣極高，作品多取材於小說、戲曲。亦有抨擊現實的孤憤之作，今存作品有二十一種（或三十五種），包括《齊陳罵相》、《長阪坡》、《得鈔傲妻》、《黛玉悲秋》、《露淚緣》、《紅梅閣》、《樊金定罵城》等。

奕庚，滿族，清宗室，莊親王綿課之子，別號鶴侶主人，清道光年間曾任宮廷侍衛，晚年窮困潦倒，與韓小窗交往甚密。所作子弟書今存有十六種。其中《鶴侶自歎》、《侍衛歎》、《老侍衛歎》、《女侍衛歎》反映宮廷侍衛生活，對人情冷暖頗多感歎。《借靴》、《劉高手探病》等據明清戲曲改編，也往往借題發揮，諷刺時弊，另有《集錦書目》，擷取子弟書曲名一百五十餘種，連綴成曲，是研究子弟書的重要資料，另著有《佳夢軒叢著》十一種，多記清代朝野掌故。

根據著名學者孫楷第的《元曲家考略》〔註2〕一書得知，清末時期有十幾位很有社會知名度的少數民族戲曲作家。「這些少數民族出身的元曲家，或是女真人，或是蒙古人，或是西域回回人，甚至還有黨項人（西夏人），他們都在元曲創作中作出了自己的貢獻。」〔註3〕若在整個中國古代文學藝術長河中巡視，爲中國民族戲劇文化做出重要貢獻的少數民族作家和理論家人數會更多。

三、華夏與胡夷民族戲劇藝術之整合

翻開華夏民族與少數民族的文化發展史，我們欣喜地發現，自古迄今，中華民族所屬的各個民族從來沒有停止過相互之間的經濟、文化、藝術的交流。僅拿各民族戲劇的形成、發展與整合來說，其基本成分如民族音樂、舞蹈與詩歌及其戲劇表演總是自然而然、水到渠成地融會貫通。相比之下，在古代，北方與南方少數民族對漢民族的樂舞影響較大，特別是得天獨厚的講唱文學及其史詩與敘事長詩，刺激與促成中原歌舞戲劇的敘事風格，然而於近現代，又是漢民族的戲曲文化形式給少數民族戲劇藝術輸送豐富的營養。

〔註2〕孫楷第《元曲家考略》，上海古籍出版社，1981 年版。
〔註3〕趙志忠《民族文學論稿》，遼寧民族出版社，2005 年版，第 77 頁。

雖然中國少數民族人數較少，但是有著悠久歷史與多姿多彩民族風情與音樂、舞蹈、詩歌優良傳統，各少數民族爲中華民族留下了許多珍貴文化遺產，值得我們去深入挖掘研究。只要我們在逐漸梳理清楚胡樂、胡曲、胡舞、胡戲與中國古典戲曲之間的關係及歷史脈絡的基礎上，方可認識中國少數民族樂舞戲劇的文化全貌，及其確認在人類文明史上所處的重要位置。只有用中外通行的文藝理論來審視國內外土著民族原始與近現代樂舞戲藝術，將有力地促進各國人民一起建構宏偉的世界民族戲劇大廈。

追溯歷史，借助於橫亙歐亞非大陸的「絲綢之路」，西方世界諸如波斯、阿拉伯與中亞、西亞各國的商賈、宗教人士與文化使節行至東方諸國，如中國、朝鮮、日本、東南亞等國。他們攜來業已成熟的民族樂舞戲劇，同樣也將東方諸國豐富多彩的文學藝術輸入西方諸國，如此有力地促進了東西方戲劇文化的相互交流，導致埃及、希臘、羅馬戲劇與印度梵劇之後，中國宋元雜劇與少數民族戲劇日趨成熟和走向繁榮。

回顧中西文學歷史，中亞、西亞的胡人在唐詩宋詞、元散曲與宋元雜劇的形成過程中起到至關重要的作用。被稱爲「胡人」的波斯、粟特、阿拉伯人與西域諸民族早於唐宋時期就大量湧入中原地區。再則是公元十三世紀初葉，蒙古成吉思汗西行征服蔥嶺以西、黑海以東廣大地區。隨後，大批胡人遷徙中國西北與中原地區，於元朝時這些外來人被稱之爲「色目人」。

早在唐朝的官方檔冊上，阿拉伯帝國被稱之爲「大食」，另有伍麥葉朝「白衣大食」與阿拔斯朝「黑衣大食」之分。僅公元 651 年至 798 年的一百四十八年之間，進入唐長安的大食使節就達三十九次之多。唐代僑居中國的阿拉伯人、波斯人極多，其中不乏諳熟詩文書畫的文人墨客。例如安附國、李彥昇、阿羅憾、李元諒、石處溫與李珣、李舜絃兄妹。波斯人李氏兄妹同爲五代十國前蜀詞人，他們即工書畫，又曉詞藻，「所吟詩句，往往動人」，所著《瓊瑤集》水平頗高。

元朝時期，成吉思汗西征，使中西文化交匯獲得新的歷史契機。此時移居至中國的胡人被稱其爲「色目人」或「回回」，他們來到中原地區後逐漸華化。著名人士有瞻思丁、瞻思、不忽木、廼賢、尤忽魯、薩都剌、丁鶴年、泰不華、高克恭、溥博、察罕、鐵木兒塔識、達識鐵睦邇等。在這些人之中，既有儒家學者、進士出身，又有詩人、曲家、畫家、書法家、史學家和科學家。

　　在東行中原定居的色目貴族中，後來有不少人成為民族文學、戲劇、音樂方面的文化名人。除上述諸家之外，據《元史》、《錄鬼薄》、《太平樂府》、《元曲家考略》等古文獻披露，還有馬九皋、王元鼎、薛昂夫、吉誠甫、蘭楚芳、丁野夫、阿里耀卿、阿里西瑛、沐仲易、賽景初、虎伯恭、大食惟寅、貫雲石等文學藝術大家。他們曾為元散曲與宋元雜劇的形成與發展，以及中華民族戲劇的傳播做出了重要的歷史性貢獻。

　　自從漢代中原王朝通使西域，發展至隋唐時期，國家統一，經濟繁榮，有力地促進了東西方諸國各民族的大規模文化交流，其中亦包括漢族與各少數民族音樂、舞蹈、戲劇、文學方面的交流。

　　隋代，「太常雅樂，並用胡聲」，黃門侍郎顏之推以為「禮崩樂壞」，曾建議「考尋古典」，以求恢復舊樂制。隋朝廷曾推舉鄭譯依據西域龜茲樂律修訂舊樂，以「八音旋相為宮，改弦移柱之變，為八十四調。」經過實踐，付諸於現實的為燕樂二十八調。據夏敬觀《詞調溯源》一書記載：「總上列各詞牌名所屬的律調，皆不出於蘇祇婆琵琶法的二十八調以外。自隋至宋，凡在記載中可尋考的，無一不是這樣。鄭譯雖然演為八十四調，除二十八調外，卻都沒人用過。」正是因為「胡樂」發展演變而形成燕樂二十八調，在歷史上，後世樂舞戲劇文化方產生脫胎換骨的嬗變。

　　「胡樂」，亦稱「胡夷之樂」，西域胡樂的輸入，正是中國漢代文化開放政策的體現。唐代統治者非常推崇胡樂各部，以及甚為重視對胡樂的汲取與利用。

　　據唐‧張鷟《朝野僉載》卷五記載：「太宗時，西國進一胡，善彈琵琶。作一曲，琵琶弦撥倍粗，上每不欲番人勝中國。乃置酒高會，使羅黑黑隔帷聽之，一遍而得。謂胡人曰：『此曲吾宮人能之』。取大琵琶，遂於帷下令黑黑彈之，不遺一字。胡人謂是宮女也，驚歎辭去。西國聞之，降者數十國。」此後，唐朝廷明確宣佈「升胡部於堂上」，並詔「道調、法曲與胡部新聲合作。」，錢易《南部新書》亦載：「至天寶十三載，始詔道調、法曲與胡部雜聲。」從而形成胡樂華化之樂舞形式即「燕樂」。

　　胡樂的輸入，致使唐代一度胡化與西域化，朝野上下一時胡樂、胡舞、胡曲、胡馬、胡床、胡飯等「泊來品」充塞社會各個角落，以充分顯示胡文化的巨大藝術魅力。對於世界各國民族文化特別是胡樂與華樂藝術的相互交流，正如文藝理論家施議對《詞與音樂關係研究》所論述：

　　　　在接受外來音樂的過程中，中土固有的傳統音樂——清商樂，
即漢、魏、六朝所存之音樂，也並未因爲胡樂之盛行而被拋棄。終
唐一代，清商樂仍然流行。中土音樂，包括樂曲、樂器以及樂書，
對於各少數民族以及亞洲各國的音樂文化建設，也產生過積極的影
響。這種影響，進一步促進了各種不同音樂形式的互相融合，促進
了燕樂的發展興盛。〔註4〕

燕樂宮調對與宋元雜劇有著密切關係的大曲、小令產生深遠的影響。中國古
代詞曲種類雖多，但是在藝術形式上主要分爲兩大類，即包含著若干「遍數」
的大曲，以及設有「遍數」的單獨的小令。據唐·崔令欽《教坊記》所載大
曲四十六種，小令、雜曲二百七十八種。著名文學史學家劉堯民對此進行了
深入的比較研究，發現大曲與小令都有抒情與敘事之分，大曲逐漸演變爲宋
元雜劇，而小令雜曲則使此種戲劇形式更加豐富與完善。

　　明·王世貞在《曲藻序》中云：「自金元入主中原，所用胡樂嘈雜淒緊。
緩急之間，詞不能按，乃更爲新聲以媚之。」歷史上確實如此，元曲與雜劇
的形成仍然基於胡漢文化結合的燕樂宮調基礎之上，而其中胡樂佔有相當大
的比重。

　　明·徐渭《南詞敘錄》則云：「胡曲盛行……至於喇叭、嗩吶之流，並其
器皆金元遺物矣。」此書亦云：「聽北曲使人神氣鷹揚、毛髮灑淅，足以作人
勇往之志，信胡人之善於鼓怒也。」因爲胡樂的融入，才使得元曲變得高亢
激越而富有力度。對此，明·魏良輔《曲律》總結北曲特色云：「北曲以遒勁
爲主，……北曲字多而調促，促處見筋。……北力在絃索，宜和歌，故氣易
粗。」從而道出了胡風北曲與委婉柔美的漢風南曲之異同處。

　　據《元史·百官志》記載，元朝宮廷中專門設置管勾司，以管理胡樂隊
與胡樂人，後改爲常和署，下設有署令、署丞、管勾、教師、提控等。當時
胡樂隊經常演奏的樂曲有《回回曲》、《伉俚》、《馬黑某當當》、《清泉當當》
等，其中《馬黑某當當》，有學者考證爲元蒙時期西域畏兀兒的音樂歌舞大曲，
後世演變爲維吾爾族大型音樂套曲《木卡姆》。

　　關於西域胡曲的輸入，《南詞敘錄》稱：「殺伐之音，壯偉狼戾，武夫馬
上之歌。」自「流入中原……上下風靡。」並認爲對中國傳統戲曲產生重大
影響的《中原音韻》，「不過爲胡人傳譜。」《曲藻序》云，元朝時「大江以北，

〔註4〕施議對《詞與音樂關係研究》，中國社會科學出版社，1985年版，第7頁。

漸染胡語。」明‧王驥德《曲律》亦云，中原音樂「且多染胡語」。從此可見西域及西方胡人文化對中國漢族古典戲曲影響之大。

「元曲」亦爲散曲與雜劇的合稱，「散曲」即指散套與小令兩種，它區別於雜劇樂曲，無賓白科介，實爲清唱曲。「散套」通常用同一宮調的若干曲子組成，長短不論，一韻到底。「小令」則通常以一支曲子爲獨立單位，可以重複，各首用韻較爲自由，在此基礎上所形成的兩支或三支曲調的「帶過曲」，亦屬於小令的一種變體。

據載，元曲之散曲、小令與套曲常用者有一百六、七十個調，一般用四十多個調，分屬十二個不同的宮調。「帶過曲」爲小令的變體，常用兩三個宮調相同、而音律可銜接的曲調連結在一起填寫。元人使用過的「帶過曲」據查約有三十四種之多。

追溯元曲小令之淵源，除了與東漸之胡曲有著密切關係，還相繼從約定俗成的唐宋大曲與詞令中汲取豐富營養。「令」在唐宋時期爲短小詞者稱謂，一般以五十八字以內者爲小令，也有超過者如「百字令」。發展至元曲、普通曲令中「摘調」、「帶過曲」、「集曲」、「重頭」、「換頭」等均爲小令的特殊形式。

唐宋時流行的《如夢令》，亦名《如意令》，爲單調三十三字。《三字令》全調僅用三字句，雙調發展至四十八字。《十六字令》又名《歸字謠》、《蒼梧謠》，因全詞只有十六字而得名。《調笑令》均爲三十八字體，後入北曲越調。《六么令》爲節奏繁急之羽調小令。《梁州令》又名《涼州令》，係唐教坊曲《涼州》變體，本爲大曲。其詞調摘一段用爲小令，雙調五十二字，後來發展爲長調，更名爲《梁州令疊韻》。此元曲融入諸宮調，稱其曲牌爲《小梁州》，並對後世奉信伊斯教的少數民族曲令產生深遠的影響。

在小令的基礎上，元朝曲家發展爲套曲，或稱曲牌聯套。即將若干支不同的曲牌按一定規律、規則地組織起來，從而形成一種完整、嚴密的樂曲結構體制。曲牌聯套複雜者，曾吸收了唐宋大曲、轉踏、諸宮調等聯套方法，把同一宮調中的許多曲子聯綴起來吟唱，一般用一兩支小曲子開端，用「煞調」、「尾聲」結束。選調短者只有三、四調，長的則聯綴到二、三十調。

元朝回回曲家馬九皋所作兩套曲牌聯套如《（正宮）高隱》、《（正宮）端正好》，曲牌與宮調結構其前曲爲〔高隱〕、〔滾繡球〕、〔倘秀才〕、〔滾繡球〕、〔倘秀才〕、〔滾繡球〕、〔倘秀才〕、〔賽秋紅〕、〔耍孩兒〕、〔四煞〕、〔三煞〕、

〔二煞〕、〔尾聲〕。後曲排列爲〔閨情〕、〔么〕、〔倘秀才〕、〔滾繡球〕、〔三錯尾〕、〔二錯尾〕、〔煞尾〕。從此可見元曲擷取了唐宋大曲之「散序」、「中序」有關曲令成分。

　　金・劉祁《歸潛志》云：「唐以前詩在詩。至宋，則多在長短句。今之詩，在俗間俚曲也。如所謂《源土令》之類。」由此可得知，金元散曲也同樣取之於民而又用之於民。

　　元曲較之唐宋曲令畢竟向前邁進了一大步，其體現於豐富的格式變化，例如各種俳體中之短柱體、獨木橋體、頂眞體與疊字體等。無論在音韻、格律、遣詞、造句、表現手法上都形成了一整套嚴格的規範，但是此種結構形式的建構與回回曲家及胡曲不無關係。據西域文學史學家郝瀋研究並統計：

　　　　西域少數民族作家傳世的作品有：小令一百七十八，套數十八……與其他少數民族作家創作相比，西域少數民族作家的創作占全部傳世作品的大半。其中小令達到總數的百分之八十五套左右，套曲達到總數的百分之七十八。那麼就創作數量而言，西域少數民族作家創作甚豐，數量最大。〔註5〕

如果從元散曲文學辭令中辨識，其中嵌鑲著大量西域與北方游牧民族之胡語。如無名氏《水仙子》曰：「(打著面) 皀雕旗 (招忽地) 轉過山坡，(見) 一火番官唱凱歌，(呀來呀來) 呀來呀來齊聲和。(虎) 皮包馬上馱，當先 (里) 亞子哥哥。番鼓 (兒劈撲捅) 擂，(火) 不思 (必留不刺) 撲，(簸捧著個) 帶酒沙陀。」科白中大量襯字、襯詞、襯句的增加，使得元曲從傳統文學模式中蛻變爲「音聲」藝術形式，並由「小令」發展爲可供演唱的曲牌聯套。據元・李冶《古今注》云：「廣寧樂工教之歌《渭城曲》，起二句於第四、第七字以下『喇哩離賴』爲和聲。後二句於第四、第七字以下以『喇哩來離賴』爲和聲。」其結果在唐・王維原詩中增加了很大篇幅的襯字、襯詞、襯句、疊詞、拖腔等，不僅有效地擴充了曲式結構，還極大地豐富了詩詞思想內涵，此亦可對應於元曲與宋元雜劇。

　　另據《錄鬼薄》上卷所載，元朝曾上演過反映回回與胡人生活內容的雜劇劇目。例如，於伯淵編撰的雜劇《丁香回回鬼風月》。另據明・馮夢禎《快雪堂漫錄》記載：

〔註5〕 《西北民族學院學報》1989年第1期，刊載郝瀋《西域少數民族在元曲發展中的貢獻》。

巴巴賽，回回國人，以貢玉至京，自言從彼國經西夏至此。私齎玉若干，賣銀三百餘兩，館鄰某心動，與通事謀，以聲妓賺之，遂留連不欲去。……陳季象在邊見之，哀訴流落之苦，且曰：「我在中國，惟添得三弦子一藝，並在妓家所學也。」

元・楊景賢編撰《唐三藏西天取經雜劇》中《村姑演說》之曲〔川撥棹〕云：「更好笑哩——好著我笑微微，一個漢，木雕成兩個腿。見幾個回回，舞著面旌旗，呵刺刺，口裏道甚的，裝著鬼，人多我看不仔細。」

元・無名氏撰《十探子大鬧延安府》雜劇中第二折「回回官人」云：「呸！兀那龐勛……你休說我是個回回人，不曉得這漢兒的道理。俺為官的則要調和收成鼎鼐，變理陰陽，我和你說出怎麼來。俺為官的則要報國安民。」

《錄鬼薄》載有《西遊記雜劇》之《回回迎僧》一折中有「老回回」吟唱的八首曲令。《輟耕錄》卷二十八亦載，明人劇作家所編《綴白裘》一劇「回回偈」亦敷演「老回回東樓叫佛」。

明・湯顯祖的著名劇作《紫釵記》三十齣「河西款檄——粉蝶兒」載：「大河西回回粉面大鼻鬍鬚上。（唱白）：撒採無西泥八喇，相連葛刺，……骨碌碌眼凹兒滴不出胡桐半淚。元・武漢臣編撰《李素蘭風月玉壺春》第二折亦有反映回回生活之戲曲片斷，例如：「（卜兒云）：我將你賣與回回、達達、虜虜去（旦悲科）。」

回顧歷史，東西方諸國經濟、文化借助於「絲綢之路」的暢通而頻繁交流，從而有力地促進了元曲與雜劇等藝術形式的成熟與發展。從遺存下來的許多詩詞曲令中，我們不難看出中原文人對胡人、回回、或色目人曲家才華與成就的由衷讚譽。

西域西州曲家吉誠甫能編、能唱、能演，既是散曲家，又是歌唱家與表演家。任昱《詠西域吉誠甫》小令稱他是：「今樂府知音狀元，古詞林飽記神仙。名不虛傳，三峽飛泉，萬籟號天。」鍾嗣成同名小令則讚譽吉誠甫是：「梨園一點文星。西土儲英，中夏揚名。」

西域北庭回鶻曲家貫雲石在元曲與雜劇方面貢獻更大。據姚同壽《樂郊私語》云：「雲石翩翩公子，無論所製樂府散套，駿逸為當行之冠。即歌聲高引，可徹雲漢。」王士禛《香祖筆記》卷一載：「令世俗之所謂海鹽腔，實發於貫酸齋，源流遠矣。」從元僧惟則《篳篥引》中詩句：「西瑛為我吹篳篥，發我十年夢相憶。錢塘月夜鳳凰山，曾聽酸齋吹鐵笛。」由此可知阿里西瑛

與貫雲石這兩位西域胡人曲家均精通音樂，他們所喜好的「篳篥」與「鐵笛」原為胡人樂器，後演變為沿海地區南戲與地方戲曲之主奏樂器。

「南戲」係指公元十二世紀 30 年代至十四世紀 60 年代期間，在我國南方沿海地區流行的傳統古典戲曲。南戲根據流傳地域所命名，亦稱「溫州雜劇」或「永嘉雜劇」，其代表作品如《趙貞女蔡二郎》、《王魁》、《王煥》、《張協狀元》、《劉文龍菱花鏡》等。另外還有高則誠的《琵琶記》，以及明代宣德六年（1431 年）手抄本《劉希必金釵記》。南戲的形成與宋雜劇的興衰榮枯關係密切。宋雜劇原流行於北宋，由唐代參軍戲、散樂與大曲基礎上發展而成。自金人入侵汴京，雜劇隨宋王朝南渡至江南水鄉，故自然因勢利導將胡文化輸入此地區。

《劉希必金釵記》亦稱《金釵記》，是一齣描寫漢胡姻緣的南戲，此部戲曲劇本於 1975 年 12 月問世於廣東省潮安縣一座明宣德墓室中。該劇作令世人矚目地出現了許多邊地胡化的戲曲唱白與歌舞場面，其中尤以第四十齣「尾聲」較為典型。劇中不乏有鮮為人知的方言俗語，並雜糅著許多胡言番語。此種情況，不僅在南戲，於元明雜劇傳奇中亦時有發生。譬如明・朱有燉《桃源景》一劇中就夾雜有大量胡語戲詞。

另如《桃源景》雜劇中胡人且歌且舞且白，均為典型的胡人文化娛樂方式。對於雜劇與南戲中胡語的滲入，過去專家學者多識別為「達達」蒙古的世俗語，而忽略了還有大批西來的色目人，特別是西域胡人語言的成分，如果不認真識別將會影響我們對宋元雜劇、南戲與中外民族戲劇交流本質的認識。

南戲與江南一些戲曲形式之主奏或伴奏的管樂器是篳篥，然而過去人們對此古老樂器的來歷知之甚少。此種隋唐燕樂就備加推崇的民族管樂器原出自西域，李頎《聽安萬善吹篳篥歌》詩云：「南山截竹為篳篥，此樂本是龜茲出。」《樂府雜錄》云：「篳篥者本龜茲樂也。」《事物紀原》引唐・令狐撰《樂要》云：「篳篥出於胡中，或出龜茲國也。」可知篳篥確為西域胡人特有，它在歷史上沿「絲綢之路」東漸，先是為唐宋樂部所用，後又引進雜劇、南戲之中。對胡樂器篳篥與有關胡樂的流變過程的考察，對梳理清楚東西方民族戲劇文化關係史至關重要。

追根溯源，胡樂對宋元雜劇的影響通過兩條途徑，一是通過儺戲、百戲與目連戲世俗文化；一是通過詩詞歌賦、諸宮調等書面文化。民間世俗戲劇

文化主要體現在各種宗教祭祀禮儀活動之中，它孕育了綜合性的東西方民族戲劇基礎文化。此正如郭英德教授在《世俗的祭祀》一書所闡述：

> 中國戲曲同西方戲劇一樣，有著兩個起源：一是上古時期從宗教祭祀活動中產生的古劇，在希臘發展為成熟的戲劇，在中國卻或流佈入禮樂儀式，或萎縮為原始狀態；二是中古時期從民間娛神活動中產生的古劇，如西方中世紀的宗教劇、神秘劇、道德劇等等，孕育出近代戲劇；如中國漢唐時期的歌舞劇、滑稽劇以及各種百戲技藝，彙聚為戲曲藝術。〔註6〕

我們可由民間世俗文學如何演化為文人墨客的詩詞歌賦，以及諸宮調為線索考察其文體轉換之發展脈絡。事實證明，諸宮調是聯接講唱文學與戲曲文學的一座重要文化橋梁。

據宋·王灼《碧雞漫志》記載，諸宮調為北宋熙寧至元祐年間澤州（今山西晉城）人孔三傳首創，他將唐宋以來的大曲、詞調、纏令、纏達、唱賺，以及當時北方地區流傳的民間樂曲，按其聲律高低歸入各個不同的宮調，用以說唱敘述故事。此類集若干套不同宮調的不同曲子輪遞歌唱的諸宮調，其代表作如金·董解元的《西廂記諸宮調》，以及《劉知遠諸宮調》、《天寶遺事諸宮調》、《雙漸蘇卿諸宮調》、《風月紫雲亭諸宮調》、《張協狀元諸宮調》等。據《武林舊事·官本雜劇段數》所載，另有《諸宮調霸王》、《諸宮調卦冊兒》二劇，已知諸宮調向宋雜劇作逐步過渡之軌跡，至《西廂記》與《白兔記》等雜劇問世，即已大致完成敘述體向代言體戲劇轉變之過程。

根據歷史資料隻言片語，有人將創造諸宮調的功勞僅歸功於孔三傳一人，並將該文體誕生時間劃定在北宋。例如《都城紀勝》云：「諸宮調本京師孔三傳編撰，傳奇、靈怪、入曲、說唱。」《碧雞漫志》亦云，熙寧、元豐、元祐年間，（公元 1068～1094 年）「澤州孔三傳者，首創諸宮調古傳，士大夫皆能誦之。」此結論在嚴格意義上講是不甚準確與科學的。中國古代民間說唱形式──「諸宮調」實為許多敘述體說唱表演形式如詩詞、小令、纏令、纏達、唱賺、轉踏、大曲等文體所組成。諸宮調最初深受燕樂宮調之影響，形成時理當在宋代之前，作者也決非孔三傳一人。根據歷史唯物主義觀點來推斷，諸宮調應為包括胡人藝伎在內的古代各族人民集體創作之文化結晶，而孔三傳不過是其中一位傑出的代表而已。

〔註6〕郭英德《世俗的祭祀》「引言」，國際文化出版公司，1988 年版。

　　另外據考證，在敦煌遺書中亦存有三四個可稱之為諸宮調的寫卷，其產生時間要比孔三傳所創諸宮調早三百多年，這些文卷的編號分別為斯・三〇一七、斯・五九九六與伯・三四〇九。據劉銘恕先生在《斯坦因劫經錄》中將斯・三〇一七寫卷定名為《五更轉、勸諸人偈、行路難》，白化文先生則擬名為《六禪師衛士酬答故事》，並指出「通觀本書整體，是以故事形式貫穿僧偈佛，可稱之為『和尚傳奇』」。

　　此卷本經校訂整理之後，共存有 1819 字，加之殘缺與脫漏字共 1877 字，均由散文與韻文兩種文體組成，其中韻文共 1500 字，分別為《偈》七首，《五更轉》五首，《行路難》七首，《安心難》一首，共二十首。李正宇先生將其定名為《禪師衛士遇逢因緣》，並考定為「盛唐後期禪宗和尚的作品」，其中所出現的上述四個吟唱調分別屬於不同的宮調。

　　來自梵音的七首《偈》中有三言、四言、五言、六言、七言體，其「偈」據日本古籍《魚山聲明集》中所載有「清商」、「清徵」、「呂徵」、「律羽」、「商」、「徵」等六個不盡相同的宮調。《五更轉》分別以「一更」、「二更」、「三更」、「四更」、「五更」命名，其所屬宮調，據宋・郭茂倩《樂府詩集》與《唐會要》記載，有商調，以及林鍾商、中呂商、南呂商三調。《行路難》為商角調，《安心難》則有可能是西涼樂唱調。

　　李正宇研究員將《禪師衛士遇逢因緣》與講唱體變文、說唱鼓子詞相比較，均覺不甚相同，然而「《張協狀元諸宮調》在形式結構上，同《禪師衛士遇逢姻緣》最為相近。它有六段說白，中間插入五首唱詞，每首唱詞變換一支曲子」，此可謂「集合若干個不同宮調的不同曲子輪遞歌唱的諸宮調」。由此，李正宇得出結論：「早在孔三傳之前三百多年的盛唐時代，已經有了像《禪師衛士遇逢姻緣》那樣堪稱諸宮調雛型的作品流傳於世……北宋後期誕生的諸宮調，其孕育期至少已有三百多年。」〔註7〕

　　無獨有偶，在敦煌附近的河西黑城古遺址亦發現金元時期的《劉知遠諸宮調》，這些歷史事實充分證實了東西方民族戲劇文化交流中諸宮調所起的重要作用。

　　勿容置疑，西域胡樂、胡曲不僅對唐詩宋詞，亦對宋元散曲與雜劇的形成與發展產生重大的影響，據王國維《宋元戲曲考》一書所云：「兩宋官本雜

〔註 7〕　新疆人民出版社，1992 年版，《西域戲劇與戲劇的發生》，收錄李正宇《試論敦煌遺書〈禪師衛士遇逢因緣〉──兼談諸宮調的起源》。

劇二百八十本，用大曲者一百有三本。」其中西域胡曲所佔的比例相當大。僅以伊州曲與梁州曲來說，該大曲類就有《領伊州》、《鐵指甲伊州》、《鬧五伯伊州》、《裴少俊伊州》、《食店伊州》、《三索梁州》、《詩曲梁州》、《頭錢梁州》、《食店梁州》、《法事饅頭梁州》、《四哮梁州》等。另外於明·朱權《太和正音譜》中選錄元代散套雜劇曲調還有《伊州遍》、《小梁州》、《梁州第七》、《菩薩梁州》、《梁州令》、《梁州序》、《梁州賺》、《四僧梁州》、《法曲梁州》、《指甲伊州》、《鬧伍佰伊州》等，此豐富資料有力證實伊、梁州大曲與其他古代少數民族胡曲、歌舞大曲與宮調曲牌曾極大地促進與發展了元曲與宋元雜劇。

四、從胡部新聲到中華民族戲劇文化

中國少數民族傳統戲劇藝術因為與其體系龐大的民間文化緊密相連，故此戲劇形式中雜糅著各種民族表演藝術如音樂、舞蹈、曲藝、雜技等在所難免。其所攜帶的歌舞音樂性指導著我們以「民族樂舞戲劇文化」樣式來認證。這也迎合了王國維為中華多民族戲劇或戲曲所下的學術定義：「以歌舞演故事」。在鈎沈胡漢交融民族戲劇文化的原型理論時，必不可少地要在大量文獻資料中尋找相關的描繪民族音樂、舞蹈、曲藝等的文字記載。

論及中國少數民族戲劇文化的藝術特質，就不能不論及華夏傳統戲劇的起源。自從原始歌舞、民間樂舞、歌舞戲到唱賺、散曲、諸宮調、劇曲，再到宋雜劇、金院本、元雜劇、南戲、明傳奇，乃至地方戲曲，詩詞歌賦這條線索始終在其中貫串，並保持著不可或缺的敘事性與戲劇性。

究其原因，需從中國戲曲的淵源、流變歷史以及與周邊諸國的表演藝術交流方面進行必要的探索，方得其答案。涉及到研究與探索中國少數民族戲劇的路徑與方法，則需要從中國傳統的考據法，西方歷史文獻與比較研究法，跨學科文化與綜合研究法，社會與民族戲劇實地調查法，以及加強對相關專家學者的學術成果的分析與研究。

隋唐五代與兩宋時期，因為中國國土的擴大，社會的穩定，中原王朝統治者鼓勵國人將文學藝術的觸角伸向外域，力圖通過充滿活力的胡族文化來刺激國內音樂、舞蹈、雜技、曲藝與戲曲藝術的長足發展。特別是在一統天下的大唐時期，國力增強，經濟繁榮，文化昌盛，中華民族走向全面發展的黃金時期。此時，近親遠鄰、四方諸國友好使都前來華夏朝廷貢

獻敬奉。唐朝廷在原有「清樂」的基礎上，積極吸收「胡部新聲」，革新「雅樂」，創立了「新俗樂」或「燕樂」。一時朝野上下音樂歌舞雜戲形式風氣為之大變。對此嶄新的社會文化現象與產生的深遠影響，王小盾教授有文論證：

> 新俗樂同清樂的差別，主要體現為來自樂器、樂曲、表演形式等方面的西亞音樂特徵的加入。就以樂器來說，加入琵琶、篳篥、橫笛、豎箜篌、銅鈸、銅角、銅鼓、正鼓、和鼓、羯鼓、都曇鼓、毛員鼓、雞婁鼓、答臘鼓，其中十之八九是打擊樂器和節奏樂器。這就使新俗樂一改過去清雅舒徐的風格，而呈現出熱烈奔放的新面貌；又由於新加入的樂曲多半是節奏急促的舞曲，新加入的表演形式多半是富有雜技風格的散樂形式，故隋唐新俗樂擁有了講求歌、樂、舞統一的新特徵，成為節奏鮮明、曲體規範的音樂。〔註8〕

著名中外關係史學家向達在《唐代長安與西域文明》一書中不僅詳細考證了古代「流寓長安之西域人」、「西市胡店與胡姬」、「西域傳來之畫派與樂舞」之大量史實，另外還分析了「開元前後長安之胡化」與「長安西域人之華化」之曠世傳奇的文化交融現象。不僅簡述了印度佛教文化借道波斯輸入中國之歷史途徑，還闢有專章以「西亞新宗教之傳入長安」為題，詳細論證了出自伊朗高原的「祆教」、「景教」、「摩尼教」等波斯、印度諸教文化東漸華夏大地之秘史。

根據國內外有關專家學者的考證，隋唐時期中原地區融入大量的波斯古代諸教樂舞雜戲及其中亞、西亞地區各族胡樂，首先體現在波斯胡族器樂與樂舞大曲形式上，其相關「樂器」如彈撥樂器「琵琶」、「豎箜篌」；打擊樂器如「都曇鼓」、「答臘鼓」等，在廣義上審視均屬於波斯（伊朗）樂器系列；而所引進的「熱烈奔放」、「節奏急促的舞曲」更是指古代特色鮮明的波斯音樂歌舞之藝術風格。對此我們有必要從古代波斯「樂器」、「舞曲」、「歌曲」、「器樂」、「百戲」等方面來進一步考證其淵源與流變歷史。對此彌足珍貴的學術線索的梳理與實證，非常有助於我們對中國古典戲曲重要源頭之一的以宗教文化為載體而傳播周邊諸國樂舞雜戲藝術的理性認識。

中國乃至東方諸國樂舞戲劇界廣泛使用的彈撥主奏樂器「琵琶」，原本來

〔註 8〕轉引自周源華主編《古代藝術三百題》，上海古籍出版社，1989 年版，第 476 頁。

自古波斯，這已經是一個不爭的事實。但此種樂器何時、何地，又是如何輸入華夏內地，後來又是怎樣成爲隋唐燕樂、宋元雜劇，以及如今中國許多地方戲曲的主要伴奏樂器，人們不得而知。那只有從它的發生與傳播歷史與傳播途徑談起。

東漢時期，劉熙曾在《釋名·釋樂器》中記載：「批把本出於胡中，馬上所鼓也。推手前曰批，引手卻曰把，象其鼓時，因以爲名也。」應劭在《風俗通義》中亦云：「此近世樂家所作，不知誰也。以手批把，因以爲名。長三尺五寸，法天地人與五行。四弦象四時。」據考證，此種以彈撥動作而得名的「批把」，即「琵琶」，係指公元三、四世紀從西域或波斯胡地傳來的呈半梨形音箱、曲項、四弦、四柱，橫置胸前用撥或用手彈奏的曲項琵琶。另外還有一種其形制與四弦曲項琵琶相近，然項直而音箱稍小的五弦琵琶，則在五、六世紀由波斯胡地輸入中原。《舊唐書·音樂志》曰：「五弦琵琶，稍小，蓋北國所出。」北朝時期此樂器由西域地區所引進，後又傳至南朝，風行於樂府教坊。另據《舊唐書·音樂志》記載：梁簡文帝大寶元年（550）曾「使太令彭雋齎曲項琵琶就帝飲，則南朝似無曲項者。」說明在此之前江南一帶並無此種彈撥樂器流行。

歷史上有許多史書古籍、專家學者考釋「琵琶」之稱謂，一時眾說紛紜。一般認爲源於波斯語。如《隋書·音樂志》曰：「今曲項琵琶，豎箜篌，並出自西域，非華夏舊器。」《事物紀原集類》亦補綴：「琵琶馬上作樂以慰其思。……事始云或云碎葉國所獻。」從西域史地文獻所查尋，「碎葉國」在古波斯國境內，即今巴爾喀什湖與中亞楚河一帶。

常任俠先生在漢唐時期西域琵琶的輸入和發展一文中論證：「琵琶的名稱，既是外國的方語，爲古梵語中『撥弦』的意思。在古波斯語中，六、七世薩珊王朝的『撥爾巴提』也是一種琵琶類的古樂器」。據韓淑德、張之年著《中國琵琶史稿》考證上述胡琵琶時指出：「曲項琵琶、梨形、曲項、四弦、四柱，橫抱用撥子彈奏。這種樂器，最早的發祥地是波斯（今伊朗）。近世阿拉伯的『烏特』，即與曲項琵琶同源。」〔註9〕馮文慈先生考釋：「琵琶，指四弦曲項琵琶。長頸圓盤式琵琶之『琵琶』命名，來自古波斯語 barbat 的對音。……古代波斯薩桑王朝（公元 226～651 年）銀器皿上的 barbat 彈奏圖，短而曲的頸，胴體呈梨形，都很清晰，弦數則不明。barbae，在西方通常又解釋爲

〔註9〕韓淑德、張之年《中國琵琶史稿》，四川人民出版社，1985 年版，第 53 頁。

short-necked lute，即短琉特」〔註10〕。

李根萬在《民族樂器的珍寶——琵琶》一文中亦云:「琵琶一詞,原是波斯樂器(Borbit)的譯音,古代梵語是指『撥弦』的意思。我國古代最早叫作『枇杷』或『批把』,漢代以後才改稱爲琵琶。」〔註11〕

根據琵琶的音位、定弦與彈奏法,香港學者張世彬認爲其來自波斯。他在《中國音樂史論述稿》一書中考證:「琵琶大弦散聲是倍太簇,二弦散聲是倍林鍾,三弦散聲是正黃鍾,子弦聲是正仲呂。四弦散聲的音程都是四度(即六律)。此種『四度定弦法』,在古代波斯的琵琶上也是極普遍流行的。」〔註12〕

日本著名音樂史學家林謙三在《東亞樂器考》中對波斯琵琶與形製作過一番較有權威性學術考辨,他根據日本現存唐琵琶進行逆向追溯後,發現了如下重要史實:

> 日本正倉院的北倉中藏有天下唯一的遺存古物——唐制五弦琵琶,螺鈿紫檀,精工製作,表現著樂器裝飾美的絕致。這五弦琵琶,簡稱五弦,乃是盛行於李唐一代的樂器。它與伊朗系的四弦琵琶,同出於遠古時代的中亞地方。四弦琵琶生長完成在西亞,特別是伊朗地方。〔註13〕

與胡琵琶相輔相成,另外一件優雅浪漫的樂器「豎箜篌」亦來自波斯古國。據唐·杜佑《通典》記載:「豎箜篌,胡樂也,漢靈帝好之。體曲而長,二十二弦,豎抱於懷中,用兩手齊奏,俗謂之擘箜篌。」另據《後漢書·五行志》記載:「靈帝好胡服、胡帳、胡樂、胡坐、胡飯、胡箜篌、胡笛、胡舞,京都貴戚皆競爲之」。《北堂書鈔》卷第一百一十「樂部」亦云:「武祠太一而作坎篌,靈帝好胡服,乃作箜篌。東土君子雅善箜篌,集會堂上常彈箜篌,匪借和於簫管豈假韻於築箏、箜篌引。」其中描述了漢靈帝對胡箜篌及胡樂舞的極端熱愛,從中亦可證實古代中國與西域、波斯友好文化往來之密切。

在《冊府元龜》「夷樂」中亦詳細記載了包括「豎箜篌」在內的西域胡樂

〔註10〕轉引自馮文慈主編《中外音樂交流史》,湖南教育出版社,1998年版,第65頁。

〔註11〕轉載自《新疆藝術》編輯部編《絲綢之路樂舞藝術》,新疆人民出版社,1985年版,第220頁。

〔註12〕張世彬《中國音樂史論述稿》,香港友聯書報發行公司,1975年版,第249頁。

〔註13〕〔日〕林謙三《東亞樂器考》,音樂出版社,1962年版。

器輸入河西與中原的歷史事實：「前涼張重華據涼州時，天竺國重四譯來貢，其樂器有鳳首箜篌、琵琶、五弦、笛、毛圓鼓、都曇鼓、銅鼓等九種，爲一部工十二人。歌曲有《沙石疆》，舞曲有《矢曲》。後涼呂光既滅龜茲因得其樂，樂器有豎箜篌、琵琶、五弦、笙、笛、簫、觱篥、毛圓鼓、都曇鼓、答臘鼓、腰鼓、溪類鼓、銅鼓等十五種，爲一部工二十二人。歌曲有《善善摩尼》、《解曲》、《婆伽兒》，舞曲有《小天》、《疏勒鹽》。」周菁葆在《絲綢之路的音樂文化》一書經比較研究後認爲，由波斯傳至中國內地的「世居中亞的塞人根據自己的習俗，從波斯人那裡學習了亞述式的『桑加』。但亞述有『角形』和『弓形』兩種形制的『桑加』，由於『弓形桑加』只有四尺高，便於攜帶和演奏，塞人便接受了這種樂器。帶到西域後很快就使用流傳。後於漢代傳入中原。」〔註14〕另據《通史》記載：「後魏宣武以後，始愛胡聲，洎於遷都，屈茨琵琶，五弦、箜篌、胡鼓、打沙羅、胡舞，鏗鏘鏜鎝，洪心駭耳。」則眞實生動地反映當時胡樂傳入中原王朝之盛況。

西域胡人非常喜愛有地域特色的吹奏樂器「篳篥」，在中國古詩中常寫成「觱篥」、「必栗」、「屠觱」、「悲篥」等。《說文》曰：「乃羌人所吹屠觱以驚馬。」《樂錄》曰：「笳管也」。唐‧段安節《樂府雜錄》云：「觱篥者，本龜茲國樂也，亦曰悲篥，有類於笳也。」其「笳」即爲「胡笳」。《太平御覽》卷五百八十四曰「樂部」云：「樂部曰觱篥者笳管也，卷蘆爲頭，截竹爲管，出於胡地。」《通典》亦云：「篳篥出於胡中，其聲悲。」明‧胡震亨《唐音癸簽》對此敘述得更爲詳細與具體：

> 觱篥一名悲篥，以竹爲管，以蘆爲首，出於胡中，其聲悲，人亦稱爲蘆管。曲名見於唐，故實中者止此，其餘多與笛同。朱崖李相有家僮薛陽陶，少精此藝。後爲小校，至咸通猶存，淮南李相蔚召試賞之。元、白及羅昭諫集中有其贈詩觱篥曲：別離難，雨霖鈴曲，楊柳枝曲，新傾杯曲，道調，勒部羝曲。〔註15〕

關於此種吹奏胡樂器，據日本學者林謙三著《東亞樂器考》所考：「篳篥是以蘆莖爲簧、短竹爲管的豎笛，由漢之屠觱角演變爲觱篥，中間有著必栗、悲篥、篳篥諸字的過渡。篳篥有種種類型，六朝末所知的，有大篳篥、小篳篥、雙篳篥、桃皮篳篥等，」另外還有「豎小篳篥」、「漆篳篥」、「管子」等多種

〔註14〕周菁葆《絲綢之路的音樂文化》，新疆人民出版社，1987年版，第39頁。
〔註15〕（明）胡震亨《唐音癸簽》，古典文學出版社，1958年版，第127頁。

形制。在隋唐燕樂的諸部伎樂中使用甚廣,歷史上出現過許多篳篥吹奏名手。尤值得重視的是中國古典戲曲與地方戲沿用的「工尺譜」,最早即源自於「篳篥譜」。此重要史實始載於唐五代詩詞中,即後蜀主孟昶妃花蕊夫人《宮詞》曰:「盡將篳篥來作譜」。《遼史・樂志》「燕樂四旦二十八調」條和陳暘《樂書》「篳篥」條均作「五凡工尺上一四六勾合」。《元史・禮樂志》欽定篳篥爲「頭管」,並曰:「燕樂之器,頭管制」。再有以篳篥爲主奏樂器,古代南戲即有之,今日在沿海地區南音藝術中仍佔有突出的位置。

「篳篥」在隋唐七部樂、九部樂與十部樂之中,不僅在《龜茲樂》中頻繁出現,而且同時也在波斯轄地《安國樂》中亦起到非常重要的作用。唐・李頎的《聽安萬善吹篳篥歌》中就有對安國篳篥的出色描繪:「南山截竹爲篳篥,此樂本自龜茲出。流傳漢地曲轉奇,涼州胡人爲我吹。……枯桑老柏寒颼颼,九雛鳴鳳亂啾啾。龍吟虎嘯一時發,萬籟百泉相與秋。」雖然唐代詩文中均認爲篳篥出自西域「龜茲」,但也不能排除波斯「安國」產生此種吹奏樂器歷史的可能。至少我們可從現存文獻資料中得知,波斯諸國曾大盛此樂,並由中亞兩河流域,即阿姆河、錫爾河得以東漸發揚光大於唐宋漢地。

追根溯源,波斯古國的「嗩吶」輸入中國腹地也是一件頗有意味的歷史事件。因爲此件吹奏樂器在華夏各地的民間音樂歌舞與戲曲,以及民俗活動中扮演著非常重要的角色,故此,特別值得認眞鈎沈已爲人們淡忘的佐證資料,以正學術視聽。

「嗩吶」,又名「鎖吶」、「喇叭」,「嘰吶」或「海笛」等,據查詢,唐宋文獻上不曾見此種「曲兒小,腔兒大」的吹奏樂器之稱,直到元明時期才有所記載。諸如《南詞敘錄》曰:「至於喇叭、鎖吶之流,並其器皆金、元遺物。」另如《武備志》云:「操令凡二十條,即是吹鎖吶。」明・王圻的《三才圖會》曰:「鎖吶其制如喇叭,七孔,首尾以銅爲之,管則用木,不知起於何時代。當是軍中之樂也,今民間多用之。」然而對此不知出自何時、產自何地的外來樂器,《大清會典圖》卻有一個波斯語稱謂,即「蘇爾奈」,又名「瑣鎊愒」,稱其爲「木管,兩端飾銅,管長一尺四寸一四,上加蘆哨吹之。九孔前出,後出一,左出一。」至今在伊朗境內,突厥人後裔還稱其爲「蘇爾奈」、「嗩勒耐依」,或「卡爾吶」。此可參考周菁葆研究員有關學術考證:

> 鎖吶在漢文文獻中一直有不同的譯寫,如「鎖吶」、「瑣吶」、「嗩吶」、「喇叭」,清代還有「瑣鎊」、「鎖哪」、「鎖奈」等。這些都是根

據西域的「蘇爾奈」而譯。著名突厥音樂家阿爾・法拉比在公元十
世紀的著作裏有 Sournai 的名稱。國外學術界有人認爲鎖吶是源自波
斯語。……漢文史書中的「鎖吶」一詞，就是從西域流行的突厥語
轉譯的。清代記載維吾爾人樂器時説：「蘇爾奈，一名瑣吶。」西域
石窟中的鎖吶圖，彌補了古代文獻的不足。它有力地説明，鎖吶不
是到明代才有，公元三至四世紀已在西域出現。〔註16〕

在中國民間吹打樂或地方戲曲的樂隊之中，從西域波斯胡地傳入的「嗩吶」，
經常作爲領奏樂器使用。嗩吶音量宏大，聲音粗獷，音色即高亢明亮，又柔
美悠揚；既宜於表現歡快、熱烈、奔放、雄壯的樂曲；又能演奏技巧性與模
仿性頗強的華彩樂段，故爲中華民族民間娛樂中運用最爲廣泛的樂器之一。
在古代的樂舞戲曲中，此種吹奏樂器可稱得上是烘託氣氛、招攬觀眾的絕佳
樂器。

　　古代西域與波斯帝國諸地之胡人性格開朗爽放，能歌善舞，爲胡風歌舞
伴奏多用各種形制的樂鼓。從人們所熟知的唐宋大曲與元曲文獻中就有「節
鼓」、「簷鼓」、「細腰鼓」、「羯鼓」、「毛員鼓」、「都曇鼓」、「侯提鼓」、「正鼓」、
「和鼓」、「答臘鼓」、「楷鼓」、「雞婁鼓」、「齊鼓」、「擔鼓」、「建鼓」、「杖鼓」、
「齉鼓」、「桴鼓」、「鐃鼓」、「王鼓」、「銅鼓」等等，其中很多種樂鼓都來自
西域與波斯國。爲唐玄宗格外鍾愛的「八音之領袖」之「羯鼓」亦來自胡地。
據唐・段安節撰《樂府雜錄・序羯鼓》精彩描述：

　　　　明皇好此技。有汝陽王花奴，尤善擊鼓。花奴時戴研絹帽子，
　　　上安葵花數曲，曲終花不落，蓋能定頭項爾。黔帥南卓著《羯鼓錄》
　　　中具述其事。〔註17〕

唐・南卓撰《羯鼓錄》記載，在南北朝時期，由西域胡地輸入的處於領奏地
位的「羯鼓」，其形制「鼓如漆桶，下以小牙床承之，擊用兩杖」，故有「兩
杖鼓」之稱謂。唐玄宗李隆基及其宰相宋璟等諸多皇室貴臣都善擊羯鼓。玄
宗還創編了如《色俱騰》、《太簇曲》、《乞婆婆》、《曜日光》等數十首羯鼓獨
奏曲與連套鼓曲，由此可見羯鼓的表演藝術魅力之大。

　　關於「羯鼓」的出處與名稱，可從《通典》詮釋所獲知，其「以出羯中，
故號羯鼓」。謂鼓之皮由西域胡地羯羊皮所蒙製。據《太平御覽》卷五百八十

〔註16〕周菁葆《絲綢之路的音樂文化》，新疆人民出版社，1987年版，第92頁。
〔註17〕《中國古典戲曲論著集成》，中國戲劇出版社，1959年版，第57頁。

二三「樂部」所述：「羯鼓出外夷，以戎羯之鼓，故曰羯鼓。」又云：「其音焦殺鳴烈，尤宜急曲促破作戰，杖連碎之聲；又宜高樓曉影，明月清風，破空透遠，特異眾樂。杖用黃檀狗骨花楸桿緊絕濕氣，而復柔膩，桿取發越響亮。」又有《記纂淵海》對此胡樂器作如下實錄：

> 蜀客李琬至長安也，聞羯鼓聲扣門，羯鼓工曰，君所擊手豈非《耶婆色雞》乎，然而無尾何也。工大異日，某祖父吾此曲，父沒此曲，遂絕今。但按舊譜尋之，竟無結尾聲。琬曰：夫《耶婆色雞》當用《梔拓急遍》「解」，工如其教，果得諧演，聲音皆盡。

如上所述，中原地區日漸散失的羯鼓曲《耶婆邑雞》，曾被識者解譯為「怵木屈拓急遍」，即波斯境內石國代表性歌舞曲《柘枝》，或受其影響的西域「龜茲」樂舞之快速節奏伴奏曲。此據《酉陽雜俎》記載，有一次唐玄宗目睹寧王用羯鼓演奏樂曲，詢問之，所獲竟是西域「龜茲樂譜」，此可左證這首神奇的鼓樂胡曲的確切出處。

仰仗泱泱大唐對「四夷之樂」的開放大度政策，華夏周邊諸國，特別是西北邊境地區的諸民族與國家，蜂擁而至，爭向中原漢政府靠近，並殷切拋來業已成熟的胡地樂舞與詩歌體戲劇藝術之繡球。自此大量胡樂、胡舞、胡戲、胡詩及其胡樂器與器樂曲的引進，自然而然促成漢民族傳統樂舞詩文的解體與重組。於隋唐時期創立的「坐部伎」與「立部伎」之燕樂體系，以及「七部樂」、「九部樂」與「十部樂」的輪番交替，其樂部的胡漢因素雜糅，即形象生動地反映了當時音樂藝術界求新思變的現狀與動態。

著名音樂史學家楊蔭瀏在《中國古代音樂稿》中曾以文字或圖表形式，比較清晰地論述到包括波斯樂在內的西域諸樂輸入中原朝廷之歷史過程，以及「燕樂」與隋唐諸樂部逐步演變之藝術流程：

> 開始的《燕樂》是帶有對統治者頌揚的內容的一種樂舞；最後的《禮畢》或《燕後》是民間帶著假面具表演的一種歌舞戲，被用為多部樂的結束節目的。在作為主體的中間的多部中，《清商》是漢族的民間音樂；《西涼樂》是西北接近漢族地區的少數民族的音樂；《高昌樂》、《龜茲樂》、《疏勒樂》是更向西北的少數民族的音樂；康國是在中國邊區流動的一個民族；《安國樂》、《天竺樂》、《扶南樂》、《高麗樂》都是外國音樂。除了《扶南樂》以外，這些雖然大部分在第四、第五世紀時已流行於中原地區；但把它們集中在一起，

進一步加以重視，給與《九部》、《十部》等總的名稱，則是在隋、唐政治上統一的時期。〔註18〕

楊蔭瀏先生爲證實古代西域與波斯諸國樂部輸入中國之歷史，還特地繪製了一幅「隋《七部樂》、《九部樂》與唐《九部樂》、《十部樂》對照表」。結合圖表與文字顯示所知，隋朝「七部樂」與「九部樂」中除了「清商」、「國伎」、「禮畢」、「文康」四部樂之外，另外還有「西涼」、「龜茲」、「疏勒」、「康國」、「安國」、「天竺」、「高麗」共七部樂，計東、西胡部音樂在其間佔有一大半分額，西胡較之東胡樂部比例則更勝一籌。而至唐朝，中原傳統音樂只剩下「清商樂」一部，再除去一南、一北兩部東胡「扶南樂」與「高麗樂」，西胡樂部則占有一大半，共計六部，而波斯境內「安國樂」與「康國樂」尤具舉足輕重的地位。若再與毗鄰「龜茲樂」、「疏勒樂」互爲照應，當佔有唐代諸樂部之半壁江山。

如果根據西域、波斯諸樂部最初傳入中原的先後時期排列，依次爲《天竺樂》（公元346～353年）、《龜茲樂》（384年）、《西涼樂》（386年）、《安國樂》（436年）、《疏勒樂》（436年）、《高昌樂》（約520年）、《康國樂》（585年）。然其中的《天竺樂》自隋滅即亡，《高昌樂》爲最後合成的唐代「十部樂」時才融入其中。

相比之下，最初只有深受波斯胡樂影響的《龜茲樂》與《西涼樂》在中原漢地大出風頭。此可在《舊唐書·音樂志》記載獲知：「自周、隋以來，管絃雜曲將數百曲，多用《西涼樂》；鼓舞曲多用《龜茲樂》，其曲度皆時俗所知也。」然而到了唐宋時期，貫穿隋唐樂部始終的《安國樂》與後來者居上的《康國樂》，以及「昭武九姓」所屬其它樂部與胡風樂舞，更是對中原樂舞藝術產生過長遠的甚至顛覆性的影響。

據《隋書·音樂志》云：「安國歌曲有《附薩單時》，舞曲有《末奚》，解曲有《居和祗》。樂器有箜篌、琵琶、五弦、笛、簫、篳篥、雙篳篥、正鼓、和鼓、銅鼓鈸等十種爲一部，工十二人。」《通典》亦云：「後魏平馮氏，通西域，得其伎。隋唐以備燕樂。歌曲有《附莖》、《單時歌棲》，解曲有《居恒》。樂器有箜篌、五弦琵琶、笛、簫、雙篳篥、正鼓、和鼓、銅鼓、歌簫、小篳篥、桃皮篳篥、腰鼓、齊鼓、簷鼓等十四種，工十八人。」另據《唐音癸簽》

〔註18〕上述引文與下述圖表均出自楊蔭瀏《中國古代音樂史稿》（上冊），人民音樂出版社，1980年版，第215頁。

云：「安國樂，後魏通西域得之，唐到十部伎。樂器十色，工十二人，歌曲有《附薩單時》，舞曲有《末奚》，解曲有《居和祇》。」

　　儘管上述文獻記載有所差異與誤訛，但大部分相統一的數據給後人提供了如下重要信息：其一，中亞《安國樂》輸入中原地區之契機為公元五世紀初，北魏太武帝拓跋燾西行平定河西北涼，兼收西域諸國樂部與樂舞，其中尤以《安國樂》為最甚。其二，此次所得西域胡樂器類別眾多而齊全，既有各種打擊樂、吹奏樂；還有各種彈撥樂器，其中如「琵琶」、「箜篌」、「篳篥」為波斯樂部代表性樂器。特別是「篳篥」類中不僅有單管「大篳篥」，還有「雙篳篥」、「小篳篥」與「桃皮篳篥」等，可謂「篳篥」胡樂之大全，為其它西域樂部（《龜茲樂》僅有「篳篥」一種）所望塵莫及。其三，為中原宮廷輸入獨具特色的「歌曲」、「舞曲」與「解曲」，從而促使隋唐樂舞大曲結構真正形成，對此有重要貢獻的當數《康國樂》。

　　《隋書・音樂志》記載：「康國，起自周代帝娉北狄為後，得其所獲西戎伎，因其聲。歌曲有《戢殿》、《農和正》；舞曲有《賀蘭鉢鼻始》、《末奚波地》、《農惠鉢鼻始》、《前拔地惠地》等四曲。樂器有笛、正鼓、銅鈸等四種為一部，工七人。」《通典》亦云：「樂用笛、鼓二、正鼓一、小鼓一、和鼓一、銅鼓二。」另據《文獻通考》云：「自周閔帝娉北狄女為后，獲西戎伎樂也，隋唐以備燕樂部。歌曲有《二殿農和去》，舞曲有《賀蘭鉢鼻始》、《末奚波地農慧》、《惠鉢鼻始》、《前拔地慧地》等四曲。樂用長笛、正鼓、和鼓、銅鈸等四種。」對此，《唐音癸籤》卷十四亦曰：

　　　康國樂，起自周代得其樂，唐仍隋列十部伎。樂器四色，工七

　　人，歌曲有《戢殿農正》，舞曲有《賀蘭鉢鼻始》、《末奚波地》、《農

　　慧鉢鼻始》、《前拔地慧地》等四曲。其舞急轉如風，俗謂之《胡旋》。

根據上述種種數據資料顯示，乃至與前述史料相比照，波斯屬國之《康國樂》輸入中原地區應是公元六世紀中葉之事，為北周孝閔帝宇文覺迎娶北狄女所得，始稱「西戎伎樂」。與此同時，所獲歌曲一種、舞曲四種及長笛與各種打擊樂器，還有甚為流行代表性樂舞《胡旋》。據《樂府雜錄》記載：「《胡旋舞》居一小圓球上舞，縱橫騰擲，兩足終不離球上，其妙如此。」唐・白居易為其《胡旋女》詩詞出注：「天寶末，康居國獻之」。

　　眾所周知，《安國樂》、《康國樂》、《天竺樂》中出現的「銅鈸」是中國民間樂舞與地方戲曲最喜歡演奏的打擊樂器。據馮文慈主編的《中外音樂交流

史》考證：「銅鈸」本源於波斯帝國境內，及亞、非洲交界處，後經中亞、南亞輸入東方諸國乃至中國：「銅鈸，據考證源於西亞、北非一帶，隨《天竺樂》傳入中國。今中國民族民間音樂常用的各種形制的鑔，即由銅鈸發展而來。銅鈸也是一種廣泛傳播的樂器，除《天竺樂》、《安國樂》外，在《康國樂》、《龜茲樂》、《西涼樂》、《扶南樂》中也使用。」〔註19〕

　　自印度、波斯諸國樂部輸入中國腹地之「歌曲」、「舞曲」及合成的「歌舞曲」，雖然華夏自古有之，然而人們對「解」知之甚少，以及對與「解曲」彙爲一體的大型樂舞結構形式始初卻甚感新鮮。此種胡樂形式的輸入，無疑是對較爲外在、鬆散與缺乏敘事體及其整合性的中華民族傳統表演藝術與文化娛樂形式是一種衝擊與天然的補償。

　　從語言文學角度來理解，「解」相當於敘事體文學、講唱文學或詩歌唱詞中的「章」。宋・郭茂倩《樂府詩集》卷二六《相和歌辭》「小序」曰：「凡諸調歌詞，並以一章爲一解。」《古今樂錄》曰：「傖歌以一句爲一解，中國以一章爲一解。」《古今樂錄》所引王僧虔之語，其「解」在「相和大曲」中應是「先詩而後聲」，即由文學詩歌轉入藝術歌樂，以「解」來使「音盡於曲」。

　　從古代表演藝術角度來審視，「解」是歌曲或樂曲結尾的擴充部分。在結構較長、大而分段較多的民族音樂之中，也用於完整的段落之後作爲結尾，因而在一定條件下帶有較快速間奏之性質。即如前所述，《羯鼓錄》引徵李琬提議在演奏《耶婆邑雞》之後，用《榧柘急遍》作「解」達到預期的藝術效果。一般來說，樂工在用同一首曲調配合多節歌詞作多次反覆歌唱的歌曲之時，或在作多次反覆演奏的器樂曲調之中，每反覆一次，就在其後用一次「解」。宋・陳暘《樂書》卷一六四云：「凡樂，以聲徐者爲本聲，疾者爲解。自古奏樂，曲終更無他變。」元・吳萊在論證「樂府主聲」時所云：「解者何？樂之將徹，聲必疾，猶今所謂闋也。」即所謂的「文武之道、一張一弛」。由此可見，其「解」的輸入確實給唐宋元明時期的中國傳統樂舞戲曲表演帶來新的活力。

　　「解」發展爲「解曲」，乃至」大曲」時，其樂舞詞曲逐步得以擴充，並且結構更顯嚴謹。解曲常用於多段歌曲與樂曲的結束部分，採用快速曲調形成獨立的尾聲，諸如波斯樂舞胡曲《柘枝》中所用的「渾脫解」。關於「渾脫」其辭令曾出現在《唐會要》，即曰：「比見坊邑相率爲渾脫隊，駿馬胡服，名

〔註19〕馮文慈主編《中外音樂交流史》，湖南教育出版社，1998年版，第66頁。

曰蘇莫遮」，或稱「潑寒胡戲」，亦有學者提出其它不同說法：

> 有人說它是一種「烏羊皮帽」；也有說大概是波斯語 KUNDA（口袋）的對音，或蒙古語「酒囊」的意思；有的說可能是「牛皮船」；這些說法有一定的道理。在舉行「潑胡乞寒」戲時，要用油囊盛水互相潑灑。所以張說詩云：「油囊取得天河水，將添上壽萬年杯」。後來「渾脫」的含義變了，成爲舞曲的名字，和「劍器」融合。陳暘《樂書》記載：「劍器入渾脫，爲犯聲之始。」可見音樂上把兩個樂曲混合起來，在當時是個創造。〔註20〕

另據宋・陳暘《樂書》卷一八九云：「唐天后末年，劍氣入渾脫，始爲犯聲，劍氣宮調，渾脫爲角調。」「犯聲」即「犯調」，亦指異宮相犯所形成的「旋宮」，或同宮異調之「轉調」。因「渾脫」的融入，使「劍器渾脫」出現不同程度的變音。繼爾融入《渾脫》解曲後則引起速度與節奏上更加豐富的變化，而使得歌舞音樂與戲曲聲腔越發悅耳動聽。

　　然而隨著唐代樂舞戲的不斷髮展與胡樂的逐步華化，在西域胡部樂舞基礎上，需將「十部樂」改造爲民族風格甚濃的《立部伎》與《坐部伎》音樂歌舞組合。其《立部伎》當時分爲八部：（一）《安樂》、（二）《太平樂》、（三）《破陣樂》、（四）《慶善樂》、（五）《大定樂》、（六）《上元樂》、（七）《聖壽樂》、（八）《光聖樂》；其《坐部伎》爲六部：（一）《燕樂》、1.《景雲樂》、2.《慶善樂》、3.《破陣樂》、4.《承天樂》，（二）《長壽樂》、（三）《天授樂》、（四）《鳥歌萬歲樂》、（五）《龍池樂》、（六）《小破陣樂》。

　　爲了維護大唐禮樂律制的尊嚴，雖然上述各樂部表面名稱由胡樂轉換爲漢樂，但是其樂器形式與樂舞內容卻仍屬「胡部新聲」之藝術範疇。諸如《舊唐書・音樂志》記載：《立部伎》「自《破陣樂》以下，皆雷大鼓，雜以龜茲之樂，聲震百里，動蕩山谷；《大定樂》加金鉦；惟《慶善樂》獨用西涼樂。最爲閒雅。」而《坐部伎》「自《長壽樂》以下，皆用《龜茲樂》。自周、隋以來，管絃雜曲將數百曲，多用《西涼樂》，鼓舞曲多用《龜茲樂》。」《新唐書・禮樂志》亦云：「倍四本屬清樂，形類雅音，而曲出於胡部」。《舊唐書・音樂志》中則曰：「太常卿引雅樂每色數十人，自南魚貫而行，列於樓下。鼓笛，雞婁充庭考擊，太常立部伎、坐部伎，依點鼓舞，間以胡夷之伎。」可見，當時的大唐在倡導並形成多民族的胡漢音樂的雜糅融合。

〔註20〕歐陽予倩主編《唐代舞蹈》，上海文藝出版社，1980 年版，第 153 頁。

在華夏歷史上，鑒於胡樂、胡曲一時過於侵擾大唐傳統樂舞詞曲，於天寶十三載（754 年）七月七日，「玄宗敕命在太常寺內刻石爲記」。《唐會要》卷三三對此詳載：「太樂署供奉曲名及改諸樂名」，以致使「立石刊於太常寺者，今既傳於樂府，勒在貞瑉，宣付所司，頒示中外。」朝廷爲此頒旨，令行禁止，不可抗拒。即刻舉國由上而下大動干戈，旋將社會與民間，特別是流行於「大樂署」、「鼓吹署」、「教坊」與「梨園」的所存胡風樂曲詞牌均改爲華語漢名。其結果，亦出現始料不及的負面效應。此種一夜之間的移花接木之障眼術，導致後人識別唐宋大曲、宋元雜劇與曲藝中的西域、波斯胡名樂曲產生了巨大的困惑。

根據香港學者張世彬著《中國音樂史論述稿》所釋讀，當年唐玄宗敕命胡樂華化，處衷是「《道調》、《法曲》與《胡部新聲》合作。」然其結果則強行以漢樂同化胡樂，所採取的方法的是在曲牌調名上責令胡樂全盤隨華從俗。翌年，遇到了給唐朝以致命一擊的「安史之亂」，反倒致使其胡漢音樂陷入更加無序的混亂狀態。爲了正本清源，最大限度地恢復歷史原貌，我們有必要對當時朝廷改名所持的原則予以必要的與搜檢：

> 凡譯音的胡名改成有祥瑞意思的華名，例如《蘇羅密》改《升朝陽》，《蘇莫遮》改爲《感皇恩》等。譯名一部分尤其是佛曲，則改成《道調》曲名，例如《龜茲佛曲》改爲《金華調眞》，《色俱騰》改爲《紫雲騰》等。本來已有華名但不雅的亦改作吉祥之名，例如《無愁》改爲《長歡》，《老壽》改爲《天長寶壽》等。所以如此，是因爲供奉曲須給皇帝欣賞之故。〔註21〕

然而遺憾的是本來應該學術化或藝術化的歷史行爲卻被強差人意的御用化或政治化所擠佔。實際上，爲奉迎皇帝歡心而更改的「祥瑞」或「供奉曲」，並不符合雅樂宮調系統，難免會被後人誤解或遺忘。再有事與願違，因胡地外域佛曲多遺存於胡漢俗樂之外而無法染指，故使太常寺胡樂改名並不徹底。此次胡漢樂曲更名之舉，所造成的學術混亂，給人留下避重就輕、華而不實、半途而廢之遺憾。僅例舉在此之後問世的唐·南卓著《羯鼓錄》（848～850 年）與宋·陳暘《樂書》（1068～1100 年）所彙載的大量入樂之佛曲，仍遺存爲胡名，被混錄或尚未錄入者甚眾即爲明證。

〔註21〕轉引自張世彬《中國音樂史論述稿》，香港友聯書報發行公司，1975 年版，第163 頁。

　　諸如《羯鼓錄》記載佚錄者有：「《九仙道曲》、《盧舍那仙曲》、《御製三元道曲》、《四天王》、《半合麼那》、《失波羅辭見柞》、《草堂富羅》、《於門燒香寶頭伽》、《菩薩阿羅地舞曲》、《阿陀彌大師曲》、《雲居曲》、《九巴鹿》、《阿彌羅眾僧曲》、《無量壽》、《眞安曲》、《雲星曲》、《羅利兒》、《芥老雞》、《散花》、《大燃燈》、《多羅頭尼摩訶缽》、《婆娑阿彌陀》、《悉馱低》、《大統》、《蔓度大利香積》、《佛帝利》、《龜茲大武》、《僧個支婆羅樹》、《觀世音》、《居麼尼》、《眞陀利》、《大興》、《永寧賢者》、《恒河沙》、《沙盤無始》、《具作》、《悉家车尼》、《大乘》、《毗沙門》、《渴農之文德》、《菩薩緱利陀》、《聖主興》、《地婆拔羅功》」等胡地佛曲。

　　《樂書》中仍佚錄者有：「《普光佛曲》、《彌勒佛曲》、《日光明佛曲》、《大威德佛曲》、《如來藏佛曲》、《藥師琉璃光佛曲》、《無威感德佛曲》、《龜茲佛曲》；《釋迦车尼佛曲》、《寶花步佛曲》、《觀法會佛曲》、《帝釋幢佛曲》、《妙花佛曲》、《無光意佛曲》、《阿彌陀佛曲》、《燒香佛曲》、《十地佛曲》；《大妙至極曲》、《解曲》；《摩尼佛曲》；《蘇密七俱陀佛曲》、《日光騰佛曲》；《邪勒佛曲》；《觀音佛曲》、《永寧佛曲》、《文德佛曲》、《婆羅樹佛曲》；《遷星佛曲》、《提梵》」等等，這些散佚胡樂樂曲分別可入「婆陀調、乞食調、越調、雙調、商調、徵調、羽調、般涉調、移風調」等九調。

　　頗有學術價值並促使人深入思考的是：上述法曲九宮調大部分與前世蘇祇婆「五旦七調」，以及後世中國古典戲曲音樂「六宮十一調，其計十七宮調」相吻合，眞是「山不轉水轉」，如此正好證明了東、西方胡漢樂本來就存有難以割捨的歷史傳承關係。

　　另外值得關注的是，源自「清樂」傳統的「法曲」在接受改造西域、波斯胡樂的過程之中，適得其反反而很大程度地被胡化。此可例舉白居易《法曲》詩爲證：「法曲法曲合夷歌，夷歌邪亂華聲和。以亂乾和天寶末，明年胡塵犯宮闕。」濫改「胡樂」興許也是引起「安史之亂」的一個潛在因素，從而引起諸多詩人的豐富聯想與猜測。清‧邱瓊蓀著《燕樂探微》則認爲當時流行的法曲不僅授柄於胡俗樂，而且染指於胡佛曲，爲此他作如下剖析：

　　　　法曲以清樂爲本，更羼雜小部分的外族樂，除外族樂外，又有
　　道曲和佛曲。道曲模彷佛曲，佛曲也是外族樂，惟在一般性的樂曲
　　以外另成一派。它和我國的音樂文學也很有關係。變文、俗文因直
　　接託體於佛曲，其它散曲中也有一部分和胡曲相結合的，如《五更

轉》常用以頌佛，《十二時》亦常作佛門中讚頌之用。〔註22〕

值得注意的是，邱瓊蓀先生在研究唐天寶年間數十首胡樂曲被強行改為華名時，意外發現其中十四調樂卻大半未傷其毫髮，由此而陳述：「隋唐燕樂或太簇宮時號沙陀調，太簇商時號大食調，太簇羽時號般涉調，林鍾宮時號道調，林鍾商時號小食調，林鍾羽時號平調，黃鍾商時號越調，黃鍾羽時號黃鍾調，中呂商時號雙調，南呂商時號水調、金風調。」仍從胡樂調名之「太簇角、林鍾角、黃鍾宮」因未染胡漢改名樂曲不計。對此，邱瓊蓀強調指出：「我們概括地觀察《唐會要》十四調（合金風調）與外來樂調的關係，其中有外來曲名的調十一，沒有外來曲名的調三。從這一點觀察，可知二十八調中外來樂調可能有十一調，有曲必有調也。」

當人們搜檢宋元雜劇、諸宮調與元曲、明清傳奇所沿用的宮調系統時，會意外地發現，各代未曾拘泥於八十四調，而是建立在不斷篩選的上述二十八調基礎之上。實際上，宋代只用十七調，到元代北曲只剩有十二宮調，南曲也只有十三宮調基礎之上，至明清崑曲時已只剩下九個宮調。而至於元、燕南芝庵《唱論》中記述，當時所見之「詞山曲海，千生萬熟。三千小令，四十大曲」的時代已漸消退。另述其元曲有「慢、滾、序、引、三臺、破子、遍子、擷落、實催」；全篇有「賺煞、隨煞、隔煞、羯煞、本調煞、拐子煞、三煞、七煞」等，均吸取不少域外胡曲形式的歌唱與演奏，遂逐漸異化為中國民間傳統藝術形式。諸如隨之「北曲」而南下日漸盛興的南宋都市戲曲與曲藝之演變，我們可從《都城紀勝》記載窺視其昔日的身影：「教坊大使，在京師時，有孟角球，曾撰雜劇本子；又有葛守成撰四十大曲詞。」此時「三千小令，四十大曲」早已避其舊時胡風而演化為更加市民化的街巷俚曲。

〔註22〕邱瓊蓀等《燕樂三書》，黑龍江人民出版社，1986年版，第304頁。

第五章　中國現當代各民族劇作家及作品

　　在中國近現代，因為連年的國內戰爭與社會動亂，更因為西方列強對華夏大地的侵略，同時也伴隨著各種政治、經濟、文化、藝術的交流。從而激活了中華各民族的戲劇創作與演出，漢族的地方戲曲顯示了生機勃勃的景象，少數民族中也湧現了大批富有才華的戲劇作家。另外，由於西方外來的話劇、歌劇、音樂劇與電影、電視的輸入，在國內各民族許多文學、藝術家從事自己熟悉的文體、曲體的前提下，又投身於各種新興戲劇形式的創作與排演。故此，使之中華民族戲劇藝術步入現代化的廣闊領域。

一、現當代漢族劇作家的戲劇作品

　　二十世紀初的五四運動打著要「科學」要「民主」或要「賽先生」、「德先生」的革命旗號，發起了大規模的「打倒文言文，提倡白話文」的文化運動。另外非常突出的文化事件還有「學堂樂歌」新音樂文化思潮，以及「戲曲改良」變革與以「易卜生主義」相伴的西方「話劇」的輸入。

　　「五四」運動中產生的「話劇」，集中體現著東方古國蘇醒期的審美意識。它是中西文化薈萃的結晶，顯示出中國文化站在時代制高點上對人類文化接受吐納的過程。五四運動中將陳獨秀曾在《現代歐洲文藝史評》一文中敏感地預測世界文壇的新動向：「現在歐洲文壇第一推重者，厥唯劇本，詩與小說退居第二流，以實現於劇場，感觸人生愈切也」。有志之士與文學革命鬥士開始批判中國古典「墮落的舊劇」，大聲宣稱「戲劇是近代文學中最恰當的文

學」。沈雁冰（茅盾）也指出：「近代文學的主體是劇本」。世界戲劇浪潮的衝擊與中國的現實相契合，從根本上改變了戲劇在中國諸種文學體裁中的地位。

中國早期話劇又稱「文明戲」、「文明新戲」或「新劇」，於辛亥革命前夕在日本新派劇的影響下產生。1910 年後盛行上海、漢口等城市。此劇種初期依據劇本演出，後來大都憑藉幕表，即興發揮，在資產階級舊民主主義革命中起過一定的宣傳作用。「辛亥革命」失敗後，戲劇逐漸走上商業化道路，並日趨衰落。當時主要劇團只有春柳社、進化團，春陽社等在慘淡經營。

「春柳社」於 1906 年冬在日本東京成立，包括戲劇、音樂、詩歌、美術等部門，而以戲劇創作與演出為主，是中國早期話劇與新劇的第一個演出團體。春柳社主要成員有曾谷孝，李叔同、陸鏡若、歐陽予情等。1907 年起，在日本公演《茶花女》、《黑奴籲天錄》、《熱血》等。辛亥革命之後，曾用「春柳劇場」名稱在上海、無錫、長沙等地公演《社會鐘》、《家庭恩怨記》等，表現了民族獨立與民主革命的願望，1915 年解散。

「進化團」，中國話劇職業劇國，1910 年在上海成立。領導人是任天知。該社團演出採用幕表制，劇目有《黃金赤血》、《共和萬歲》、《都督夢》等，在反映辛亥革命，推進新劇運動方面起了一定作用，1912 年解散。

春柳社的主要發起人與實踐者李叔同（1880～1942 年），即後來大名鼎鼎的弘一法師，名文濤，別號息霜，浙江平湖人。不僅在中國教育界、宗教界、戲劇界、美術界，還在音樂界享有盛名。他出身於清進士，鹽商家庭。擅長書畫篆刻，工詩詞，1905～1910 年間在日本東京學西洋繪畫和音樂。後來參加話劇《茶花女》和《黑奴籲天錄》演出。歸國後，在浙江兩級師範、南京高等師範等校任繪畫、音樂教員，作有歌曲《春遊》、《早秋》等。並採用外國歌曲配製新詞作為教材，在中國早期學堂樂歌與新劇演出藝術教育中頗具啟蒙意義。

另一位對中國現代戲劇運動產生很大影響的湖南瀏陽人歐陽予倩，也是春柳社的主要成員，他從日本回國後參與新劇同志會、春柳劇場，倡導新劇運動，後任電影編導兼京劇演員十餘年。解放後，參與中央戲劇學院的籌建與領導工作。

歐陽予倩（1889～1962），著名戲劇、戲曲、電影藝術家，中國現代話劇創始人之一。原名立袁，號南傑，藝名蓮笙、蘭客、桃花不疑庵主。1889 年5 月 12 日生於湖南瀏陽一官宦家庭。歐陽予倩一生創作改編話劇 40 餘部，導

演話劇 50 余出，創作、改編、修改戲曲劇本近 50 部，編、導影片 13 部。編寫的電影劇本《木蘭從軍》，當時負有盛名。1938 年起赴桂林對桂劇進行改革，並導演話劇《流寇隊長》、《欽差大臣》等。1941 年創作優秀歷史劇《忠王李秀成》。1944 年和田漢等一起舉辦西南第一屆戲劇展覽會，演出話劇、戲曲、木偶戲等 60 餘齣，為動員民眾、檢閱抗戰戲劇的發展作出重要貢獻。抗戰勝利後，他曾在新中國劇社和香港永華影業公司任編導，把京劇《桃花扇》改編成話劇，成為中國話劇舞臺的保留劇目。他的作品與時代脈搏相通，且話劇中含有戲曲精華，戲曲中蘊有話劇特色，為創建中國的民族演劇藝術體系出謀劃策。他堅持理論與實踐相結合，採用科學的方法教授學生，為中國培養了大批戲劇藝術人才。著有《歐陽予倩劇作選》、《自我演戲以來》、《一得餘抄》、《電影半路出家記》、《唐代舞蹈》、《話劇、新歌劇與中國戲劇藝術傳統》等，解放後任中央戲戲院院長，寫有《桃花扇》、《黑奴恨》等劇本二十餘部。

歐陽予倩生前對中華民族戲劇的創作、演出與研究發表許多文章。如他在「有關戲劇表演導演藝術的兩個問題」指出：「中國自革命軍到了長江下游，許多人如夢初醒，也發現了民眾的勢力。才曉得民眾不可侮，也曉得國家的命脈在全民眾身上，於是文藝家都決定革命後的藝術，應當是民眾的。民眾的戲劇，一如宗教劇，及一地方或一階級的或以全國家、全世界為本位的戲劇。話劇民族化群眾化。話劇為了更好地反映中國人民的英雄形象，表達中國人民的思想感情；更好地為人民服務，使這束花開得更茂盛、更鮮豔，發出更清遠的芬芳；更為廣大群眾所喜愛，就有更進一步民族化、群眾化的必要。話劇要有中國的民族特點，那就不能脫離中國的民族特點，那就不能脫離中國戲曲藝術的傳統，要吸取它的一切優點，並使之發揚光大。話劇表演藝術的民族化，不僅是在戲曲的表演藝術當中吸取精華，還有最重要的就是必須全面地、深刻地瞭解中國人，要瞭解中國人民的民族特性。這就是對中國的歷史、語言、風俗習慣要作必須的研究。沒有民族特點的戲劇是群眾不歡迎的，拿到世界上去，也直不起腰。」〔註1〕

他在「話劇、新歌劇與中國館戲劇藝術傳統」一文中殷切呼籲：

新歌劇和話劇的演員都要注重學習。關於舞蹈，新歌劇和話劇
演員都要學，新歌劇演員學得多一些。他們學民族舞蹈，也學一點

〔註 1〕《歐陽予倩全集》第四卷，上海文藝出版社，1990 年版，第 355 頁。

芭蕾。除此之外，我們要在中國舞臺上，反映中國人民的生活，表
現勤勞勇敢的中國人民，必須要深入地研究中國的歷史、風俗習慣，
要真正懂得中國人，還有就是對中國的語言之美，還要精深的體會，
能夠完全掌握運用。這是劇作家、演員、導演都應該多下功夫的。
這樣也才能繼承傳統，發揚傳統。〔註2〕

　　在中國新劇與話劇運動中有著重要社會影響的劇作家還有郭沫若、洪
深、田漢、老舍、阿英、曹禺等，他們為西方戲劇的中國民族化做出了積極
的貢獻。

　　郭沫若（1892～1978 年）中國現代傑出的作家、詩人，歷史學家、劇作
家、考古學家、古文字學家，著名的社會活動家。他於 1914 年赴日本留學，
1918 年開始新詩創作，1921 年，出版了第一部詩集《女神》，在抗日戰爭期
間，創作了《屈原》、《虎符》、《棠棣之花》等歷史劇及大量詩文。新中國成
立以來，繼續文藝創作，發表了《蔡文姬》、《膽孔雀》等歷史劇作。他學識
淵博，才華橫溢，是繼魯迅之後，中國文化戰線上又一面光輝旗幟。

　　《屈原》一劇寫於 1942 年 1 月，全劇洋溢著熾熱的愛國主義激情，憤怒
譴責迫害進步人士，出賣祖國人民反動政客的無恥行為，緊密地為當時抗日
戰爭現實服務，在山城重慶引起了巨大的轟動。此劇以戰國後期的七國爭雄
為文化背景，描寫楚國三閭大夫屈原主張對內革新政治，對外聯齊抗秦。他
曾得楚懷王信任，但以南後為首的賣國投降勢力，卻勾結秦國密使張儀，以
「淫亂宮廷」之罪加害屈原。昏庸無能的懷王竟聽信讒言，將屈原囚於東皇
太一廟，並廢棄齊楚盟約，依附強秦。在黑暗中的屈原滿懷憂憤，呼喚雷電
化作無形的劍，劈開比鐵還堅固的黑暗。此時，學生宋玉已賣身投靠南后，
忠誠追隨詩人的侍女嬋娟又將被南后處死。宮廷衛士救出嬋娟，又計劃一起
去營救屈原，不料嬋娟誤飲殺害屈原的毒酒身死。最終正義的衛士殺死謀害
屈原的幫兇，焚燒廟堂，並用屈原作《桔頌》以悼嬋娟。

　　洪深（1894～1954 年）著名劇作家，字淺哉，江蘇常州人。早年留學美
國，1922 年回國後在上海從事新戲劇活動。他 30 年代參加左翼戲劇運動，曾
領導復旦劇社，戲劇協社、并參加了南國社，對中國現代話劇的形成和劇場
藝術提高竭盡全力。先後創作過《趙閻王》、《五奎橋》、《包得行》、《雞鳴早

〔註 2〕　《歐陽予倩全集》第四卷，上海文藝出版社，1990 年版，第 276 頁。

看天》等劇本。抗日戰爭爆發後，領導上海救亡演劇二隊赴內地，積極推動了戲劇界的抗日救亡宣傳運動。

田漢（1898～1968 年）戲劇活動家、劇作家、詩人，湖南長沙人。早年留學日本，1921 的歸國後，與郭沫若等組織創造社，後創辦南國藝術學院、南國社、主編《南國月刊》。他的戲劇創作以具有鮮明的時代感，強烈的革命激情和積極的浪漫主義精神著稱，寫有話劇、歌劇、戲曲、電影劇本一百餘部，主要有《咖啡店之一夜》、《獲虎之夜》、《名優之死》、《亂鐘》、《揚子江暴風雨》、《麗人行》、《關漢卿》、《文成公主》、《白蛇傳》等，並寫有大量詩歌和歌詞，其中經著名音樂家聶耳譜曲的《義勇軍進行曲》被定爲「中華人民共和國國歌」。

曹禺（1910～1992 年）著名戲劇教育家、劇作家，本名萬家寶，祖籍湖北潛江，出生地天津。他出生於封建官僚家庭，父親萬德尊曾任鎮守使、都統和黎元洪總統秘書。1922 年曹禺●入天津南開中學，後參加南開新劇團，演出過莫里哀的《吝嗇鬼》，易卜生的《人民公敵》。1928 年升入南開大學政治學系，1929 年轉入清華大學西洋文學系。他特別喜歡古希臘悲劇及莎士比亞、易卜生、奧尼爾、契訶夫等人的戲劇作品。於 1933 年，年僅 23 歲就完成了中國話劇歷程碑式的多幕話劇《雷雨》，他從自己青少年時期熟悉的社會圈內攝取了此劇的題材。此劇通過周魯兩家八個人物的歷史與現實糾葛，反映了從清光緒二十年（1894）到 1920 年之間約達 30 年複雜的社會生活和衝突。

曹禺以高超的思想與技法在《雷雨》中，描寫了尖銳的不同階層的思想衝突和階級壓迫。深刻生動地塑造新舊交替時期三個不同性格的女性，以不同的方式對命運所做的抗爭，並顯示她們走向毀滅的悲劇結局。此劇情節的豐富、生動、尖銳的戲劇衝突，嚴謹的敘事結構，深厚凝重的格調，濃重的悲劇氣氛，深受古希臘悲劇和易卜生、奧尼爾劇作的影響。他成功地把民族內容與外來話劇形式結合爲一體，將中國年輕的話劇藝術提高到了一個新的高度。1935 年前後國內外相繼上演《雷雨》引起社會轟動。《雷雨》不僅奠定了曹禺在中國話劇史上傑出的現實主義劇作家的地位，同時也是中國年輕的話劇藝術走向成熟的標誌。

1935 年，曹禺開始構思和寫作《日出》，所表述的是學生出身的「交際花」陳白露在大旅館中，依靠銀行家潘月亭的供養奢侈的夜生活。《日出》在思想

與藝術比《雷雨》更成熟，更顯露出他獨特的創作個性與藝術風格。曹禺曾作《日出》「跋」如此評述：

> 中國的話劇運動，方興未艾，需要提攜。怎樣擁有廣大的觀眾，而揭示出來的又不失「人生世相的本來面目」，是頗值得內行的先生們嚴肅討論的問題。無疑的，天才的作家，自然一面擁有大眾，一面又把眞實犀利地顯示個清楚。次一等的人便有些捉襟見肘，招架不來，寫成經得演經不得讀的東西。不過，萬一因才有所限，二者不得兼顧，我希望還是想想中國目前的話劇事業，寫一些經得起演的東西，先造出普遍酷愛戲劇的空氣。〔註3〕

曹禺先生在解放前，另外還以浪漫主義、象徵主義等手法寫作了《原野》，以現實主義手法寫了《蛻變》。1942年在重慶唐家沱一艘停泊的輪船上花了三個月時間完成了對巴金長篇小說《家》的改編。劇本以覺新、瑞鈺、梅表姐、鳴鳳爲主角，著重描寫了舊禮教對青春和愛情的摧殘。另外還創作了《北京人》。解放後，他所寫的著名話劇有《明朗的天》、《膽劍篇》與《王昭君》，以他的話劇傑作而證實在中國話劇史上是繼往開來的重要人物。

在新中國建構的戲劇藝術舞臺上，要數「北焦南黃」，即焦菊隱與黃佐臨在民族戲劇導演方面所做的貢獻最大。他們一個在北京人民藝術劇院，一個在上海人民藝術劇院，一南一北，遙相呼應，推演出大量優秀劇目。並且對如何體現濃鬱的民族風格，中國傳統戲曲怎樣與少數民族戲劇與外國話劇藝術相互學習，共同提高，陸續發表過許多眞知灼見。

諸如焦菊隱在《略談戲曲的民族形式和民族風格》強調：「話劇向戲曲學習的主要目的有兩個：一是豐富並進一步發展話劇的演劇方法；二是爲某些戲的演出創造民族氣息較爲濃厚的形式和內容。對於話劇演出的民族形式化和民族風格化，舞臺燈光應當起著相當大的作用。舞臺燈光是完成優秀的演出形象的很重要的手段之一。不能說話劇這種形式不是民族的形式，也不能說，它的演出風格不是民族風格。同時，戲曲形式自然也不是唯一的民族形式。但它究竟是民族形式。所以話劇適當地、有機地吸收一些戲曲手法，使某些戲的演出，在形式和風格上的民族色彩更顯得濃厚些，卻是很值得摸索實驗的。」同時他還指出：

〔註3〕 曹禺《日出》「跋」，上海文化生活出版社，1936年版。

　　戲劇表演是否具有濃厚的民族味道，主要在於這樣幾點：第一，刻畫人物的時候，是否用了人物自己的民族方式在表達他的思想感情。第二，人物的重要的心理活動，是否也用形體動作細緻地形容出來。第三，和主線有關的情景，特別是人物的獨特態度，是否表現得特別強烈。第四，是否善於選擇所要強調的重點，並把它們強調起來，而其強調方式又是中國觀眾所喜聞樂見的。……例如，《三岔口》的主要的真實，不在黑夜，而在於人物在黑夜裏搏鬥，所以舞臺上完全不要出現黑夜。如果話劇在表演上能吸收戲曲這種獨特的表演手法，而不一定採用戲曲的程序化動作，我想，不但民族風格會被表現出來，而且連形式也會富有濃厚的民族色彩。第五，是否更多地從觀眾的感受著想。〔註4〕

　　黃佐臨於二十世紀60年代在《人民日報》上發表一篇在社會影響非常大的文章《梅蘭芳、斯坦尼斯拉夫斯基、布萊希特戲劇觀比較》，提出了與古希臘悲劇，西方布萊希特戲劇相比肩的「世界三大戲劇表演體系」之一的以梅蘭芳京劇為代表的中國民族戲曲。他認為其「傳統有著下列四大特徵：（1）流暢性：它不像話劇那樣換幕換景，而是連續不斷的，有速度、節奏和蒙太奇。（2）伸縮性：非常靈活，不受空間時間限制，可作任何表現。（3）雕塑性：話劇是把人擺在鏡框裏呈平面感，我國傳統戲曲卻突出人，呈立體感。（4）規範性（通常稱「程序化」）：意思是約定俗成，大家公認，這是戲曲傳統最根本的特徵。」再有黃佐臨指出中外民族戲劇的共同特點：「人類的戲劇史是一部不斷尋求戲劇手段和新的戲劇真理的經驗總結。好的經驗必被保留，壞的經驗必被淘汰。二千五百年的戲劇史中曾經出現過無數的戲劇手段。那就是說，每個歷史時期，都有戲劇工作者在舞臺實踐中尋求那個盡可能完美的形式，來表達一定的思想和政治內容。」這些關於民族戲劇發展的言論真能洗人耳目，令人精神為之一振。

二、現當代少數民族劇作家的戲劇作品

　　在中華民族戲劇文化的創建與發展過程中，中國各民族戲劇編劇與導演起到了非常重要的推進作用，其中尤為漢族與少數民族戲劇編導、互相支持

〔註 4〕焦菊隱《略談戲曲的民族形式和民族風格》《戲劇研究》，1959 年第 3 期。

與幫助，相輔相成編演了許多優秀的中國多民族戲劇劇目，特別值得熱烈讚賞與忠實記錄。

包爾漢・沙希迪，（1894～1989）塔塔爾族，社會活動家，文學家，戲劇作家。他生於俄國喀山省特鐵什縣。祖籍在新疆阿克蘇地區溫宿縣依列克村。早在十八世紀末，其祖輩逃難到俄羅斯境內哈桑省的森林裏伐木開荒，在那裡定居，並將那個地方也取名爲阿克蘇。

包爾漢・沙希迪自幼學習俄語、阿拉伯語，研習伊斯蘭教知識和《古蘭經》。1912 年，他獨自回到祖輩們日夜思念的祖國，在新疆烏魯木齊一家由俄國資本家開的「天興洋行」當店員，後任會計。1920 年開始在新疆省政府工作，1929 年留學德國柏林大學，攻讀政治經濟學。1932 年路過莫斯科時，與蘇聯共產黨取得了聯繫，參加革命工作。1933 年回國之後，又與中國共產黨的一些同志建立了聯繫。1935 年參加新疆民眾反帝聯合會。1937 年，被當時僞裝進步的盛世才政府派往蘇聯，任駐齋桑領事館領事。1938 年新疆軍閥盛世才電召回國述職，剛入境即遭逮捕，監禁近 7 年，直至 1944 年 11 月底被釋放出獄。在鎯鐺入獄期間，包爾漢・沙希迪以頑強的毅力編纂了《維漢俄詞典》，並將孫中山的《三民主義》一書譯成維吾爾文。他還創作了《向毛澤東致敬》等詩歌以及編寫了有關歷史、語言方面的一些文章，曾寫過反映新疆教育事業狀況的文學劇本《阿合買提校長》，1942 年還編寫過歷史劇文學劇本《戰鬥中血的友誼》，以後改名爲《火焰山的怒吼》的劇本。

包爾漢・沙希迪於 1961 年 10 月在新疆《天山》文學期刊上發表的五幕七場話劇《戰鬥中血的友誼》。1962 年，《劇本》月刊以同名刊載，當時受文藝界許多同志的熱情關心和鼓勵。中央有關領導如陳毅等對該劇的上演也十分關心，並提出寶貴的修改意見。中央實驗話劇院、新疆自治區話劇團曾先後上演過。1962 年，上海文藝出版社出版話劇單行本，改名《火焰山的怒吼》，書前附有他寫的序言《撲不滅的星火》。

包爾漢・沙希迪是一位卓有成就的維吾爾族學者，曾任中國科學院哲學社會科學部學部委員、民族語言研究所所長、民族研究所所長、中國科學院新疆分院院長、新疆大學校長、中國政法學會副會長等職。他通曉維吾爾、漢、俄、德、土耳其等多種語言文字，重視民族文化教育和語言研究，並致力於中國突厥學的研究。主要著作有《維漢俄辭典》、《新疆五十年》、史學論文《論阿古柏政權》、《再論阿古柏政權》、劇本《火焰山的怒吼》等。他一生

追求光明與眞理。熱愛祖國和自己的民族，爲維護祖國統一和民族團結，爲促進中國人民同世界各國人民和穆斯林兄弟的團結貢獻了自己畢生的精力。

老舍（1899～1966 年）滿族，現代小說家、戲劇家，北京人，原名舒慶春，字舍予。老舍 1918 年畢業於北京師範學校。抗戰前，歷任英國倫敦大學東方學院、齊魯大學和山東大學教授。抗戰勝利後，在美國講學並進行創作，解放前寫有《駱駝祥子》、解放後創作了話劇《龍鬚溝》、《春華秋實》、《茶館》、《女店員》、《全家福》、《神拳》，他多部小說改編爲戲劇，如《駱駝祥子》，長篇小說《鼓書藝人》等。

1937 年，抗日戰爭爆發，老舍介入鼓詞、京戲、歌詞、相聲、話劇等創作，如話劇《殘霧》、《張自忠》、《面子問題》、《大地龍蛇》、《誰先到了重慶》、《歸去來兮》、《國家至上》、《王老虎》、《桃李春風》等。1949 年後。老舍回到北京，創作了《方珍珠》、《龍鬚溝》等，獲「人民藝術家」稱號。另有話劇《一家代表》、《春華秋實》、《青年突擊隊》、《西望長安》、《紅大院》、《女店員》、《全家福》、《神拳》、《荷珠配》、《寶船》，曲劇《柳樹井》，京劇《青霞丹雪》，崑曲《十五貫》，歌劇《青蛙騎士》，曲藝文集《過新年》等。

50 年代，三幕話劇《茶館》是老舍最爲重要的文藝收穫。後被人稱之「中國話劇的經典」，「東方戲劇舞臺上的奇蹟」。老舍被稱爲「語言大師」。其劇作語言生動幽默、極富情感與京都平民味兒，尤其以《駱駝祥子》與《茶館》極富盛名。《茶館》以北京茶館爲時代的窗口，通過七十多個進出茶館的不同人物，反映從清末到抗戰勝利近半個世紀的社會變遷。茶館掌櫃工利發正直善良，精明能幹，爲了一家人的生活，四處請安作揖，但茶館仍被國民黨憲兵霸佔，最後被迫自殺。房主秦二爺變賣了自己的田產，用來辦工廠，搞實業救國，但以失敗告終。自食其力的常四爺，因爲說了「大清國要完」，被人告發而入獄，最終人去物空天地悠悠。此劇深刻地揭露了舊社會的黑暗與冷酷，筆力雄健，氣魄宏大，冷嘲熱諷之中幽默嚴峻，包孕著深刻的批判力。1961 年老舍還寫作了滿族歷史長篇小說《正紅旗下》，爲其文藝之「絕唱」。

康朗英，傣族詩人，1903 年出生。乳名岩吟。1977 年去世。他小時系統學習傣文，接觸貝葉經，熟讀《召捧班》、《楠捧班》、《秀批秀滾》、《召樹屯》等傣族敘事詩。後成爲著名的章哈歌手，土司封他爲「章哈猛」。1958 年出版傣文版長詩《流沙河之歌》，在「章哈調」基礎上創造性發展。另有力作《瀾滄江之歌》問世。

蕭乾，蒙古族，1910 年 1 月 27 日出生，1999 年去世。巴金說過：「我的朋友中最有才華的是沈從文、曹禺和蕭乾。蕭乾集著名作家、記者、翻譯家、學者等為一體。他翻譯過蘭姆的《莎士比亞戲劇故事集》，另有《好兵帥克》，出版了挪威易卜生詩劇《培爾·金特》，獲挪威王國授予的政府獎章。在挪威易卜生的故鄉希斯公開演講《易卜生在中國》。

1942 年蕭乾參觀英國伯明翰「莎士比亞外國文學譯本展覽」時，「只見中國展臺上擺有一本田漢根據日文轉譯的《羅密歐與朱麗葉》，深深感悟：一個國家的國力不僅僅表現在大炮軍艦的數目上，也不光看到他的國民產值多少。像世界公認的這樣經典名著的翻譯情況，也標誌著一個國家的國民素質和文化水平。」〔註5〕

金昌傑，朝鮮族作家，1911 年 12 月出生在朝鮮咸鏡北道明郡。6 歲時隨父親移居北間島地區，即中國吉林省延邊一帶。他發表過 62 篇文學作品，其中有一部戲劇作品，曾上演受到歡迎，並於 1957 年寫有學術論文《高麗歌謠的內容與形式》。

祖龍·哈迪爾，(1911～1989) 維吾爾作家、劇作家，現代維吾爾族文學的開創者與先驅者，維吾爾族現代戲劇的奠基人。他 1911 年出生在新疆塔城地區額敏縣，後隨父母遷居伊寧市。從小喜歡聽人講述民族民間傳說故事、彈唱民謠和敘事詩。1937 年到迪化（今新疆烏魯木齊）農業技校學習，並開始從事文學創作。寫作過一些短詩、寓言和童話。不久寫出敘事詩《齊曼》和話劇《麥斯伍德的忠誠》、《愚昧之苦》、喜劇《誰的事難辦》等，並親自導演和擔任演員，初步顯示出他的戲劇創作特殊的藝術天賦。在校期間還編寫了反映全民抗戰的大型話劇《游擊隊員》和《相逢》，表現了他的高度政治覺悟與責任性。

1940 年，祖龍·哈迪爾來到伊寧市在伊犁維吾爾文化促進會文工團從事戲劇工作，先後擔任演員、導演、創作部主任，文藝股長，以及在當地報刊《戰鬥》、《團結》雜誌編輯，並同時從事民族戲劇創作。1942 年在此期間創作的話劇《蘊倩姆》成為他的成名作。此部話劇描寫伊犁河畔有一位美麗的維吾爾族姑娘蘊倩姆，愛上了共同生活的勤勞的小夥子奴若木，然而狠毒的吾買爾鄉約非要讓她屈嫁給他的呆癡兒子賽依提，她只有以死相報。此劇真

〔註 5〕趙志忠主編《20 世紀中國少數民族文學百家評傳》，遼寧民族出版社，2007年版，第 135 頁。

實地描寫了地主巴依對人民的殘酷壓迫，表達了維吾爾族人民爭取自由的強烈願望。當時演出數百場，深受歡迎，後來頻頻被全疆各地文藝團體上演。1943 年他又創作了話劇力作《古麗尼莎》，不久也傳播到全疆，得以各地廣泛上演。

50 年代初，祖龍・哈迪爾深入維吾爾族農村，創作了轟動一時的話劇《喜事》，劇中令人信服地描寫了一位中農阿西姆對新生事物互助合作社運動態度的轉變，以及邊疆各族人民的歡樂。《喜事》在 1956 年全國第一屆話劇觀摩演出中榮獲演出一等獎，劇本創作三等獎。祖農・哈迪爾在晚年時，主要著力寫作自傳體小說《往事》，以及電影文學劇本《艾里甫與賽乃姆》。他還著有劇本《無知帶來的苦惱》、《蘊倩姆》、《古麗尼莎》、《在遇面時》，編著《維吾爾成語集》，電影文學劇本《艾力甫・賽乃姆》。其中話劇代表作《蘊倩姆》和《喜事》1958 年由戲劇出版社出版，忠實地記載了他不凡的戲劇創作的歷程。

端木蕻良，滿族作家，1912 年 9 月 25 日出生。1933 年，年僅 21 歲時用了 3 個月時間，完成 32 萬言的長篇小說《科爾沁草原》，他的才氣天賦屬於詩人，被稱譽爲「中國拜倫」。1937 年秋，旋至山西臨汾民族大學任教。寫了《風陵渡》，後於重慶創作歌詞《嘉陵江上》、《民主大合唱》等。解放前後，他根據《紅樓夢》改編話劇《林黛玉》、《晴雯》等，爲後來的長篇歷史小說《曹雪芹》奠定了深厚的基礎。50 年代有一段時間，端木蕻良著力創作戲劇作品，如《羅漢錢》、《梁山伯與祝英台》，京劇《除三害》、《戚繼光斬子》，都在戲劇舞臺上產生過積極的影響。

顏一煙，滿族劇作家，1912 年 6 月出生。1928 年寫作最早以滿族人生活爲題材的現代小說之一《菊》，同年，寫了兩場話劇《黃花崗》，在北京西山溫泉女子中學演出。1934 年，顏一煙考入日本早稻田大學文學部。1936 年，爲慶祝中華留日戲劇協會，他在田漢的三幕話劇《洪水》中扮演農婦，在白薇的獨幕劇《姨娘》中扮演母親。1937 年回國抗日，參加上海救亡演劇隊，師從洪深先生，創作獨幕劇《渡黃河》，活報劇《九一八以來》、話劇《飛將軍》等。1938 年赴延安抗日軍政大學學習，任教後創作了五場大型話劇《保衛大武漢》，獨幕劇《炸彈》，獨幕劇《紅旗》、《窯黑子》、《兇手》，五幕話劇《先鋒》，四幕話劇《秋瑾》。1944 年調入魯藝戲劇音樂系，寫了秧歌劇《回家》、《張德發》、《反巫婆》等。1945 年秋，隨東北幹部團奔赴東北文藝工作

團，東北電影製品廠。陸續編寫了五場大活報劇《東北人民大翻身》，話劇《軍民一家》、《祖國的土地》，秧歌劇《農家樂》、《挖壞根》，並將秦腔《血淚仇》改編爲三幕十七場秧歌劇。1948 年創作了電影文學劇本《中華兒女》，東北電影製片廠拍攝，1950 年獲第五屆國際電影節「自由鬥爭獎」。

解放後，顏一煙創作獨幕兩場話劇《上當》，1951 年獲抗美援朝徵文一等獎。陸續創作電影劇本《一貫害人道》1951 年北京電影製片廠拍攝，《一件提案》1952 年改編合作，北京電影製片廠拍攝，《陳秀華》，1954 年，執筆之一，北京電影製片廠拍攝，《烽火少年》，1971 年，北京電影製片廠拍攝。1972 年將《小馬倌和大皮靴叔叔》改編成話劇《小馬倌》。1940 年至 1944 年，在延安魯藝翻譯外國戲劇教材《給青年導演》、《劇做法》等。

賽福鼎‧艾則孜（1915～2003 年），維吾爾族，新疆阿圖什人。少年時在阿圖什宗教小學讀經文。1932 年參加南疆農民武裝暴動，當過戰士、秘書。1934 年在阿圖什小學任教員、校長。1935 年出國去蘇聯烏茲別克斯坦塔什干「中亞大學」學習，1937 年畢業回到新疆，在烏魯木齊政治訓練班學習。1938 年至 1943 年調到北疆塔爾巴哈臺的塔城報社工作，擔任過編輯、主編，曾加入新疆反帝聯合會，任塔城專區反帝聯合會組織幹事，塔城維文會秘書長、副會長。

塔城巴克圖口岸，原來是西北地區邊陲通向中亞、東歐各國的國際通道。在這裡，由周邊國家遷徙過來的俄羅斯、韃靼、烏茲別克、哈薩克等民族都擅長樂舞戲劇表演。受其影響，此地逐漸成爲新疆與外域戲劇交流的「橋頭堡」。在賽福鼎的參與和領導下，1936 年，塔城專區維吾爾族文化促進會推演了《阿娜爾汗》，塔城專區維吾爾族文化促進會還排演了《血跡》，賽福鼎飾艾沙。這些劇目既繼承了新疆各族的歷史傳統文化，又深受毗鄰蘇聯社會主義共和國戲劇表演藝術的影響，尤受內地抗戰戲劇文化運動的鼓舞與促進。

1944 年賽福鼎‧艾則孜參加伊犁、塔城、阿勒泰發動的「三區革命」，先後任臨時政府委員、教育廳副廳長、廳長，三區民族軍軍事法庭秘書、團長。1948 年他加入新疆人民民主同盟，任宣傳部部長，《前進報》總編輯，後任新疆人民民主同盟主席。無論是在三區臨時政府、民族軍任委員、教育廳廳長，還是在省民主聯合政任教育廳廳長、宣傳部部長，他在職責範圍內都要管轄所屬各民族的一些文藝團體，諸如「三區革命臨時政府藝術團」、「三區革命民族軍文工團」、「青年歌舞團」、「維吾爾劇團」、「哈柯劇團」等。富有文藝

創作才能的賽福鼎經常參與相關戲文創作。於 1942 年，他曾編寫過三幕話劇《光榮的勝利》，歌頌抗日游擊隊和敵人武裝鬥爭的動人故事。後來還創作了《不速之客》、《苦難的日子》、《輝煌的勝利》、《狡猾的頭兒》、《鬥爭之路》、《血的教訓》等大小戲劇作品。這些劇作以鮮明的時代性、主題的積極性、劇情矛盾衝突的尖銳性、地方特色和民族氣息的濃鬱性，在維吾爾現當代戲劇史上產生了重要影響。

1959 年，由新疆歌舞話劇院推演的由賽福鼎・艾則孜創作的反映新疆三區革命鬥爭歷史的大型話劇《戰鬥的歷程》，由斯拉吉丁・則帕爾、董光西導演。「文化大革命」結束後恢復此歌劇《戰鬥的歷程》的演出，編劇隊伍後又有陳村加盟，由王成文導演，於 1979 年隆重公演。這是他積累多年生活經歷、思想情感、藝術才華的精神文化產品。此劇描寫維吾爾族青年帕塔木、哈斯木、莫卡太等在阿不都克里木・阿巴索夫與王福的領導下，不屈不撓，與賽來伯克等反動派展開英勇鬥爭，共同迎來新疆和平解放的革命故事。

賽福鼎酷愛文化藝術創作，是一位成果顯著的維吾爾族詩人、小說家、戲劇作家。他對瀕臨失傳的維吾爾族音樂藝術大型套曲《十二木卡姆》，積極地組織搶救、挖掘、整理並進行全面、深入的研究、探索，曾發表了《論維吾爾木卡姆》等專著和文章。在兼任中國文聯副主席期間，在他的建議和領導下，將許多古今中外的優秀文學作品翻譯成各民族文字出版，並將十分珍貴的《玄奘傳》以維吾爾文獻形式影印出版。他在業餘時間，曾創作了大量小說、散文、詩歌、戲劇等文學作品，多部作品曾在全國獲獎，有的被譯成外文在國外出版發行。賽福鼎著有長篇歷史小說《蘇圖克・博格拉汗》，長篇紀實小說《天山雄鷹》，自傳體小說《生命之歌》，小說散文集《神仙老人》、《光輝的歲月》等。他還激情澎湃地創作了大型歷史歌劇劇本《阿曼尼莎罕》。並且倡導創建了「中國木卡姆藝術研究會」以及「中國維吾爾歷史文化研究會」，親任會長與名譽會長。

李英敏，京族電影劇作家，原名何世權，1917 年生於廣東肇慶。1943 年，他在海南島路遇一游擊隊女護士符一秋，她帶領十餘位傷癒戰士歸隊，成為解放後他所創作的電影劇本《南海風雲》（1954 年）的原型。解放戰爭時期，周恩來給瓊崖游擊隊送去發報機，又派去報務員，此史實成為他電影劇本《椰林曲》（1956 年與陳殘雲合作）的原型。周總理看後說：「影片不錯，生活氣息很濃，很動人。）該片獲文化部（1949～1959 年）優秀影片獎。1959 年創

作電影劇本《五指山之歌》。1958 年被打成右派，一直在廣西電影製片廠工做到 1978 年。1980 年初出版電影文學劇本《夏朗》、《南國紅豆集》。

苗延秀，侗族作家，原名伍延壽。母親胡氏，很會唱侗族民歌。叔父伍錦雲，是桂戲師傅，愛講故事和演戲。他從小愛觀賞侗戲、桂戲。1989 年出版長篇敘事詩《帶刺的玫瑰花》，根據湘、黔、桂侗族民間故事、戲劇《珠郎娘美》改編。

胡奇，回族劇作家，1918 年出生，經名依布拉欣。1938 年奔赴延安，先在西北青年救國聯合會劇團作宣傳員，後隨劇團到魯迅藝術學院學習。1939 年去太行山敵後抗日根據地，於 129 師政治部先鋒劇團當演員。這年夏季，他創作第一個劇本《悶熱的晚上》，後來又寫了《紡花車與槍》、《模範農家》、《金戒指》、《報功單》等劇本。1950 年他參加編寫紀錄片《大西南凱歌》劇本，後被文化部評為優秀影片，後獲捷克卡洛伐里國際電影獎。1957 年出版中篇小說《五彩路》，60 年代被改編拍成電影。

烏·白辛，赫哲族傑出劇作家，1920 年出生。中學畢業曾考入奉天佛學院。後考上瀋陽協和劇團的研究生，當過話劇演員。隨之又去吉林劇團，導演話劇《沈淵》，創作廣播劇《海的召喚》。1945 年，烏·白辛參加東北民主聯軍，旋而為解放軍四野第七縱隊，轉戰東北、華北、中南、新疆等地。他陸續創作了歌劇《好班長》、《郭老太太殺雞》、《張平之死》、《馬玉慘案》、《四海為家》等。1947 年創作歌劇《大地是我們的》。抗美援朝後，他先後在八一電影製片廠和哈爾濱話劇團從事編導工作，改編、創作 20 餘部歌劇、話劇劇本和電影文學劇本。其中包括藝術紀錄片《在帕米爾高原上》、《傘兵生活》、《風雪崑崙駝鈴聲》、《古格王的遺蹟》等。

1958 年烏·白辛又陸續創作話劇《黃繼光》（1963 年）、《印度來的情人》（1964 年）、《雷鋒》（1963 年）、《赫哲人的婚禮》（1963 年），歌劇《映山紅》、《焦裕祿》（1965 年）和電影文學劇本《冰山上的來客》（1961 年）等。他率先把赫哲族史詩「伊瑪堪」發展為歌劇，具有非常鮮明的民族特色。他創作的《冰山上的來客》，1962 年由趙冰水改編後拍成電影。主題歌《花兒為什麼這樣紅》廣為流傳。

華山，壯族作家，原名楊華山，1920 年生。創作傑出小說《雞毛信》，生動描寫龍門村兒童團長海娃的英雄故事。解放後被改編成同名電影，更顯藝術風采。

　　李納，彝族作家，1920 年生。，原名李淑源。從小愛看三國戲、楊家將戲。1940 年前去革命聖地延安。進入中國女子大學、延安魯迅藝術學院文學系。1979 年她與茵子合作創作了電影文學劇本《江南一葉》。

　　胡可，滿族劇作家，1921 年出生。16 歲棄學從戎，1940 年在晉察冀軍區抗敵劇社任宣傳員，從事戲劇創作。從 1940 年至 1949 年他創作出多幕話劇 8 部，獨幕話劇 20 部，小歌劇 4 部，小話劇 3 部，活報劇 2 部，總計 37 部。他的戲劇作品代表作有《槍》、《我是革命戰士》、《喜相逢》、《部隊在行進》等。1949 年至 1959 年，胡可任華北軍區政治部文化部創作員，接連不斷推出多幕話劇 6 部、電影 1 部，合作大型歌劇 1 部。標誌性作品爲在集體創作的多幕劇《生鐵煉成鋼》的基礎之上，於 1949 年獨立重寫了四幕五場話劇《戰鬥裏成長》，轟動了全國文壇。

　　1951 年胡可發表了多幕話劇《英雄的陣地》，1952 年從朝鮮歸來創作《戰線南移》，形成了獨特的「胡可風格」。1958 年，他創作的著名話劇《槐樹莊》，是以 1944 年寫作的《戎冠秀》爲原型，具有史詩式戲劇結構的氣勢宏大的上乘之作。二十世紀末，胡克任解放軍藝術學院院長，開始從事話劇評論與戲劇史著述，先後發表《習劇筆記》（1962）、《胡可論劇》（1985）、《讀劇雜識》（1990）、《劇史文稿》（1998）等。

　　黎·穆塔裏甫，維吾爾族劇作家，1922 年出生。1939 年他來到迪化，考入省立師範學校。經常觀看劇院演出的宣傳抗日救國的革命戲劇。1941 年黎·穆塔裏甫去《新疆日報》做編輯工作。他創作劇本《戰鬥的姑娘》、《奇曼古麗》、《暴風雨後的太陽》、《青牡丹》、《薩木薩克大哥的歡樂》等，還發表論文《熱愛藝術》、《戲劇的起源與發展史》等。

　　黎·穆塔裏甫創作的三幕詩劇《戰鬥的姑娘》，主人公是玉蘭，組織婦女游擊隊抗擊日本侵略者。五幕話劇《青牡丹》穿插大量歌詞，套用許多伊犁維吾爾民歌曲調。他還把維吾爾古典敘事詩《塔依爾與祖合拉》改編成歌劇，廣爲演出與傳播。

　　郭基南，本名富克精阿，1923 年出生，錫伯族作家、戲劇作家，錫伯族當代文學奠基者之一。原姓郭若羅氏，名基南。新疆伊犁地區察布查爾錫伯自治縣人。他曾以「伯基」、「瑪奇圖」、「牛倫」等筆名，陸續發表過許多詩歌、戲劇、小說、雜文等文學作品。他自幼愛聽錫伯民間故事、戲曲和說書，對本民族的傳統文化非常熟悉，尤愛錫伯族的「汗都春」曲子戲、民歌、「貝

倫」、「沙林舞春」等歌舞音樂，從小立志用文學藝術形式書寫錫伯族的歷史。

二十世紀初 40 年代，郭基南轉向戲劇文學創作，並取得豐碩的成果。在 1941 年他在著名戲劇導演王爲一的指導下創作抗日話劇《在原野上》，生動地展現了中華民族在抗戰前線浴血奮鬥的感人事蹟。他創作的《滿天星》和《在太行下》，亦反映同樣題材，先後在新疆各地上演，非常鼓舞各族人民的士氣。1944 年郭基南又創作多幕劇《繼母》。1947 年他創作出多幕民族話劇《察布查爾》，生動地描寫 1802 至 1808 年，錫伯族先輩在祖國西北邊陲艱苦奮鬥、戍邊屯墾的豐功偉績。他們在民族英雄圖伯特的率領下，抵禦外辱、克服艱難險阻，傾力開鑿察布查爾大渠，努力發展農業生產。此劇作一經問世，就引起文藝界和觀眾的矚目。他還翻譯了抗戰話劇《插翅虎》，在察布查爾公演，促成「新劇」的誕生。1999 年他發表第一部電影文學劇本《情漫關山》，又名《西遷記》。1990 年發表《介紹錫伯族的戲劇》學術論文。

敖德斯爾，蒙古族作家，1924 年出生。他在半個多世紀筆耕不輟，創作過小說、劇本、散文等多種文藝形式。解放戰爭時期與他人共同創作過小劇本《酒》、《兩種態度》等。1951 年獨立完成劇本《草原民兵》。1956 年創作電影劇本《騎士的榮譽》，後被搬上銀幕。另外還與其木德‧道爾吉共同創作大型蒙文歌劇《達那巴拉》。

庫爾班阿里‧烏斯曼諾夫（1924～1999），當代哈薩克族詩人，戲劇作家。出生於新疆伊犁專區尼勒克縣草原的一個貧牧家庭。庫爾班阿里‧烏斯曼諾夫的父親是當地有名的民間歌手。他從 8 歲起就跟隨父親參加各種喜慶節日的賽歌活動，少年時期，他能背誦 10 餘部民間敘事長詩。1940 至 1943 年在中學求學期間，他接觸到俄國古典作家和蘇聯劇作家的著作，更喜愛哈薩克詩人阿拜的作品。從此由口頭演唱文學轉而書面文學創作。

中華人民共和國成立初期，庫爾班阿里‧烏斯曼諾夫曾出席華沙世界和平理事會，寫作出著名的《從小氈房走向全世界》一詩，這首詩使他蜚聲文壇。詩中唱出哈薩克族人民解放的喜悅，描繪出伊犁草原發生的歷史性變化。他陸續出版過 35 本詩集，發表了兩部長篇敘事詩和幾百首短詩，由此爲他進一步創作民族話劇和歌劇奠基了堅實的基礎。

早在 1960 年，庫爾班阿里‧烏斯曼諾夫就創作過一部話劇《山上大隊》，1980 年他與伊爾哈力‧馬合坦共同編寫出一部大型歌劇《薩里哈與薩曼》，可謂哈薩克族民族戲劇的代表作。此劇根據同名哈薩克族敘事長詩所改編，描

寫貴族出身的薩里哈姑娘愛上了貧苦牧民薩曼，由此遭到吐古洛里的殘酷迫害，二人只有以死相抗，來控訴邪惡勢力。

郝斯力汗，哈薩克族小說家，1924 年出生。小時候，他隨時可以聽到唱民歌、講故事、對唱、彈唱英雄史詩。1946 年郝斯力汗在警官學校畢業後，參加哈柯文化促進會，積極參與詩歌朗誦和民族戲劇演出。1947 年在報紙上連載敘事詩《誰之罪》，他所創作的反封建婚姻的小劇《未實現的願望》，被哈柯文化會搬上舞臺。他先後從事過翻譯、教師、話劇演員、歌舞演員、電影演員工作。1958 年郝斯力汗創作獨幕劇《柯爾克拜》。在此前的 1953 年還寫過喜劇《打碎的婚床》。

莎紅，原名覃振易，壯族詩人，劇作家。1951 年改編和創作了一些小型歌劇、地方戲。1952 年，莎紅和魯鵬合作完成了粵劇《住新房》。後來。他於別人合作創作了《收割的時候》、《典型報告》、《王香蘭的親事》、《競賽》、《兩個心眼》、《寶葫蘆》等粵劇、壯劇、彩調劇劇本。

超克圖納仁，蒙古族著名劇作家。1925 年出生，1946 年參軍。翌年，被內蒙古文工團選爲演員，既演出歌劇、話劇、合唱，還兼任舞臺裝置工作。1949 年，超克圖納仁與著名作家瑪拉沁夫合作寫出劇本《團結》，另與他人寫出獨幕話劇《揭露》和歌劇《榮譽軍人張勇》。

超克圖納仁於 1956 年發表了獨幕話劇《我們都是哨兵》，在全國話劇會演獲得一等獎。另外創作有三幕話劇《巴音敖拉之歌》。1957 年他在《劇本》第 9 期發表了飲譽海外的四幕話劇劇本《金鷹》。同年，內蒙古自治區民族實驗劇團組織在呼和浩特上演。1958 年在北京人民藝術劇院演出，後由香港鳳凰影片公司拍攝成彩色寬銀幕電影公映。

二十世紀 80 年代，超克圖納仁先後發表話劇《紅霞萬朵》、獨幕劇《飛雪迎春》、《草原清風》，另有《嚴峻的歲月》、《戈爾丹大叔》、《黃草灘》、《進行曲》、《草原清風》、《遼闊的大地》、《金杯》、《丁斯瑪》等幾十部話劇、歌劇等。電影電視文學劇本諸如《嘎達梅林》、《陶克陶呼》、《渤海風雲》、《聚寶姑娘》等，另有與人合作的聲勢宏大的優秀影片《成吉思汗》。

巴‧布林貝赫，蒙古族詩人，1928 年出生。1948 年在冀察熱遼聯合大學魯迅文學藝術院學習，畢業後，被分配到解放軍內蒙古騎兵部隊文工隊工作。他所創作的《生命的禮花》在 1981 年獲內蒙古自治區 1957～1980 年文學戲劇電影創作獎文學獎一等獎。

　　李準，蒙古族著名劇作家，原姓木華梨，1928 年出生。小時參加過河南省孟津縣常袋鎮的業餘劇團，編寫過戲曲劇本、散文、小說等。1958 年他完成第一部電影劇本《老兵新傳》，後又陸續寫出《冰化雪消》、《小康人家》、《耕雲播雨》、《李雙雙》、《龍馬精神》、《吉鴻昌》等電影文學劇本。

　　1976 年，李準完成電影劇本《大河奔流》上下集。後根據《李自成》小說改編了電影劇本《雙雄會》，創作了歷史題材的電影劇本《荊軻傳》，根據《靈與肉》改編成《牧馬人》，以及《高山下的花環》。他的電影劇本還有《走鄉集》、《李準電影劇本近作選》。

　　柯岩，滿族女作家，原名馮愷。1929 年生。小時讀過歌德、托爾斯泰、莎士比亞等劇作，寫過一些短篇小說，顯示出對文學藝術的興趣與天賦。1948 年，19 歲的柯岩考入蘇州社會教育學院戲劇系，後於中國青年藝術劇院創作組從事劇本創作，1953 年與著名劇作家賀敬之結爲伉儷。1950～1953 年，她隨中央「文化列車」四處演出，並參加赴朝鮮慰問團，創作獨幕劇《中朝人民血肉相連》，歌劇《爭取早團圓》（1950 年），後寫作《相親記》（1957 年），《娃娃店》（1957 年），《雙雙和姥姥》（1959 年），以及一些快板、劇評、影評等。

　　「文革大革命」之前，柯岩創作童話劇《我愛太陽》，1979 年發表歌劇《記著啊，請記著……》，1982 年與羅英合作七場話劇《生者和死者的囑託》。在社會主義新時期，她被稱爲「全能冠軍」，文學劇作多次獲獎。1984 年創作長篇小說《尋找回來的世界》，後被拍攝成同名電視連續劇。還有電視劇《紅蜻蜓》，又名《僅次於上帝的人》，頗受觀眾歡迎。

　　雲照光，蒙古族作家，原名烏勒·朝克圖，1929 年出生。10 歲來到延安，先後在陝北小學、延安民族學院、延安大學學習。1942 年編創秧歌劇《魚水情》，1944 年借用「二人臺」形式，自編自演《送公糧》等小戲。1962 年編寫電影文學劇本《鄂爾多斯風暴》。此後，他陸續創作《永遠在一起》、《蒙根花》、《阿麗瑪》、《母親湖》等多部電影文學劇本，構成了一幅民族解放的歷史長卷。

　　瑪拉沁夫，蒙古族著名作家、劇作家，1930 年出生。瑪拉沁夫在蒙語裏是「草原上的兒子」。他 1945 年參加革命，1946 年被選入內蒙古自治學院，後入內蒙古文工團。1951 年創作出著名短篇小說《科爾沁草原的人們》，1952 年他調入中央電影劇本創作所，與海默、達木林合作將其改編成電影劇本《草

原上的人們》。1959 年瑪拉沁夫與珠嵐其其格合作寫出電影文學劇本《鋼城曙光》，後拍攝爲《草原晨曲》。1975 年發表電影文學劇本《綠色的沙漠》，搬上銀幕後改名爲《沙漠的春天》。1977 年寫出電影文學劇本《祖國啊，母親》。

　　汪承棟，土家族詩人，1930 年出生。1949 年參軍，在湖南永順軍區文工隊任創作組組長。他寫過劇本、歌詞、漁鼓詞、快板，並導演丁毅創作的大型歌劇《幸福山》。他是文學創作「多面手」。在寫詩的過程中，在電影劇本、話劇、散文等方面均做出有益的嘗試。

　　1959 年在《青海湖》上他發表電影劇本《唐古拉》。1960 年創作大型話劇《臥薪嘗膽》，大型音樂舞蹈史詩《翻身農奴向太陽》。1980 年，根據寫作的長詩《黑痣英雄》創作了電影文學劇本《波烏贊貝》。1991 年與顏家文合作撰寫電視文學劇本《野火》，1992 年被拍攝成 6 集電視連續劇。

　　趙大年，滿族作家，1931 年出生。他小時非常喜歡歌唱與話劇表演，爲南開 121 劇團團長。曾演出過《雷雨》的相關角色。1953 年在朝鮮戰地創作小歌劇《一家人》。1978 年，他的第一部電影劇本開機拍攝。新時期，趙大年創作電影《車水馬龍》、《琴童》、《玉色蝴蝶》、《當代人》、《模範丈夫》、《並非一個人的故事》等七部，他的作品充滿了「京味兒」文學色彩。創作電視劇《皇城根兒》（與陳建功合作）、《貧嘴張大民的幸福生活》等百餘集。

　　烏瑪爾阿孜·艾坦，哈薩克族作家，劇作家。1932 年出生。他是當代哈薩克文學史中非常重要的作家、詩人、劇作家和評論家。曾寫過 10 部舞臺劇。諸如《白貓》、《金絲絲巾》、《微多》、《活著的人們》、《鏡子》、《蓋房》等。他填補了當代哈薩克舞臺劇創作的一些空白。

　　周民震，壯族著名劇作家，1932 年出生。自 1951 年加入抗美援朝志願軍第 38 軍，爲師、團文工團創作歌劇《歸隊》。1954 年回國後先後在廣西文化局、廣西桂劇團、廣西電影製片廠、廣西文聯等單位任職。幾十年來創作的電影、戲劇、電視劇達 40 餘部。爲國家一級編劇，爲少數民族題材的戲劇、電影事業的開創和發展作出突出的貢獻。1958 年創作桂劇《一幅壯錦》。1972 年與人合作桂劇《我是理髮師》、《風展紅旗》，80 年代與柴立揚合作話劇《上有天堂》，木偶戲《夜明珠》。

　　1957 年在夏衍的鼓勵下周民震寫出第一個電影劇本《雙仇記》。第二部電影劇本《森林之鷹》，1959 年將片名改爲《苗家兒女》。1966 年由他創作的彩調劇《小糊塗遇險記》改編爲電影《三朵小紅花》。1977 年與吳蔭循合作電影

《藍色的海灣》。1978 年將其執筆的京劇改編成《瑤山春》。1979 年與吳蔭循合作電影劇本《鬢邊的花兒》、《眞是煩死人》。1979 年拍攝《甜蜜的事業》，後創作《彩色的生活》、《顧此失彼》、《心泉》、《彩橋》、《春暉》、《遠鄉》、《南洋富翁》。另發表《李明瑞》、《似夢非夢》、《花中之花》等電影劇作。

另外，周民震還與人合作電視連續劇如《桂系演義》、《海夢》、《愛心並不遙遠》、《龍州起義》等。周民震發表一些有關喜劇的理論文章，如《喜劇創作雜談》、《喜劇人物性格瑣談》、《把惡習變成人人的笑柄》、《繼續探索喜劇的奧秘》、《誇張是喜劇的翅膀》、《喜劇性正面人物之我見》等。

包玉堂，仫佬族詩人，1934 年出生。1958 年他被選送到廣西宜山師專進修，未畢業調入柳州，參加了著名彩調《劉三姐》的集體創作，成爲六位執筆者之一。後來又參與改編爲電影《劉三姐》。1996 年寫作《劉三姐文化品牌‧彩調劇〈劉三姐〉創作經驗》。

曉雪，白族詩人，原名楊文翰，1935 年出生。1952 年，他考入武漢大學，寫作《怎樣看待古典作品改編的蘇聯電影》，還在《光明日報》上發表了對話劇《屈原》的評論文章。曉雪寫作過著名敘事詩《蝴蝶泉》、《望夫雲》，講述著南方少數民族淒美的愛情故事。另外還寫有《三月三》、《潑水節》、《火把節》等優秀詩歌。

韋其麟，壯族詩人，1935 年出生。1953 年完成第一篇敘事詩《玫瑰花的故事》，另有《百衣鳥》詩歌與劇作。1984 年根據壯族傳說《媽勒訪天邊》創作敘事長詩《尋找太陽的母親》。1991 年創作 2000 行的詩劇《普洛陀，昂起你的頭》，寫壯族創世之神普洛陀與殘暴之神雷公的故事。

高深，回族詩人，原名高世森。1935 年出生在遼寧。他參軍爲小宣傳員，演歌劇、說快板、扭秧歌，一路南下。1950 年轉業湖南衡陽，後回東北地區工作。1959 年發配至大西北寧夏。曾寫作《大西北放歌》。

劉榮敏，侗族作家，1936 年出生在貴州。1956 年發表短篇小說《小小演員演大戲》，主要講述一群孩子排演《三國》的有趣故事。

伍略，苗族作家，原名龍明伍，1936 年出生貴州。他在都勻上高中時根據苗族民間敘事長詩《蔓朵多蔓蘿》整理成說唱故事《蔓朵多蔓蘿花》，其後被改名爲《蔓蘿花》，被黔南布依族苗族自治州京劇團上演。貴州省歌舞團改編成苗族舞劇，同時被改編成電影文學劇本，由上海海燕廠拍攝成舞臺藝術片。1957 年寫作小說《蘆笙老人》、《阿瑙支書》被改編成京劇與黔劇。經歷「文化大革命」之後，又創作民族話劇《槍與鐲》。

　　吳琪拉達，彝族詩人，本名吳義新，1936 年出生貴州。1957 年從西南民族學院畢業回到涼山。此前，他寫過長詩《月琴的歌》。後寫有《奴隸解放之歌》、《奴隸翻身謠》，1976 年創作出彝族說唱詩《阿姆嶺惹的歌》。1999 年他執筆的電視連續劇《女奴淚》上演並獲獎。

　　白先勇，回族，臺灣作家，1937 年出生廣西桂林。1982 年創作文學劇本《遊園驚夢》，所寫多部小說被搬上影視劇舞臺，諸如《謫仙記》、《玉卿嫂》、《金大班的最後一夜》等，將《最後的貴族》搬上銀幕，他還將崑曲《牡丹亭》改爲青春版在海峽兩岸上演，引起社會轟動效益。

　　林元春，朝鮮族作家，1937 年出生於吉林。他在延邊大學學習時一直沉浸在小說和話劇之中，就創作過多幕話劇《黨給的生命》。

　　石太瑞，苗族作家，1937 年出生在湖南。童年時很愛傾聽「圍鼓戲」。1978 年出版長篇敘事詩《瑪諾江噶》，這是用葉笛吹奏出的明快柔和的湘西牧歌。

　　孫健忠，土家族作家，1938 年出生在湖南吉首。他的作品中常常出現木樓、咚咚喹、擺手舞等少數民族風俗畫面。1985 年他與蕭琦合作將沈從文的小說《蕭蕭》改編成電影文學劇本。1992 年出版長篇小說《猖鬼》。

　　張長，白族作家，原名趙培中，1938 年出生雲南大理。小時候喜歡《望夫雲》《火燒松明樓》等傳奇故事。1979 年寫作短篇小說《空谷蘭》，獲全國大獎。新世紀出版音樂散文《另一種陽光》。

　　降邊嘉措，藏族作家，1938 年出生於四川甘孜。1980 年出版《格桑梅朵》，此爲藏族當代文壇第一部長篇小說，並獲全國獎項。另外出版中篇小說《一個說唱藝人的故事》，理論專著《格薩爾初探》，擔任國家重點科研項目《格薩爾王傳》負責人。撰寫傳記宣傳「昔日乞丐，近日國寶」的格薩爾與仲肯藝人札巴。

　　沙葉新，回族劇作家，1939 年出生在南京。1957 年考入華東師範大學中文系，翌年發表小說《美國劇院的悲劇》，戲劇論文《藝術史上的喜劇》。研究生畢業後被分配到上海人民藝術劇院，1965 年協同王煉創作出大型話劇《焦裕祿》。該年底劇院上演他的獨幕喜劇《一分錢》，後陸續發表與上演大型話劇《邊疆新苗》，獨幕喜劇《一籃菠菜秋》，兒童劇《一隻廢鐵輪子》等。文革結束後，他創作的《陳毅市長》被搬上戲劇舞臺與銀幕。爲「冰糖葫蘆式」結構，以 10 個不相連貫的小故事塑造人物。1986 年創作《假如我是眞的》《尋找男子漢》，後有《大幕已經拉開》《馬克思秘史》《耶穌・孔子・披頭士列儂》

《江青和她的丈夫們》等劇作，每每引起爭議。1997 年他將報告文學《尊嚴》改編爲同名話劇，另有話劇《東京的月亮》（1992 年）等問世。

楊世光，納西族作家，1940 年出生雲南中甸。他從小喜歡《東巴經》神話故事，會唱《獵歌》《牧歌》《箏歌》等民歌。1960 年寫作劇本《曲江試翼》在昆明農學院內演出。他與鍾華合作於 1992 年主編《納西族文學史》。

馬瑞芳，回族作家，1942 年出生山東青州。她寫作的電視劇《琴弦上的追求》榮獲 1990 年第四屆全國電視劇「星光獎」一等獎。

吐爾遜・尤奴斯，維吾爾族，1942 年出生於新疆莎車縣回城。當代維吾爾詩人、戲劇家、電影作家。1964 年於中央戲劇學院表演系新疆班本科生畢業。曾任新疆歌劇團演員、編劇、副團長，後調入天山電影製片廠。曾創作過 20 多部戲劇文學作品，其中有一些劇作在自治區和全國獲各種獎勵。大學在校期間，他曾編寫過《青年醫生》、《老師與學生》、《家庭和學校》、《兩麻袋化肥》、《雪山上的曙光》等中小型戲劇，還根據維吾爾族古典敘事長詩改編過《萊麗與麥吉儂》、《熱碧亞與賽丁》等劇作。在此後吐爾遜・尤奴斯陸續編寫反映知識分子愛祖國、愛人民情感的《金子的搖籃》；普通的雙胞胎工人克服父母雙亡的巨大悲痛，爲國家積極作貢獻的《艾山與玉山》；維吾爾族農民在黨的富民政策的指引下，千方百計治沙害的《總有一天》；清乾隆年間，新疆衛拉特蒙古英雄道爾吉積極協助政府反抗準噶爾叛亂的《被流放的奴隸》；他還借鑒西方現代派的表現手法，將傳統戲劇與新潮戲劇相結合，創作出反映民族演員日常生活的《永不凋謝的花束》，以及《神奇的一天》、《世界幻景》、《歪打正著》、《甜瓜熟了的時候》、《奇妙的婚禮》、《彎腿曲杖》等反映現實生活的戲劇作品。其中《神奇的一天》展現了邊疆農村推行聯產承包制過程中農民的各種反映和遇到的一些不可思議的事情。《歪打正著》則善意譏諷了有些個體經營者見義忘利、自食惡果的荒唐行爲。與生俱來的風趣幽默和嫉惡如愁的正義感，使他的喜劇作品搬上舞臺很有觀眾，並延伸到他的電影劇本創作風格，寫出優秀電影故事片《錢這個東西》。讓吐爾遜・尤奴斯獲得全國戲劇界聲譽的是他連續創作的三部思想深刻、色調凝重、技藝高超的在全國頻頻獲獎民族歷史劇《血腥年代》、《阿曼尼莎》、《木卡姆先驅》。其中《血腥年代》1985 年獲全國少數民族題材劇本創作銀質獎，《木卡姆先驅》獲文化部優秀劇目獎。

葉廣芩，滿族作家，1948 年出生北京。祖姓葉赫那拉。她原來立志當演

員、唱京劇，然而被分配到陝西華陰一個農場。所寫家族長篇小說《採桑子》，借用納蘭性德《採桑子·誰翻樂府淒涼曲》詞牌、詞句作書名和章節名。她積極介入影視劇創作，曾根據自己小說《你找他蒼茫大地無蹤影》改編的電影《誰說我不在乎》，電視連續劇《家族》《全家福》已公映上演。

霍達，回族作家，1945 年出生北京，經名法蒂瑪。她青年時代考入解放軍藝術學院學習戲劇，後調入北京電視製片廠任編劇。電影劇本《秦皇父子》（《公子扶蘇》）是她早期創作的代表。中篇小說《紅塵》與長篇小說《穆斯林的葬禮》標誌著霍達的文學創作高峰。

藍懷昌，瑤族作家，1945 年出生廣西都安。他母親是當地有名的歌手。小時候他經常在火塘邊傾聽《密洛陀》史詩。1970 年被分配到廣州軍區戰士歌舞團任專業創作員。完成著名舞臺劇《金鳳花開》。曾創作八集電視劇《虎將李明瑞》，上下集電視劇《血融》等。

張承志，回族作家，經名賽義德。1948 年出生北京。1978 年師從翁獨健學習北方民族史，曾在中國社會科學院工作，後為職業作家。並發表處女作《騎手為什麼歌唱母親》一舉成名。他創作的《美麗瞬間》、《黑駿馬》等文學作品有著強烈的藝術感染力，後者被改編為電影。

董秀英，佤族作家，1949 年生於雲南瀾滄江縣。1980 年，她寫作《木鼓聲聲》，步入小說文壇。1984 年董秀英創造中篇小說《馬桑部落的三代女人》。她在雲南人民廣播電臺工作期間，先後創作了《《娜拉姑娘回家鄉》（1986）《札努·娜耶的婚禮》（1987）《酒後》（1990）《蘆笙歡歌》（1994）等廣播劇劇本，並錄製為拉祜語播出。

孫春平，滿族作家，1950 年出生遼寧綏中。1987 年他先後在《十月》、《民族文學》上發表中短篇小說。他的《一夫當關》後被上海電影製片廠改編成電影故事片《強小子》。

景宜，白族女作家，1956 年出生於雲南省鶴慶。1983 年發表中篇小說《誰有美麗的紅指甲》。二十世紀 90 年代她曾參與《中華民族》電視節目創作，充當作家、編劇與導演工作。並根據自己的長篇小說改編成 20 集電視連續劇《茶馬古道》。後擔任中國民族音像出版社副社長。

札西達娃，藏族作家，1959 年生於四川甘孜州巴塘。1974 年考入西藏自治區藏劇團擔任美工和編劇。1980 年在中國戲曲學院編劇系進修。1985 年發表魔幻現實主義小說《西藏，繫在皮繩扣上的魂》。另外創作長篇小說《騷動的香巴拉》，並撰寫了幾部電影、電視文學劇本。

阿來，藏族作家，1959 年出生四川馬爾康。1994 年完成長篇小說《塵埃落定》，1998 年出版，2000 年獲第五屆「茅盾文學獎」。此部作品被多家改編爲戲劇戲曲與電影電視劇。

三、中國各民族戲劇編劇與導演

中華民族戲劇藝術不僅表現在案頭文本，更重要的是體現於文學語言、音樂唱腔、美術設計、舞臺表演等綜合性文藝形式上，故此各民族的編導與演職人員在中間起到非常大的作用。我國各專業劇團的漢族與少數民族從事相關戲劇主要組織者的藝術貢獻諸如下述。

從事少數民族戲劇藝術的漢族編導諸如：

姜朝皐，1944 年出生，江西鄱陽人，編創各類劇作 40 餘部，1959 年在上饒地區會演上推出處女作獨幕劇《血肉之花》，他所介入的有關少數民族劇作，如《胡風漢月》、《蔡文姬》、《夢斷婺江》、《天山麗人》等。

李莉，1955 年生，女，祖籍江蘇。1986 年進入上海越劇院成爲專業編劇，完成漢族戲曲與白劇、滇劇等 30 多部劇作。2001 年赴雲南京劇院創作京劇《鳳氏彝蘭》，來自女土司小說《絕代》。後接受雲南省滇劇院聘請，創作反映古代回族思想家李贄的《童心劫》；2006 年應大理民族歌舞劇院之邀，創作《白潔聖妃》，反映六詔統一的歷史故事。

孫麗清，1941 年出生，女，河北昌黎人。1955 年考入哈爾濱評劇團，1957 年她進入吉林省扶餘縣評劇團，1060 年創建滿族新城戲劇團。新時期初，她陸續排演了三個大戲《紅羅女》《繡花女》《皇帝出家》。1985 年，接受排演《鐵血女眞》，描寫金太祖完顏阿骨打起義滅遼的劇作。另外還執導評劇《香妃與乾隆》等。

李仲鳴，1942 年出生，哈爾濱人。1960 年支持邊疆，從北京來到呼和浩特市，參加內蒙古自治區京劇團建團工作。從事富有草原韻味的草原京劇創建工作。他在《巴林怒火》中擔任主角華恩岱，並參與劇本改編。1964 年，他在《草原英雄小姐妹》中飾演蘇和書記。1965 年執筆、導演《白馬紅旗》。後編導《嘎達梅林》、《春滿草原》、《騰格里》等。導演由朱秉龍、杜逵編寫的《也蘭公主》。後爲赤峰市京劇團導演《蕭觀音》。

張丕坤，1946 年出生雲南玉溪。1966 年畢業於雲南省戲曲學校，後在楚雄彝族自治州文工團工作。1984 年在大姚縣楚雄州彝劇團任團長與導演。先

是編導彝劇《蔑獨尼鬧店》《跳歌場上》等，1987 年導演小彝劇《雙叩門》，1992 年導演彝劇《掌火人》。此後，又導演了大型彝劇《哀牢春秋》，小彝劇《獨赫諾》。1996 年他導演大型彝劇《銅鼓祭》，2001 年爲楚雄州民族藝術劇院導演小彝劇《眞假鄉長》《慕勒祭爹》。2004 年重點打造大型彝劇《臧金貴》，2006 年，根據王恒績的短篇小說《我的瘋娘》改編成無場次彝劇《瘋娘》獲得成功。

張樹勇，1946 年出生，雲南昆明人。1965 年畢業分配到雲南省京劇院。文革結束後，他排演少數民族題材劇目《娜蒂秀》。後導演白劇《望夫雲》、滇劇《關山碧血》、京劇《南疆血碑》等。2003 年，導演李莉、佳倍編劇的京劇《鳳氏彝蘭》。

從事民族影視劇編劇與導演的各少數民族藝術家，諸如：

楊明，白族，1919 年出生，雲南大理人。1945 年中法大學文史系畢業。1946 年曾創作長詩《死在戰場以外的中國兵》廣爲流傳。新中國成立後，他親自參與滇劇、花燈劇和白劇的創作實踐。《楊明戲曲集》收錄 13 個劇本，諸如他根據民間傳說創作的大型白劇《望夫雲》長演不衰，並被許多劇種移植上演。他與創作京劇《阿黑與阿詩瑪》《黛諾》，花燈劇《依萊汗》的金素秋、金重一起被譽爲雲南劇壇的「三駕馬車」。由楊明牽頭，與顧峰、戴旦、李蔭厚組成四人編寫組完成《滇劇史》。1980 年，他在雲南人民出版社出版《戲曲雜談》。

吳楓，（1919～1990），回族，原名哈增祉，河北秦皇島人。1937 年抗日戰爭爆發後，他先後參加武漢華北宣傳隊、第九戰區流動宣傳隊和鐵血劇團，擔任話劇演員、導演。曾主演過《八百壯士》、《碧血花》、《寄生草》、《大地回春》等話劇，後參與京劇《金缽記》、《葛嫩娘》、《香妃》、《恩與怨》等劇目演出。解放前夕，他在昆明參加傑華國劇社，主持和導演金素秋編劇並主演的《離亂記》《廣寒宮》等劇目，兩人並結爲連理枝。解放初，雲南省京劇團在著名京劇表演藝術家關肅霜的帶動下，編演了不少優秀少數民族題材劇目。吳楓夫婦合作創編導《阿黑與阿詩瑪》、《孔雀膽》、《多波阿波》、《黛諾》等。改編了《豹子灣的戰鬥》、《廢墟》、《內當家》、《滿帥後裔》、《工婁金帶環》等，還將田漢的《謝瑤環》改編成電視連續劇，由關肅霜主演播出。

黃鳳龍，朝鮮族，1925 年出生在吉林延吉縣。1947 年他參加工作，先後在牡丹江文工團、延邊文工團、延邊歌舞團、延邊話劇團從事話劇創作。創

作多幕話劇《春天的故事》、《長白山之子》、《山鬼》、《怪誕的履歷表》等，獨幕劇《牛》、《新媳婦》、《走陽關大道》、《幽默老頭》等。1979 年，延邊出版社出版《長白山之子》，收入他的五部代表劇作。

許東結，朝鮮族，1925 年出生，吉林延吉人，延邊話劇團創始人之一。1948 年他在延邊文工團工作，在後來的藝術生涯中，曾在 60 多部話劇作品中擔任主角，諸如《春香傳》、《白山春雷》等。在電影《金玉姬》中他擔任角色，在《新局長來臨之際》、《上甘嶺》、《海魂》、《李雙雙》、《東進序曲》中擔任配音演員兼導演。他創作或導演的劇目還有《廣闊天地》（1965 年）、《長白山之子》（1971 年）、《青山常在》（1977 年）、《血中俏》（1980 年）、《再見吧梅花鹿》（1984）等。

孫德民，蒙古族，1941 年出生，河北承德人。他於 1962 年起開始民族戲劇創作，先後編寫大型話劇《懿貴妃》、《班禪東行》、《捲簾西風》、《十三世達賴喇嘛》、《女人》、《西太后》、《聖旅》、《秋天的牽掛》、《紫羅蘭又盛開了》等。他創作的《西太后》被搬上了舞臺盛演不衰，此劇被收入《中國話劇百年劇作選》。他被文化部授予「國家有突出貢獻話劇藝術家」稱號。在國家民委和中央統戰部的支持下他所創作的《班禪東行》、《十三世達賴喇嘛》富有濃鬱的民族風格。他陸續出版《孫德民劇作選》、《孫德民新劇作選》以及戲劇理論文集《戲劇之旅》。

張子偉，土家族，1942 年出生，湖南花垣人。在湘西苗族土家族自治州民族文藝創作研究所工作期間，他先後寫出 6 部民族悲劇如《帶血的白鳥圖》《鼓場恨歌》、《血證》、《金鼓》、《金鞭記》、《人與魔》，後結集為《奔馬集》。《帶血的白鳥圖》描寫清乾嘉時期苗族起義領袖吳八月的故事。《血證》記載明代土家族、壯族將士奉旨前往東南沿海抗擊倭寇的歷史。《金鼓》再現苗族先民首次舉辦「鼓社祭」的歷史場面。他後來創作電視劇《人與魔》即《黑寶傳奇》，曾主編出版《湘西儺文化之謎》和《中國儺》等書。

潘茂金，水族，1944 年生於貴州荔波。祖上幾代都是當地的著名塾師、學者、詩人。潘茂金年輕時參加貴定縣烏蘭牧騎文藝宣傳隊，編排各種節目。1990 年他與都勻四中布依族教師覃烺合作創作電影文學劇本《烽煙鼓角情》，反映水族民眾抗日故事。1991 年以此為底本創作出大型話劇《烏卡》，後來又改編為同名六場黔劇。另外他還創作有獨幕劇《木樓古歌》，侗劇《官女婿》，1996 年創作六場歌舞劇《布依族的太陽》。2001 年，他與人合作中日關係的

大型話劇《落日紅》，六集電視劇《茂蘭故事不外傳》。2005 年之後，又編寫《布依新嫁娘》、《影山情緣》、《燈鄉姊妹花》等戲劇。

普布次仁，藏族，1946 年出生於西藏拉薩。1978 年進入中央戲劇學院導演進修班，回到邊疆後所導演的《阿古頓巴》、《意翁瑪》、《松贊感布》、《雅礱之戀》等成為西藏話劇團的優秀保留劇目。大型話劇《意翁瑪》被文藝評論界譽為「西藏戲劇舞臺上民族藝術的里程碑」。另外，他還導演大型話劇《情滿草原》、《文成公主》，電視劇《還願》、《小羅布》，話劇小品《歡樂的姑娘》、《特殊宴請》、《白花園的開張》、《新生》等。

馬良華，回族，1947 年出生於雲南玉溪。1979 年他創作小戲《春暖東風》，1990 年與同事合作編寫大型花燈劇《情與恨》，後又創作《金銀花・竹籬笆》。1997 年，玉溪花燈劇團帶著他根據莎士比亞名劇《羅密歐與朱麗葉》改編的花燈劇《卓梅與阿羅》參加第五屆中國戲劇節，受到熱烈歡迎。2002 年，他和甘昭沛合作，以雲南紅河花腰傣族的現實生活為題材創作《五彩河》，三年後，他倆又合作根據怒江大峽谷傈僳族歷史創作《石月亮》，並由雲南民族電影製片廠拍攝成電影。

劉龍池，苗族，1947 年出生，廣西柳州人。1959 年考入廣西戲曲學校，學演桂劇。1970 年，他調入廣西桂劇團，逐步過渡到導演職業。1979 年他前往北京中國戲曲學院導演系學習，得到李紫貴、阿甲、歐陽山尊的傳授。回廣西後擔綱導演移植劇目《殺豬佬當狀元》，另外還執導《劉胡蘭》、《魔鬼的夢》、《彈吉他的姑娘》、《血滴乾清宮》等 20 餘個劇目。劉龍池與他人合作導演的《梁祝情愫》、《馮子材》、《瓦氏夫人》等獲得自治區與全國許多獎勵。他與他人合作的另有小桂劇《新風》、《管天》，大戲《關羽斬子》等。劉龍池於 1985 年調入廣西藝術研究所，參與《中國戲曲志・廣西卷》撰稿、編輯工作，撰寫了《少數民族戲曲表演手法之形成》、《少數民族戲曲文學審美特徵》等論文。

多傑太，藏族，1948 年生於青海同仁縣加毛村。他從小進入黃南隆務寺學經當喇嘛。1971 年工作與黃南藏族自治州文工團，後任該團團長。1981 年他將八大藏戲之一的《諾桑王子》搬上文藝舞臺。1987 年與高鵬合作編寫《蘇吉尼瑪》，又名《鹿女》。1990 年他倆又創作《藏王的使者》。1998 年多傑太創作《納桑貢瑪的悲歌》，2007 年更名為《格桑花開的時候》。2005 年，青海人民出版社出版多傑太、華本嘉、高鵬合作的《藏劇劇本選集》，收錄了《意

樂仙女》、《諾桑王子》、《蘇吉尼瑪》、《藏王的使者》、《金色的黎明》、《納桑貢瑪的悲歌》。

陳臨蒼，蒙古族，1949 年出生於北京。外祖父言菊朋是京劇言派創始人，父親陳永玲爲四小名旦之一，母親言慧蘭從事話劇、評劇藝術表演。他在《夏王悲歌》中成功地塑造了李元昊的舞臺形象，兩度獲得中國戲劇梅花獎。他曾爲青海省京劇團導演民族京劇《天馬歌》。

王福義，滿族，1950 年出生，吉林農安人。中學畢業後在縣文化局文藝創作室從事編劇工作。他先聲奪人創作《鐵血女眞》，後又爲黃龍戲劇團創作《大漠鐘聲》。1993 年，他創作的《聖明樓》，揭示遼道宗皇后、絕代才女蕭觀音的千古奇冤悲劇。1997 年他創作的《鷹格夫人》，後改名《兀術與鷹格》，寫金兀術三打黃龍府的史實。2002 年與松原滿族新城戲劇團聯合推出遼金歷史劇《通問使臣》，2004 年又根據少年努爾哈赤民間傳說創作《歪梨娘娘》。後將上述六部遼金歷史劇與多部中小型戲劇作品編輯爲《王福義劇作集》。

王秀俠，女，滿族，1951 年出生于吉林扶餘。1977 年自從在扶餘縣文化局戲劇創編室工作後，連續創作大型戲曲《中秋月下》、《羅鍋御史》、《渤海奇冤》，新城滿戲《小家白玉》，吉劇《一夜皇妃》等，多以滿族文化爲背景，充分展現了瑰麗多彩的滿族民俗畫面。

吳定國，侗族，1953 年出生，貴州黎平人。他的父親吳賢貴是侗戲戲師，他從小隨著唱侗歌、演侗戲。自 1978 年起，吳定國在侗鄉走村串寨，訪藝問歌，收集整理侗族戲劇歌舞資料，並陸續創作與改編侗戲 20 餘個。其中有《珠郎娘美》、《善郎娥梅》、《孤獨的王喬星》、《龍人情》、《花橋琴聲》、《侗女神韻》等。在黎平縣文聯工作期間，他擔任《鼓樓》雜誌主編，編寫《侗族最早的侗戲本》、《貴州侗戲》、《論侗戲的繼承與發展》等，並協助中央電視臺西部頻道拍攝《走進侗族大歌》藝術專題片。

戴紅，女，1953 年出生。傣族，雲南盈江人。1974 年進入德宏自治州歌舞團工作。1985 年帶恢復劇團建制，她開始鑽研傣劇表演和聲樂藝術。從雲南省藝術學院戲劇系畢業後在傣劇團導演過《冒弓相》、《十二個王妃的眼珠》、《魚躍農門》、《准運單》、《老混巴與小混巴》、《風雨過後天更藍》、《送別》、《罵賊》、《母與子》等，多爲大中小型傣劇。她所編導的傣劇場形象準確地把握傣族文學藝術的特點和客觀規律。

方美善，女，朝鮮族，1954 年出生，吉林汪清人。1971 年在延邊話劇團

主演話劇《她的路》一舉成名。1989 年她考入中央戲劇學院導演系，爲中國朝鮮族首位專業女導演。她曾主演 20 多部話劇中的戲劇角色，如《長白山之子》、《白山春雷》、《她的路》等。導演過 10 餘部大型話劇與 4 部電視連續劇。話劇代表作有《醉夜》（1990）、《小夥子別動隊》（1991）、《白雪花》（1994）、《宋順女》（1999），音樂劇《泉》，電視劇《白雪花》、《路》、《告別夏天》、《潔白的花》、《長白阿里郎》等。

常劍鈞，仫佬族，1955 年出生。廣西羅城人，原名常建軍。1975 年調入縣文工團做編劇，1985 年考入上海戲劇學院戲文系，畢業後在羅城文化館任館長，後調入南寧廣西藝術創作中心，開始專業戲劇創作生涯。二十世紀，90 年代，他與張仁勝合作大型彩調劇《哪呵咿呵嗨》，在廣西長演不衰。不久之後，又與梅帥元、陳海萍合作大型風情劇《歌王》。另外還創作了壯劇《月滿桂花江》、彩調劇《大山小村官》、《夢中聽竹》，山歌劇《遙遠的百褶裙》、桂劇《灘江燕》。特別是他根據宋安群、張淳、謝國權文學作品《瓦氏夫人》改編的同名新編歷史壯劇，在國內獲得各種大小獎項。

李小喜，1962 年出生，傣族，雲南盈江人。1978 年考入德宏州民族歌舞團傣劇隊。1979 年，他成功地塑造了《娥並與桑洛》中的男主人公形象。後來又在《千瓣蓮花》、《冒弓相》、《相猛》、《老混巴與小混巴》擔任主角，不僅在德宏傣族觀眾中，而且在緬甸撣族中也產生廣泛的影響。1996 年，李小喜在上海戲劇學院進修之後開始擔任導演工作，根據戲曲《盜仙草》改編成傣劇《軟雅母洛》。2000 年他出任大型傣劇《南西拉》的傣劇導演，另外還執導《五彩的筒帕》、《父與子》、《帶包頭》、《大堤上》、《重葬之後》等多部戲劇作品。

楊正興，侗族，1962 年出生於湖南通道侗族自治縣。1999 年進入湖南人民廣播電臺工作，1991 年創作歌劇《長板凳上的家常話》，寫有小戲《斗酒》，廣播劇《看風景》。2008 年成爲湖南電視臺電視劇製作中心的項目製片人，參與《血色湘西》的創作與拍攝。

對於全國各民族專業或業餘文藝工作者在少數民族戲劇創作、導演與表演方面所做貢獻，人們有目共睹。對此，著名戲劇評論家曲六乙對此發表自己的見解：「在中國京劇藝術的發展史上，有一個長期被忽略的問題，一個至今不曾被梨園界廣泛認同的歷史事實。那就是少數民族籍，具體地說，滿族、回族、蒙古族的京劇藝術家，在中國京劇藝術發展史上，佔有顯赫的地位，

起到不可替代的作用。」〔註6〕他所列舉的少數民族京劇表演藝術家主要有汪笑儂、程硯秋、言菊朋、馬連良、唐韻笙、關肅霜等。其實在中國整個戲劇界的各劇種中，為其奉獻青春與才藝的少數民族戲劇家何其多矣。

曲六乙先生還在此書借花獻佛，寫了這麼一篇感情真摯的文章《張樹勇的少數民族戲劇情結》，說到這位漢族戲劇工作者在雲南省京劇團滿腔熱情地編導扶持此地的少數民族京劇、滇劇，還有白劇、花燈戲等30多個劇目。「張樹勇以海納百川的心胸，銳意進取的才華和刻苦勤勉的勞動汗水，鋪展著走向導演藝術高峰的崎嶇之路。」中華人民共和國遼闊的邊疆有著幾百上千的以少數民族為主的戲劇樂舞文藝團體，正是無數有才情的漢族戲劇工作者與眾多少數民族戲劇家共同奮鬥，才令人歎服地鑄造了巍峨壯美的中華民族戲劇文化大廈。

四、現當代中國少數民族戲劇之繁盛

解放前後，在我國有許多勇於實踐與創新的少數民族戲劇家，他們以自己的特殊才華與辛勤勞動為中華民族的樂舞戲劇藝術的繁盛作出重要的貢獻。特別是那些長年生活在祖國邊疆的各民族戲劇作家與表演藝術家，以自己極富地域特色的優秀劇作積極推動了中國民族戲劇文化體系的創立。

諸如侗戲的創始人吳文采為貴州黎平人，生於清嘉慶三年（1798年），他從小能說善辯，尤喜唱歌看戲，成人時自編自唱的歌本很多，人稱他為「編歌王」。他在侗族「大歌」說唱的基礎上吸收了附近省市地區漢族的戲調，如桂戲、祁陽戲、桂北彩調、貴州花燈戲等，創造了具有本民族藝術風格的侗戲。侗戲的音樂主要有平板、哀調（又名哭調）、仙調數種。平調用於敘事，哀調表示悲哀，仙調表示神靈幻景。他把寨子上愛說唱侗族大歌的青年組成戲班，自己擔任掌簿師傅，主持戲班的一切活動。有文記載，侗戲上下句基本唱腔均來自吳文采之口傳。

吳文采因將漢族地方戲曲《二度梅》翻譯、改編為第一部侗戲《梅良玉》而遠近聞名。他另寫有情歌或情戲《貳拾兩銀》（《兩貳銀歌》），此為男女二青年破鏡重圓故事；史歌或史詩《開天闢地》、《十代清朝》、《吳家祖宗》；勸世歌或勸世戲《酒色財氣》、《鄉志貪官》；侗戲《毛宏與玉英》、《李旦鳳姣》

〔註6〕 曲六乙《乙亥集——曲六乙戲劇論文集》，大眾文藝出版社，2007年版，第151頁。

等。他整理與創作的侗戲其故事情節完整，講究音韻，老少咸宜，在民間，廣爲流傳，交口讚譽。

侗族「大歌」，侗語稱「嘎老」，因篇幅長而大，格調莊重、嚴肅而得名。侗族大歌由民間歌班演唱，歌詞講究韻律，屬民歌支聲性質。因歌詞內容和演唱形式不同，可分爲六種：一爲「鼓樓大歌」，以歌曲流行地區命名，如銀潭的大歌稱「嘎銀潭」，坑洞一帶的大歌稱「嘎坑」等。各地曲調稍異，歌詞多爲長短句，以古代神話傳說、故事、讚歌等長篇敘事詩爲主；二是「聲音大歌」，又稱「花唱大歌」，侗語稱「嘎索」，以表現聲音爲主，是大歌最精彩的一種；三爲「敘事大歌」，有「嘎窘」和「嘎節卜」兩種，均具有吟唱風格，內容爲神話傳說或英雄歷史之類；四爲「童聲大歌」，侗語叫「嘎臘溫」；五爲「混聲大歌」，侗語稱「嘎克姆所」、「嘎世尼所」；六爲「侗戲大歌」，爲侗戲演出過程中的一種合唱形式，常在劇中人數較多的場面及終場時運用。侗戲演至一定段落，戲師和演員們一齊演唱，以示段落對全曲的結尾。從此可知侗族大歌其音樂形式與侗戲之間的密切關係。

在我國北方滿族文人很多，擅長琴棋書畫與戲曲亦不乏其人，與劇作有染的代表人物有唐英、蒲松齡與汪笑儂等。

唐英，字雋公，一字叔子，號蝸寄居士，奉天（今瀋陽）人，其家隸屬內務府，42 歲授內務府員外郎兼佐領。他寫有傳世戲曲作品《古柏堂傳奇》，內收劇作《虞兮夢》、《女彈詞》、《長生殿補闕》、《十字坡》、《三元報》、《傭中人》、《梁上眼》、《天緣債》、《巧換緣》、《蘆花絮》、《梅龍鎮》、《面缺笑》、《雙釘案》、《轉天心》、《笳騷》、《清忠譜正案》等十七種，其中部分作品曾改編爲地方戲曲廣泛上演。

以文學名著《聊齋誌異》而斐聲文壇的蒲松齡，字留仙，又字劍臣，別號柳泉居士，世稱聊齋先生。其民族屬性未定，有人認爲他屬蒙古族，也有認爲是女眞族，或回族、滿族。他於明崇禎十三年（1640 年）出生於山東淄川縣（今淄博市）的一個書香世家，從小就受到濃厚的傳統文化薰陶。他先後著述《曆字文》、《日用俗字》、《藥崇書》、《農桑經》等，寫過民間俚曲、詩文，鼓詞存有七種，俚曲十一種。長篇小說《醒世姻緣》、短篇小說集《聊齋誌異》（共十六卷，四百九十篇）。另外，他還創作過一些戲曲與曲藝作品有：《鬧窘》、《鍾妹慶壽》等，俚曲《磨難曲》等十餘種，後合刊爲《聊齋俚曲》。

　　清末著名京劇作家與表演藝術家汪笑儂，原名德克俊，號仰天，滿族，北京人。光緒年間，他曾任河南太康知縣，後革職轉而從藝。因吸收汪桂芬、孫菊仙唱法，另創新腔，世稱「汪派」。同時他編創過如《黨人碑》、《哭祖廟》、《罵閻羅》、《罵毛延壽》諸劇，借劇中人物與情節抨擊清末民初腐敗政治，社會影響頗大。時稱「愛國藝人」、「伶聖」。譚嗣同、楊銳、林旭、劉光第、康廣仁、楊深秀等六君子在 1898 年「戊戌變法」中被殺後，他義憤填膺改編劇作《黨人碑》怒罵道：「這一座黨人碑，分明是坑儒窖，可不是壞國根苗。」當八國聯軍火燒圓明園後，他寫的《哭祖廟》唱道：「國破家亡，死了乾淨。」其鏗鏘有力的詞句，感動與激勵著無數愛國志士。

　　彝劇的創始人楊森為雲南大姚人，自幼受彝族傳統文化藝術之薰陶，特別推崇以彝族民間音樂、舞蹈藝術形式來編演彝劇。他先後編導過二十餘個劇目，如《半夜羊叫》、《曼嫫與瑪若》、《彝山雄鷹》、《鮮艷的花苞》、《山林青青》、《歡樂的插花節》等劇本。其劇作重視繼承彝族民歌的演唱風格，善於根據彝族人民心理素質和生活習俗創造戲劇角色。

　　彝劇亦名「彝族山歌劇」，原用彝語道白演唱，後兼用漢語道白。其音樂以本民族民歌、歌舞曲和器樂曲為基礎發展形成，常用曲調有梅葛詞、左腳調、婚嫁調等。彝劇表演動作源於彝族畢摩祭祀、民間歌舞、日常生活與生產勞動，代表劇目有《半夜羊叫》、《曼嫫與瑪若》、《查德恩答》、《篾獨尼鬧店》等。楊森編劇，取材於彝族民間傳說故事的彝劇《曼嫫與瑪若》故事情節為：青年獵人瑪若與牧羊姑娘曼嫫相愛，然而遭到頭人李昭的迫害；二人深夜逃走，來到餓虎山，曼嫫被虎咬死，瑪若砍死猛虎後引火自焚。

　　短小的彝劇《狼來拖羊》、《猩猩吃人》表演得形象、生動。演員披上狼皮表示狼，戴上紙紮的猩猩頭表示猩猩，並作狼和猩猩行走狀，深受觀眾歡迎。後來演出的《牧羊在山中》，以及有人物、有完整故事情節的劇目《半夜羊叫》，經不斷演化促使彝劇發展成為歌、舞、劇相結合的民族戲劇形式。

　　據朱宜初、李子賢主編《少數民族民間文學概論》介紹彝族樂舞戲《阿詩瑪》的創作過程：

　　　　彝族支系撒尼族人民參加了西南地區民族文化工作會，看了新創作的彝劇和其他民族的戲劇，很受啟發和鼓舞，決定把《阿詩瑪》改編成戲。劇本以長詩為基礎，並吸收了撒尼民間音樂、曲調、三鼓舞、三弦舞。在伴奏方面，運用了口弦、月琴等，以表現人物內

心的感情。甚至把生活中撒尼小夥子熱情的呼喚、姑娘們爽朗的笑聲，巧妙地在劇中加以運用，收到較好的藝術效果。〔註7〕

俞百巍、朱雲鵬編劇的彝族歷史題材之黔劇《奢香夫人》，取材於《明史》，奢香乃明代貴州彝族女土司，明廷貴州部指揮馬曄欲滅水西安民，待以流放。對奢香橫加淩辱，企圖激反成兵端，然後鎮壓。奢香忍辱含恨，顧全大局，拜見明太祖陳述部族心願，揭露馬曄激變事態。明太祖寬慰之，並治罪馬曄。奢香歸後思報，迅速設立通往四川、雲南之驛站，開闢道路，賦貢不絕，對明廷加強西南邊疆的統治及鞏固邊防起到重要作用。

雲南傣族有著悠久的樂舞戲劇文化傳統。傣族因爲歷史上處於驃國與南詔國之過渡地帶，故受中緬兩國民族文化藝術影響很大。驃國古稱「朱波」。驃人，亦作「漂人」。漢晉之前，已見於滇境。至明，仍不鮮見於滇南、滇西。唐南詔有驃人樂、彌臣國樂流傳於世。《舊唐書》、《唐會要》記載，貞元十八年（802），驃國王雍羌遣其弟悉利移城主舒難陀，率樂工三十五人，赴長安獻樂。當時驃人在唐都演出《佛印》、《贊娑羅花》、《白鴿》、《白鶴遊》、《鬥羊勝》、《龍首獨琴》、《禪定》、《甘遮王》、《孔雀王》、《野鵝》、《宴樂》、《滌煩》凡十二曲，均繫載歌載舞表演形式。其樂舞內容皆佛教經義，樂舞者作崑崙狀，朝霞布爲衣著，足臂套金寶釧，頭戴金冠，發　綴花並插雙簪，散飾鳥獸細毛，瓔珞四垂，珠璣燦發，既貴而麗，燦然可觀。被列入唐十部樂內的《驃國樂》曾對南詔國之古代雲南各族，包括傣族樂舞戲產生過重要影響，如上述《孔雀王》、《佛印》等對傣族的孔雀動物戲與佛教樂舞影響更爲直接。

在古代雲貴高原流行著一種名叫「菩薩蠻隊舞」的西南少數民族樂舞。唐宣宗大中初年，女蠻國納貢獻藝，傳入中原，舞者「危髻金冠，瓔珞被體」，至懿宗時，經藝人加工，且稱「菩薩蠻隊舞」。據明代胡震亨《唐音癸籤》考證，此樂舞藝術當出驃國。而驃居女王蠻之西南，又云：「其曲多佛曲」，故稱《菩薩蠻》。另說，應作「菩薩鬘」，因佛教戒律，有「香油塗身，華鬘被首」之文字記載。宋代隊舞女弟子隊中亦有「菩薩蠻隊」，傣族佛教樂舞文獻中亦存有菩薩蠻隊舞之記載。

傣劇流行於雲南盈江、潞西、瑞麗、保山、騰沖等傣族居住區。相傳形

〔註7〕朱宜初、李子賢主編《少數民族民間文學概論》，雲南人民出版社，1983年版，第199頁。

成於清嘉慶、道光年間，由傣族民歌對唱和民間歌舞發展而成。據有關文獻資料記載，傣族歌舞中有嘎光舞、鼓舞、孔雀舞、大鵬鳥舞、魚舞、馬鹿舞、花環舞、象舞、刀舞等藝術形式。傣劇初爲歌舞形式的小型演唱，於十九世紀末，吸收了花燈、京劇、滇劇的音樂、表演、化妝等藝術，形成人物眾多、劇情複雜的民族大戲。有資料顯示，雲南傣戲起源於山歌對唱，至近代模仿滇劇發展而成，約有一百五十多年的歷史。在此過程中，吸收了傣族歌舞如《雙白馬》、《銀海》、《喊嘎興》及孔雀舞、象腳舞之長，而形成初期的民族戲劇藝術。傣戲大量吸收孔雀舞的基本步伐與舞姿，身段動作富有節奏感，樂器中廣泛使用象腳鼓、鋩鑼、葫蘆絲等樂器與音樂曲調，顯得更富有民族藝術色彩。

傣族樂舞戲中最有代表性的如「喊札」與「喊秀」。「喊札」，爲傣族演出形式，亦稱「喊札覽」。流傳於雲南瑞麗、章鳳一帶，主要曲調稱「喊札」，故名。另有「喊暖轟」、「喊暖轟海」等稱謂，有一定故事情節。表演形式有齊唱、獨唱、對唱、集體歌舞、道白、滑稽表演等。以歌唱形式爲主，唱詞多屬敘事，音樂明朗、曲調瀟灑。「喊秀」，爲傣族民間敘事歌曲，直譯爲「綠色的歌」，由於過去有青年人用鸚鵡傳遞情詩的故事，亦稱爲「鸚鵡歌」，流行於雲南瑞麗、芒市等地。

傣劇演出劇目有直接反映該族人民生活和風俗習慣的歌舞或小戲，如《布屯臘》、《十二馬》等；有根據傣族民間傳說或敘事詩改編的《千瓣蓮花》、《岩佐弄》、《娥並與桑洛》、《思南王》、《阿暖海東》、《七姐妹》等，另外爲一些移植漢族戲曲之劇目。

《娥並與桑洛》，根據傣族同名民間敘事長詩所改編，描寫景多昂地方富家子弟桑洛和貧窮而美麗的姑娘娥並眞誠相愛，桑母嫌娥並家貧，命其子娶門當戶對的安品爲妻。桑洛不從，其母將他騙往遠方購置結婚禮品，乘機刺傷已懷孕的娥並，且將她趕走。桑洛回家，聞訊前往救助。洛桑至娥並家，姑娘已奄奄一息，後死於他懷中。桑洛悲憤不已，抽刀自刎。劇本深刻揭露了封建包辦婚姻的罪惡，歌頌了傣家兒女爭取婚姻自主的精神。

《千瓣蓮花》，亦名「麼興戛」，描寫青年農民岩昆盼不愼用石頭砸傷了國王騎的大象，被罰尋找千瓣蓮花贖罪。因至誠心善，得水中仙人幫助，由美麗的七仙女變成千瓣蓮花。國王得知眞情，欲霸佔七仙女，殺死岩昆盼，結果反殺了自己。後來臣民擁戴岩昆盼爲王，天下得以太平。

　　壯劇是流行於廣西西部各地和雲南文山、富寧、廣南等地的少數民族劇種。由壯族民間文學、民歌、舞蹈、說唱、板凳戲等綜合發展而成。壯劇也不同程度地吸收了古老的師公戲藝術成份。廣西的壯劇由於地域、方言和音樂唱腔、表演藝術的不同，分為師公戲、北路壯戲和南路壯戲；還有分為雲南文山壯劇、廣南一帶壯劇與富寧一帶壯劇。

　　壯族「師公戲」屬儺戲類，源於巫師跳神。師公即巫師，早期的師公戲，演員戴假面具，穿紅衣長袍，以蜂鼓擊拍伴奏，宋代已具雛形，清代中後期家喻戶曉。遠古，巫師們戴著木面具，邊舞邊誦咒語、巫經或宗教故事，為人們祭神驅鬼、消災求福。清末，在師公戲的基礎上，開始表演有人物、有故事情節的民間小戲，以紅木面具改成紙面具並穿戲裝。其代表劇目有《莫一大王》、《白馬姑娘》、《順知戽海》等，從其它劇種移植劇目三百餘個。師公戲音樂分敘事曲、抒情曲、舞曲等，曲調有的以方言腔調為基礎，有的與民歌小調關係密切。有清唱、滾唱、幫腔三種演唱形式。伴奏樂器以蜂鼓和高邊鑼最具特色。白話和平話地區用高胡、洋琴等；壯語地區用馬骨胡、土胡、小三弦等；官話地區用二胡、琵琶等。表演高潮處常加入笛子、嗩吶、笙等，伴奏方式以齊奏為主，偶有歌聲與樂聲的繁簡對比，或構成美妙的支聲複調。

　　據有關專家比較研究，認為壯族師公戲與貴州、四川師道戲、師公臉殼戲、慶雲戲，以及陝西、安徽等地的端公戲均屬同一類型。隨著社會的發展與變化，原師公戲已發展為演出壯族民間故事或反映現實生活的壯戲，取代了巫師舞反映宗教的內容與形式。

　　壯族北路壯劇，舊稱「土戲」，由廣西田林、舊州一帶民歌、唱詩和板凳戲發展而來。初為坐唱，後為唱、做相結合，如「哎的歐調」，是藝人李永祥在「刷利糯調」的基礎上創作的。「依荷海調」又稱小調，有些像廣西的採調或云南的花燈，或廣東的粵劇。「土戲」主要唱腔有正調、平調、卜牙調、毛茶調、武公調、罵板、恨板、哀調等，已具板腔體戲曲雛型。

　　南路壯劇源於廣西德保的馬隘、漢龍等地，唱腔多用襯詞「呀哈嗨」，亦稱「呀嗨戲」。主要唱腔分為慢板類、中板類、散板類、過場調、孔雀調、挑擔調及嗩吶曲和各類鑼鼓點。上述兩種壯劇用馬骨胡、清胡、葫蘆胡、竹筒胡等，劇目多由壯族民間故事改編，亦取材於漢族古典小說及其傳統劇目。代表劇目有《百鳥衣》、《寶葫蘆》、《一幅壯錦》、《紅銅鼓》、《蛇郎》、《卜牙》、

《四姐下凡》、《溫大林》、《文龍與肖尼》、《儂智高》、《莫一大王》、《順知戽海》、《白馬姑娘》等。

文山北劇，主要流行於雲南文山縣壯族聚居村寨，產生於明末清初。其表演特點是「文不離扇，武不離刀」，唱腔有上下兩句為一樂段結構和曲牌聯套兩種。伴奏樂器有馬骨胡、土二胡、葫蘆胡、嗩吶及三腳鼓、高邊鑼、大鈸板等，代表性劇目如《雙槐樹》、《儂智高》、《四姐下凡》、《錯配鴛鴦》、《雙採蓮》、《賣花嫁女》、《雙看相》、《李元慶春碓》、《瞎子鬧店》、《喚春鳥》等民間生活小戲唱本。

廣南一帶壯劇，原名「沙劇」，主要唱腔叫「正調」，女角起唱都有「快哥來」，男角都有「依阿里」之語。沙劇曲調較自由，可根據劇中人物感情需要變化發揮。另外還有悲調、小調等，代表性劇目如《瞎子鬧店》、《儂智高》、《李元慶春碓》、《金紗帕》等。

富寧一帶壯劇，原名「土劇」，按所唱襯腔不同分「哎嗨呀」、「哎的啖」、「乖海咧」、「咿呵嗨」四腔，襯腔即引腔與拖腔，代表性劇目如《螺螄姑娘》、《換酒牛》等。

各路壯劇常備劇目《儂智高》來自歷史真實人物與故事。宋仁宗天聖四年（1026），壯族農民儂智高起兵統一桂西左右江一帶，在邕州（今廣西南寧）建南天國稱帝，次年敗於宋將狄青手下。壯劇劇本始於光緒三年（1877），寫儂智高自幼家貧，父早亡，母攜兒逃荒中被惡霸強佔為妻。母為養兒成人，含淚度日。儂智高從小愛習武藝，性情豪爽，好抱打不平，待知自家身世，憤而殺死惡霸，偕母逃奔他鄉。時遇大旱之年，田禾盡枯，官府照收賦糧，他率人反抗並率起義軍打下邕州、梧州、直逼廣州。宋仁宗派大將狄青征討，因寡不敵眾，全軍敗北，儂智高亦逃大明山，後不知去向。

壯劇代表作《百鳥衣》取材於壯族民間故事：某土司將辦六十大壽，強迫獵手古卡奉送百鳥百獸。古卡去百獸山獵取鳥獸時，見鳳凰仙鳥被蛇精纏戲，便一箭射傷蛇精，搭救了鳳凰仙鳥。仙鳥為報答救命之恩，變為村姑依俚，並與古卡相愛。新婚之夜，土司搶走依俚，踢死古母。依俚臨別時囑咐古卡上百獸山，求眾姐妹給百鳥衣一件，百日後趕到衙門相救。土司待依俚守孝期滿，即強逼成親。此時古卡化裝成道人進入衙門，施展百鳥衣神衣，殺死土司，夫妻終於團圓。

另如名揚四海的《劉三姐》，為壯劇、彩調劇、桂劇所敷演，又為歌劇、

歌舞劇與電影、電視改編宣傳，至今亦有巨大藝術魅力。張利群著《民族區域文化審美人類學批評》一書，專門闢有一章「劉三姐『歌仙』形象的文化建構」，花費大量筆墨來討論此位壯族先民表演藝術家如何由民間歌舞戲轉型，又是怎樣保持傳統民族文化的永恒生命力：

　　　　劉三姐的現代傳播在一定意義上促進了其形象地塑造和定形，
　　也促進了其精品性和經典性的形成，更促進了其文化內涵和審美意
　　義的進一步展現和發揮，從而使「歌仙」的形象含義更爲深遠和擴
　　大，更具有現代意義，也使劉三姐在現代語境中獲得永恒的生命力
　　和永久的魅力。〔註8〕

另外在廣西壯族自治區內還產生《三元》、《布牙》、《金花銀花》、《解臼》、《一幅壯錦》等壯劇優秀劇目，均顯示了壯劇的深厚的文化底蘊。

　　白戲或白劇，爲白族傳統戲曲劇種，原名「吹吹腔」，簡稱「吹腔」，流行於雲南大理和怒江蘭坪等白族聚居區。相傳此地方民族劇種源於弋陽腔，清乾隆年間漸趨於成熟。光緒年間（1875～1908）爲繁盛時期，後大量吸收白族大本曲音樂，更臻成熟與完美。

　　白族「大本曲」歷史悠久，一說起於唐代，一說源於明代。凡田邊地角，街頭巷尾，茶座戲園，皆可表演。通常一人演唱，一二人以三弦伴奏，內容多爲有人物、有情節的長篇故事與白族民間傳說，如《血汗衫》、《朝珠花》等，傳統曲目有三十六大本，七十二小本之說。後逐漸將南北流派各種曲牌按一定規律連接，組成整體，並由平地說唱搬上舞臺，與民間戲曲「吹吹腔」融合，形成唱、舞、戲爲一體的綜合藝術——白劇，大本曲爲其主要唱腔。

　　大本曲於解放後獨立形成一種戲曲劇種，即「大本曲劇」，主要流行在雲南大理地區。1954年在大理「三月街」上首次演出大本曲劇《施上澤入社》，唱詞用白族語言，念白用帶白語韻味的漢語。基本曲調爲三腔、九板、十八調（或十三腔），劇目多取材於白族和漢族歷史故事，如《杜朝選》、《木蘭從軍》等。

　　據文獻記載，白劇共有傳統劇目三百多出，題材來源有四，即一、白族歷史故事，如《血汗襯》、《牟伽陀開闢鶴陽》、《火燒松明樓》等，二、白族民間生活，如《張浪子薅豆》、《石三告狀》、《趙龍觀燈》等；三、白族民間

〔註 8〕張利群《民族區域文化審美人類學批評》，廣西師範大學出版社，2006年版，第156頁。

傳說，如《望夫雲》、《杜朝選》、《紅色三弦》等，另外還有來自漢族戲曲的一些劇目。

白劇《望夫雲》，描寫古代南詔國公主阿鳳與獵人阿龍相愛，遭國王及寵幸羅荃法師反對。國王幽禁公主，經阿龍救出逃離隱居蒼山。羅荃奉國王之命將阿龍打入洱海，阿龍化為石騾。阿鳳望夫不歸，後來化作白雲終年飄浮在蒼山峰頂。

白劇《杜朝選》，反映古時大理神摩山洞有一妖蟒，屢傷人畜。每年三月三，百姓須獻一對童男童女供食，當地百姓痛苦萬分。後來獵人杜朝選在群眾協助下，奮勇除害，斬鋤妖蟒。

白劇唱腔主要來自吹吹腔和大本曲兩大部分。吹吹腔最早來自迎送大理國皇帝出征凱旋，或「打秧官」習俗與「送水」儀式。有人認為吹吹腔源於弋陽腔系統之「羅羅腔」，是明代朱元璋遣漢人軍屯而帶往雲南。後將此聲腔用於白族逢年過節、婚喪嫁娶、廟會祭祀與栽秧勞作。白劇實為在白族民間歌舞、演唱的基礎上發展而成的地方劇種，如以嗩吶伴奏的「花柳曲」、「海東調」與「田家樂」等音樂歌舞與白劇的形式有著直接的關係。發展至後而形成如「平腔」、「抖馬腔」、「山坡羊」、「下山虎」、「風絞雪」等聲腔曲牌。

布依族戲曲劇種「布依戲」，為布依土戲和布依花燈彩調戲的統稱。主要流行於貴州冊亨、望謨、貞豐、安龍、興義等布依族居住地區。布依土戲由八音坐唱（亦稱「板凳戲」）發展而成，成型於清乾隆年間。由民間藝人按村寨組成業餘戲班世代相傳，逢春節或農閒時搭臺演唱。正戲前要獻演跳加官、敬戲神，表演結束後有掃臺程序。劇目有《一女嫁多夫》、《胡喜與南拜》、《金貓與寶瓢》、《羅細杏》、《六月六》、《紅康金》、《乾隆馬寨新》、《蟒蛇記》等。

布依戲劇目《金貓與金瓢》，描寫樵夫崔雲生勤勞忠厚，芙蓉仙姑與之結成夫妻。員外管家來討債，見仙姑貌美，強行要雲生將妻贖給員外作妾抵債。見此計不成，又誣雲生踩死員外金貓，芙蓉仙姑胸有成竹，待員外率家丁搶親時，假意殷勤，讓員外碰斷木瓢，即稱那是金瓢，亦要員外重金賠償。雙方爭執不休，去衙門見官，縣官見仙姑貌美，亦生歹心，將員外重打四十大板，逐出門外。而後要雲生拿出四十八匹馬酬謝，否則將妻抵押。仙姑巧施法術，變出馬匹，縣官仍不罷休。仙姑再施法術，燒掉貪官鬍鬚，夫妻揚長而去，從此安樂度日。

布依戲《紅康金》，由民間藝人根據發生在貴州鎮寧扁擔山的真實事件改

編而成。敘述妹勤、妹快、妹花三個布依族姑娘之生活悲劇。由於她們對家庭包辦婚事不滿進行反抗，遭受殘酷迫害之後，三人將頭髮捆在一起，跳入紅康金河的悲情故事。

布依戲《六月六》，敘述清代同治九年（1870）六月初，官府勾結地主，派兵進駐貴州龍廣，屠殺布依族群眾，布依族人民奮起反抗。他們在楊元帥的率領下，於農曆六月初六殺退官兵，取得勝利之故事。

布依花燈彩調戲是由貴州獨山一帶傳入的花燈，以及廣西百色一帶傳入的彩調融合而成。花燈彩調戲多用載歌載舞形式表演，類似民間歌舞劇。其唱腔有「走路調」、「哭板」、「螃蟹歌」、「歡樂歌」、「採花調」等二十餘曲譜。

布依族地戲，亦稱「跳戲」、「跳神戲」或「跳腳戲」，流行於貴州中部、西部、西南部。傳統劇目《百合記》為武戲，演員面罩青紗，額上戴一小塊木刻面具，屬儺戲類。唱腔近似山歌調，曲調不多，未脫離口語誦韻味。每場戲僅一兩個唱腔，多用一唱眾和形式，謂之「接下音」。此劇種無絃管樂器伴奏，只有打擊樂。據學者考證，原來為漢族儺戲，明初由征南軍隊傳入，清代廣為發展，因不搭戲臺，平地圍圈演出，故名。傳統劇目有《蟒蛇記》、《風波亭》等。

苗族戲曲劇種「苗劇」，亦稱「苗戲」，主要流行於湘西花垣、古丈、鳳凰和廣西融水等地。其雛形為苗族民間歌手坐在火塘邊自拉自唱，並做一些比擬性表演動作。在湘西，苗劇以苗族民歌高腔、平腔和巫師音樂為主要唱腔；在廣西則加用蘆笙，保留蘆笙踩堂舞和苗族民歌的藝術特色。表演身段動作多承襲苗族武術、巫師舞蹈及苗族鼓舞步法。代表劇目如《友蓉伴依》、《龍宮三姐》、《石丁八啦》、《哈邁》、《神箭手》等。

苗戲《友蓉伴依》，根據苗族民間敘事長詩所改編，「伴依」為「美麗」之意。描寫友蓉在坡會的蘆笙坪愛上英雄後生迭功。山之主子抵交逼引友蓉遭拒絕，故懷恨在心。他假意僱傭迭功去放木排，暗地買通土官栽贓陷害，將其投入監牢，欲置於死地，又趁機強娶友蓉為妻。婚娶之夜，迭功越獄逃回苗寨，打死山主抵交，救出友蓉，兩人逃到深山，搭茅棚為家，開始嶄新的生活。

苗戲《哈邁》，根據苗族民間神話與敘事長詩改編。內容描寫古代天地相通，苗族姑娘哈邁靠牧鴨為生。其舅爺古諜係天上霸王，接女還舅門的古俗，哈邁應嫁給天上的表哥閣，可舅爺嫌她家貧而不允。哈邁愛上勤勞的後生米

加達，舅爺改變主意，欺騙哈邁上天去與閣成親，哈邁巧計逃回人間與米加達相聚。古謀率家丁追趕，哈邁和米加達奮勇抵抗，因力量懸殊，雙雙殉情而死。傾刻之間，天神降旨，米加達幻化為甘雨，哈邁變成清泉，千秋萬代滋潤翠竹青松，造福深山苗寨。

侗族戲曲劇種「侗戲」流行於貴州黎平、榕江、從江，廣西三江、龍勝及湖南通道等地區。如上所述，源於侗族敘事大歌「嘎窘」、「琵琶歌」及敘事說唱「擺古」，並吸收漢族花燈和辰河戲、祁劇、桂北彩調一些表演技藝發展而成。

傳統侗戲音樂比較簡單，基本上是朗誦詞，稱「平腔」或「普通調」，又稱「採臺調」、「二胡調」或「胡琴歌」。曲調平緩，敘事性很強。另一曲牌為「哭調」，亦稱「淚調」，從牛巴腿琴歌演變而來。侗戲中還有侗戲大歌，氣勢莊嚴、宏偉，在群眾場合及結束時合唱，亦用其它侗歌，為笛子歌、小歌、踩堂歌等。新編侗戲已加用侗族傳統樂器牛巴腿琴、侗琵琶、月琴、揚琴等，二胡演奏的開場前奏曲，稱之為「鬧臺調」。

侗戲代表作很多，諸如改編侗族敘事歌或民間故事有《門龍》、《金漢》、《三郎五妹》、《吳勉王》、《補貫》、《補桃乃桃》、《美道》、《珠郎娘美》、《芝遂》等；另外還有《華團阮俊》、《郎耶》、《莽子》、《梅花叭漢》、《顧老元》等。

侗戲《三郎五妹》，描寫三郎和五妹相愛、約會於八月中秋，不料五妹因食不慎而死。三郎如期赴約，扶棺痛哭，不料聞棺內喊叫，開棺視之，五妹死而復生，二人終結良緣。

取材於侗族同名民間敘事歌的侗戲代表作《珠郎娘美》，寫古州三保侗族姑娘娘美與鄰寨青年珠郎相愛，因抗拒女還舅家的封建婚俗，雙雙逃離本地，至貫洞寨財主銀宜家當幫工。銀宜見娘美貌美，頓起歹心，他謀害珠郎，又誘逼娘美成親。娘美假允，將其誑至荒郊，親手處死銀宜，為珠郎報仇，然後攜帶珠郎遺骸遠去。

侗戲《梅花叭漢》，寫叭漢、梅花因不滿包辦婚姻，同病相憐，互相愛慕，在經歌堂訴說衷情後決定逃婚。不幸途中遇盜，力不能敵。梅花被劫走，叭漢悲痛萬分，到一財主家做幫工。財主之女愛其外表，幾經引誘，未能如願，惱羞成怒，進讒其父。財主趕叭漢出門，正逢梅花也乘機逃出，兩人久別喜遇，重結良緣。

　　羌族釋比戲是四川岷江上游流傳的一種少數民族民間戲劇。「釋比戲」在羌語中稱之爲「刺喇」、「俞哦」等，也稱爲「神戲」。據於一、羅永康著文介紹，現查明的羌族釋比戲劇目有《羌戈大戰》、《木姐珠與鬥安朱》、《木姐珠剪紙救百獸》、《赤吉格補》、《納沙》、《鬥旱魃》等。另外著文提及：「1957年汶川縣爲參加全州調演，用是釋比戲形式編演了一齣反映婚姻自由的名叫《冀男子招親》的戲。」〔註9〕

　　東北地區歷史盛行原始宗教薩滿教，由此而產生的薩滿教祭祀儀式、音樂舞蹈及咒詞講唱等，曾不同程度地影響了此地產生的各少數民族樂舞戲曲或戲劇文化。

　　信奉薩滿教的「滿——通古斯語族」各部落稱巫師爲「薩滿」，此教爲原始宗教，具有明顯的氏族部落宗教特點。其氏族供奉薩滿神爲保護族人，特選派自己的代理人和化身——薩滿，並賦予特殊品格以通神，爲本族消災求福。薩滿教主要流行於亞洲和歐洲北部，美洲的愛斯基摩人和印第安人信仰的原始宗教，性質與薩滿教類似。中國的滿族、蒙古族、維吾爾、哈薩克、柯爾克孜等族於中世紀均曾普遍信仰此教，解放前在東北地區的赫哲、鄂倫春、鄂溫克、錫伯、達斡爾等族中也相當流行。

　　東北地區滿、達斡爾、鄂溫克、鄂倫春、赫哲、錫伯、蒙古等民族所流行的薩滿音樂總稱爲「薩滿調」。「薩滿」意爲「激動不安」或「狂舞」之人，是神界派到人間的使者。爲喜慶豐收，告慰祖宗或去災祈福，信教者均要請「薩滿」祭天祭祖，燒香跳神，其表演形式熔歌、舞、樂於一爐，內容多與宗教儀式、驅鬼治病有關。

　　滿族戲曲劇種「滿戲」，又名「八角鼓戲」，由滿族八角鼓曲藝發展而來。滿族先民在騎射漁獵之暇，圍聚籌火旁，邊說邊唱邊舞，並拍擊自製八角鼓相和，娛其情態，逐步形成說、唱、舞相結合的藝術形式。後來八角鼓與揚琴、琵琶、四弦、鑼鼓等相配合，有機地吸收諸宮調、雜劇及各地民歌、小曲而形成牌子曲劇，多表演歷史和民間故事。代表作如內蒙古自治區呼和浩特市八角鼓劇團上演的《對菱花》。

　　吉林省扶餘縣流行的「新城戲」亦源於滿族八角鼓曲藝。演山劇目爲《箭帕緣》、《八姊妹》、《鬥縣官》、《楊立之告狀》等，唱腔音樂在八角鼓曲牌靠山調、四句板、數唱等基礎上發展出慢板、原板、數板、行板、彈頌板、快

〔註9〕於一、羅永康《羌族「釋比戲」考述》，《四川戲劇》，2001年第5期。

板等十餘種板式。並結合運用旗香太平鼓音樂及部分滿族民歌，形成特有民族風格。遼寧省歌舞團參照滿戲與民間傳統故事而創作出神話舞劇《珍珠湖》。

蒙古戲曲因地域不同而稱謂有別，較爲出名的是科爾沁蒙古劇與遼寧阜新的新蒙古劇。流行於內蒙古科爾沁草原上的蒙古劇無論是民族音樂、舞蹈與戲劇表演均具有濃鬱的草原氣息與藝術特點，其代表性劇目《安代傳奇》與此地遺存的薩滿教祭祀與民間「安代舞」有直接的承傳關係。

「安代」爲「起來」、「欠身起來」、「擡起頭來」之意，曾有「唱白鷹」之稱。此樂舞源自內蒙古科爾沁草原，尤以哲里木盟庫倫旗爲盛。此種民間歌舞流行於內蒙古東部地區。在民間，按傳統習俗，表演安代舞時，屆時於場地中央豎一根木杆或斷軸車輪，作爲鎮妖避邪之物。參加者不分男女老幼，都要在歌手和領舞者率領之下，手持綢布手巾或提衣襟下擺，邊隨聲附和，邊接逆時針方向踏動而舞。其表演程序一般爲站起、慢走、感化、領舞、興起、送行等，曲調約四十餘首。

「安代」形成初期以唱爲主，以舞爲輔，曾有「唱安代」之稱。遂演變爲民族歌舞並舉、以歌伴舞，後逐漸在那達慕大會、祭敖包及一些民間喜慶活動中廣泛流行。安代唱詞內容豐富，囊括傳說、諺語、典故及習俗軼事等，亦可觸景生情，即興發揮。此種文藝形式多在農閒季節舉行，時間爲幾天至二十幾天不等。遠近百姓趕來，通宵達旦，狂歡不止，相互競賽，稱「奪安代」。後來又被民間藝術家創作改編，搬上戲劇舞臺成爲各族人民喜聞樂見的安代戲或蒙古戲。

二十世紀 50 年代初成型的阜新蒙古劇，形式多樣、取材廣泛，有據短調民歌、民間故事、古典名著、現代文學作品改編者及新創作劇目等，計二十餘個。代表劇目有《桃繞》、《花兒》、《嘎達梅林》、《烏雲其其格》、《王子爭親》、《牡丹仙子》、《鬧分家》等。其音樂由蒙古族民歌的單一曲調向聯體發展。表演綜合了蒙古族歌、舞、詩、騎、射等表演藝術手段，別具一格。伴奏樂器以低音四胡、高音四胡及馬頭琴爲主，配以笙、木管、橫笛、二胡等，有時則加用牛角號或長筒號。

東北朝鮮族是一個遠近聞名的能歌善舞的民族，該民族有著底蘊深厚的文學藝術及說唱樂舞文化遺產。朝鮮族戲曲劇種「唱劇」，即在獨角演出的「盤索里」基礎上發展而成，並始演於民間文藝舞臺。

「盤索里」爲朝鮮族曲藝曲種，已有三百餘年歷史，曾流行于吉林延邊

和遼寧、黑龍江等省朝鮮族聚居區。表演形式由唱、白、科三部分組成。其中以唱為主，由伽耶琴、奚琴伴奏。演員擊鼓說唱，一人多角。傳統曲目有《春香歌》、《沈清歌》、《興夫歌》、《水宮歌》等十二本。曲牌有羽調、界面調等十幾種。分東便制、西便制兩大流派。按曲調長短則分晉陽調、中末力、中中末力、紮進末力、灰末力等七種。

敘事性很強的朝鮮族古老情歌「阿里郎」，亦對朝鮮唱劇有所影響。此演唱形式據文獻記載：新羅初期，有王妃閼英，姿容殊麗，天資聰穎，百姓崇敬地稱她為「阿兒英」，後演變為「阿里郎」。另據《阿娘說》所述：李朝初期，密陽府使的女兒阿娘被管家害死，百姓懷念，詠唱「阿郎」，亦演變為「阿里郎」。據《阿離娘說》云：「李朝末重建景福宮，苦工百姓齊唱『阿里郎』」，意為「阿離娘」，以抒發思念親人、懷念家鄉之情。故後出現吟唱「阿里郎，阿里郎喲」、「阿里阿里郎，斯里斯里郎」等襯詞。曲調優美流暢，委婉纏綿，略帶悲涼。由該曲發展而成的歌謠群體，計有長阿里郎、新阿里郎等數十種，均以「阿里郎」作歌首襯詞。阿里郎旋律悠緩、哀怨，內容多述窮愁情人或夫妻離別之苦。後來又有人以《阿里郎》為基礎創作出同名朝鮮族歌劇。

朝鮮族戲劇性頗強的民間歌曲「道拉基」，亦稱「桔梗謠」，源自朝鮮江原道。道拉基原是一位姑娘的名字，她和青年長工相愛，後被財主搶去抵債。青年怒殺財主，被關入監牢，姑娘因此悲憤而死。翌年春天，姑娘墳上開滿了一朵朵叫「道拉基」的淡紫色小花，世人感動不已，遂將此編為歌曲與戲劇而代代傳唱與敷演。

朝鮮族唱劇，由數名演員分飾各種角色，用長鼓和其它民族樂器，後有民族管絃樂隊伴奏，並配以民族舞蹈表演。音樂根據劇情發展，在「盤索里」旋律基礎上即興發揮。有時由第三者幫腔或加朗誦解說，或伴以幕後合唱，臺詞、身段、動作借鑒現代戲劇得以豐富與發展。唱劇有東便制和西便制兩個流派。東派唱法雄健、抑揚有致，常用羽調。西派多修飾，注重節拍，喜用花腔，多用界面調。朝鮮族唱劇代表劇目有《春香傳》、《沈清傳》、《興甫歌》、《興夫傳》、《紅姐妹》等等。

源於朝鮮族說唱《春香歌》的唱劇《春香傳》，描寫使道之了李夢龍邂逅藝妓之女春香，雙方私訂終身。夢龍隨父進京後，新任使道卞學道慕春香貌美，強令其為官妓。春香不從，故被下獄並將問斬。夢龍在京任巡按，察訪南原，得知卞學道惡行，將其治罪，春香絕處逢生與李夢龍團聚。

根據說唱《沈清歌》改編的唱劇《沈清傳》，寫少女沈清之父雙目失明，為治好父親眼疾，她甘願賣身，以換米三百擔度日。沈清投身大海，遂後被營救得生。父女後來重逢，其父雙目重見光明。

根據說唱《興甫歌》改編的朝鮮族唱劇《興甫傳》，寫少年興甫救了一隻折了腿的燕子，獲燕子送來瓢籽以謝恩。他種下而結出大瓢，裏面盛有很多金銀財寶，遂成大富翁。哥哥懶甫得知，故意將燕子腿折斷、再治好，同得到瓢籽，種下結出大瓢。然待破開之後，卻蹦出很多鬼和屎，致使懶甫發財夢落空。

能歌善舞、能說會道、多才多藝的全國各地少數民族，正是在傳統講唱文學與音樂歌舞藝術基礎上創造出豐富多彩、形式多樣的民族地方戲劇。少數民族祖先在與大自然密切接觸與在勞動過程中，逐步總結與創造出豐富多彩的樂舞詩劇表演形式。正如西方學者畢歇爾在《勞動和節奏》中寫道：「原始民族的許多樂舞戲無非是一定生產行為的有意識的模仿」。柯斯文在《原始文化史綱》亦載：「跳舞演戲通常具有表現事物的內容」。其先民在詩、歌、舞結合的基礎上，將自己的文化行動（包括播種、收穫、禮儀、狩獵等）加以戲劇化，從而編織出本民族喜聞樂見的豐富多彩、美不勝收的戲劇或戲曲藝術形式。

挖掘、整理、分析、研究蘊藏在中國少數民族民間的原始與傳統戲劇，是我們從事民族戲劇學專家學者的神聖天職，以新發現與公佈的「佤族清戲」為例，此劇種是曾經流行於雲南騰沖佤族聚居區的地方戲曲。此地的佤族至今還保留著祭山、祭樹、祭寨、祭碑等民族習俗。在演出「佤族清戲」時，至今不用舞臺，而是在用來保管龍燈、舞之類公物與聚會閒談的「公房」前露天場地舉行。觀眾圍著燈堂、環繞著松明火把或汽燈照明的表演場地，演出氣氛古樸、原始而神秘。

據當地人們傳說，此劇種創始於清末民初的佤族頭人「李管事」李如楷。其表演形式借助於古代漢、佤雜居區盛行的舞獅、耍燈之「燈夾戲」。在玩燈過程中經常穿插「賀彩」，即以律詩、絕句或順口溜一類吉祥美好的韻文恭賀對方，時有「燈親家」、「燈朋友」之說。佤族藝人即在此基礎上，借鑒一些傳統詩文曲牌而創造出「佤族清戲」。最初上演的劇目如《安安送米》，後又有《假氏上墳》、《裁縫偷布》、《湘子渡妻》、《林英修道》、《五里亭》等。解放後，當地佤族還排演了現代戲代表作《佤山人家》。

　　東北與西北地區的蒙古劇種類繁雜，其藝術形態一直是民族戲劇學工作者頗爲關注的學術研究領域。如果結合考察蒙元時期衛拉特四部之古典宗教戲劇以及在傳統歌舞曲藝形式基礎上創立的新興蒙古劇，此課題就顯得更加雜駁精深。

　　在現實生活中，北方游牧民族如蒙古族長年生活在大自然之中，對天地萬物頂禮膜拜，形成了他們的「遊戲」、「娛樂」之模擬性原始戲劇活動。在天山南北的衛拉特蒙古部落，每逢「那達慕」大會，於繁茂的草原深處，人們彙聚在一起，借助月光與篝火，饒有情趣地觀賞如《勇士鬥熊》、《勇士鬥惡魔》、《除頑凶》、《馬賊的表白》、《和情人在一起》、《獵手》等小型蒙戲，即爲自娛性原始戲劇「遊戲」之結果。

　　衛拉特，或稱「厄魯特」、「額魯特」，是清代漠西蒙古各部的總稱。其祖先即蒙元時期的斡亦剌惕和明代的瓦剌，流徙到東歐伏爾加河一帶的又被稱爲「卡爾梅克」。當年這支成吉思汗率領西征的謫系嗣傳部族，由和碩特、準噶爾、杜爾伯特和土爾扈特四部組成，其保留宗教、世俗傳統文化與傳統樂舞戲劇仍保留蒙元時期的原始文化形態。

　　不過在二十世紀初，衛拉特蒙古戲劇已融進了一些現代文化氣息。如在40 年代初在迪化市（現新疆烏魯木齊）上演的轟動一時的三幕五場衛拉特蒙劇《珠葉兒與商人》，據文化學者記載：

> 　　女主人公珠葉兒是一個以美麗的外貌爲掩蓋的好虛榮的女子。
> 最初，她結識了從北京到邊疆做生意的商人，在不到幾年的時間，
> 她以自己的姿色騙取了商人的全部錢財，商人成了一貧如洗的窮光
> 蛋。珠葉兒竟狠心將他一腳踢開，又勾上了官吏雅諾彥。……戲以
> 彈唱民歌開場，在樂曲聲中展現草原的遼闊，以彈唱啓人心扉。劇
> 中有歌時，又伴有舞蹈。演員顫動著雙肩，彎曲的雙腿，是蒙古民
> 族常用的「毛西克木爾」步（交叉步、麻花步）。純熟的表演、優美
> 的唱腔與身段，融歌、樂、舞爲一體。〔註10〕

此種以「彈唱民歌」爲貫串線，以「歌、樂、舞」爲基調的衛拉特蒙古戲劇表演模式，與東北遼寧省「阜新蒙古劇」不謀而合，有著異曲同工之妙。曾流行於阜新蒙古族自治縣佛寺、大巴、沙拉、大板等蒙古族聚居地，亦被稱

〔註10〕曲六乙，李肖冰編《西域戲劇與戲劇的發生》，新疆人民出版社，1992 年版，第 52 頁。

為「蒙古民歌劇」的遼寧地方民族戲曲劇種「阜新蒙古劇」，即於二十世紀初脫胎自蒙古族傳統說唱民歌或敘事體短調形式。

在歷史上，號稱「東藏」的阜新瑞應寺，是與「西藏」布達拉宮有著密切文化交流的蒙古族大型喇嘛寺院之一。於十六世紀末建該寺以來，各種文化娛樂活動在此迅速繁衍發展。其中尤盛行以敘事為主的蒙古族短調民歌，故有「民歌之海」美譽。後來，有人將蒙古族說唱故事與傳統音樂歌舞結合在一起，形成了原始蒙古劇。

於二十世紀 50 年代初，先是瑞應寺佛寺中心小學的郭振義、布合根據著名的蒙古族敘事短調民歌《桃兒》改編成同名小戲，搬上舞臺演出以控訴封建包辦婚姻罪惡。接著又有韓起龍、韓起祥、札木蘇將其改寫成戲劇形式的演出腳本《花兒》，並正式命名為「阜新蒙古劇」。嗣後，《花兒》漸流傳到縣內外蒙古族地區，民間藝人紛紛傚仿，相繼將更多的短調敘事民歌敷演成蒙古劇。當時上演的蒙古劇代表作如《王子爭親》、《烏雲其其格》、《鬧分家》、《牡丹仙子》等，很受蒙漢觀眾歡迎。以後又有《雲良》、《崩博來》、《嘎達梅林》、《達那巴拉》、《莫德來瑪》、《那布其公主》、《娜仁格日樂》、《洪格尒朱蘭》、《吉莫得額吉的心》等。這些用蒙語或蒙漢語交織上演的劇目，為中國少數民族戲劇百花園增添了亮麗的藝術色彩。

除了上述的各個少數民族劇種與大量劇目之外，因為地域民族觀念與信息傳播的影響，人們還應該特別關注對地處祖國西北邊陲新疆地區各民族古今戲劇的瞭解與認知。

筆者在參與《新疆各族歷史文化詞典》的編纂中擔負「戲劇」所有條目的撰寫。當時開列出「西域戲劇」、「西域百戲」、「西域歌舞戲」、「傀儡戲」、「梵劇」、「回鶻劇」、「敦煌佛教戲曲」、「新疆民族戲劇」、「維吾爾戲劇」、「哈薩克戲劇」、「錫伯戲曲」、「音樂話劇」、「曲子戲」、「漢族戲曲」、「新疆歌劇」、「彌勒會見記」等共 16 項。

在「新疆民族戲劇」總辭條中筆者概括性地敘錄了在新疆維吾爾自治區境內歷來所產生的各民族戲劇戲曲表演形式及其代表性劇目：

> 新疆境內居住著維吾爾族等十三個民族。各個民族在自己傳統文化的基礎上都創造有獨具藝術特色與風格的民族戲劇。按其藝術形式和體裁劃分有歌劇、舞劇、歌舞劇、音樂話劇和地方戲曲。以民族特點和地域劃分則有維吾爾劇、哈薩克劇、塔塔爾劇、烏孜別克劇、西蒙古劇、回族戲劇、錫伯戲曲、俄羅斯劇、塔吉克劇，以

及從國內外傳入新疆的曲子戲和其它地方戲曲。……新疆民族戲劇
有一個共同的特點，就是歌、舞、樂、詩的有機交融。大多爲各民
族口頭民間文學和詩歌、曲藝等改編加工而成。〔註11〕

諸如此書所涉及的「錫伯戲曲」，是清朝中期從東北遷徙至新疆伊犁地區的錫
伯族戲曲劇種。因伴奏音樂曲牌主要爲「平調」和「越調」兩種，故又有「秧
歌兒」或「錫伯秧歌劇」之稱。其傳統劇目《小放牛》、《花亭相會》、《在原
野上》、《滿天星》、《西遷之歌》、《察布查爾》等。離不開民間歌舞「亞琴那」、
「舞春」烘託氣氛，但亦受新疆曲子戲、蘭州鼓子詞、青海賦子與陝西眉戶
劇表演形式所影響。

另如從俄羅斯與中亞各加盟共和國輸入的俄羅斯劇《聖誕之神》，塔塔爾
劇《熄滅了的星星》、《阿里亞巴努》、《巴衣馬克》，烏孜別克劇《亂世之賊》、
《蘭綺麗和麥其儂》、《孤女》，塔吉克劇《天鵝與狐狸》、《巴達克商人》等。
這些少數民族戲劇都穿插著非常優美動聽、婀娜多姿的外民族音樂歌舞，有
著令人神往的異國情調。

解放初期，我國各少數民族文藝工作者遵循黨的「百花齊放，百家爭鳴」
的雙百方針，以及「古爲今用，洋爲今用」，「百花齊放，推陳出新」的文藝
政策，積極發掘、整理、編創出大批優秀民族劇目，爲繼承與發展民族戲劇
文化做出重要貢獻。

於二十世紀 50 年代，西南少數民族赴京獻演侗戲《秦娘梅》與僮（壯）
戲《寶葫蘆》拉開了民族戲劇表演的帷幕。緊接著內蒙古自治區上演了第一
齣大型蒙古語話劇《阿拉擔·布爾固德》（漢譯《金鷹》），在民族文藝舞臺上
響起一聲春雷。

60 年代廣西壯族自治區壯族歌舞劇《劉三姐》演紅了祖國大江南北，至
今仍爲人們交口稱讚。遼寧歌劇院根據云南撒尼人敘事長詩改編的《阿詩
瑪》，哈爾濱話劇院公演的《赫哲人的婚禮》，中央戲劇學院新疆民族班演出
的《草原的青年人》，內蒙古藝術劇院公演的蒙古語大型歌劇《達那巴拉》，
貴州省花燈劇團推出的侗族大型歷史劇《陸人用》，中央民族學院藝術系各族
師生聯袂演出的大型彝族舞劇《涼山巨變》等，如同　串串明星從藝術時空
劃過，令人驚歎得目不暇接。

〔註11〕余太山、陳高華、謝方主編《新疆各族歷史文化詞典》，中華書局，1996 年版，
　　　第 449 頁。

　　當時最使人激動不已的是一批又一批優秀的藏戲傳統劇目閃亮登場，諸如《朗薩姑娘》、《卓娃桑姆》、《文成公主》、《蘇格尼瑪》、《白馬旺巴》、《諾桑法王》等。當時由西藏藏劇團編演的《嘉沙》、《阿吉昂沙》等十二齣藏戲，以及由上海戲劇學院藏族班在北京彙報演出的大型歷史劇《文成公主》，在人們面前揭開了雪域高原戲劇藝術神秘的面紗。

　　文革動亂結束的 70 年代末，萬物復蘇，百廢待新，又是藏戲文化吹響了民族戲劇振興的號角。其標誌是青海省率先恢復藏族民間史詩《格薩爾王》名譽，並將其重要章節《出征》改編為藏戲上演；青海省玉樹藏族自治州編演了反映文成公主入藏的藏族歌舞劇《祐廟千古》，西藏拉薩解禁公演了優秀藏族話劇《不准出生的人》。

　　在此前後，新疆歌舞團根據維吾族著名敘事長詩《艾里甫與賽乃姆》改編為同名大型歌劇隆重上演；內蒙古自治區陸續推出《嘎達梅林》、《英雄陶克陶》、《森吉德瑪》等蒙古戲劇；蘭州部隊歌舞團赴京獻演了哈薩克族大型歌劇《帶血的項鏈》；貴州省黔劇團上演了彝族歷史劇《奢香夫人》，豐富多彩、絢麗多姿的少數民族戲劇的紛紛登臺，爭芳鬥艷，令人欣喜地看到了中華多民族戲劇文化的偉大復興。